從前從前，有個好萊塢

Once Upon a Time in Hollywood

昆汀·塔倫提諾
Quentin Tarantino

汪冠岐 譯

提獻詞

本書獻給

我太太丹妮艾拉（Daniella）和兒子雷歐（Leo）

謝謝你們打造了一個幸福的家，讓我能暢快寫作。

此外，也將本書獻給所有侃侃而談的演員**前輩**，謝謝你們跟我說了這麼多好萊塢這個時期的大小事。

因為他們，才有你手上的這本書。

謝謝

布魯斯・鄧恩（Bruce Dern）、大衛・卡拉定（David Carradine）、畢・雷諾斯（Burt Reynolds）

羅伯特・布萊克（Robert Blake）、麥可・帕克斯（Michael Parks）、勞勃・佛斯特（Robert Forster）

還有，特別感謝

寇特・羅素（Kurt Russell）

電影相關資訊

哥倫比亞電影公司出品
昆汀·塔倫提諾作品

李奧納多·狄卡皮歐　布萊德·彼特
瑪格·羅比　主演

從前，有個好萊塢*

瑪格麗特·庫利　提摩西·奧利芬
茱莉亞·巴特斯　達柯塔·芬妮　布魯斯·鄧恩
及
艾爾·帕西諾

特藝彩色

監製

大衛・海曼 香儂・麥金塔

昆汀・塔倫提諾

編劇、導演

昆汀・塔倫提諾

＊原文為《*Once Upon a Time in Hollywood*》。Once Upon a Time為典型童話故事開頭語，昆汀一方面用此致敬義大利西部片《*Once Upon a Time in the West*》（台灣片名為《狂沙十萬里》），一方面也是因為書中用童話故事筆法書寫了六〇年代美好的好萊塢。電影在台灣上映時片名為《從前，有個好萊塢》，本書為同名小說，但為了回應童話故事開頭的敘述感，所以改為《從前從前，有個好萊塢》。

角色介紹

瑞克・達爾頓——曾是黃金時段電視劇的主演，如今光環不再，淪為每週單元劇裡慘遭痛扁的反派角色，時不時狂灌威士忌酸酒解愁。一通從羅馬打來的電話能挽救他的事業嗎？

克里夫・布茲——瑞克的特技替身，也是所有拍片現場裡最聲名狼藉的人物，因為他好像殺了人卻能逍遙法外……

莎朗・蒂——離開德州追求電影明星夢，也如願實現夢想的年輕女孩。現在，她燦爛的青春時光都在好萊塢山莊天堂大道上的豪宅裡度過。

查爾斯・曼森——一群嗑藥嗑到恍惚的嬉皮，認為這名前科犯是他們的精神領袖，但其實他願意付出一切，只為了成為搖滾巨星。

一九六九年的好萊塢——你該親身經歷的黃金年代

小說聲明

本書純屬虛構。儘管提及真實事件與人物，但為了戲劇效果，某些角色、角色塑造、事件、地點、產品和對白，皆經過改寫、潤飾，或是憑空杜撰而來。因此，與實際名稱、實際存在的故事角色、在世或離世者的生平、任何產品、實體或真實事件有雷同者，皆是為了戲劇效果而撰寫，並未反映任何實際的人物、角色、歷史、產品或實體。

《從前從前，有個好萊塢》媒體好評

「借用昆汀・塔倫提諾電影裡出現的用詞，他的首部小說是杯『好喝的飲料』。……他就是要說個故事，以美式冷硬派作家艾爾默・李納德（Elmore Leonard）那種要不要隨便你的態度說個故事，並一路上騰出空間談談他在乎的事情——老電影、男性友誼、復仇與救贖、音樂與風格。……藉由《從前從前，有個好萊塢》，塔倫提諾讓人覺得，說個令人欲罷不能的故事看起來很簡單，但其實這是最難的技巧。」——《紐約時報》

「典型、充滿挑釁姿態的塔倫提諾……行文節奏混合了走跳江湖的世故隨興與書面語的莊重拘謹，塔倫提諾火爆的對話不管寫下來或大聲唸出來都同樣效果十足。……塔倫提諾的第一本小說，根本不是它有時想假裝成的那副模樣——那個看完就扔的廉價娛樂小說。就像塔倫提諾一直以來所暗示的，對這位創作不懈的導演來說，這本小說是個起點，預示了一個嶄新的創作方向於焉成形。」——《華盛頓郵報》

「以好劇本出名的塔倫提諾真的很會寫，現在更進一步成了小說作者，在這本以角色的內心世界、時而笑鬧時而沮喪的情境、機智詼諧又重口味的對白推進的小說裡，熟練地運用全知觀點，深具感染力。……閱讀時，如果想像電影版的卡司搬演小說情節，也能獲得立體紮實的閱讀經驗，更加吸引讀者對照電影和小說。但這本小說也自成一部文學作品，就算沒有電影，依舊能以自身敏銳的眼光和熱切的感染力擄獲讀者的心。」——《書單》

目次

第一章　「叫我馬文就好」

馬文．施沃茲辦公桌上的內線電話響了。這位威廉．莫里斯演藝經紀公司[1]的經紀人將電話的通話桿往下按。「希默斯汀小姐，妳打來是為了十點半的那件事嗎？」

「沒錯，施沃茲先生。」祕書尖銳的聲音從電話的揚聲器裡傳出來。「達爾頓先生正在外面等著。」

馬文再次撥下通話桿。「希默斯汀小姐，可以請他進來了。」

馬文辦公室的門打開，年輕的祕書希默斯汀小姐先走了進來。她二十一歲，穿著打扮走嬉皮風。白色迷你裙襯托出她修長的古銅色雙腿，長長的棕色頭髮紮成兩束辮子，垂在臉頰兩側。跟在她身後的，是四十二歲的帥氣演員瑞克．達爾頓。他一頭時髦的後梳油頭，棕色頭髮帶點濕潤感，充滿光澤。

馬文從辦公桌後的椅子上站起來，臉上的笑容漸深。希默斯汀打算開口介紹，但被馬文打斷了。「希默斯汀小姐，我才追完瑞克．達爾頓的電影，不用勞煩妳介紹。」馬文走上前，向這位飾演西部牛仔的演員伸出一隻手。「瑞克，握個手吧。」

1　威廉．莫里斯演藝經紀公司（William Morris Agency），好萊塢著名的演藝經紀公司，一八九八年成立。卓別林、瑪麗蓮．夢露、貓王艾維斯等知名演藝人員皆曾和這家公司簽約。二〇一七年改名為奮進公司（Endeavor）。

瑞克面帶微笑，伸出手來，熱情有力地握了握馬文的手。「我是瑞克·達爾頓。舒沃茲先生，非常謝謝你撥空見我。」

馬文糾正他的發音。「是施，不是舒。」

天啊，我已經把事情搞砸了。瑞克心想。

「真他媽的……我很抱歉……施——沃茲先生。」

兩人手握到最後，施沃茲開口：「叫我馬文就好。」

「馬文，叫我瑞克就好。」

「瑞克……」

兩人放開彼此的手。

「讓希默斯汀小姐給你弄杯喝的吧？」

瑞克擺擺手。「不用，沒事的。」

馬文很堅持。「確定什麼都不喝嗎？咖啡、可口可樂、百事可樂、辛巴汽水[2]？」

「好吧。」瑞克表示。「那來杯咖啡。」

「好。」馬文拍拍瑞克的肩膀，轉向他的祕書。「希默斯汀小姐，麻煩妳幫瑞克拿杯咖啡，我也來一杯。」

祕書點頭，走出辦公室，要關上門時，馬文向她喊話：「對了，別拿休息室的麥斯威爾爛咖啡。去雷克斯的辦公室。」他指示。「他那兒永遠都有上好的咖啡——但不要那種土耳其的爛貨。」

「好的，先生。」希默斯汀小姐回答，接著轉向瑞克。「達爾頓先生，你的咖啡要加糖或奶精嗎？」

瑞克轉向她回答：「妳聽過那句話嗎？黑即是美[3]。」

馬文聽了哈哈大笑，希默斯汀小姐也掩著嘴咯咯地笑出聲。祕書正要關上門時，馬文再次大喊：「噢，還有，希默斯汀小姐，除非我太太和小孩死在高速公路上，不然別轉任何電話進來。不過說實在，如果我太太和小孩真死了，那三十分鐘後一樣是死的，所以別轉任何電話進來。」

辦公室裡有兩張面對面的皮沙發，中間放了張玻璃面的茶几。馬文示意瑞克坐其中一張沙發，瑞克也隨意地坐了下來。

「先說重點吧，」這位經紀人開口。「我要代我太太瑪莉．愛麗絲向你致意！我們昨晚在放映室裡連看了兩部瑞克．達爾頓的電影。」

「哇！我很高興又有點難為情。」瑞克表示。「你們看了什麼？」

「三十五釐米膠卷的《譚納》和《麥克拉斯基的十四拳》。」

2　辛巴（Simba）是可口可樂公司一九六〇年代末推出的碳酸飲料，上市沒幾年就因銷量不佳而下架。

3　黑即是美（Black is beautiful），一九六〇至七〇年代由非裔美國人發起的文化運動，藉由融合了黑人美學、非洲服飾元素與髮型的時尚及藝術，嘗試改變以西方白人審美為標準的流行文化。

「那兩部很不錯。」瑞克表示。「《麥克拉斯基》是保羅．溫德科斯[4]導的，他是我合作過的導演中最喜歡的。他也拍了《玉女春潮》。我原本也會演那部，但最後湯姆．勞克林[5]拿下了我的角色。」接著他不在意地擺擺手，繼續說：「那也沒關係，我很喜歡湯姆。他讓我演了生平第一齣大製作的舞台劇。」

「是喔？」馬文問：「你演很多舞台劇嗎？」

「沒有。」瑞克回答。「我討厭重複做同樣的事。」

「所以保羅．溫德科斯是你最喜歡的導演，對吧？」馬文問。

「對，我剛出道時就和他合作。我演了他的《珊瑚海殲滅戰》，那部克里夫．勞勃遜[6]主演的電影。你會看到我和湯姆．勞克林整部片都在潛艇的後端晃來晃去。」

這時，馬文發表了他對影視產業的看法：「保羅．溫德科斯他媽的是個**被低估的動作片大師**。」

「一點也沒錯。」瑞克十分贊同。「我拍《賞金律法》時，他來導了七、八集。」

「話說回來，」瑞克拐彎抹角地想聽到恭維話，開口問：「希望連看兩部瑞克．達爾頓的電影，對你和你太太來說不會太痛苦？」

馬文笑出聲。「痛苦？怎麼會，我們看得很盡興，非常精彩。」馬文接著說：「我和瑪莉．愛麗絲一起看了《譚納》。她不太喜歡現在這幾年電影裡的暴力場面，所以等她去睡覺以後，我一個人看《麥克拉斯基》。」

這時，有人輕敲辦公室的門，穿著迷你裙的希默斯汀小姐走了進來，端著兩杯熱騰騰的咖啡給瑞克和馬文。她小心翼翼地將熱飲遞給兩人。

「這是跟雷克斯拿的，對吧？」

「雷克斯說，你欠他幾支雪茄。」

馬文哼了一聲，不屑地說：「那小氣的猶太鬼，就是欠我電他一頓。」

話一出口，大家都笑了。

「希默斯汀小姐，謝謝妳。這樣就可以了。」

祕書離開辦公室，讓兩人繼續談演藝圈、談瑞克．達爾頓的事業，更重要的，談他的未來。

「我們說到哪了？」馬文問，「噢對——這幾年電影裡的暴力場面。瑪莉．愛麗絲很不喜歡，但她很愛西部片。從以前到現在都很愛。我們交往時都看西部片，一起看西部片是我們很愛做的事。我們看《譚納》看得很開心。」

「哇，真好。」瑞克表示。

「現在我們連看兩部片的話，」馬文接著說，「通常第一部片演到最後三卷膠捲時，瑪

4 保羅．溫德科斯（Paul Wendkos, 1925~2009），美國導演，以拍電視劇為主。他執導了賣座的青少年電影《玉女春潮》（*Gidget*, 1959）。

5 湯姆．勞克林（Tom Laughlin, 1931~2013），美國演員、導演，以主演「比利．傑克」（Billy Jack）這個角色的系列電影聞名。

6 克里夫．勞勃遜（Cliff Robertson, 1923~2011），美國演員，因飾演電影《落花流水春去也》（*Charly*, 1968）裡智能障礙的主角，獲奧斯卡最佳男主角獎。《珊瑚海殲滅戰》（*Battle of the Coral Sea*, 1959）是他主演的二戰戰爭片。

莉・愛麗絲早就在我大腿上睡著了。但《譚納》不一樣，快到最後一卷時她還醒著，那時已經九點半了。對瑪莉・愛麗絲來說剛剛好。」

馬文向瑞克解釋他們小倆口的觀影習慣時，瑞克啜了口咖啡。

啊，真好喝。瑞克心想。**雷克斯這傢伙真的有好咖啡。**

馬文繼續說：「電影演完，她去睡了。我則打開一盒哈瓦那雪茄，倒一杯白蘭地，然後自己看第二部片。」

瑞克再喝了口雷克斯美味的咖啡。

馬文指著咖啡說：「好東西，對吧？」

「什麼？」瑞克問，「咖啡嗎？」

「難道是燻牛肉？當然是咖啡啊。」馬文說。

「他媽的超好喝！」瑞克表示。「他從哪弄來的？」

「比佛利山莊的某家店，但他不肯說是哪一家。」馬文回答，並繼續講瑪莉・愛麗絲的觀影習慣。「今天早上吃完早餐、我出門上班後，放映師葛瑞再來放映最後一捲，好讓她能看看電影怎麼收尾。這就是我們看電影的習慣。我們很喜歡這種模式。她也很想看《譚納》怎麼收尾。」

馬文接著說：「不過她已經猜出來，你一定會殺了你爸，那個雷夫・米克[7]演的角色，一切才會結束。」

「對啊，那是這部片的問題，」瑞克表示，「重點不在於我**會不會**殺了那位跋扈的大家長，而是我**什麼時候**動手。重點不在於麥克・卡蘭[8]飾演的敏感弟弟**會不會**把我殺了——而是**什麼時候**動手。」

馬文深表贊同。「的確。不過我們都認為你和雷夫・米克搭配得很好。」

「我也這麼覺得，」瑞克附和，「我們**確實**演好了一對父子。那他媽的麥克・卡蘭看起來就像領養的。但我的話，你會相信雷夫是我老爸。」

「嗯，你們搭得好是因為講起方言來很像。」

瑞克大笑。「和他媽的麥克・卡蘭相比，特別是這樣。他說起話來讓人覺得他該待在馬里布衝浪。」

好噢，馬文心想，這是瑞克第二次貶低和他一起主演《譚納》的麥克・卡蘭。這不是個好現象。這代表氣量狹小、愛怪罪別人，不過馬文沒說出來。

「我覺得雷夫・米克很出色。」瑞克向馬文表示。「是我合作過最厲害的演員，我還和愛德華・羅賓森[9]共事過呢！他也演過《賞金律法》最好看的兩集。」

---

7 雷夫・米克（Ralph Meeker, 1920~1988），百老匯起家的美國演員，以主演黑色電影《死吻》（*Kiss Me Deadly*, 1955）、反戰電影《光榮之路》（*Paths of Glory*, 1957）聞名，後者又名《突擊》。

8 麥克・卡蘭（Michael Callan, 1935~2022），舊譯作米契・考倫，百老匯發跡的美國演員，演過的知名電影包括《狼城脂粉俠》（*Cat Ballou*, 1965）、《檀島玉女》（*Gidget Goes Hawaiian*, 1961）等。

9 愛德華・羅賓森（Edward G. Robinson, 1893~1973），美國演員，代表作為黑幫片《小霸王》（*Little Caesar*, 1931），於史詩電影《十誡》（*The Ten Commandments*, 1956）、經典黑色電影《雙重賠償》（*Double Indemnity*, 1944）也有精湛的演出，後者又名《雙重保險》。

馬文繼續講他昨晚連看兩部瑞克．達爾頓電影的事。「再來就是《麥克拉斯基的十四拳》！真是部好片！看得好過癮。」他做出拿機關槍掃射的動作。「那些開槍掃射的場面！那些大開殺戒的橋段！」馬文接著問：「你在那部片裡殺了多少納粹混蛋？一百個？一百五十個？」

瑞克笑出聲來。「我沒數過，但一百五十個應該沒錯。」

馬文低聲咒罵：「該死的納粹混蛋……操作噴火器的是你，對吧？」

「當然是我了。」瑞克回答。「而且那個武器超變態，你絕對不想站錯邊，噢天啊，我跟你說，有兩個禮拜我每天都花三小時練習操作那玩意。不是因為想在電影裡耍帥，而是因為，說真的，我怕死那鬼東西了。」

「真想不到！」馬文一臉佩服地說。

「你知道嗎？我能演這個角色完全是走狗運。」瑞克跟馬文說。「一開始是費彬[10]要演。但開拍前八天，他在拍《維吉尼亞人》[11]時，肩膀受傷了。溫德科斯先生還記得我，便說服哥倫比亞影業高層和環球影業商量，把我借來拍《麥克拉斯基》。」瑞克最後說：「總之，我簽給環球時拍了五部片，而我最成功的是哪部？借給哥倫比亞拍的那部。」每次提到這件事，他都這麼作結。

這時，馬文從外套的內側口袋裡拿出一個金色的金屬菸盒，**啪**一聲打開，遞了一支菸給瑞克。「來根肯特？」

瑞克拿了一支。

「你喜歡這個菸盒嗎？」

「看上去很不錯。」

「這是約瑟夫・考登[12]送我的禮物。他是我負責的演員裡，最重視的一位。」

瑞克面露欣羨之情，他知道馬文就想看到這個表情。

「我最近讓他演了塞吉奧・考布西和本多豬四郎[13]的電影，他送了這個菸盒表達謝意。」

這幾個名字對瑞克來說很陌生，毫無意義。

馬文將金色菸盒放回外套內側口袋時，瑞克迅速從褲子口袋裡掏出打火機。啪一聲掀開銀色Zippo打火機的蓋子，動作帥氣地將兩人的菸點上。點完兩支菸，他又浮誇地啪一聲，甩上打火機的蓋子。馬文看著瑞克的裝腔作勢，輕笑了一下，接著開始抽菸。

「你平常抽什麼菸？」馬文問瑞克。

10　費彬諾・福特（Fabiano Forte, 1943~），以藝名費彬（Fabian）聞名，也譯作法比安，美國流行音樂歌手、演員。

11　《維吉尼亞人》（*Virginian*, 1962~1971），美國西部電視劇。

12　約瑟夫・考登（Joseph Cotten, 1905~1994），美國演員，跨足舞台、電視、電影、廣播劇，因《大國民》（*Citizen Kane*, 1941）、《安柏森家族》（*The Magnificent Ambersons*, 1942）等片揚名國際，主演的知名電影也包括《煤氣燈下》（*Gaslight*, 1944）、《辣手摧花》（*Shadow of a Doubt*, 1943），後者又名《疑影》。

13　塞吉奧・考布西（Sergio Corbucci, 1926~1990），義大利導演，以拍義大利式西部片聞名，代表作為《荒野一匹狼》（*Django*, 1966）。本多豬四郎（1911~1993），日本導演，代表作為日本怪獸特攝電影始祖《哥吉拉》（1954）。

「卡比托淡菸，」瑞克回答，騎仕德、紅蘋果[14]，還有……別笑，維珍妮涼菸。」

馬文還是笑了。

「喂，我很喜歡那個味道。」瑞克替自己辯解。

「我是笑你抽紅蘋果。」馬文解釋。「那種菸是對尼古丁的褻瀆。」

「那是《賞金律法》的贊助商，所以我抽習慣了。還有，我覺得在公開場合抽給別人看是個聰明的做法。」

「的確很明智。」馬文表示。「好，瑞克，平時你固定的經紀人是席德，他問我願不願意見你一面。」瑞克點點頭。

「你知道為什麼他希望我們倆聚聚？」

「看你是否想和我合作？」瑞克回答。

馬文笑了。「說到底，的確是這樣沒錯。但我的意思是，你知道我在威廉・莫里斯是做什麼的嗎？」

「知道。」瑞克表示。「你是經紀人。」

「對，但你已經有席德當你的經紀人了。如果我只是個經紀人，你現在不會坐在這裡。」馬文說。

「沒錯，你是很特別的經紀人。」瑞克表示。

「的確。」馬文說。接著，馬文用手中的菸指著瑞克繼續講：「但我要**你**告訴**我**，你覺得我都做些什麼。」

「嗯，」瑞克回說，「我聽到的是說，你安排有名的美國演員去拍外國的電影。」

「不錯。」馬文表示。

現在有了談話基礎，兩人都深深吸了口手中的肯特菸。馬文呼出一串長長的煙霧，繼續滔滔不絕：「聽著，瑞克，如果我們要多認識彼此，你首先要知道的事情就是，對我來說，**沒有任何事**……我真的是說**沒有任何事**，比我代理的那些演員來得更重要。我之所以在義大利、德國、日本、菲律賓的電影產業有那些人脈，都是因為那些我經手的藝人，還有我手上這份藝人名單所代表的意義。我和其他人不一樣，做的不是過氣演員的生意。我做的是好萊塢巨星的生意。范・強森[15]——約瑟夫・考登——法利・葛倫格[16]——羅斯・坦布林[17]——梅爾・法拉[18]。」

這位經紀人唸出每個名字時，就好像在背誦好萊塢總統雕像山上每位總統的名字一樣。

---

14 卡比托淡菸（Capitol W Lights）、紅蘋果（Red Apple）都是昆汀・塔倫提諾電影裡虛構的香菸品牌。前者於《不死殺陣》（*Death Proof*, 2007）中首次出現，後者於《黑色追緝令》（*Pulp Fiction*, 1994）首次登場，且之後多次出現在昆汀其他電影中。

15 范・強森（Van Johnson, 1916~2008），一九四〇、五〇年代米高梅影業紅極一時的演員，以《名叫喬的傢夥》（*A Guy Named Joe*, 1943）、《轟炸東京記》（*Thirty Seconds over Tokyo*, 1944）聞名，後者又名《東京上空三十秒》。

16 法利・葛倫格（Farley Granger, 1925~2011），美國演員，在希區考克的電影《奪魂索》（*Rope*, 1948）、《火車怪客》（*Strangers on a Train*, 1951），以及義大利導演維斯康提的《戰國妖姬》（*Senso*, 1954）裡有精湛的演出。

17 羅斯・坦布林（Russ Tamblyn, 1934~），美國演員、舞者，以飾演歌舞片《西城故事》（*West Side Story*, 1961）裡小太保噴射幫（the Jets）的老大瑞夫（Riff）聞名。

18 梅爾・法拉（Mel Ferrer, 1917~2008），美國演員、導演、製片，也是奧黛莉・赫本的第一任丈夫。他在賣座電影《美人如玉劍如虹》（*Scaramouche*, 1952）中有精湛演出，也監製了奧黛莉・赫本主演的《盲女驚魂記》（*Wait Until Dark*, 1967）。

「拍出超多經典電影的好萊塢巨星！」

他接著搬出自己的傳奇事蹟來說明：「酩酊大醉的李．馬文[19]放棄《黃昏雙鏢客》[20]的莫迪默上校一角——開拍前三週才退出——是老子**我**說動塞吉歐．李昂尼移動他的尊屁股，到運動家飯店[21]和剛戒酒、清醒無比的李．范．克里夫喝咖啡。」

馬文頓了頓，讓這件事代表的重要性在辦公室裡發酵。接著，他淡定地抽了口菸，吐出煙霧，再次發表他對影視產業的看法：「之後，就如他們所說的，就是**嶄新的西部片神話**。」

馬文盯著茶几對面的牛仔演員。「瑞克，《賞金律法》是個好節目，你在裡面也表現得很出色。一堆人到大城市，然後因為拍一些爛片而出名。問嘉納．馬凱[22]就知道。」

聽到這番對嘉納．馬凱的奚落，瑞克笑出聲來。馬文繼續說：「但《賞金律法》百分之百是個像樣的牛仔影集。你是主演，你應該覺得驕傲。至於未來……在談未來之前，我們先把過去弄清楚。」

兩人抽著菸，馬文開始盤問瑞克，好像他正在上競賽節目，或是被聯邦調查局人員審問一般。

「所以《賞金律法》——是國家廣播公司的節目對吧？」

「對，國家廣播公司。」

「多久？」

「什麼多久？」

「節目一次播多久？」

「噢，半小時的節目，所以正片二十三分鐘加廣告。」

「節目持續多久？」

「我們從五九到六〇年的電視秋季檔開始。」

「什麼時候停播？」

「六三到六四年檔期的中間。」

「有拍成彩色的嗎？」

「沒有。」

「你怎麼拿到角色的？在路上被挖掘，還是電視台有意栽培？」

「我客串了一集《莽野遊龍》[23]，飾演傑西・詹姆斯。」

「所以這讓他們看上你？」

---

19 李・馬文（Lee Marvin, 1924~1987），美國演員，憑《狼城脂粉俠》一人分飾二角榮獲奧斯卡最佳男主角，最為人熟知的演出還包括美國戰爭片《決死突擊隊》（*The Dirty Dozen*, 1967）。

20 《黃昏雙鏢客》（*For a Few Dollars More*, 1965）由知名義大利式西部片導演塞吉歐・李昂尼（Sergio Leone, 1929~1989）執導，是經典的義大利式西部片「鏢客三部曲」中的第二部。由美國演員克林・伊斯威特（Clint Eastwood, 1930~）和李・范・克里夫（Lee Van Cleef, 1925~1989）主演。

21 運動家飯店（Sportsmen's Lodge），洛杉磯影視城（Studio City）著名地標，一九三〇年代末期開業，曾是好萊塢影星聚會的地點。

22 嘉納・馬凱（Gardner McKay, 1932~2001），美國演員，以主演電視劇《天堂歷險記》（*Adventures in Paradise*, 1959~1962）最為人熟知，他也撰寫劇本和小說。

23 《莽野遊龍》（*Tales of Wells Fargo*, 1957~1962），美國西部電視劇。

「對。我還是得去試鏡，而且我他媽的必須表現得特別好。總之，沒錯，他們因此看上我。」

「仔細說說你之後拍的電影？」

「好。第一部，」瑞克表示，「是《卡曼其起義》，主演是又老又醜的羅伯特．泰勒[24]。但那幾乎變成我所有電影的主旋律。」瑞克繼續解釋，「老男人搭配年輕小伙子。我和羅伯特．泰勒、我和史都華．格蘭傑[25]、我和葛倫．福特[26]。從來都沒有獨挑大梁，從來不是只有**我**而已。」瑞克沮喪地說。「永遠都是我和某個老傢伙。」

馬文問：「《卡曼其起義》是誰導的？」

「勞勃．史普林斯汀[27]。」

馬文說了一下他的觀察：「我從你的履歷上注意到，你和很多共和國影業[28]老一輩的西部片導演合作過——史普林斯汀、威廉．惠特尼[29]、哈蒙．瓊斯[30]、約翰．英格里西[31]？」

瑞克笑著說：「那些把事情做得又快又好的傢伙。」他繼續說：「但勞勃．史普林斯汀不只如此。勞勃不只是做得又快又好，勞勃和其他那些人不一樣。」

這番話勾起了馬文的興趣。「有什麼不一樣？」

「嗯？」瑞克問。

「勞勃和其他做事又快又好的傢伙，」馬文問，「有什麼不同？」

瑞克不用特別去想這個問題的答案，因為幾年前在克雷格．希爾主演、勞勃執導的影集《迴旋鳥冒險》[32]裡客串時，他就弄明白了。

「勞勃和其他導演有一樣多的時間，」瑞克自信地說，「沒比別人多一天、多一小時、多一個傍晚的時間。但重點是他在這段時間裡做的事，讓他特別出色。」瑞克真誠地說，「替勞勃工作讓人感到驕傲。」

---

24 羅伯特・泰勒（Robert Taylor, 1911~1969），也譯作勞勃・泰勒，美國演員、歌手，代表作包括《茶花女》（*Camille*, 1936）、《魂斷藍橋》（*Waterloo Bridge*, 1940）。

25 史都華・格蘭傑（Stewart Granger, 1913~1993），英國演員，在英國發跡，一九五〇年代至好萊塢發展。他主演了好萊塢賣座片《所羅門王的寶藏》（*King Solomon's Mines*, 1950）、《深宮怨》（*Young Bess*, 1953）、《美人如玉劍如虹》等。

26 葛倫・福特（Glenn Ford, 1916~2006），好萊塢黃金時代的代表人物，代表作包括黑色電影《巧婦姬黛》（*Gilda*, 1946）及《火線密殺令》（*The Big Heat*, 1953），後者又稱《大內幕》。

27 勞勃・史普林斯汀（Robert G. Springsteen, 1904~1989），美國導演，電影宣傳海報、片頭掛名或片尾演職員表多以R. G. Springstee呈現。他以執導B級西部片著稱，也拍過多部西部片電視劇。

28 共和國影業（Republic Pictures），一九三五年成立的美國電影製作、發行公司，持續蓬勃發展至一九四〇年代，以製作西部片、系列冒險電影，以及著重懸疑、動作、西部題材的B級片聞名，也製作電視劇，一九五〇年代後逐漸沒落。

29 威廉・惠特尼（William Witney, 1915~2002），美國導演，活躍於一九三〇至六〇年代的好萊塢，以拍攝B級西部片、電視影集聞名。

30 哈蒙・瓊斯（Harmon Jones, 1911~1972），美國導演、剪輯師，曾以《君子協定》（*Gentleman's Agreement*, 1947）獲奧斯卡最佳剪輯提名。一九五〇、六〇年代執導多部劇情長片、電視劇，包括瑪麗蓮・夢露主演的電影《自我感覺年輕》（*As Young as You Feel*, 1951）。

31 約翰・英格里西（John English, 1903~1969），英國導演、剪接師。他在默片時代以剪接師起家，轉導演後以拍攝西部片聞名。他常和威廉・惠特尼一起搭檔導演，惠特尼著重處理動作戲而英格里西著重處理角色和故事元素。

32 《迴旋鳥冒險》（*Whirlybirds*, 1957~1960），美國冒險動作電視劇，故事圍繞兩位直升機出租公司老闆展開。這是美國演員克雷格・希爾（Craig Hill, 1926~2014）的代表作。

馬文很喜歡他這番解釋。

「而超厲害的威廉．惠特尼給了我起步的機會，」瑞克接著說，「他讓我演了生平第一個真正的角色，一個有名字的角色。他之後又給我第一次主演的機會。」

「哪部片？」馬文問。

「噢，就只是共和國影業拍的其中一部青少年犯罪電影，和改裝車有關。」瑞克回答。

馬文追問：「片名叫什麼？」

「《尬車風雲》。」瑞克回答。「我去年也演了一集他導的《泰山》，他媽的羅恩．伊利[33]主演。」

馬文笑了。「所以你們認識很久了？」

「我和威廉？」瑞克表示，「當然。」

瑞克開始興致勃勃地回憶起來，他也察覺談話進行得很順利，於是更加把勁地說：「我跟你說，威廉．惠特尼是好萊塢最被低估的動作導演。他不只會導動作戲，他還會**發明**動作戲。你說你喜歡西部片——那你應該知道約翰．福特的《驛馬車》裡，亞基瑪．卡努特[34]的特技表演吧？他從一隻馬跳到另一隻馬，之後跌落，從行進的馬和馬車中間滑過的那個場面？」

馬文點點頭。

「第一個這麼做的其實是威廉．惠特尼，比約翰．福特早一年，而且是跟亞基瑪．卡努特一起這麼拍的！」

「這我不知道，」馬文說，「哪部電影？」

「他當時甚至連一部電影都還沒拍，」瑞克表示，「他是為了某部連續劇拍的。我來講一下威廉・惠特尼是怎麼導戲的。他相信，所有寫出來的戲，都能靠出拳互毆增色不少。」

馬文笑了。

瑞克繼續說：「我拍了一集《河船冒險記》，威廉是那集的導演。有一場我和畢・雷諾斯[35]的戲。我們在說對白的時候，比爾馬上喊：『卡！卡！卡！你們讓我快睡著了。畢，他對你說那些的時候，你直接揍他一拳。然後，瑞克，他揍了你，讓你很生氣，所以你回揍他一拳。懂嗎？好，開拍！』所以我們就照他說的做。演完後，他大喊：『卡！這就對了！好傢伙！拍了場好戲！』」

兩人在煙霧瀰漫的辦公室裡哈哈大笑。馬文越發對瑞克的經歷感興趣，這是瑞克辛苦奮鬥來的好萊塢經驗談。「跟我說說你剛才說的那部史都華・格蘭傑的電影吧？」馬文問。

「《大獵殺》。」瑞克表示，「一部講白人在非洲狩獵的爛片。但票房很好，公司賺了很多錢。」馬文聽了狂笑不止。

瑞克跟馬文說：「史都華・格蘭傑是我合作過最討人厭的王八蛋，沒有之一。我還跟傑

33　羅恩・伊利（Ron Ely, 1938~），美國演員，代表作即為電視劇《泰山》（*Tarzan*, 1966~1968）。

34　亞基瑪・卡努特（Yakima Canutt, 1895~1986），好萊塢著名的特技演員和動作導演。

35　畢・雷諾斯（Burt Reynolds, 1936~2018），美國演員。因主演美國西部冒險電視劇《河船冒險記》（*Riverboat*, 1959~1961）打開知名度。電影代表作包括《激流四勇士》（*Deliverance*, 1972）、《不羈夜》（*Boogie Nights*, 1997）等。

克．勞德[36]合作過呢！」

兩人因為挖苦傑克．勞德的這番話，笑了一陣後，馬文繼續問瑞克：「你也和喬治．庫克[37]拍過一部電影？」

「對啊，」瑞克回答，「一部實實在在的爛片，叫作《查普曼報告》。好導演，爛電影。」

馬文問：「你和庫克相處得如何？」

「開玩笑，」瑞克回說，「喬治他媽的超愛我！」他接著向茶几傾身過去，意味深長地小聲說：「我的意思是，**真的很愛我**。」

馬文淺淺一笑，讓瑞克明白，自己知道他在影射什麼。

「我覺得喬治好像都會這樣，」瑞克推斷，「他每拍一部片，就會從中挑個小男生，著迷得不得了。而那部片就是我和小艾佛倫．辛巴里斯特[38]兩人，所以我猜我贏了。」他繼續描述，「在那部片裡，我都和葛萊妮絲．強斯[39]對戲。有場戲我們去了游泳池。葛萊妮絲穿的是連身泳衣，你只看得到四肢，其他全部被遮起來了。而我呢？穿著一件電檢會過，但超緊超短的泳褲，棕褐色的泳褲。在黑白電影裡，我看上去他媽的像全裸！而且不是只有一顆鏡頭拍我跳進泳池裡。我穿著這件超短的泳褲，露著屁股講一大串台詞，他媽的持續了十分鐘之久。我是說，搞什麼啊——我是這部片裡的貝蒂．葛萊寶[40]嗎？」

兩人再次爆笑。馬文邊笑邊從外套另一側、不是放金色菸盒的內側口袋裡，拿出一本尺寸不大的皮革筆記本。

「我讓我下面的經紀人查了一下你在歐洲的資料，就像他們說的，目前表現得還不錯。」

馬文翻找小冊子裡的筆記時，大聲問：「《賞金律法》在歐洲播過嗎？」找到了他要的那一頁後，馬文看向瑞克。「有，有播過，很好。」

瑞克淡淡地笑了笑。

馬文再次看向手中的筆記本說：「在哪些地方播出？」在那一頁上掃視，找到了他要的資訊。「義大利，好。英格蘭，好。德國，好。法國沒有。」但他接著抬眼看著瑞克，語帶安慰地說：「但比利時有播。所以在義大利、英國、德國和比利時，他們都知道你是誰。」馬文總結：「這是你電視劇的狀況。但你也拍了幾部電影，這些片表現得如何？」

馬文看回他手中的小本子，翻頁尋找相關內容。「說實在，」他找到了要找的東西後，開口說：「你所有西部片，《卡曼其起義》、《地獄之火，德州》和《譚納》相對來說，在義大

---

36 傑克・勞德（Jack Lord, 1920~1998），美國演員，代表作為電視劇《檀島警騎》（*Hawaii Five-O*, 1968~1980）。

37 喬治・庫克（George Cukor, 1899~1983），美國導演、製片，好萊塢黃金時代的重要人物，多次提名奧斯卡最佳導演，並以電影《窈窕淑女》（*My Fair Lady*, 1964）獲獎。他也憑《查普曼報告》（*The Chapman Report*, 1962）獲金球獎最佳導演獎提名。

38 小艾佛倫・辛巴里斯特（Efrem Zimbalist Jr.，1918~2014），美國演員，代表作為電視劇《聯邦調查局》（*The F.B.I.*, 1965~1974）。

39 葛萊妮絲・強斯（Glynis Johns, 1923~），英國演員、舞者、歌手，憑《夕陽西下》（*The Sundowners*, 1960）獲奧斯卡最佳女配角提名，知名作品也包括《歡樂滿人間》（*Mary Poppins*, 1964）。

40 貝蒂・葛萊寶（Betty Grable, 1916~1973），美國演員、舞者，一九四〇年代主演了好幾部好萊塢賣座片，那個年代被美國大兵票選為最喜愛的性感海報女郎。

利、法國和德國都表現得很好。」

馬文看向瑞克：「《譚納》在法國的表現甚至更好。你懂法文嗎？」馬文問瑞克。

「不懂。」瑞克回答。

「真可惜，」馬文邊說，邊從筆記本裡拿出一張摺起來的影印文件，遞給瑞克。「這是《電影筆記》對《譚納》的影評。很不錯，寫得很好。你該找人翻譯一下。」

瑞克接過影本，點頭回應馬文的建議，儘管他深知自己絕對不會這麼做。

接著，馬文抬起頭來與瑞克對視，突然熱情地喊：「但這本子裡最大的好消息就是《麥克拉斯基的十四拳》！」

馬文繼續說下去：「對哥倫比亞影業來說，在美國上映時表現還算不錯。但在歐洲的話，**我的天啊！**」瑞克聽了，眼睛一亮，表情也舒展開來。馬文低下頭讀了讀眼前的的資料。「這裡說，《麥克拉斯基的十四拳》他媽的席捲全歐洲。到處都在演，演到天荒地老死不下片！」

馬文抬眼，闔上小冊子，總結：「所以你在歐洲小有名氣，他們知道你的電視劇。但你不只是《賞金律法》的小伙子而已，在歐洲，你是《麥克拉斯基的十四拳》裡那個戴著單眼罩、手拿噴火器，宰了一百五十個納粹的酷傢伙。」

馬文洋洋灑灑講完後，在菸灰缸裡捻熄了手中的肯特菸。「你最後一部劇情長片拍了什麼？」

現在換瑞克將菸在煙灰缸裡捻熄，邊捻邊咕噥：「一部專為兒童打造的爛電影，叫作《海獺小鹹愛說笑》。」

馬文淺淺一笑。「我猜你不是演小鹹吧？」

瑞克沮喪地笑了笑，回應這位經紀人的玩笑話，但與這部片有關的任何事，他都不覺得好笑。

「環球影業把我丟到這部片裡，好履行和我拍四部電影的合約，」瑞克解釋，「從這裡就知道，環球影業有多不重視我。我還記得詹寧斯·朗[41]那個混蛋怎麼誆騙我，以四部片引誘我去環球。艾科大使影業[42]要跟我簽約。國家通用影業[43]要跟我簽約。厄文·艾倫製片公司[44]要跟我簽約。這些我全部都拒絕了，選擇和環球簽約，因為環球是大公司。而且因為詹寧斯·朗跟我說：『環球想發展瑞克·達爾頓這門生意。』但我簽約以後，就再也沒見過那個混蛋了。」他接著說，「如果有誰的蛋蛋活該被射掉，那就一定是詹寧斯·朗這混帳。」當年《天外魔花》[45]

---

41 詹寧斯·朗（Jennings Lang, 1915~1996），原為好萊塢經紀人，之後轉任製片，開發了一九五〇、六〇年代幾部最成功的電視劇、監製了一九七〇、八〇年代許多賣座電影，並曾任環球影業副總裁。

42 艾科大使影業（Avco Embassy），前身為一九四二年創立的大使影業（Embassy Pictures），一開始主要在美國發行外國電影，引進日本電影《哥吉拉》大獲成功，也引進許多知名外國藝術電影，如費里尼的《八又二分之一》（*8½*, 1963）。一九六〇年代開始製作電影，如賣座電影《畢業生》（*The Graduate*, 1967）。一九六八年被艾科公司（Avco Corp）收購，改名為艾科大使影業。

43 國家通用影業（National General Pictures），營運於一九五〇至七〇年代的美國製片、發行公司。

44 厄文·艾倫（Irving Allen, 1905~1987），製片、導演，知名監製作品為一九六〇年代特務麥漢（Matt Helm）的系列電影。

45 《天外魔花》（*Invasion of the Body Snatchers*, 1956），美國科幻恐怖片。這部片的劇情梗概「外星生物附身人類好征服地球」，十幾年來持續被翻拍，至今有四個版本：《變形邪魔》（*Invasion of the Body Snatchers*, 1978）、《異形基地》（*Body Snatchers*, 1993）、校園版《老師不是人》（*The Faculty*, 1998）、《恐怖拜訪》（*The Invasion*, 2007）。

的製片華特．旺格（Walter Wanger, 1894-1968）因為詹寧斯．朗搞上他的演員太太瓊．班奈特（Joan Bennett, 1910-1990），憤而朝朗的胯下開槍。瑞克指的就是這件事。最後他憤恨地表示：「環球**從來沒有**要發展瑞克．達爾頓這門生意。」

瑞克拿起咖啡杯，喝了一口。咖啡冷掉了。他將咖啡杯放回茶几上，嘆了口氣。

馬文接著問：「所以過去這兩年你都在電視單元劇裡客串？」

瑞克點頭。「對，我正要拍哥倫比亞廣播公司的《藍瑟》[46]試播集。我演惡棍。我也拍了一集《青蜂俠》、一集《巨人家園》[47]、一集羅恩．伊利的《泰山》，就是剛才提到和威廉．惠特尼合作的。我也演了《英雄馬丁》，史考特．布朗那小子主演。」

瑞克不喜歡史考特．布朗，所以提到他的名字時，不自覺地展現出輕蔑的神色。「還有，我剛拍完一集昆恩．馬丁製作的《聯邦調查局》[48]。」

馬文小口喝著咖啡，儘管咖啡有點涼掉了。

「所以你都做得挺好的？」

「我一直都在工作。」瑞克像在澄清一般地說。

「你在這些節目裡都演壞蛋？」馬文問。

「《巨人家園》沒有，但其他都是。」

「最後都有打鬥戲？」

「一樣，《巨人家園》和《聯邦調查局》沒有，但其他都有。」

「好，現在來問個很關鍵的問題，」馬文問，「每場打鬥都是你輸？」

「當然，」瑞克表示，「我是惡棍嘛。」

馬文發出一聲大大的「啊——」表示感嘆，接著說出自己的見解：「那是電視台的老把戲。拿《英雄馬丁》來說好了。史考特．布朗是個新人，想建立他的正面形象。所以就從被停播的劇裡找人來演壞蛋。然後在最後的打鬥戲裡，讓**英雄**戰勝**反派**。」

不過馬文接著解釋：「但觀眾看到的是《英雄馬丁》的主角狠狠教訓了一頓《賞金律法》的主角。」

哎呀，瑞克心想，**真他媽有夠痛**。

但馬文還沒完。「然後下星期，換成只穿著纏腰布的羅恩．伊利。再下週，換穿著緊身褲的羅伯特．康拉德[49]把你痛扁一頓。」馬文右手出拳打向左手手掌，順勢做個樣子。「你不斷當電視台小鮮肉的沙包，」馬文往下解釋，「幾年下來，在心理層面上會影響觀眾對你的看法。」

雖然馬文暗示男性尊嚴會受打擊的發言，只是針對演戲，但瑞克聽了，額頭直冒汗。**我是**

---

46 《藍瑟》（*Lancer*, 1968~1970），美國西部電視劇。

47 《青蜂俠》（*Green Hornet*, 1966~1967），美國動作電視劇。《巨人家園》（*Land of the Giants*, 1968 ~1970），美國科幻電視劇。

48 《聯邦調查局》（*The F.B.I.*, 1965~1974），美國警探電視劇，由美國知名電視製作人昆恩．馬丁（Quinn Martin, 1922~1987）製作，小艾佛倫．辛巴里斯特主演。

49 羅伯特．康拉德（Robert Conrad, 1935~2020），美國演員，代表作為西部電視劇《西部鐵金剛》（*The Wild Wild West*，1965~1969）。

沙包？這就是我事業的現況？被當季新來的小鮮肉痛毆？難道這就是《二十六人》的主演崔斯坦．科芬[50]在《賞金律法》裡輸給我時的感受？這就是肯特．泰勒[51]的感受？

瑞克滿腦子在想這些事時，馬文換了另一個話題。

「至少有四個人跟我提過一件關於你的事，」他這麼起頭，「但沒有人知道事情的全貌，所以我希望你能告訴我。」馬文問：「聽說你**差點**就能演《第三集中營》[52]裡麥昆[53]演的角色？」

噢天啊，又是這件爛事。瑞克心想。雖然很不爽，但看在馬文的份上，瑞克笑笑地帶過。「這只適合當大家茶餘飯後的話題而已。」瑞克輕笑，「你也知道，就那樣，幾乎要到手的角色，差點要釣到的大魚。」

「這些都是我最愛聽的，」馬文表示，「說來聽聽。」這個冗長又沒爆點的爛事瑞克實在講太多次了，他已經將事情的經過精簡到不能再精簡。瑞克硬吞下心中的憤恨，演起了一個他有點無法勝任的角色：裝成謙虛的演員。

「嗯，」瑞克開口，「據說，導演約翰．史達區[54]找麥昆飾演《第三集中營》的主角希特，那個綽號『單獨監禁王』的傢伙。同時間，卡爾．佛曼」——卡爾．佛曼（Carl Foreman, 1914-1984）指的是《六壯士》（*The Guns of Navarone*, 1961）、《桂河大橋》（*The Bridge on the River Kwai*, 1957）厲害的編劇兼製片——「正在拍他當導演的第一部片《勝利者》[55]，他也找麥昆飾演其中一位主角。麥昆好像遲遲拿不定主意，搞得史達區不得不列出幾個替代人選。然後，**據說**，這份候補名單上有**我**。」

馬文追問：「名單上還有誰？」

「四個人，」瑞克回答，「我和另外三個叫喬治的：派伯[56]、馬哈里斯[57]和卻克里斯[58]。」

「喲，」馬文熱切地表示，「從這份名單來看，我完全認為你會拿下這個角色。我是說，如果名單上有保羅．紐曼[59]，你不一定會勝出，但他媽的這三個喬治？」

「但麥昆最後還是演了。」瑞克聳聳肩。「所以就算名單上有我又怎樣？」

「別這麼說，」馬文很肯定地說，「這不是件壞事。我們能在這個角色身上看到你。義大

50 《二十六人》（*26 Men*, 1957~1959），美國西部影集，由美國演員崔斯坦．科芬（Tristram Coffin , 1909~1990）主演。

51 肯特．泰勒（Kent Taylor, 1907~1987），美國演員，一九五〇年代主演了幾部電視劇。

52 《第三集中營》（*The Great Escape*, 1963），美國戰爭片，改編自二戰時真實事件，描述德軍戰俘營的英美盟軍軍官如何合作逃離的故事。

53 史提夫．麥昆（Steve McQueen, 1930~1980），美國演員，一九六〇、七〇年代主演了多部賣座大片，曾是全球片酬最高的電影明星。

54 約翰．史達區（John Sturges, 1910~1992），美國導演，代表作包括《豪勇七蛟龍》（*The Magnificent Seven*, 1960）、《第三集中營》等。

55 《勝利者》（*The Victors*, 1963），二戰戰爭片。

56 喬治．派伯（George Peppard, 1928~1994），也譯作喬治．比柏，美國演員，主演的知名作品包括電影《第凡內早餐》（*Breakfast at Tiffany's*, 1961）、一九八〇年代當紅電視劇《天龍特攻隊》（*The A-Team*, 1983~1987）。

57 喬治．馬哈里斯（George Maharis, 1928~），代表作為美國冒險犯罪影集《六十六號公路》（*Route 66*, 1960~1964）。

58 喬治．卻克里斯（George Chakiris, 1932~），美國演員，因《西城故事》獲奧斯卡最佳男配角。

59 保羅．紐曼（Paul Newman, 1925~ 2008），美國演員、導演，演藝生涯超過五十年，憑《金錢本色》（*The Color of Money*, 1986）獲奧斯卡最佳男主角。

利人肯定會愛死！」馬文．施沃茲接著向瑞克．達爾頓解釋了義大利類型片的產業如何運作。

「無論如何，麥昆絕對不會和義大利人合作。**去他的義大利佬**，這是麥昆的原話。**叫他們去找巴比．達林**[60]，這也是麥昆說的。他寧願在東南亞待九個月拍羅勃．懷斯[61]的片，也不願意為任何一分錢，在羅馬的奇尼奇塔片場花兩個月的時間拍圭多．狄法索的片。」

瑞克心想，**如果我是麥昆，我也不會在義大利佬的西部爛片上浪費時間**。

馬文繼續說：「義大利的大製片狄諾．狄．勞倫蒂斯[62]還願意在佛羅倫斯買棟別墅給他。其他製片開價五十萬元和一輛全新的法拉利，希望他能花十天拍一部珍娜．露露布莉姬妲[63]主演的電影。」接著馬文順便補充：「更別說，幾乎可以肯定他們還會送上露露布莉姬妲。」

瑞克和馬文大笑。瑞克心想，**這就是另一回事了**。**如果能睡了安妮塔．艾格寶**[64]**，我願意拍任何電影**。

「不過，」馬文繼續說，「這一切只讓義大利人更想找他合作。就算史提夫．麥昆總是說不，馬龍．白蘭度總是說不，華倫．比提[65]總是說不，義大利人依然不放棄。最後他們確定實在無法找他們來演時，就另謀出路。」

「**另謀出路**？」瑞克重複。

馬文進一步說明：「他們**想要**馬龍．白蘭度來演，最後**請到**畢．雷諾斯。他們**想要**華倫．比提，最後**請到**喬治．漢密頓[66]。」

瑞克聽著馬文的剖析，同時也感受到滾燙、扎心的淚水開始在眼眶裡打轉。

馬文絲毫沒有察覺瑞克的痛苦，最後說：「我的意思不是說義大利人不**想要**你來演。我是說義大利人**會想**找你。但他們**想要**你，是因為他們**想要**麥昆，但**請不到**。當他們最後發現不可能**請得到**麥昆，就會**想要**個他們能**請得到**的麥昆。而那個人就是你。」

這位經紀人毫不留情的實話實說，大大震驚了瑞克・達爾頓，就好像馬文以濕到滴水的手，用盡全力搧了他一個耳光。

然而，從馬文的觀點來看，這可是天大的好消息。如果瑞克・達爾頓在電影圈是個當紅的第一男主角，他就不可能坐在這裡和馬文・施沃茲會面。

而且，是瑞克要求和馬文見面的。是瑞克想要延長自己當電影男主角的壽命，而不是在電

---

60 巴比・達林（Bobby Darin, 1936~1973），美國歌手、演員，一九六〇年代不管音樂或演藝事業都非常成功。

61 羅勃・懷斯（Robert Wise, 1914~2005），美國導演、製片、剪接師，以《西城故事》、《真善美》（*The Sound of Music*, 1965）獲得奧斯卡最佳影片、最佳導演獎。

62 狄諾・狄・勞倫蒂斯（Dino De Laurentiis, 1919~2010），義大利出生的美國電影製片。他監製的知名電影包括費里尼的《大路》（*La strada*, 1954）、《卡比莉亞之夜》（*Nights of Cabiria*, 1957）、《猛龍怪客》（*Death Wish*, 1974）等。

63 珍娜・露露布莉姬妲（Gina Lollobrigida, 1927~），義大利演員、攝影師，一九五〇、六〇年代全球備受矚目的歐洲演員，也被視為是性感女神的化身。

64 安妮塔・艾格寶（Anita Ekberg, 1931~2015），瑞典演員，一九五〇年代以性感身材和美貌成為好萊塢性感女郎的化身，代表作為費里尼的電影《生活的甜蜜》（*La Dolce Vita*, 1960）。

65 華倫・比提（Warren Beatty, 1937~），美國演員、製片、導演、編劇，一九五〇年代末入行，首部電影《天涯何處無芳草》（*Splendor in the Grass*, 1961）就受到矚目，代表作包括電影《我倆沒有明天》（*Bonnie and Clyde*, 1967）與《烽火赤焰萬里情》（*Reds*, 1981）等。

66 喬治・漢密頓（George Hamilton, 1939~），美國演員，一九六〇年代崛起，憑首部主演的電影《罪與罰》（*Crime and Punishment U.S.A.*，1959）獲金球獎年度最佳新人男演員。

視劇裡演當日限定的壞蛋。而向他說明現實情況、解釋他一無所知的另一個電影產業裡有什麼樣的機會，是馬文的工作。而馬文是這個產業裡公認的行家。就馬文這位專家的眼光來看，瑞克．達爾頓**神似**其中一位全球最紅的電影明星，對一位安排知名美國演員拍義大利電影的經紀人來說，可是天大的好機會。所以，當他注意到淚水從瑞克．達爾頓的臉頰滑落，便理所當然地感到困惑。

「小伙子，怎麼了？」這位經紀人吃驚地問：「你在哭嗎？」

沮喪又困窘的瑞克．達爾頓用手背抹了抹雙眼說：「很抱歉，施沃茲先生，我失態了。」

馬文從辦公桌上拿了盒面紙給瑞克，安慰這位淚流滿面的演員：「沒什麼好抱歉的。我們不時都會感到沮喪。人生本來就很難。」

瑞克抽了兩張舒潔面紙，面紙盒發出紙張摩擦的聲音。在這種情況下，他強作鎮定，以面紙擦拭雙眼。「我沒事了，只是覺得很尷尬。很抱歉有這麼丟臉的表現。」

「表現？」馬文哼了一聲。「你在說什麼？我們都是人，是人就會哭。這是好事。」

瑞克擦乾眼淚，扯了個假笑。「看，好多了，剛剛真的很抱歉。」

「沒什麼好抱歉的，」馬文鄭重地說，「你是演員。演員必須能活用自己的情緒，我們需要演員真的哭出來。有時候具備這樣的技能需要付出一點代價。跟我說說，到底怎麼了？」

瑞克鎮定下來，深吸了口氣後開口：「施沃茲先生，其實就只是，我做這行也超過十年了，過了這麼久，現在要坐在這裡，正視自己變得這麼失敗、正視自己是怎麼毀掉自己的事業，實在有點難受。」

馬文無法理解。「什麼意思？失敗？」

瑞克看向茶几對面的經紀人，真誠地說：「施沃茲先生，很久以前，我曾經大有可為。真的。你在我演的作品裡可以看得出來。你在《賞金律法》裡看得到。有厲害的客串主演和我搭配時特別如此，我和查理士．布朗遜[67]、我和詹姆斯．柯本[68]、我和雷夫．米克，或是我和維克．莫羅[69]。我是有料的！不過電影公司一直讓我和過氣老頭一起演電影。但如果是我和卻爾登．希斯頓呢[70]？那就不一樣了。如果是我搭李察．威麥[71]、我搭勞勃．米契[72]、我搭亨利．方達，那就徹底不同了！在某些電影裡，我的實力擺在那。《譚納》裡的我和米克、《麥克拉斯基》裡的我和洛．泰勒[73]。靠，甚至連《地獄之火，德州》裡的我搭葛倫．福特都很厲害。當時

67　查理士．布朗遜（Charles Bronson, 1921~2003），美國演員，以飾演「硬漢」角色出名，代表作為《猛龍怪客》（*Death Wish*, 1974）。他在《豪勇七蛟龍》、《第三集中營》、《決死突擊隊》裡的角色也令人印象深刻。

68　詹姆斯．柯本（James Coburn, 1928~2002），演出多部西部片、動作片，在《豪勇七蛟龍》、《第三集中營》有精湛演出，憑《苦難》（*Affliction*, 1997）獲奧斯卡最佳男配角。

69　維克．莫羅（Vic Morrow, 1929~1982），美國演員，代表作為戰爭電視劇《勇士們》（*Combat!*, 1962~1967）。

70　卻爾登．希斯頓（Charlton Heston, 1923~2008），美國演員，演藝生涯長達六十多年。他憑《賓漢》（*Ben-Hur*, 1959）獲奧斯卡最佳男主角獎。

71　李察．威麥（Richard Widmark, 1914~2008），憑首部電影《龍爭虎鬥》（*Kiss of Death*, 1947）提名奧斯卡獎最佳男配角，此片又名《死吻》。

72　勞勃．米契（Robert Mitchum, 1917~1997），美國演員，憑《美國大兵喬的故事》（*The Story of G.I. Joe*, 1945）提名奧斯卡獎最佳男配角。

73　洛．泰勒（Rod Taylor, 1930~2015），澳洲出生的美國演員，一九五〇、六〇年代紅極一時，知名作品包括《幻遊未來世界》（*The Time Machine*, 1960）、希區考克驚悚片《鳥》（*The Birds*, 1963）。

福特根本沒在認真演，但他**看上去**依舊很強，然後**我們**看起來很搭。總之，對，我**曾經**大有可為。但不管我**曾經**多有潛力，都被詹寧斯・朗那個環球的混帳糟蹋掉了。」

這位演員重重嘆了口氣，充滿挫敗感，看向地板繼續說：「該死，甚至也被我糟蹋掉了。」

他抬眼與這位經紀人對視。「我徹底斷送了第四季的《賞金律法》。因為我當時受夠電視劇了，我想成為電影明星。我想和史提夫・麥昆一樣。如果他做得到，我也做得到。如果我在第三季裡不當個不合作的麻煩人物，我們就能拍第四季。我們就能好好表現，最後好聚好散。但現在幕寶電影公司痛恨我、那些《賞金律法》的製作人也將恨我一輩子，而我活該！我在最後一季裡是個混蛋。我讓所有人他媽的都知道，比起這個該死的、不起眼的電視劇，我該去更好的地方。」瑞克的雙眼又開始泛淚。「拍《英雄馬丁》時，我超痛恨史考特・布朗那個混蛋。我從來沒像他那麼糟糕。你可以問問和我合作的演員、問問和我合作的導演，我從來沒像他那樣爛。而且我也跟很多混蛋共事過。但為什麼這個混蛋讓我這麼痛恨？因為我看到他有多不知感恩，而我意識到這點時，我也看到我自己。」

瑞克再次望向地板，全然自憐地說：「或許被當紅小鮮肉痛毆就是我的報應。」

瑞克・達爾頓激動地講出這番自剖的話時，馬文什麼也沒說，只是靜靜地聽。過了一會兒，這位經紀人開口了：「達爾頓先生，你不是第一個主演電視劇，然後因為驕傲自滿而墮落的年輕演員。這其實是這裡大家的通病。然後——看著我——」

瑞克抬眼，望向這位經紀人的雙眼。

馬文最後說：「這沒關係的。」

接著馬文給了瑞克一個淡淡的微笑。瑞克也報以淡淡的微笑。

「但是，」這位經紀人接著說，「你的確需要一點改變。」

「我應該做什麼樣的改變？」瑞克問。

馬文回答：「成為一個謙遜的人。」

第二章　好奇的是我（克里夫）

在威廉・莫里斯經紀公司的三樓，瑞克的特技替身克里夫・布茲正坐在馬文辦公室外的等候室裡。四十六歲的他正翻閱等候室提供的大開本《生活》雜誌。

克里夫身穿Levi's的修身藍色牛仔褲及同款牛仔外套，裡面搭了件黑色T恤。三年前，克里夫拍了一部關於摩托車手的低成本電影，這身行頭是當時拍片剩下的戲服。能演能導的湯姆・勞克林是瑞克的好兄弟、克里夫的好友（三人也都演了《麥克拉斯基的十四拳》），他替美國國際影業導了一部自己主演的摩托車電影《天生的失敗者》（*The Born Losers*, 1967）（這部片之後成為美國國際影業當年最賣座的大片），找了克里夫當電影裡幾位摩托車手的特技替身。在這部片中，勞克林飾演的主角將成為七〇年代流行文化裡最受歡迎的電影角色——比利・傑克。比利・傑克有一半印地安人血統、打過越戰、精通合氣道，他並不介意向殘暴的飛車黨成員展露自己的身分和本事，這個飛車黨在片中就叫做「天生的失敗者」（是電影版的摩托車黑幫「地獄天使[74]」）。

克里夫要當一名飛車黨員「壞疽」的替身，這名成員由大衛・卡拉定[75]的好兄弟傑夫・庫柏（Jeff Cooper, 1936–2018）飾演，克里夫挺喜歡他的。然而，拍片進行到最後一週時，湯姆的特技替身卻把手肘弄脫臼了（不是因為特技演出，而是休假時玩滑板受了傷）。因此，克里夫臨時當了湯姆一整週的替身。

由於這部片的資金不多，劇組最後讓克里夫二選一：要領七十五塊美元的薪水，還是帶走比利・傑克的戲服——連皮靴都包了，克里夫選了後者。四年後，湯姆・勞克林將替華納兄弟拍了依舊由自己主演的電影《比利・傑克》（*Billy Jack*, 1971）。對於電影公司行銷這部片的方式，勞克林將會非常失望。他接著會買回電影的版權，像從前四處巡迴演出的馬戲團承辦人，在美國一州接一州、一個市場接一個市場地將這部片賣出去。勞克林採用了只租用電影院場地，不跟電影院拆分分潤、獨占票房收入的方式發行電影，而且在地方電視台狂買廣告，針對下午放學回家看電視的兒童，播放精心剪輯過的宣傳廣告。勞克林獨特的發行手法，加上電影本來就拍得很好，使得《比利・傑克》票房開低走高，成為好萊塢史上非常成功的爆冷門賣座片。一旦紅起來，克里夫這身藍色牛仔裝就變得太顯眼，只好不再穿出門。

在馬文辦公室外的辦公區域，希默斯汀小姐坐在辦公桌前接電話（「施沃茲先生辦公室，您好。」短暫停頓後，她說：「很抱歉，他現在正和客戶會談，請問您哪裡找？」）。與此同時，克里夫坐在她辦公桌旁色彩繽紛的難坐長沙發裡，大腿上攤著大開本的《生活》雜誌，一頁頁地翻。他剛讀完理查・席克爾[76]針對一部剛上映的瑞典電影所寫的影評。這部新片讓所有美

74 地獄天使（Hells Angels），源自美國的摩托車幫派，多國司法單位視其為有組織的犯罪集團。

75 大衛・卡拉定（David Carradine, 1936~2009），美國演員，知名的作品包括電視劇《功夫》（*Kung Fu*, 1972~1975），電影《追殺比爾》（*Kill Bill: Volume 1*, 2003）與《追殺比爾2：愛的大逃殺》（*Kill Bill: Volume 2*, 2004）。

76 理查・席克爾（Richard Schickel, 1933~2017），知名影評家、紀錄片製作人、影史學家，長期為《生活》與《時代》雜誌撰寫影評。

國清教徒和他們那些以報紙發聲的意見領袖都慌了手腳。強尼．卡森[77]和喬伊．畢夏普[78]兩位知名脫口秀主持人，還有從傑利．路易斯[79]到賈姬．「媽媽」．瑪碧麗[80]的每位喜劇演員，都拿這部電影順口好記的片名開玩笑。

克里夫從沙發這裡向辦公桌前的希默斯汀小姐發問：「妳聽過《好奇的是我（黃色）》[81]這部瑞典片嗎？」

「嗯，應該有，」希默斯汀小姐說，「好像是部色情片，是嗎？」

「聯邦巡迴上訴法院可不這麼認為。」克里夫表示。

他直接唸出雜誌的內容：「『淫穢物品指的是欠缺可取社會價值的物品。』根據保羅．海斯法官的說法：『不管我們認為這部電影傳遞的想法是否特別有趣，或這部電影在藝術創作層面上是否成功，可以十分肯定的是，《好奇的是我》確實展現了諸多想法，且確實努力以藝術手法展現這些想法。』」

他將這本大雜誌放低了些，與身處辦公桌後方、綁辮子的年輕小姐四目相對。

希默斯汀小姐問：「這到底是什麼意思？」

「**到底**是什麼意思，」克里夫重複了這句，然後說，「意思是拍這部電影的瑞典傢伙不只是在拍一部色情片。他**試圖**進行藝術創作。如果你認為他的嘗試徹底失敗，那也沒關係。如果你認為這部片是你這輩子看過最爛的作品，那也沒關係。**有關係**的是，他試圖進行藝術創作。他並沒有打算拍部A片。」接著，他笑了笑、聳聳肩說：「至少我是這麼理解這篇影評的。」

「聽起來頗有深意。」這位綁辮子的年輕小姐評論。

「我也這麼覺得。」克里夫附和。「要跟我一起去看嗎？」

希默斯汀小姐露出一抹嘲諷的微笑，以恰到好處、帶有挖苦意味的幽默感，問：「你要帶我去看色情電影？」

「不，」克里夫糾正她，「根據保什麼羅什麼斯的法官，我只是想帶妳去看一部瑞典電影。妳住哪裡？」

她還來不及阻止自己，就脫口而出：「布倫特伍德。」

「噢，我對洛杉磯附近的電影院很熟，」克里夫表示，「我可以選電影院嗎？」

珍娜．希默斯汀很清楚，她還沒答應要和克里夫約會。但她和克里夫都知道，她會答應赴約。威廉．莫里斯公司規定，禁止身穿迷你裙的祕書和客戶約會。但這傢伙不是公司的客戶，瑞克．達爾頓才是。他只是瑞克的好兄弟。

---

77 強尼．卡森（Johnny Carson, 1925~2005），美國電視節目主持人、喜劇演員、製作人。他主持的《強尼．卡森今夜秀》（*The Tonight Show starring Johnny Carson*, 1962~1992）非常受歡迎，且建立了電視談話性節目的標準模式。他被視為深夜電視節目之王。

78 喬伊．畢夏普（Joey Bishop, 1918~2007），美國演員、節目主持人、一九五〇、六〇年代當紅藝人團體「鼠黨」（Rat Pack）的一員，主持談話節目《喬伊．畢夏普秀》（*The Joey Bishop Show*, 1967~1969）。

79 傑利．路易斯（Jerry Lewis, 1926~2017），美國知名喜劇演員，有「喜劇之王」之稱，一九五〇、六〇年代非常受歡迎。

80 賈姬．「媽媽」．瑪碧麗（Jackie "Moms" Mabley, 1894~1975），美國首位非裔女性單口喜劇演員，一九二〇年代入行，一九六〇年代被更多白人觀眾認識，出現在主流電視節目中。

81 《好奇的是我（黃色）》（*I Am Curious (Yellow)*, 1967），瑞典情色片。

「你來選。」年輕小姐說。

「明智。」年紀較長的男士回說。

兩人笑起來的同時，馬文辦公室的大門打開，身穿棕色皮外套的瑞克．達爾頓從辦公室裡走出來。

克里夫迅速從馬文那張難坐的沙發裡站起來，望向自家老闆，試圖從他的舉止解讀一下他剛剛談得如何。因為瑞克看上去有點出汗，而且有些心煩意亂，克里夫覺得會面可能不太順利。

「你還好嗎？」克里夫輕聲問。

「嗯，我很好。」瑞克簡短回答。「我們先離開再說。」

「當然。」克里夫表示。克里夫接著轉了轉腳跟，面向珍娜．希默斯汀，動作非常迅速，讓她大吃一驚。她沒有發出任何聲音，但不自覺地縮了一下。現在克里夫直接站在她面前（由於她維持坐姿，克里夫比她高出很多），像個調皮的大男孩般衝著她微笑，希默斯汀小姐清楚意識到這傢伙有多帥。「這週三上映，」克里夫跟這位年輕小姐說，「妳想什麼時候去？」

因為克里夫直接正面對決，讓她豐腴的臂膀都起了雞皮疙瘩。辦公桌下，她穿著涼鞋的右腳抬了起來，以腳背磨蹭了左小腿肚。

「週六晚上如何？」她問。

「週日下午呢？」克里夫和她交涉，「看完電影後帶妳去吃三一冰淇淋。」

這讓希默斯汀的竊笑變成實實在在的大笑，她笑起來真的很可愛。克里夫這麼跟她說，發現她臉紅起來時也很可愛。

他從辦公桌上形似透明候車亭的名片座裡，抽出一張名片，拿到眼前看了看。

「珍娜．希默斯汀。」他大聲唸出來。

「就是我。」她侷促地傻笑。

克里夫從藍色牛仔褲後面的口袋裡拿出棕色的皮夾，裝模作樣地將名片放入皮夾中。接著，這位金髮男子開始往大廳的方向走，跟上他老闆。不過他繼續和這位年輕的祕書打趣：「記住，如果妳媽問起，別說我要帶妳去看色情片，而是去看一部外國電影，有字幕的。」

他在身影消失在轉角之前，揮了揮手說：「我週五會打給妳。」

週日下午，克里夫和希默斯汀小姐在西洛杉磯的皇家電影院看了《好奇的是我（黃色）》，兩人都很喜歡這部片。說到看電影，克里夫比他的老闆具有冒險精神。對瑞克來說，拍電影就是好萊塢的事。除了英國，其他國家的電影工業只能盡力而為，畢竟他們不是好萊塢。但經歷了二戰的血腥與暴力後，回到家鄉的克里夫驚訝地發現，大部分好萊塢電影竟然這麼幼稚。其中還是有些例外——《龍城風雲》（*The Ox-Bow Incident*, 1943）、《肉體與靈魂》、《白熱》（*White Heat*, 1949）、《黑獄亡魂》（*The Third Man*, 1949）、《龍虎鬥》（*The Brothers Rico*, 1957）、《牢獄大暴動》（*Riot in Cell Block 11*, 1954）——但這些只是虛假常態裡的異數。

許多經過二戰摧殘的歐亞國家，緩慢重拾電影工業時，圍繞著他們的依然是戰爭遺留的斷垣殘壁（《不設防城市》[82]、《小偷難做》[83]），這些國家的電影從業人員發現，自己拍的電影是要給更成熟的觀眾看的。

反觀美國——這裡說的「美國」，指的是「好萊塢」——這個國家不是戰爭前線，人民大多不用直接承受戰火波及，對戰爭駭人的細節一無所知，因此他們的電影依舊很幼稚，而且令人沮喪的是，他們一心奉娛樂為圭臬，努力製作闔家觀賞的作品。

克里夫二戰時看多了人性的極端面向（例如，目睹游擊隊菲律賓弟兄的頭被日本軍隊插在木樁上），對他來說，就連當時最厲害的演員——馬龍．白蘭度、保羅．紐曼、雷夫．米克、約翰．加菲爾德[84]、勞勃．米契、喬治．史考特[85]——說起話來就像演員，舉手投足都展現了只有電影角色才有的行為反應。總是有種虛假的巧妙，使得角色沒有說服力。回美國後，克里夫最喜歡的好萊塢演員是亞倫．賴德[86]。他很喜歡個頭矮小的賴德身穿四〇、五〇年代的時裝，他輕鬆駕馭這身扮相，充分展現他的魅力。克里夫對西部片或戰爭片裡的亞倫．賴德毫無興趣，穿上牛仔裝和軍服，賴德這個人就不見了。賴德必須穿西裝打領帶，最好戴一頂寬帽簷的費多拉帽。克里夫喜歡他的長相。他很帥，但又不是電影明星的那種帥。克里夫長得特別英俊，所以他很欣賞其他不帥但也不需要帥的男性。亞倫．賴德看起來很像幾個他共事過的人。他長得就像個美國人，這點也深得克里夫的喜愛。不過他特別愛這位身材不高的男人在電影裡赤手空拳打架的樣子，愛看他如何痛扁那些擅長演惡棍的演員。打架時，他一綹頭髮會垂到前額上，好看極了。克里夫也特別喜歡看賴德和反派在地上翻滾扭打的樣子。但賴德的哪個特質絕對是他的最愛呢？他的聲音。賴德唸對白的方式很嚴肅直接，一點也不花俏。賴德和威廉．班迪克斯[87]、羅伯特・普雷斯頓[88]、布萊恩・唐萊維[89]，或歐尼斯・鮑寧[90]等演技派連袂主演時，這些人都相形失色。電影的角色如果要生氣，賴德並不是**演出**生氣的樣子，他就像現實世界的人一樣，直接動怒。克里夫認為，亞倫・賴德是電影裡唯一知道怎麼梳頭髮、戴帽子或抽菸的演員（好啦，米契也懂如何抽菸）。

---

82 《不設防城市》（*Rome, Open City*, 1945），影史留名的新寫實主義經典作品，由義大利名導羅貝托・羅塞里尼（Roberto Rossellini, 1906~1977）執導，以二戰末期為背景的戰爭劇情片。

83 《小偷難做》（*Big Deal on Madonna Street*, 1958），又名《聖母街上的大人物》、《瑪丹娜街的交易》，義大利劫盜喜劇電影。

84 約翰・加菲爾德（John Garfield, 1913~1952），美國演員，一九三〇年代末至一九四〇年代很受歡迎，知名作品包括《蕩婦怨》（*The Postman Always Rings Twice*, 1946）、獲奧斯卡男主角提名的《肉體與靈魂》（*Body and Soul*, 1947）。

85 喬治・史考特（George C. Scott, 1927~1999），美國演員，知名作品包括《奇愛博士》（*Doctor Strangelove*, 1964）、《巴頓將軍》（*Patton*, 1970）。

86 亞倫・賴德（Alan Ladd, 1913~1964），一九四〇至五〇年代初是他演藝生涯的鼎盛期，演出多部西部片，如《原野奇俠》（*Shane*, 1953），以及黑色電影，如《劊子手》（*This Gun for Hire*, 1942）。

87 威廉・班迪克斯（William Bendix, 1906~1964），美國演員，憑《復活島》（*Wake Island*, 1942）提名奧斯卡最佳男配角，此片又名《威克島之戰》。

88 羅伯特・普雷斯頓（Robert Preston, 1918 ~1987），美國演員，代表作包括改編自百老匯音樂劇的歌舞片《歡樂音樂妙無窮》（*The Music Man*, 1962），普雷斯頓也演了音樂劇的首演。他憑歌舞片《雌雄莫辨》（*Victor/Victoria*, 1982）提名奧斯卡最佳男配角。

89 布萊恩・唐萊維（Brian Donlevy, 1901~1972），美國演員，多飾演反派，知名作品包括《江湖異人傳》（*The Great McGinty*, 1940）、《復活島》等。

90 歐尼斯・鮑寧（Ernest Borgnine, 1917~2012），美國演員，憑愛情片《馬蒂》（*Marty*, 1955）獲奧斯卡最佳男主角。

但這一切只讓克里夫發現，好萊塢電影有多不真實。奧圖．普雷明傑（Otto Preminger, 1905-1986）執導的《桃色血案》[91]當年上映時，多家報紙認為片中「諸多用詞極度兒少不宜」。克里夫看完電影後，特別拿這件事來取笑。他和瑞克打趣地說：「『殺精劑』一詞只有在好萊塢電影裡會被認為『極度兒少不宜』。」

然而，看外國電影時，克里夫發現裡面的演員具備某種好萊塢片沒有的真實感。毫無疑問地，他最喜歡的演員是三船敏郎（1920-1997）。他會看三船敏郎的臉看到入迷，有時進而忘了讀字幕。另一位喜歡的外國演員則是楊波．貝蒙（Jean-Paul Belmondo, 1933-2021）。他在《斷了氣》[92]裡看到貝蒙時，心想，**那傢伙看上去就像一隻該死的猴子。不過是隻我喜歡的猴子**。

貝蒙和克里夫也欣賞的保羅．紐曼一樣，深具電影明星的魅力。

但如果保羅．紐曼飾演爛人，例如《原野鐵漢》（*Hud*, 1963）裡的赫德，他依然是個討喜的混蛋。但《斷了氣》裡的主角不光是個性感渣男，他更是個令人作噁的小人、小家子氣的竊賊、十足的爛貨。而且和好萊塢電影不同，這些外國電影不會濫情地美化這個角色。好萊塢電影都會濫情地美化這些人渣，這是好萊塢電影最虛偽的地方。現實世界裡，這些唯利是圖的爛貨骨子裡沒那麼多愁善感。

這也是為什麼克里夫很欣賞貝蒙在《斷了氣》沒這麼詮釋他那可鄙的角色。克里夫覺得外國電影比較像小說。他們不在乎你喜不喜歡電影裡的主要角色，這讓克里夫覺得很有趣。

因此，一九五〇年代起，克里夫會開車到比佛利山莊、聖塔莫尼卡、洛杉磯西區、小東京這幾處，看附有字幕的外國黑白電影。《大路》[93]、《大鏢客》、《生之慾》、《橋》[94]、《男人的爭端》[95]、《單車失竊記》[96]、《洛可兄弟》[97]、《不設防城市》、《七武士》[98]、《線人》[99]、《慾海奇花》[100]（克里夫覺得這部片非常性感）。

「我看電影不是為了去讀字幕的。」瑞克這麼取笑克里夫看電影的偏好。克里夫聽了只是一笑置之，不過對於自己有辦法讀字幕這件事，一直感到很自豪。他覺得自己比較聰明。他也

---

91 《桃色血案》（*Anatomy of a Murder*, 1959），美國法庭電影，剛上映時，因為片中描述強暴、性行為等用詞清楚直白，引起不少爭議。

92 《斷了氣》（*Breathless*, 1960），法國新浪潮導演高達（Jean-Luc Godard, 1930~2022）的成名作。

93 《大路》（*La Strada*, 1954），義大利導演費里尼早期作品，獲威尼斯影展銀獅獎、奧斯卡金像獎最佳外語片。

94 《橋》（*The Bridge*, 1959），根據同名小說改編、以二戰為背景的西德電影。

95 《男人的爭端》（*Rififi*, 1955），改編自同名小說的法國黑色電影，又名《男人的爭鬥》、《偷天大搶案》，是美國導演朱爾斯・達辛（Jules Dassin, 1911~2008）的代表作。

96 《單車失竊記》（*Bicycle Thieves*, 1948），義大利新寫實主義的經典之作，由義大利導演狄西嘉（Vittorio De Sica, 1902~1974）執導。

97 《洛可兄弟》（*Rocco and His Brothers*, 1960），義大利知名導演維斯康提（Luchino Visconti, 1906~1976）的新寫實主義之作。

98 《大鏢客》（1961）、《生之慾》（1952）、《七武士》（1954）皆為日本導演黑澤明的作品。

99 《線人》（*Le Doulos*, 1962），又名《告密者》，根據同名小說改編的法國犯罪電影，是法國導演尚－皮耶・梅爾維爾（Jean-Pierre Melville, 1917~1973）的知名作品。

100 《慾海奇花》（*Bitter Rice*, 1949），義大利新寫實主義電影。

喜歡多訓練自己的腦袋，喜歡絞盡腦汁，試圖理解那些無法一目瞭然的艱澀概念。洛赫遜[101]或寇克．道格拉斯[102]的新片開始二十分鐘後，就沒什麼新鮮事好理解了。但這些外國電影可不一樣，有時候你得看完整部片，才知道自己剛剛看了什麼。但他也沒被這些電影難倒。畢竟，這些電影（無論如何）還是得以電影的形式表現，不然有什麼意義呢？克里夫的程度或許不足以替《電影評論》雜誌寫犀利的影評，但他足以明白，《廣島之戀》[103]是部爛片。他足以明白，安東尼奧尼[104]是個騙子。

克里夫也喜歡從不同角度看事情。《兵士的歌謠》[105]讓他對蘇聯的盟友產生前所未有的敬意。《地下水道》[106]使他明白，或許自己的戰時經驗，對某些人來說並沒有那麼糟。伯哈．維奇（Bernhard Wicki, 1919-2000）導演的《橋》則讓他做了一件過去認為不可能發生的事：為德國人流淚。他通常把週日下午留給自己，不和其他人一起過（週日下午是他的外國電影日）。圈子裡的其他人一點都不感興趣（身為特技演員卻對電影毫不在意，實在很荒唐），不過克里夫更喜歡獨自一人看這些電影。這是他的私人時間，獨自和三船敏郎、楊波．貝蒙、賭徒鮑伯[107]、尚．嘉賓[108]（不管是年輕英俊的他還是一頭白髮年邁的他）相處的時光；這是他和黑澤明相處的時光。

《大鏢客》並不是克里夫首部三船敏郎或黑澤明的電影，他幾年前就看過《七武士》了。克里夫認為《七武士》是部傑作，但覺得這只是曇花一現，好這麼一次而已。但報紙影評說服了他，讓他想多了解三船敏郎和黑澤明的最新成果。當克里夫看完《大鏢客》，從小東京一家購物中心裡的小電影院走出來時，他覺得三船敏郎演得特別好，不過對黑澤明還沒那麼肯定。克里夫本來就不太在意導演的工作成果，他並沒有把電影抬得那麼高。電影導演就只是按表操課的傢伙而已。他清楚得很——畢竟他和很多導演合作過。認為導演就像備受折磨的畫家，總在苦惱該在畫布上塗哪種藍色，這樣理解電影製作實在是牽強附會的幻想。威廉·惠特尼按進度賣力工作，每天收工時有好的成果。但他幾乎稱不上是個雕刻家，能將一塊石頭刻成讓你想撫摸的女人屁股。

然而，《大鏢客》裡，除了三船敏郎、除了故事本身，還有某些東西觸動了克里夫。而

---

101 洛赫遜（Rock Hudson, 1925~1985），美國演員，一九五〇至七〇年代非常受歡迎的好萊塢明星。代表作包括《巨人》（*Giant*, 1956）、《湖畔春曉》（*Man's Favorite Sport?*，1964）等。

102 寇克·道格拉斯（Kirk Douglas, 1916~ 2020），美國演員、製片，一九五〇年代的好萊塢票房巨星，代表作包括《奪得錦標歸》（*Champion*, 1949）、《玉女奇男》（*The Bad and the Beautiful*, 1952）等。

103 《廣島之戀》（*Hiroshima Mon Amour*, 1959），法國導演新浪潮導演雷奈（Alain Resnais, 1922~2014）的經典之作。

104 安東尼奧尼（Michelangelo Antonioni, 1912~2007），義大利導演，早期創作深受義大利新寫實主義影響，之後以疏離冷靜的敘事手法改變歐洲電影風貌，成為現代主義電影的重要先驅，代表作包括《情事》（*L'avventura*, 1960）、《慾海含羞花》（*L'eclisse*, 1962）、《春光乍現》（*Blow-Up*, 1966）等。

105 《兵士的歌謠》（*Ballad of a Soldier*, 1959），以二戰為背景的蘇聯電影。

106 《地下水道》（*Kanal*, 1957），由波蘭大師級導演華依達（Andrzej Wajda, 1926~2016）執導，故事聚焦二戰波蘭抵抗軍為逃離納粹攻擊，從下水道撤退時發生的事情。

107 賭徒鮑伯是尚·皮耶·梅爾維爾導演的法國黑幫電影《賭徒鮑伯》（*Bob the Gambler*, 1956）裡的角色，由侯傑·杜夏（Roger Duchesne, 1906~1996）飾演。

108 尚·嘉賓（Jean Gabin, 1904~1976），法國演員，一九三〇至六〇年代法國十分受歡迎的演員，知名作品包括《大幻影》（*La Grande Illusion*, 1937）、《天色破曉》（*Le Jour se lève*, 1939）等。

他覺得那額外的元素**可能**來自黑澤明。他看的第三部黑澤明電影，證明了前兩部的出色絕非僥倖。《蜘蛛巢城》好得讓他目瞪口呆。得知這部片改編自莎士比亞的《馬克白》時，他其實有點擔心。克里夫對莎士比亞從來沒有感覺（儘管他希望他有）。克里夫看電影時，通常都會覺得有點無聊。如果他想找刺激，他會開著賽車在競賽跑道上兜好幾圈，或騎著越野摩托車在越野摩托車場上盡情奔馳。但《蜘蛛巢城》不同，他全心貫注投入其中。當他在黑白畫面上，看到身穿全套武士盔甲、身上插滿箭的三船敏郎，那一刻就確定了：克里夫．布茲是黑澤明的粉絲。

受戰爭暴力摧殘的四〇年代結束後，貫穿五〇年代的是煽情的通俗劇。田納西．威廉斯、馬龍．白蘭度、伊力．卡山、演員工作室[109]、《90分鐘劇場》[110]。無論從哪方面來看，黑澤明最適合浮誇的五〇年代，他一系列最知名的作品出現的年代。美國影評很早就十分推崇黑澤明，將他的通俗劇拉抬到精緻藝術的高度，多少是因為他們並不理解這些作品。由於克里夫曾和日本人打了這麼久的仗、戰爭期間一度成為日軍的戰俘，這讓他覺得，和他所讀過的任何影評相比，自己更了解黑澤明的電影。克里夫覺得，黑澤明天生具備表現舞台劇、通俗劇、通俗小說的才華，也具備漫畫家（克里夫是漫威漫畫的愛好者）取景和構圖的天賦。克里夫沒看過有哪位導演比「老大」（克里夫這麼稱黑澤明）更能藉由構圖賦予鏡頭更多的張力和動能。但克里夫覺得美國影評搞錯了一點，就是稱黑澤明為「傑出的藝術家」。黑澤明一開始並不是為了藝術而拍電影，他是為了生計拍電影。他要工作賺錢，為其他同樣得工作賺錢的人拍電影。他並不是**傑出的藝術家**，但執導劇情片和具備通俗娛樂小說性質的電影時，卻擁有絕佳的才華，將這類電影拍得極具**藝術性**。

但就連「老大」也會受外界的評論影響。六〇年代中期，「老大」以《紅鬍子》（1965）這部片，從電影導演黑澤明，變成俄國小說家黑澤明。

克里夫看《紅鬍子》時，出於對**曾經最愛**的電影導演的尊重，並沒有中途離場。不過，他後來得知，正是因為「老大」在《紅鬍子》變得這麼沉悶笨重，使得三船敏郎發誓不再和黑澤明合作。這次，克里夫站在三船敏郎這一邊。

克里夫最喜歡的黑澤明電影

1. 《七武士》和《生之慾》（一樣愛）
2. 《大鏢客》
3. 《蜘蛛巢城》（1957）
4. 《野良犬》（1949）
5. 《惡人睡得香》（1960）（只有開場）

109 演員工作室（The Actors Studio）是由伊力・卡山等導演於一九四七年成立的職業演員訓練所，將俄國戲劇、表演理論家史坦尼斯拉夫斯基（Stanislavski）的「方法演技」引介至美國，並培養出日後著名的演員，如馬龍・白蘭度、詹姆斯・狄恩（James Dean, 1931~1955）。

110 《90分鐘劇場》（*Playhouse 90*, 1956~1961），美國單元劇影集，每週一集九十分鐘，有別於當時一般六十分鐘的電視劇長度，每一集都是不同故事、角色。

克里夫對日本電影的接觸和熱愛（雖然他絕不會這麼說），不侷限於黑澤明和三船敏郎。雖然不知道其他導演的名字，但他很喜歡《武林三殺手》（1964）、《大菩薩嶺》（1966）、《切腹》（1962）和《御用金》（1969）[111]。七〇年代時，他愛極了勝新太郎（1931-1997）在《盲劍客》系列電影飾演的座頭市。實在是太喜歡了，有段時間勝新太郎還取代了三船敏郎，成為克里夫最愛的演員。他也特別迷勝新太郎的哥哥若山富三郎（1929-1992）主演的《帶子狼》系列電影，特別是第二部《三途川的嬰兒車》（1972）。七〇年代時，他也看了那部女人把男人的屌割下來，狂野情色的日本片《感官世界》（1976）（他帶了幾個約會對象去看了那部片）。千葉真一（1939-2021）主演的系列電影《殺人拳》中的第一部（他把黑人的屌扯下來的那部），也深得他的喜愛。但當他在維斯塔戲院[112]看完三船敏郎主演的《宮本武藏》三部曲（一個週日下午連看三部）後，他感到無比厭煩，因此長達兩年沒再看過一部日本電影。

不過，很多五〇、六〇年代外國影壇的重量級人物，克里夫不太喜歡。他試過柏格曼[113]，但不感興趣（覺得太無聊）。他試過費里尼[114]，起初的確有點感覺。克里夫覺得，費里尼大可以不需要他太太那些卓別林式[115]的狗屁表演；其實，他大可以完全不用找太太來演。但克里夫很喜歡費里尼早期的黑白片。然而，當費里尼認定，**人生是場馬戲團表演**，克里夫便說，**慢走不送**。

他試過楚浮[116]兩次，但一點感覺也沒有。並不是因為他的電影很無聊（的確很無聊），但這不是唯一讓克里夫沒感覺的理由。他看的兩部電影（楚浮的雙片聯映場）就是無法引起他的興趣。第一部片是《四百擊》（*The 400 Blows*, 1959），完全沒打動他。他真心不懂為什麼那個小男孩要做出那大半的鳥事。克里夫從來沒跟任何人提過，但如果真要說，他首先要質疑的是男主角向巴爾札克祈禱的橋段。這是法國小孩會做的事嗎？這是要說這個行為很正常，還是要說男主角是個小怪胎？當然，他知道，這**可能**就像美國小孩會在牆上張貼棒球明星威利・梅斯（Willie Mays）的照片一樣。但他覺得這**應該**沒那麼簡單。而且，這聽起來很荒唐。一個十歲的小男孩那麼愛巴爾札克？才沒有。因為這個小男孩應該是楚浮自己，所以是楚浮要告訴我們，**他**有多特別。但坦白說，銀幕上的男孩一點也不特別。他也絕對不值得有一部關於他的電影。

至於《夏日之戀》（*Jules and Jim*, 1962）裡那些愁眉不展的蠢蛋，他覺得他媽的神煩。克里夫不喜歡《夏日之戀》，因為他不喜歡那個小妞。有些電影是如果你不喜歡女主角，就不可能喜歡整部片。《夏日之戀》就是這種電影。克里夫覺得，如果那兩個男的就讓這婊子淹死，整部片會更好。

---

111 這幾部電影的導演依序為五社英雄（1992~1992）、岡本喜八（1924~2005）、小林正樹（1916~1996）、五社英雄。

112 維斯塔戲院（Vista Theatre）是好萊塢歷史悠久的單廳戲院，一九二三年開業，二戰後有段時間專門播映老片及外國片。二〇二一年因為疫情，被昆汀・塔倫提諾收購。

113 柏格曼（1918~2007），瑞典電影大師，知名作品包括《第七封印》（*The Seventh Seal*, 1957）、《野草莓》（*Wild Strawberries*, 1957）、《假面》（*Persona*, 1966）等。

114 費里尼（Federico Fellini, 1920~1993），義大利電影大師，知名作品包括《生活的甜蜜》、《八又二分之一》等。

115 這裡指的是費里尼早期的作品，《大路》與《卡比莉亞之夜》（*Nights of Cabiria*, 1957），兩部皆由費里尼的太太茱麗葉塔・瑪西娜（Giulietta Masina, 1921~1994）主演，她在裡面的表演（特別是《大路》）被譽為女版卓別林。

116 楚浮（François Truffaut, 1932~1984），法國新浪潮的代表導演。

由於克里夫對叛逆挑釁的事物很感興趣，自然很喜歡《好奇的是我（黃色）》，而且不只喜歡性愛的部分。熟悉這部片的表現方式後，他也喜歡上其中的政治論述。他還特別欣賞這部片的黑白攝影。《斷了氣》和戰場上的紀實短片一樣巧妙，但《好奇的是我（黃色）》是如此平穩又閃閃發光，讓克里夫很想舔銀幕，尤其是有萊娜出現的畫面。《好奇的是我（黃色）》（算是）在講一個二十二歲的女大學生萊娜，和一位四十四歲電影導演維果交往時發生的事情。飾演萊娜的演員是當年也二十二歲的萊娜．尼曼（Lena Nyman, 1944-2011），而飾演導演的也正是這部電影四十四歲的導演維果．史約曼（Vilgot Sjöman, 1924-2006）本人。

兩位萊娜（真實世界裡的萊娜和銀幕裡的萊娜）都主演了維果的新電影。起初，電影不斷在萊娜與維果，以及兩人一起製作的偽政治紀錄片這兩者之間往返。起初希默斯汀小姐有點混亂，克里夫也是。但他很快就搞懂了，覺得自己很聰明，因為要掌握這部片的敘事模式不大容易。克里夫一開始認為，導演只是把他那性慾高漲的大學生女友，當作銀幕上空有臉蛋的漂亮寶貝和任他擺布的傀儡來利用。但很快地，維果就將她扔到幾場深具啟發性的政治辯論和討論裡。電影開始沒多久，就出現萊娜帶著麥克風和手持攝影機在街上訪問的畫面。她幾乎是向路上的瑞典中產階級公民發動攻擊，接連拋出幾個控訴意味濃厚的問題（例如，「就個人層面來說，你現在做了什麼努力來終結瑞典的階級制度？」）克里夫覺得有些訪問段落很單調，有些很難懂，但整體來說這部電影很吸引人。

克里夫特別感興趣的一場辯論，談的是瑞典軍隊在現今社會的角色和**必要性**。這場辯論在街頭進行，一方是一群年輕的瑞典軍校學生；另一方則是其他瑞典年輕人，這群年輕人認為所有瑞典公民都應該拒服兵役，取而代之的是另一種為期四年、強制參與、為了守護和平而存在的服役制度。克里夫認為雙方都有不錯的觀點和見解，也很高興雙方並沒有對彼此發怒。

而且，因為這場辯論能繼續擴展，衍伸出更多相關且實際的問題。例如，如果瑞典被外敵占領了，軍隊**究竟**會做什麼？他們**應該**做什麼？

克里夫從來不好奇，如果俄國人、納粹、日本人、墨西哥人、維京人或亞歷山大大帝以武力占領美國，美國人會做何反應。他知道美國人會做什麼。他們會嚇得半死，然後叫警察。等他們發現警察不但無法提供協助，甚至還代表侵略方執勤時，他們會在稍稍絕望一下後，就乖乖順從。

然而，隨著電影不斷演下去，這部片也變得越來越令人費解。克里夫察覺得到，很多令人困惑之處是刻意這麼做的，而有些就只是因為這是部古怪的電影。

不過等他看得越久，對這部片的操作手法越感興趣。哪些是萊娜真實的故事？哪些是維果拍的電影？

克里夫一度很疑惑，為什麼這部片越演越狗血濫情。接著他意識到，越來越狗血的是維果拍的電影。**電影裡的維果**並沒有和**真實世界裡的維果**一樣，是個厲害的導演。

哪些是現實，哪些是電影的內容，克里夫對兩者之間的關係十分感興趣。特別是他事後再想了一下，發現萊娜的父親在電影裡具備的含義。**等等，所以萊娜父親那部分的事情不是真的？他真的是萊娜的父親，或者只是一位飾演父親角色的演員？**經確認，現實生活中，他的確是個演員，飾演萊娜的父親。但他究竟是**電影萊娜**的父親，或者是在**維果的電影**裡飾演父親的演員？

所有和電影相關的這些問題，都讓克里夫非常感興趣，不過希默斯汀小姐卻沒那麼著迷。看電影時，克里夫感覺到她往後靠，而希默斯汀小姐則感覺到他往前傾。有時候，克里夫會聽到她的低語：「無聊的是我。」

他心想，**那很酷好不好，這是一部古怪的電影**。

所有這些真實電影[117]的東西好是好，但讓這部片出名的性愛場面又如何呢？性愛場面是克里夫來看這部片的原因（不完全都是為此），但他**很好奇**。這也絕對是他帶希默斯汀小姐來看的原因。這部片首次從斯德哥爾摩寄來時，因為其中幾場性愛場面在海關被查扣。片中和萊娜發生性行為的男性不是維果（克里夫很慶幸不用看那傢伙做愛），而是一位不老實的已婚男子（伯傑·阿斯特[118]飾演），萊娜因為父親而認識他。

看著第一個在美國戲院上映的真實性愛場面、看著萊娜和伯傑在萊娜的公寓裡做愛的當下，克里夫有種奇怪的感覺，覺得自己正在看一件嶄新的事。其他主流最近也有拍這類場景。例如，《修女喬治的雙重生活》[119]裡，蘇珊娜·約克（Susannah York, 1939-2011）和卡羅爾·布朗（Coral Browne, 1913-1991）吸吮乳頭的親密行為；安·海伍德（Anne Heywood, 1931-）在《狐》（*The Fox*, 1967）裡自慰的場景；《戀愛中的女人》（*Women in Love*, 1969）中，奧利弗·瑞德（Oliver Reed, 1938-1999）和艾倫·貝茲（Alan Bates, 1934-2003）在壁爐旁的裸體摔角（克里夫沒看過這部片，但預告就讓他驚呆了）。但這部片的裸體性愛場面替主流院線電影開闢了新天地。這部片原本被美國海關以猥褻淫穢為理由查扣。電影發行商格魯夫出版[120]提起訴訟，一審吃了敗仗，聯邦地方法院支持海關查扣的決定。但這就是格魯夫出版的策略。他們想提請上訴，推翻一審的判決。如此一來，判決便不只適用**這部片**，而是這類充滿挑釁／挑逗意味的性題材的**所有電影**。這個策略也真的奏效了。聯邦上訴巡迴法院推翻地方法院的裁決，讓《好奇的是我（黃色）》因為這場轟動一時的訴訟案而聲名大噪，更在性題材方面，開啟了一波當代主流電影的新浪潮。這部片成為這波重視藝術性的情色片裡的第一部，以及至今最賺錢的片。而這波情色片也在接下來的幾年蓬勃發展了一段時間。與此同時，電影產業和觀眾一同決定這條路他們願意走得多遠——而色情片業者則暫時被擠到一邊觀望，看主流電影願意退讓多少。

克里夫和希默斯汀看著萊娜公寓裡上演的性愛場景時，都沉浸在首次看到新元素的興奮之情裡。自這場戲開始時，兩人的手指也緊緊交纏在一起。

克里夫回想在施沃茲辦公室外讀到的《生活》雜誌影評，理查・席克爾這麼寫：

117 真實電影（cinéma vérité）指的是一九五〇年代末起，以直接拍攝真實生活為特徵的電影創作潮流。

118 伯傑・阿斯特（Börje Ahlstedt, 1939~），瑞典演員，常和瑞典知名導演伯格曼合作，知名作品包括電影《芬妮和亞歷山大》（*Fanny and Alexander*, 1982）、電視電影《夕陽舞曲》（*Saraband*, 2003）等。

119 《修女喬治的雙重生活》（*The Killing of Sister George*, 1968），又名《喬治姊妹之死》，改編自同名舞台劇的美國電影。

120 格魯夫出版（Grove Press）為美國一九五〇至七〇年代深具影響力的出版社，是美國首間出版 D・H・勞倫斯爭議之作《查泰萊夫人的情人》的出版社，於一九六三年成立製片公司，並於一九六七年成立電影部門（Grove Press Film Division），涉及電影發行業務。一九七〇年代後縮減電影發行業務的規模，電影部門並於一九八五年解散。

十年前——甚至五年前——這可能極度駭人聽聞，在美學層面與文化層面如此，更別提道德層面了。但我們在所有思想和藝術的層面上，已經這麼接近這種程度的赤裸坦白，至今終於能抵達這種境地，並能往下一步走，實在令人寬慰。

《好奇的是我（黃色）》裡第一場性愛戲稱不上色情（克里夫沒有勃起），其實所有現代電影也說不上有多情色，但其中清楚明白的裸露肯定仍充滿挑逗性。但這場戲之所以令人難忘，在於其中的詼諧幽默。這場真實的性愛戲在在顯示出，大部分想快速完事的恩愛行為，都會變成一樁連環出錯累積成的鬧劇。維果努力突顯發生性行為時，實際會牽扯到的尷尬與笨拙。這兩人想做愛，身為觀眾的我們，電影看了這麼久就等這一刻，也希望他們趕快辦事；但導演卻一再讓他們遇上現實生活裡的障礙，想在大白天快速衝一發都不順利。伯傑試了幾次，依然無法解開萊娜的褲子，這樣笨手笨腳讓萊娜有些不滿（她說：「你沒辦法嗎？」），最後萊娜只好停止吻他，自己把褲子解開脫掉。伯傑試圖站著和她做愛時，被萊娜阻止了（她說：「我沒辦法這樣。」），顯然她過去有這樣的經驗。他們得去另一個房間拿床墊時，因為褲子脫到腳踝處，困住了雙腳，他們就像士兵人偶一樣笨拙地拖著腳走動。為了拿床墊，他們幾乎毀了整個房間，把床墊拉進來後才發現萊娜的錄音設備（盤帶錄音機、沒有捲好的磁帶、麥克風）堆得到處都是。如果他們想把床墊鋪在地板上做愛，就得先把這些礙事的東西疊好。

克里夫覺得，這場戲是他的觀影經驗中，最好的幾場戲之一。這場戲也絕對最寫實。他曾經待過類似的公寓、在類似的地板及床墊上，和類似的女孩做愛；也曾匆匆堆好雜誌、漫畫、平裝書和唱片專輯，好在地上、沙發上、床上、汽車後座裡與女生嘿咻。他也曾經只聽命於充分勃起的陰莖行事，在褲子纏繞腳踝的情況下，笨拙地「長途跋涉」。

此外，克里夫覺得那場在橋上做愛的戲更性感。他愛極了在公眾場合做愛。享受在公眾場合親熱、在公眾場合口交、在公眾場合讓對方替自己打手槍。看完這兩場戲，克里夫以為這部片的重頭戲差不多就這樣了。但接下來露出陰毛的戲，都讓他和希默斯汀小姐措手不及。那場戲裡，萊娜和伯傑全裸躺在一起，一邊說話一邊愛撫對方。萊娜的臉就在伯傑鬆軟的陰莖旁，她的手指在他濃密的陰毛裡進進出出，時不時輕輕吻了吻他的陰莖。在西木區的電影院裡，和希默斯汀小姐十指緊扣，在一部由**貨真價實的演員**主演、**貨真價實**的電影中，目睹那樣的場景，克里夫覺得他看到了電影新的可能。

後來，瑞克問克里夫是否睡了希默斯汀小姐？

「沒。」克里夫回答。

但他老實跟瑞克說，載希默斯汀小姐回家的路上，希默斯汀小姐就在他那輛卡曼吉亞裡幫他口愛。不過那次是兩人唯一一次的約會了。

一九七二年時，珍娜・希默斯汀將成為威廉・莫里斯公司裡稱職的經紀人。一九七五年時，她躋身為公司頂尖的經紀人。

從那時候起，她都只幫業界大咖吹喇叭。

第三章　天堂大道

克里夫開著瑞克的一九六四年凱迪拉克雙門轎跑車，從威廉．莫里斯公司大樓的地下停車場駛出，在查理維爾大道開了一個街區後，轉彎駛入威爾榭大道。

載著兩位男士的凱迪拉克沿著這條繁忙大街往下開時，像蝗蟲般湧入這座城的嬉皮次文化無所不在。一大群嬉皮披著披肩、穿著連身裙，光著腳，招搖地走在路旁的人行道上。苦惱的瑞克．達爾頓依舊還沒和好兄弟說明自己焦躁的原因，他向車窗外一瞥，嫌惡地發表對這群嬉皮路人的看法。「看看這些他媽的怪胎。你知道的，這裡他媽的曾是生活的好地方，但看看現在成了什麼樣子。」他語氣裡充滿法西斯的蠻橫，鄙視地說：「就該讓他們對著牆排排站好，然後全部槍斃。」

兩人駛出繁忙的威爾榭大道，駛入比較幽靜的住宅區街道，往瑞克位於天堂大道的家開去。瑞克從身上帶的那包卡比托淡菸裡，抽了一根出來，扔進嘴裡，用Zippo打火機點燃，然後俐落地扣上打火機的銀色蓋子。他抽了幾口後說：「完了，老兄。」他吸了吸鼻子，發出很大的聲響。「我過氣了。」

克里夫試著安慰他的老闆。「別這樣，老兄，你什麼意思？那傢伙對你說了什麼？」

瑞克不客氣地回說：「他對我說了該死的實話，就這樣！」

克里夫問：「你在不爽什麼？」

瑞克轉頭面對他的好搭擋。「看著自己他媽的毀掉自己的事業，讓我他媽的超不爽！」

「所以到底怎麼了？」克里夫問：「那傢伙拒絕你了？」

瑞克再深深吸了一口菸。「沒有，他想讓我去演義大利電影。」

克里夫馬上回說：「那有什麼不好？」

瑞克激動地大吼：「我得拍他媽的義大利電影，那就是他媽的不好！」

克里夫決定繼續開車，讓瑞克自己靜一靜。瑞克吸了一大口菸，心中憤恨難平。他吐氣時，回顧起自己的事業：「花五年往上爬，十年來毫無長進，現在直直衝向谷底。」

克里夫一邊應付洛杉磯的交通，一邊說出自己的想法。「聽著，我的工作從來沒什麼好說嘴的，所以我無法說我懂你的感受——」

瑞克打斷他：「什麼話？你是我的特技替身。」

克里夫實話實說：「瑞克，我是你的司機。從拍《青蜂俠》之後，從你的駕照被吊銷開始，我就是你的**司機**，幫你跑腿、打雜。我不是在抱怨。我喜歡載你到處跑。接送你去拍片現場、去試鏡、去和人見面等等。你出門時，我喜歡待在好萊塢山莊幫你看家。但我好一陣子沒當全職替身了。就我看來，去羅馬主演電影不像你想得那樣，並沒有比死還糟。」

瑞克馬上回嘴：「你看過義大利西部片[121]嗎？」接著自己回答：「那些片爛透了！他媽的鬧

121　義大利式西部片（Spaghetti Western）、義式西部片，俗稱義大利麵西部片，指一九六〇年代中期起，由義大利人製片、執導，在歐洲拍攝以美國西部為背景的電影。

劇。」

「是喔？」克里夫反駁。「你看過幾部？一部？兩部？」

瑞克自以為是地說：「我看夠多了！沒人喜歡義式西部片。」

克里夫低聲說：「一定有些義大利人喜歡。」

「聽著，」瑞克表示，「我是看哈普隆·卡西迪[122]和胡特·吉勃遜[123]長大的。什麼圭多·狄法索導演、什麼瑪利歐·芭那那奧主演的義大利西部片，我聽都沒聽過。」瑞克一邊連珠砲地批評義式西部片，一邊將香菸伸出車窗外彈了彈，「要知道，我還是很不爽那個義大利佬狄恩·馬汀[124]演了《赤膽屠龍》[125]。也別指望他媽的法蘭基·阿瓦隆在《邊城英烈傳》裡死在戰場[126]上。」

「我再說一次，」克里夫大膽地表示，「我不是你，但對我來說，這是體驗生活的好機會。」

「什麼意思？」瑞克真心感到好奇。

「你隨時被攝影師跟拍，能一邊遠眺羅馬競技場，一邊坐在小桌旁啜飲雞尾酒，可以嚐到全世界最讚的義大利麵和披薩，能和義大利小妞上床。」克里夫總結，「我會說，這比待在柏本克，被英雄馬丁打趴還要好。」

瑞克大笑：「哇，你說得有道理。」

兩人賊笑了幾聲，瑞克很快就不再那麼沮喪。自從兩人成為搭檔，克里夫為瑞克滅火就成了雙方互動裡不可或缺的一部分。有時候那些要撲滅的火只是比喻，像現在這種。但建立兩人夥伴關係的第一場火，是**真的火**。

事情發生在《賞金律法》第三季（六一至六二年那季），克里夫被找來當主角的替身。瑞克一開始並不喜歡克里夫，原因很簡單：就特技替身來說，克里夫帥得有點過頭了。《賞金律法》是瑞克把妹的地方。他不需要一位把他的戲服穿得更好看的小鮮肉，跑來跟他搶妹。但後來他聽說了克里夫在二戰時的英勇事蹟，得知克里夫並不只是個勇士，而是二戰非常厲害的勇士。他獲頒英勇勳章，而且得了兩次。第一次是因為在西西里島殺了義大利人。二度授勳的原因有很多，但最主要的原因是，除了在廣島投下原子彈的弟兄，就殺死的日本士兵人數來說，沒有其他美國士兵比克里夫・布茲中士殺死的還要多。

反觀瑞克，如果花好幾個月持續從餐桌椅上跳下來能跳出扁平足，進而免除兵役，他大有

---

122 哈普隆・卡西迪（Hopalong Cassidy）是二十世紀初美國西部小說裡的虛構牛仔人物，一九三〇至五〇年代之間，陸續出現以他為主角的電影、影集、廣播劇。

123 胡特・吉勃遜（Hoot Gibson, 1892~1962），美國演員，一九二〇至四〇年代以飾演牛仔聞名。

124 狄恩・馬汀（Dean Martin, 1917~1995），義大利裔的美國歌手、諧星、演員、電視節目主持人，美國二十世紀中期非常受歡迎的藝人。他最初以歌手身分出道，之後和傑利・路易斯（Jerry Lewis）的喜劇雙人組，成為美國最受歡迎的喜劇組合，兩人拆夥後各自在影視界發展。

125 《赤膽屠龍》（*Rio Bravo*, 1959），美國西部片經典之作。霍華・霍克斯（Howard Hawks, 1896~1977）導演，約翰・韋恩（John Wayne, 1907~1979）、狄恩・馬汀、瑞奇・尼爾森（Ricky Nelson, 1940~1985）主演。

126 法蘭基・阿瓦隆（Frankie Avalon, 1940~），義大利裔的美國歌手、演員、偶像。在約翰・韋恩導演、根據一八三五年德州獨立戰爭史實拍攝的《邊城英烈傳》（*The Alamo*, 1960）裡，他飾演的角色因為被派去尋求支援，而沒像其他主要角色一樣死守阿拉莫碉堡（Alamo Mission）而戰死。

可能真的會這麼做（正值戰爭期間的他特別想這麼幹）。話雖如此，他敬佩真的上過戰場，而且表現出色的人。

促使兩人合作的那場火，發生時間大約在克里夫進《賞金律法》劇組一個月左右。那時，《賞金律法》單元劇的導演維吉爾・佛格[127]，想讓主角傑克・卡希爾穿一件冬天外套，外套要特別染成純白色。這個裝扮現在看起來或許很可笑，但在黑白片裡看上去挺好的。然而，服裝組花太多時間準備，結果外套來不及用在佛格拍的那一集。所以製片決定下一集再用。而下一集最後，傑克・卡希爾身上會著火。大家都認為，這樣恰巧能好好利用花了這麼多時間準備的外套。

這場著火的戲，克里夫不僅樂意，而且有辦法親自上陣演出。不過瑞克聽完這場戲怎麼進行、了解會發生什麼事之後，決定親身嘗試一下。於是，工作人員便在白色外套後背處抹上助燃劑，塗的地方離瑞克的臉和頭髮都很遠。

然而，好死不死，劇組裡沒人知道外套使用的白色染料含有百分之六十五的酒精——連服裝組的人也不知道，因為他們把外套外包給別人染色。他們根本不知情，也沒人跟他們說，因為原本要用上外套的那集沒有著火的橋段。所以，等瑞克穿上這件外套，工作人員往外套後背處點火時，外套就像煙火被點燃一般，劈里啪啦地爆出火花，燒了起來。

當瑞克聽到外套快速燃燒的劈啪聲，他內心的恐懼也和這件戲服上的火苗一樣快速蔓延。他覺得火馬上就要燒過他肩膀，直直竄到他頭上。那一刻，他正要做出在這種情況下最爛的反應：驚恐盲目地狂奔。但就在瑞克要失控時，他聽見克里夫・布茲冷靜地說：「瑞克，你就站在一灘水裡。直接倒地就好。」

瑞克照著做了，火很快就熄滅，還來不及造成任何實質的傷害。從那時候起，瑞克和克里夫就成了**搭檔**。

除了是個好夥伴、好特技替身，還有戰爭英雄，在這個以假亂真的好萊塢裡，克里夫．布茲還有另一個特別的身分：他是**真正的殺手**。單單只算電視劇的話，瑞克大概殺了兩百四十二個人。這不包括他在西部電影裡殺的印地安人和法外之徒，也不包括他在《麥克拉斯基的十四拳》裡殺死的那一百五十個納粹。而他在電影《拼圖驚魂》裡飾演戴著黑色皮手套的變態殺手時，用鋒利的銀色匕首殺死了大部分的受害者。

瑞克記得，那時在湖畔大道上的餐廳煙燻小館（Smoke House）裡，兩人坐在吧檯上，他喝著酒和克里夫討論自己在《拼圖驚魂》裡的角色。兩人邊喝邊聊，瑞克問克里夫，曾經用刀子殺死敵軍嗎？

「殺了很多。」克里夫回答。

「**很多**？」瑞克驚訝地重複。「多少算**很多**？」

「什麼？」克里夫問：「你要我坐在這裡數？」

「嗯，對啊。」瑞克表示。

「好噢，我數數看……」克里夫想了想。他一言不發，扳著手指頭數，兩隻手用完了，再

127　維吉爾．佛格（Virgil Vogel, 1919~1996），美國導演，以執導西部、犯罪題材的電視電影或電視劇見長。

數第二輪，接著停下來開口說：「十六個。」

如果瑞克這時剛好喝了口威士忌酸酒，他應該會直接噴出來。「你曾經用刀子殺了他媽的**十六個人**？」他不太相信地問。

「戰場上的日本鬼子。」克里夫澄清。「沒錯。」

瑞克沉默，接著傾身向前，問他的好兄弟：「你怎麼做到的？」

「你是指我在**心理層面**上怎麼做到的？」克里夫問，「還是指我**實際上**怎麼做到的？」

哇，好問題！瑞克心想。

「嗯，我想應該是你實際上怎麼做的？」

「噢，雖然不是每次都這樣，但大部分的時候，我就是從某個傢伙後面靠近，突然出手。有塊小石頭跑進某人的鞋子裡，他停下來脫鞋，要把小石頭弄出來，因此脫隊了。我從後面靠近他，一手把刀子往他肋骨插，一手摀住他的嘴，接著轉動刀子，直到我覺得他死透了以後才鬆手。」

靠！瑞克心想。

「不過，」克里夫伸出食指繼續說，「我是殺了他沒錯，但他是因為**我**而死，還是因為鞋子進石頭而死呢？」克里夫陷入沉思。

「讓我確定一下，」瑞克說。「你拿刀往日本鬼子的肋骨刺，然後一手摀住他的嘴，不讓他大叫，接著就這樣抓著他，讓他在你懷裡掙扎到死？」

克里夫喝了一大口高球杯裡室溫的野火雞威士忌之後，才開口：「對。」

「哇！」瑞克一邊牛飲手中沁涼的威士忌酸酒，一邊驚叫。

看著自家老闆這麼吃驚，克里夫．布茲笑了笑，接著挑釁地問：「想知道那是什麼感覺嗎？」

瑞克抬眼，直視克里夫。「你什麼意思？」

克里夫將聲音放低，緩慢又刻意地再說一次：「我說，你想知道那是什麼感覺嗎？」接著聳聳肩說，「你知道的，為你的角色做準備。」

瑞克沉默了片刻，一句話都沒說。這時的吧檯真的一點聲響都沒有，接著瑞克．達爾頓輕輕吐出一個字：「想。」

克里夫對著他的好友兼雇主笑了笑，喝了一大口酒，重重地將酒杯放在吧檯上，聳聳肩說：「那就殺一頭豬。」

什麼？瑞克心想。

「什麼？」瑞克問。

「殺、一、頭、豬。」克里夫不懷好意地重複。「殺一頭豬」這句話就吊在那，克里夫停頓了一會，才開始解釋。

「買一隻肥滋滋的食用豬，帶去你家後院。然後跪在牠身邊。抓住牠，感受一下，感受牠的生命，聞一聞牠的氣味，聽一聽牠的鼻息聲和呼嚕聲。接著，用另一隻手，將切肉刀直接往牠身體側邊插進去，然後挺住。」

瑞克坐在高腳椅上聽得入神。

「這時，牠會開始大叫、鮮血直流，而且會開始反抗你。但你要持續用一隻手制住牠，同時用另一隻手繼續將刀子往牠身體裡插。就算這樣看起來好像永遠沒完沒了，但某一刻起，你會感覺到牠在你懷裡死透了。那一刻你會真的感受到**死亡**。在你懷裡鮮血直流、尖叫、激烈扭動的豬是**活的**。而一團靜止不動、沉重的肉是**死的**。」

克里夫仔細描述整個殺豬的過程時，瑞克的腦海中也浮現自己在後院實際動手的畫面，他的臉色越發慘白。

克里夫知道自己已經牢牢抓住瑞克的心神，現在只能任他擺布，所以也毫不猶豫地使出致命的一擊。他開口：「所以，如果你想**體驗殺人**的感覺是怎樣，殺一隻豬是在**合法**情況下最接近的方式。」

瑞克吞了吞口水，還在想他是否真的能做到。

克里夫繼續說：「然後，帶那隻豬去肉舖，讓屠夫幫你把牠處理好。做成培根……豬排……香腸，切好豬肩肉……豬腳。你好好吃完整隻豬。這就是向這頭豬的死，表現出你最大的敬意。」

瑞克灌下更多威士忌酸酒。「不知道我做不做得到。」

「噢，你行的。」克里夫向他保證。「你或許**不想做**，但你**做得到**。其實，可以這麼說，如果你**做不到**，那你就沒資格吃豬肉。」

過了一會，瑞克重重拍了吧檯檯面，開口：「好，他媽的，老子就來做做看。弄頭豬來。」

當然，瑞克從來沒真的動手。這個實驗裡有太多環節能輕易讓瑞克失去動力。**我去哪裡買豬？要怎麼把泳池露台上的血全部清乾淨？要怎麼把那隻死豬搬離後院——牠大概超重？如果那該死的東西咬我怎麼辦？**但就算瑞克不曾實際動手，他絕對仔細想過動手的過程。這就是他經過縝密計算的冷血謀殺，類似《拼圖驚魂》裡皮手套殺手的作案方式。

車子抵達瑞克位於天堂大道的別墅，克里夫將瑞克的凱迪拉克開進別墅前的私人車道上，將車子停在固定停放這輛車的位置。他駛入時，迎著轎車擋風玻璃出現的是一幅巨大的油畫，上面畫著身穿騎兵制服的瑞克，有隻腳踩在他臉上，他的臉扭曲猙獰。這是《卡曼其起義》大型宣傳看板的一部分，這個大型戶外看板由六塊小看板組成，放在停車格的這幅是其中一塊。《卡曼其起義》是瑞克演出《賞金律法》成為電視明星後，首部主演的劇情長片。完整的大型看板畫的是瑞克．達爾頓飾演的騎兵團中尉泰勒．蘇利文趴在地上，身邊圍繞的（顯然）是卡曼其原住民，而身穿麂皮軟靴的酋長以勝利之姿，一腳踩在蘇利文的側臉上，將這位憤怒又無能為力的騎兵軍官壓制在地。瑞克的老朋友在德州達拉斯一家舊貨店找到大看板的其中這塊，便把它買下來，送給瑞克。然而，除了這幅宣傳海報以**瑞克**為畫面焦點，而不是演員表上名列第一的羅伯特．泰勒，瑞克其實沒多喜歡這幅海報。他也沒對《卡曼其起義》抱持任何多餘的幻想——這部片就只是以五〇年代常見的騎兵大戰印地安人為題材，以賺錢溫飽為目的所拍的粗糙電影。這部片好只好在能和經驗老道的西部片導演勞勃．史普林斯汀共事，還有讓身穿藍色騎兵軍服的瑞克看上去帥度破表。但，除此之外，這部片沒什麼好說的。

因此，瑞克收到這個有他的看板時，頭一個想法是**我究竟要拿它怎麼辦**？答案是，就將看板丟在車道上。

那是五年前的事了。

克里夫將車子熄火時，瑞克陷入往常鬧脾氣的模式。他因為某件事不爽，於是就找另一件事氣自己。這次，他找上了那塊看板。

「我們到底能不能——」他指著前方的看板，「把這該死的東西從車道上弄走？」

「你希望我把它放哪？」

「把它扔了，我無所謂！」

克里夫露出充滿孩子氣的失望表情。「呃，菲利克斯為你找的耶。」他繼續說：「別覺得煩，這是很酷的禮物。」

「只因為我不想像過去五年一樣，每天早晚都要看到一幅畫著我嘴巴的油畫，不代表我覺得它煩。」瑞克澄清。「我只是受不了一直看到它，好嗎？你就不能把它擺到車庫裡嗎？」

克里夫輕聲笑說：「車庫？那裡一團亂。」

瑞克回說：「好，那你可不可以把車庫清一清，好把這塊板子塞進去？」

克里夫摘下墨鏡回答：「好，我可以。」接著聲明，「但那可不是今天下午的事，那是週末的事。」

這次，惱怒的瑞克態度放軟，不再那麼強勢地發洩他的沮喪。他說：「我只是覺得家門口不需要放著一大幅畫著我的畫。好像我在宣傳什麼瑞克．達爾頓博物館。」

突然間，車輛飛馳發出的呼呼聲，混著披頭四的歌，從克里夫那一側傳來。兩人一同向左邊望去，這是他們第一次見到瑞克的新鄰居**波蘭斯基夫婦**。羅曼和莎朗兩人坐在二〇年代復古的英式雙座敞篷車裡。車裡轉到93ＫＨＪ頻道的廣播，放著披頭四的歌〈生命中的一天〉（A Day in the Life）。載著這對好萊塢金童玉女的敞篷車停在自家私人車道斜坡的入口，等著前方的電動大門打開。羅曼坐在駕駛座，莎朗在副駕，她手裡拿著大門的遙控器。這對佳偶愉快地聊著，但由於敞篷車引擎的隆隆聲，還有披頭四自命不凡的音效設計，瑞克和克里夫都聽不到他們在說什麼。克里夫只看到副駕駛座上那位漂亮的金髮美人，而瑞克的視線則越過莎朗，盯著駕駛座上個頭矮小的波蘭導演。

當時，除了麥克・尼可斯[128]，沒有其他年輕導演比羅曼・波蘭斯基更成功或更有名。但尼可斯這位戲劇、影視導演的人氣可比不上這位波蘭導演。一九六九年的羅曼・波蘭斯基可是個**巨星！**

他憑劇情長片處女作《水中刀》（*Knife in the Water*, 1962）一戰成名。這部電影在國外影壇爆紅，甚至還提名奧斯卡最佳外語片。首部劇情長片大獲成功後，波蘭斯基搬到倫敦，開始拍英語片。

他接連執導的兩部作品《死結》（*Cul-de-sac*, 1966，又名《荒島驚魂》）與《天師捉妖》（*The*

128 麥克・尼可斯（Mike Nichols, 1931~2014），美國導演，憑電影《畢業生》拿下奧斯卡最佳導演獎。

Fearless Vampire Killers, 1967）（他在這部片結識了未來的太太莎朗），都備受推崇，但票房表現平平。不過，他的心理驚悚片《反撥》（*Repulsion*, 1965，又名《冷血驚魂》）票房則開低走高，成功從小眾藝術電影圈擠進主流市場。六〇年代時，英國漢默影業[129]拍了很多模仿《驚魂記》（*Psycho*, 1960）的心理驚悚爛片，法國也拍了許多不驚悚的驚悚片，例如克勞德・夏布洛[130]缺乏生氣的電影，或是業餘水準、笨拙摸索出來、所謂楚浮加希區考克風格的電影。在這波熱潮裡，出現了波蘭斯基這部以倫敦為場景、充滿《驚魂記》味道的驚悚片《反撥》。說到要如何為趕流行的觀眾，拍出一部當代希區考克式的驚悚片，而且還能搭配當時搖擺倫敦[131]的節奏，波蘭斯基直接用《反撥》示範了該怎麼拍，破解了這道驚悚片難題。

波蘭斯基找了美得極具毀滅性的凱薩琳・丹妮芙[132]主演，精湛演繹扭曲的偏執與妄想，**成功**擄獲觀眾的心。希區考克的驚悚片能**成功**娛樂到觀眾，而波蘭斯基的電影則**成功**讓觀眾不安。希區考克確實也有辦法讓觀眾不安——看看《深閨疑雲》（*Suspicion*, 1941）、《火車怪客》（*Strangers on a Train*, 1951）、《辣手摧花》（*Shadow of a Doubt*, 1943），當然還有《驚魂記》。但也只是多少讓人感到不安而已。但波蘭斯基的電影，使觀眾不安**就是**目的。

波蘭斯基以布紐爾[133]的手法拍出希區考克式的驚悚片，成功贏得觀眾的支持。

波蘭斯基以《反撥》一片，展現了他喜歡擾亂觀眾心神的傾向之後，派拉蒙影業的掌門人羅勃・伊凡斯[134]便邀請他到好萊塢拍片。因為波蘭斯基熱愛滑雪，所以伊凡斯寄給他一部即將開拍、有關滑雪競賽的劇本《飛魂谷》（*Downhill Racer*, 1969），好引誘他來辦公室聊聊。

接著，伊凡斯交給他一本艾拉・萊文[135]的小說《蘿絲瑪麗的嬰兒》，只說了句：「讀這個。」這個舉動後來讓派拉蒙的股價漲了三個百分點。之後，就像馬文・施沃茲會說的，就是恐怖片史上波瀾壯闊的一頁。

萊文這本薄薄的作品，其實算是短篇小說，講的是蘿絲瑪麗・伍郝思（米亞・法羅〔Mia Farrow, 1945~〕飾）的故事。她剛與充滿抱負的演員蓋伊・伍郝思（約翰・卡薩維蒂〔John Cassavetes, 1929~1989〕飾）結婚，兩人搬進紐約一棟古典公寓，結識了隔壁怪異的年邁夫婦魯曼和蜜妮・卡司堤瓦（席德尼・布萊克默〔Sidney Blackmer, 1895~1973〕與露絲・戈登〔Ruth Gordon, 1896~1985〕飾）。蘿絲瑪麗不知道的是，這對老夫婦其實是撒旦的信徒，正在尋找能生下撒旦

---

129 漢默影業（Hammer Films），成立於一九三四年的英國製片公司，儘管製作的電影類型多元，但以恐怖片最聞名。吸血鬼德古拉、科學怪人、木乃伊等，皆因為漢默影業所拍的恐怖片而成為經典恐怖片角色，衍生出許多續集電影。

130 克勞德・夏布洛（Claude Chabrol, 1930~2010），法國導演，法國新浪潮的奠基者之一。他的電影深受希區考克影響。

131 一九六〇年代中起，英國在社會、文化方面歷經鉅變，擺脫了戰後的拘束，進入相對自由、寬容的新時代，被稱為「搖擺六〇年代」（Swinging Sixties），藝術、音樂、時尚都蓬勃發展，而倫敦是這波變革的中心，有「搖擺倫敦」（Swinging London）之稱。

132 凱薩琳・丹妮芙（Catherine Deneuve, 1943~），法國演員，一九六〇年代走紅，至今演出許多大導演的電影，知名作品包括《秋水伊人》（*Les Parapluies de Cherbourg*, 1964）、《青樓怨婦》（*Belle de jour*, 1967）等。

133 布紐爾（Luis Buñuel, 1900~1983），西班牙超現實主義導演。

134 羅勃・伊凡斯（Robert Evans, 1930~2019），美國好萊塢名監製，一九六〇、七〇年代曾任派拉蒙電影公司製作部高層，製作過多部經典電影，例如《教父》（*The Godfather*, 1972）、《唐人街》（*Chinatown*, 1974）。

135 艾拉・萊文（Ira Levin, 1929~2007），也譯作艾拉・雷文，美國小說家、劇作家、作詞家。他有多部小說、劇本皆改編成電影，包括《死前之吻》（*A Kiss Before Dying*）、《死亡陷阱》（*Deathtrap*）。小說《蘿絲瑪麗的嬰兒》（*Rosemary's Baby*）改編成電影《失嬰記》。

之子的人。伊凡斯很有眼光，看出波蘭斯基是將這個故事搬上大銀幕的不二人選。伊凡斯此時的先見之明，至今依舊是所有製片公司高層所做的決策中，數一數二厲害的決斷。

讀了這篇故事後，波蘭斯基只有一個疑慮。但這個疑慮事關重大。波蘭斯基是個無神論者。如果你不相信有上帝，那麼同樣也得否定撒旦這樣的概念。很多導演很有可能、也的確會說**那又怎樣？就只是部電影。你不需要真的相信有超大猩猩的存在才能拍《金剛》**。他們這樣也沒什麼不對。但波蘭斯基並不想拍一部強化宗教信仰的電影，畢竟那是他徹底排斥的人生觀。不過他看得出來，這個故事能成為一部好電影。那麼他要怎麼調和個人信念和故事題材呢？他忠實地將原著小說的內容搬到大銀幕，但在敘述觀點上做了一個幾乎難以察覺的改變。

直到電影最後，沒有任何事能證實蘿絲瑪麗的懷疑。整部片裡，波蘭斯基從來沒給觀眾任何能視作超自然現象的元素。所有蘿絲瑪麗認為是這樁邪惡陰謀的「證據」，都只是臆測或間接推論。因為我們很在乎蘿絲瑪麗，而且又是在看一部恐怖片，大部分的觀眾都照單全收她的調查。

不過，事實真相**或許**不像電影所敘述的：年邁夫妻是一群邪惡撒旦信徒的頭頭、她先生拿她與未出世孩子的靈魂與撒旦做交易。一樣很有可能，而且坦白說更可能發生的，**或許**是蘿絲瑪麗正飽受產後憂鬱引起的妄想症所苦？

電影來到高潮時，的確揭露了卡司堤瓦夫婦和他們的朋友對蘿絲瑪麗圖謀不軌，也做了不好的事。但撒旦是否實際存在仍然曖昧不清。或許卡司堤瓦夫婦一夥人只是一群他媽的瘋子？沒有人真的知道。如果他們最後都高喊「傻蛋萬歲！」而不是「撒旦萬歲！」你會質疑他們的信仰是否合理嗎？

幾乎可以想像，其他所有伊凡斯能找來翻拍這本小說的導演，都會把它拍成鬼怪片。不把這個故事拍成鬼怪片，同時又把觀眾嚇得半死，這項艱鉅的任務，波蘭斯基挑戰成功了。接著，伊凡斯和他的團隊負責發想出當時頂尖的電影宣傳手法，並剪出一支就某方面來說比電影本身更厲害的嚇人預告。結果成就出這部賣座大片，讓羅曼．波蘭斯基不僅成為業界最搶手的導演，也成為流行文化推崇的偶像（搖滾音樂劇《毛髮》〔Hair〕的歌詞裡有提到他），以及第一位真正的巨星級電影導演。

他本人現在就出現在這裡，和他超美的太太一起，是瑞克的隔壁鄰居。**紅遍天下的男人可真厲害啊！**瑞克心想。

很快地，羅曼和莎朗面前的電動大門打開，他們的敞篷車也像剛剛駛入瑞克的視線一樣，迅速地駛離。

「哇靠！」瑞克自言自語，「波蘭斯基耶。」接著他對克里夫說：「那是羅曼．波蘭斯基！他搬來一個月了，我還是第一次見到他。」

瑞克打開車門，跨出去時自顧自地輕笑。克里夫內心也在竊笑：這又是另一個展現瑞克情緒起伏劇烈的好例子。

瑞克走過通往他家前門的前院時，整個態度和見到波蘭斯基之前完全不同。他頭也沒回，興奮地對身後的好兄弟說：「我都怎麼說的？當你賺到錢了，在好萊塢最要緊的是：在好萊塢買間房子，不要用租的。這是艾迪．歐布朗教我的。」艾迪．歐布朗指的是性格演員艾德蒙．歐布朗（Edmond O'Brien, 1915-1985），他曾客串第一季《賞金律法》裡的一集，因此認識了瑞克。瑞克繼續往下說的同時，他走路的姿態也越發神氣。「在好萊塢有房產代表你住下來了。你不只是來訪，你不只是經過，你他媽的就住在這裡！」走上通往前門的台階時，他說：「我是說，我現在慘兮兮，但我隔壁住了誰？」

他將鑰匙插入鎖孔轉了轉，接著轉身面對他的好搭擋把話說完：「他媽的《失嬰記》的導演，就是他。波蘭斯基可是整座城——或許全世界——最搶手的導演，他媽的是我鄰居。」瑞克走進門，把他的話說完：「開個泳池趴，我就有可能主演波蘭斯基的新電影了！」

克里夫只想開溜，所以他站在門口，沒打算進屋。「所以你現在感覺好多了？」克里夫挖苦地問。

「噢，對。」瑞克回答：「抱歉剛反應那麼大，你有機會再處理那該死的《卡曼其起義》看板就好。」

克里夫一臉**我明白**的表情，並問：「還有別的事需要我嗎？」

瑞克擺擺手。「沒了。明天拍戲還有一堆台詞要背。」

克里夫問：「需要我和你對台詞嗎？」

「不用，別擔心。」瑞克這麼跟他說：「我跟錄音帶對就好。」

「好。」克里夫說：「沒事的話，我要回家了，累斃了。」

「嗯，沒事了。」瑞克說。

克里夫開始往回走，趁瑞克改變想法之前趕快離開。「好，明天早上七點十五出發。」

瑞克重複：「收到，七點十五。」

克里夫說得更清楚：「就是七點十五──在外面等，車上見。」

瑞克重複：「收到，七點十五、在外面等、車上見。掰啦老兄。」

瑞克關上前門。克里夫輕快地走向車道，老闆的凱迪拉克旁停了一輛車。那是他有待清洗的淺藍色福斯卡曼吉亞敞篷車。這位特技替身跳進車裡，插入鑰匙，發動引擎。小小的福斯引擎隆隆作響。同時，車子也傳出洛杉磯廣播電台93ＫＨＪ的聲音。比利．史都華[136]版本的〈夏日時光〉（Summertime）流洩而出，正到了歌曲最後他即興發揮的擬聲吟唱段落。克里夫倒車駛離車道，急打了方向盤，將卡曼吉亞的車頭猛然帶離瑞克的房子，轉向前方天堂大道往下的斜坡。這名穿著比利．傑克靴子的金髮駕駛空檔踩了三次油門，配合比利．史都華精湛的彈舌音節奏，然後換檔踩油門，迅速駛離這一帶住宅區。他遇到每個髮夾彎時，都以能扭斷脖子的高速猛衝，往隔了三段高速公路的凡奈斯前進。

136　比利．史都華（Billy Stewart, 1937~1970），一九六〇年代很受歡迎的美國節奏藍調歌手與鋼琴演奏家。

第四章　布蘭蒂，妳是個好女孩

克里夫成為鰥夫後，這輩子再也沒和任何女人認真交往。他會和女孩子上床，充分利用六〇年代末性解放的風氣，與性開放的女子做愛。但從來沒有認真交往的女朋友，也絕對沒有老婆。不過，克里夫生命中的確有一位他愛的女性，而且對方也愛他。他那隻扁臉垂耳、紅棕色的比特犬布蘭蒂。

在克里夫生活的拖車裡，這隻狗焦慮地待在門邊，等待主人的卡曼吉亞停下來的聲音從外面傳來。一聽到聲響，她那撮小尾巴開始快速左右擺動，本能地開始嗚嗚叫，用爪子抓門。克里夫一整天不在家時，會把家裡那台有著兔耳天線的黑白電視打開，陪伴布蘭蒂。一九六九年二月七日這天，電視正在播放美國廣播公司週五晚上的綜藝節目《好萊塢歌舞廳》[137]。這個節目每週一集，每集都有不同的主持嘉賓，介紹當天的演出陣容。上週主持人是搞笑鋼琴家維特・褒吉[138]。這週則是演出音樂劇《鳳宮劫美錄》[139]的百老匯抒情歌手勞勃・古列[140]。古列正深情賣力地演唱吉米・韋伯的經典〈麥克阿瑟公園〉[141]。

麥克阿瑟公園慢慢融化

在黑暗中
所有甜美的綠色糖霜
都在往下流

拖車的前門打開，門口站著克里夫·布茲，一身比利·傑克的藍色牛仔戲服。布蘭蒂開心到炸，和克里夫每天晚上回家時一樣。他平時把布蘭蒂管得很嚴（他跟瑞克說：「她喜歡嚴格的管教方式。」），但這時會讓布蘭蒂跳到他身上，讓這隻狗毫不保留地表現興奮之情。今晚克里夫給他的女孩帶了個驚喜。克里夫和瑞克中午在穆索與法蘭克牛排館[142]用餐，克里夫點了牛排，吃完後用餐廳的白色餐巾包好牛骨，放在他Levi's外套的口袋裡帶回家。克里夫給布蘭蒂一

137 《好萊塢歌舞廳》（*The Hollywood Palace*, 1964~1970），美國綜藝節目，每週播出一小時，是歌手、舞者、流行樂團、雜技演員演出的平台。

138 維特·褒吉（Victor Borge, 1909~2000），丹麥裔美國喜劇演員兼鋼琴家。他結合了音樂演奏和喜劇表演，在歐美很受歡迎。

139 《鳳宮劫美錄》（*Camelot*），又名《卡美洛》，一九六〇年首演的音樂劇，敘述亞瑟王與圓桌武士的故事，一九六七年翻拍成電影。劇名卡美洛為亞瑟王的城堡名。

140 勞勃·古列（Robert Goulet, 1933~2007），美國演員、歌手，一九六〇年因為演出《鳳宮劫美錄》而成名。

141 吉米·韋伯（Jimmy Webb, 1946~），美國詞曲創作人、作曲家、歌手。他寫了〈麥克阿瑟公園〉（MacArthur Park）這首歌，一九六八年由愛爾蘭歌手李察·哈里斯（Richard Harris, 1930~2002）演唱，單曲發表後立即登上美國告示牌百大熱門榜第二。

142 穆索與法蘭克牛排館（Musso and Frank，全名為 The Musso Frank Grill），一九一九年開張，是好萊塢歷史最悠久的餐廳，見證了好萊塢影業的興衰。

點時間跳上跳下，讓她展現出對他的熱烈歡迎後，就對布蘭蒂大喊：「好好好，坐下。」她馬上收起後腳坐下，鼻子朝著克里夫。知道布蘭蒂所有注意力都放在他身上後，克里夫從帥氣的藍色外套口袋裡拿出包著丁骨的餐巾，接著掀開餐巾。

「看我帶了什麼給妳。」他笑著說。

有東西給我？布蘭蒂心想。

克里夫一邊打開餐巾，一邊說：「好傢伙，這可會嚇死妳！」接著從餐巾裡拿出丁骨。布蘭蒂非常興奮，後腳一蹬，前爪伏在克里夫的腰間。看到布蘭蒂一臉感激，克里夫咯咯笑。你能帶女人去穆索與法蘭克，點一份同樣的牛排，加上一杯紅酒，最後配上一塊起司蛋糕，但她不會表現出這種程度的感激。這說明了克里夫對女人的看法，他覺得女人都唯利是圖。克里夫認為，別人眼中的談戀愛，其實都只是該死的交易。女生寧願和不把帳單放在眼裡的有錢混蛋約會，也不願意和努力存錢、為她付出所有積蓄、為情所困的傻子出門。

但眼前**這個**女孩絕對不會這樣。克里夫將這份禮物拿在手上，布蘭蒂一躍而起，用力咬住這根骨頭。克里夫將骨頭放開，讓布蘭蒂回到她那有著小枕頭的角落，享用這塊牛骨。

克里夫和布蘭蒂相識的故事挺有趣的。大概兩年多以前，克里夫正待在他那輛拖車裡，拖車停在凡奈斯汽車電影院後方。這時，他的電話響了。電話另一頭是遊手好閒的特技替身朋友巴斯特·庫利。庫利欠了克里夫三千兩百元。這是過去五、六年累積下來的結果，這裡借個四百塊、那裡借個五百五十元。克里夫第一次借錢給庫利時，是他最風光的時候。那時候和瑞克搭檔，他能在許多動作片裡當主演的替身。瑞克對這個時期有很多不滿，抱怨東抱怨西，但對克里夫來說，這是他的全盛時期。對總是勉強餬口的克里夫來說，有生以來第一次有點錢，這有點顛覆了他過往的認知。他花了一大筆錢，買了一艘狀況不錯的小船，住在裡面，並將船停在瑪麗安德爾灣裡。就是在這段意氣風發的日子裡，他借了最多錢給庫利。克里夫可不是傻子，庫利有可能在占他便宜，不過可沒在騙他錢。每次庫利開口借錢，都是真有急用。沒錢繳貸款，搞到車子和電視要被收回、要被踢出公寓、要再次交出車子；得付清聯合76[143]加油卡；入住新公寓要先繳兩個月租金等等。巴斯特．庫利可能在揩油水，但不是個騙子。如果庫利手頭上有錢，一定會還給克里夫。克里夫清楚得很。所以他沒必要打電話向庫利討債，羞辱庫利。第一，他不會因此比較快拿到錢。第二，如果打了電話，庫利從此便會躲著他。第三，到時候兩人可能會巧遇（洛杉磯很小）。如果克里夫逼庫利還錢，導致他避不見面，那麼兩人真的碰上時，克里夫就得向庫利討個說法。這時，對他們這類人來說，很快就會把場面搞得很難看。克里夫明白，如果庫利手頭上突然有點錢，至少會還他一點。但他也清楚，庫利不可能突然賺到錢。所以，克里夫兩年前就明白那筆錢有去無回了。儘管現在需要這筆錢，他還是很高興在手頭寬裕時，能幫到老朋友。可能不會借到三千塊這麼大筆，但當時他如果沒錢也不會借。

所以克里夫聽到庫利的聲音從電話另一頭傳來時，他很驚喜。聽到庫利問他，當天能否開車到凡奈斯和他碰面，他更驚訝了。一個多小時後，庫利紅色的一九六一年達特桑皮卡車便停

143 聯合76（Union 76），美國連鎖加油站，現改名為76。

在克里夫的拖車前面。克里夫以啤酒招待庫利，等兩人各自拉開一罐老查塔努加啤酒[144]的拉環後，庫利主動提起他欠的錢。「好，我欠你的那三千元——」

「是三千兩百元。」克里夫糾正他。

「三千兩百元？你確定？」庫利問。

「確定。」克里夫回答。

「好噢，你最清楚。就三千兩百元。」庫利接話。「這筆錢，我沒有。」

克里夫沒說話，只顧著喝啤酒。

庫利繼續說：「但別生氣，我有比那更好的。」

「比綠油油的三千兩百元鈔票更好的東西？」克里夫語帶懷疑。

「沒錯。」庫利自信滿滿地回答。

克里夫知道，唯一比鈔票更好的東西就是止痛藥，所以除非庫利給他滿滿一箱布洛芬[145]，不然他一點興趣也沒有。

「巴斯特，快說，你有什麼比錢更好的東西？」

庫利用大拇指指了指拖車的門，開口：「到外面看就知道了。」

兩人下了拖車，依舊喝著手上的老查塔努加，庫利帶著克里夫到皮卡車車尾。這輛達特桑的載貨區放了個鐵籠，布蘭蒂站在裡面。

雖然克里夫很喜歡狗，特別喜歡母狗，而且布蘭蒂也長得好看，但他第一眼見到布蘭蒂卻沒什麼感覺。

克里夫懷疑地問：「你是要跟我說，這隻狗值三千兩百塊？」

「不是。」庫利面帶微笑地表示，「她不值三千兩百元。」接著露齒而笑把話說完，「她值一萬七千元到兩萬元。」

「真的？」克里夫不太相信地問，「為什麼？」

庫利非常肯定地回答：「這隻狗是他媽的西半球裡最厲害的鬥犬。」

克里夫驚訝地挑眉。

庫利繼續講：「這隻狗能打贏其他參賽犬。不管是比特犬、杜賓犬、德國牧羊犬，或一次對付兩隻狗，都沒問題。她都能打敗。」

克里夫看著鐵籠中的狗，靜靜評估。庫利的話沒有停：「這隻狗不簡單。她是個小金庫。只要有急用，她就是你的救命錢。有她就像有了五匹摔馬！」

摔馬（falling horse）指的是受過訓練的特技馬，能安然無恙、不受驚嚇地摔倒在地。在好萊塢這個製作上百部西部電影、電視劇的地方，如果你養了一匹知道怎麼跌倒又能毫髮無傷站起來的馬，你等於擁有一小台印鈔機。唯一比這更容易賺錢的方式，就是走狗運養了一個星途璀璨的小孩。

「記得奈德．葛拉斯嗎？」庫利提醒克里夫。「記得他有隻叫藍美人的摔馬嗎？」

「怎樣？」克里夫回答。

144 老查塔努加（Old Chattanooga）是昆汀．塔倫提諾自創的虛構啤酒品牌，在電影《不死殺陣》裡首次出現。

145 布洛芬（Ibuprofen）是一種非類固醇消炎藥，有助於減少腫脹、疼痛或發燒。

「記得他靠那隻賺了多少嗎？」

「嗯。」克里夫記得，「他賺了點錢。」

「有這隻狗——」他指著籠子裡的狗，「就像有四匹藍美人。」

「好，巴斯特，」克里夫說，「你這話挺有趣的。你有什麼打算？」

「聽著，我無法還你現金，」庫利坦承，「至少拿不出三千兩百元。但我能分你一半鬥犬比賽贏來的錢。」

克里夫認真聽庫利說明他的計畫：「我有一千兩百元。我們讓這隻狗去洛米塔比賽。把這一千兩百元壓在她身上，然後只要坐著看她幹活就好。只要看到她上場，你就會知道她的實力。接著我們帶她去巡迴比賽，拿賭贏的錢下去繼續賭，比到第六場時，我們一人就能賺一萬五千元了。」

克里夫知道庫利沒在騙他。他相信庫利剛剛講的一切。但庫利把這事講得十拿九穩，可惜克里夫從來不相信十拿九穩這種事。何況鬥犬是犯法的，更別提多令人不舒服，而且實在有太多環節能出錯。

「天啊，巴斯特，」克里夫抱怨，「我才不要去搞什麼他媽的鬥犬，我只想拿回我的錢。如果你有一千兩百元去賭，為什麼不直接把這筆錢拿來還我？」克里夫和他談判。

庫利實話實說：「因為我們都知道，如果還你一千兩白元，你就只能拿到這麼多了。」庫利強調：「我不想只還你不到四分之一的錢。我有難時，是你乾脆地幫我，我希望你能多賺點錢！」庫利和他商量：「至少跟我去洛米塔的第一場比賽。只要看她比賽就好。克里夫，相信我，這會是最刺激的體驗。她贏了，就是兩千四百元。如果你不想繼續，這筆錢就全歸你。」

克里夫一邊喝了一大口啤酒，一邊盯著鐵籠裡那隻健壯的小傢伙。

庫利最後這麼總結了這一長串話：「聽著，你了解我，你知道我沒在騙你。如果我這麼說，代表我真的這麼認為。所以相信我——至少就信第一場比賽，這狗能贏。」

克里夫看了看籠子裡的母狗，再看了看站在他面前、拿著啤酒罐、狗娘養的傢伙。接著他蹲下來，讓自己的臉和鐵籠另一邊的狗同高。一人一狗的眼神較量開始了。當布蘭蒂無法招架克里夫銳利的眼神，她便對著克里夫低吼，想咬他。鐵籠阻擋了布蘭蒂的張牙舞爪，絲毫無法傷害克里夫的俊臉。接著，克里夫．布茲轉頭看向巴斯特．庫利。「她叫什麼名字？」

克里夫、巴斯特、布蘭蒂去了洛米塔參加第一場比賽。巴斯特所說的都成真了。布蘭蒂是隻貨真價實的鬥犬，不到一分鐘便宰了對手。

他們那晚贏了兩千四百元。克里夫不敢相信鬥犬竟然這麼刺激。**去他的肯塔基賽馬大會**[146]，他心想，**這才是運動賽事裡最刺激的四十五秒**。

克里夫上癮了。

接下來的六個月，他們在加州來了場鬥犬巡迴，去了洛杉磯郡、肯恩郡、內陸帝國[147]。他們讓布蘭蒂在康普頓、阿罕布拉、塔夫特、奇諾出場比賽。每場比賽布蘭蒂都贏了，而且**多半都**

146 肯塔基賽馬大會（Kentucky Derby）於一八七五年起舉辦，是美國歷史悠久的體育賽事。

147 內陸帝國（Inland Empire），南加州一大都會區，涵蓋河濱郡（Riverside County）及聖貝納迪諾郡（San Bernardino County）的城市。

贏得很輕鬆。只有幾次受了傷，但就算受傷，也沒傷得太重。只要她一受傷，兩人就讓她好好休養。最初的五場比賽，布蘭蒂看似所向無敵，但之後賭注越來越大，比賽也越來越激烈。這幾場比賽他們去了蒙特貝洛、英格爾伍德、洛思加圖斯、貝爾弗勞爾。布蘭蒂繼續獲勝，但比賽時間變得越來越久、戰況越來越血腥，她受的傷也越來越多，需要的復原時間也越來越長。

這是壞處。但好處是，遇上越強悍、越難纏的對手，代表布蘭蒂獲勝時贏的錢越多。

比了九場之後，兩人大概各賺了一萬四千元。不過，終於走運也懂得把握的庫利心裡有個目標。那就是一人賺兩萬，然後布蘭蒂就能退休了。然而，就在聖地牙哥的第十場比賽，布蘭蒂對上名叫凱撒的比特犬，她受傷了，而且傷得很重。這場比賽中途喊停，沒有一方勝出。克里夫明白，中途喊停是布蘭蒂運氣好。如果再繼續比二十分鐘，凱薩就會殺了她。不管是不是在戰場上，克里夫都親眼目睹過心愛的人被碎屍萬段，但看著布蘭蒂被凶殘的凱薩粗暴攻擊時，克里夫完全無法承受內心的煎熬。

也因此，得知庫利替布蘭蒂預定好下一場在華茲的比賽時，克里夫非常震驚。這場比賽要和一隻名叫奧吉的公狗對打，而布蘭蒂還沒徹底從上一場痛擊中康復。

但庫利一副勢在必得的樣子。「嘿，老兄，我答應要讓你賺兩萬元，我自己也要賺兩萬，就要達成目標啦，老兄！這就是他媽的最後一場比賽！」

「屁啦！這最好是最後一場！」克里夫大吼。「布蘭蒂現在的狀況他媽的絕對不可能打敗奧吉。」

「妙就妙在這！」庫利興高采烈地說，「她不可能贏。大家都知道她九連勝。所以我們讓她下場比賽，然後賭另一隻狗贏。」

這話一出口，克里夫就出手攻擊庫利了。兩人在克里夫的拖車裡激烈扭打了快四分鐘，最後克里夫扭斷了巴斯特．庫利的脖子。

殺了他。

兩人在下午五點左右打架的，之後克里夫待在庫利的屍體旁邊，看電視看到凌晨兩點。接著，等汽車電影院關門後，克里夫將屍體塞進庫利車子的後車廂裡。那是輛二手白色的一九六五年雪佛蘭羚羊雙門跑車，庫利用布蘭蒂贏來的錢買的。布蘭蒂坐在副駕，克里夫把車子開到康普頓丟棄，車鑰匙塞在遮陽板裡。之後他帶著布蘭蒂走了一整夜。太陽露臉時，一人一狗跳上公車，回凡奈斯的家。

這不是克里夫第一次殺人，也不是第一次逍遙法外。第一次發生在五〇年代的克里夫蘭第二次是兩年前，他殺了他太太。這是第三次，而克里夫也全身而退。他之後從來沒聽說巴斯特．庫利或他的車最後到底怎樣了。其實，所有他認識的人都沒再提過庫利。這是去年的事。那時起，克里夫只讓布蘭蒂下場比賽兩次，那時他急需用錢。但第二次比完，儘管布蘭蒂聽不懂，克里夫還是向布蘭蒂承諾，他絕對不會再讓她比賽。這是克里夫很想遵守的諾言。

一九六九年二月七日週五晚上，在自家拖車裡，克里夫打了個響指，並指了指一張椅子。克里夫的躺椅旁有張木椅，上面放了一顆小枕頭。布蘭蒂跳上木椅，後腿坐了下來，等克里夫替她準備晚餐。克里夫從容地張羅布蘭蒂的晚餐，雖然他深知這對狗來說是個煎熬。不過沒關係——克里夫比誰都清楚，煎熬能鍛鍊性情。準備布蘭蒂的晚餐之前，克里夫先打開冰箱，從一手啤酒裡拿了一罐老查塔努加。

他那台兔耳天線的黑白電視轉到美國廣播公司附屬電視台第七台ＫＡＢＣ。這時正播出紅蘋果香菸的廣告，那是克里夫會抽的牌子之一。一名身穿黑西裝、打著領帶、抹了髮油的六〇年代普通男性上半身出現在鏡頭前，盯著攝影機。

畫外音傳來，問他：「來一口紅蘋果？」

這位普通男子熱情地回答：「當然！」

接著，他拿了顆大紅蘋果到嘴邊，咬了一口，發出清脆的聲響。

克里夫喝了一口老查塔努加，然後將啤酒放在廚房流理台上。他打開櫥櫃，拿出兩罐狼牙牌[148]狗食（上面寫著「給惡犬的好食物」）。接著以廉價的旋轉開罐器打開罐頭，將裡面還呈罐頭圓柱狀的狗食，倒進布蘭蒂的碗裡。布蘭蒂明知道是吃飯時間，而且眼睜睜看著食物滑出罐頭、撲通一聲掉進她的碗裡，卻只能乖乖坐在椅子上，不能發出一點聲響，這根本要她的命。但克里夫就是要訓練她，而且將她訓練得很好。她懂的事情可能不多，但知道吃飯時間該有什麼表現。她清楚得要命，她**必須**好好坐在木椅上，而且**不能哀哀叫**，得等主人下指令才能開動。

一位梳著小而蓬鬆的蜂窩髮型、像瑪蘿．湯馬斯[149]那樣獨立幹練的六〇年代女性，出現在黑白電視螢幕上，她上半身入鏡，盯著鏡頭，畫面外的播音員問她：「來一口紅蘋果？」

她回答：「當然！」接著她拿起一大顆紅蘋果到嘴邊，大大咬了一口，發出清脆的聲響。

坐在木椅上的布蘭蒂激烈搖著她的尾巴，她健壯的身體因為興奮、期待和本能而顫動。克里夫將兩罐狗食倒進布蘭蒂的碗裡後，轉向火爐，將一鍋煮沸的水從爐架上拿開。他將鍋裡滾燙的通心麵倒入濾盆裡，並晃了晃濾盆，將多餘的水甩掉，再將通心麵倒回鍋裡。

電視螢幕上，一位年輕漂亮、露出香肩、頂著又圓又大爆炸頭的黑人女性看著鏡頭，畫面外的播音員問：「來一口紅蘋果？」她看向畫面外的播音員回答：「當然！」接著這位爆炸頭女孩拿出一根香菸，深深吸了一口，吐出長長的煙霧，並發出愉快的低吟，接著說：「來一口，好好享受，來一口紅蘋果。」

克里夫從開封的卡夫起司通心麵[150]中拿出起司粉調味包，把調味包撕開，將起司粉灑到鍋裡的通心麵上。他那健壯的手拿起木匙，將橘黃色的起司粉和通心麵攪拌均勻。食用說明寫著加入牛奶和奶油，但克里夫覺得，如果你能買得起牛奶和奶油，就能吃得起別的東西，而不是這個。克里夫張羅自己的晚餐時，他聽到按耐不住的布蘭蒂發出了一聲哀鳴。克里夫看向她。他

148 狼牙牌（Wolf's Tooth）是昆汀・塔倫提諾虛構的狗食品牌，首次出現在電影《從前，有個好萊塢》裡。

149 瑪蘿・湯馬斯（Marlo Thomas, 1937~），美國演員、作家、製片、社會運動倡議者，以主演喜劇影集《那個女孩》（*That Girl*, 1966~1971）知名。在這部喜劇裡，她飾演離家獨自追夢的未婚女性，呼應了美國當時正於六〇年代開始的婦女運動、女性角色轉變。

150 卡夫起司通心麵（Kraft Macaroni and Cheese）為卡夫食品（Kraft Food，現為卡夫亨氏公司〔The Kraft Heinz Company〕）從一九三七年開始推出的盒裝食品，在北美持續熱銷至今。

先把裝著起司通心麵的鍋子放在流理台上，再轉身面對布蘭蒂。

「我剛剛是不是聽到一聲哀嚎？」克里夫問眼前這隻狗。布蘭蒂知道自己不該嗚嗚叫，但實在忍不住，她可是隻狗啊。克里夫口氣強硬地繼續對這隻興奮的狗訓話。「我跟妳說過什麼？哀哀叫就沒得吃。」克里夫教訓她，「我會把這東西丟掉。」他指的是堆在狗碗裡那兩罐狼牙牌狗食。「我不想這麼做，但我真的做得出來。」克里夫問，「懂嗎？」

布蘭蒂以一聲響亮的「汪！」回答。

「知道就好。」克里夫對她說。

克里夫接著拿起一大袋肉汁火車牌[151]乾飼料，將乾飼料倒在狗碗裡的濕食上。肉汁火車是這時候非常流行的狗狗乾飼料品牌。飼料疊成一座尖尖的小山。克里夫不在乎飼料掉出碗外，撒得廚房地板都是，因為不管怎麼撒，布蘭蒂都會把每顆飼料找出來吞下肚。

電視螢幕裡，畫面外的播音員介紹了紅蘋果香菸的各種產品後，廣告切到知名演員畢・雷諾斯的畫面，只有上半身入鏡的他正抽著一根有塑膠濾嘴的紅蘋果香菸。

畫面外的播音員問他：「嘿，畢・雷諾斯，來一口紅蘋果？」

雷諾斯看向鏡頭回答：「噢，當然！」他吸了口菸，接著吐出一縷煙，說出紅蘋果香菸的標語：「來一口，好好享受，來一口……紅蘋果。」

克里夫握著鍋柄，走到客廳，坐在電視機前的躺椅上。布蘭蒂全神貫注地盯著她的主人。

克里夫在躺椅上坐好，吃了口卡夫起司通心麵後，他彈彈舌頭，發出嘖嘖聲。

這就是布蘭蒂可以開動的信號——她從木椅上一躍而下，奔向廚房，狼吞虎嚥地吃著碗裡的食物。克里夫將電視從第七台KABC轉到第二台KCBS，週五晚上正在播偵探影集《洋場私探》，麥克．康諾斯[152]飾演私家偵探喬．曼尼克斯、蓋爾．費雪[153]飾演曼尼克斯的黑人祕書佩姬。電視螢幕上，佩姬一臉憂愁，向坐在辦公桌後方的老闆曼尼克斯提到昨晚發生的事。

「好，佩姬，發生什麼事？」曼尼克斯問。「昨晚我們在俱樂部都待得很開心，」佩姬說，「然後，轟，突然變了。」曼尼克斯這麼解釋：「妳知道音樂家都什麼德性，像貓一樣喜怒無常。誰知道他怎麼了？」

克里夫很喜歡《洋場私探》這齣劇，也喜歡主角曼尼克斯。喬．曼尼克斯是克里夫這一類的人。其實，一部分的克里夫多少希望自己**就是**曼尼克斯。如果他**就是**曼尼克斯，第一件要做的事就是**睡了**佩姬。克里夫也是特務麥漢的大粉絲。不是毫無特色的狄恩．馬汀在那些蠢電影裡主演的麥漢，而是唐納．漢彌爾頓[154]筆下的麥漢。麥漢這個角色不自覺地帶有種族歧視、自覺

151 肉汁火車（Gravy Train），一九五九年開賣至今的美國狗食品牌。
152 麥克．康諾斯（Mike Connors, 1925~2017），美國演員，代表作為美國偵探影集《洋場私探》（*Mannix*, 1967~1975）。
153 蓋爾．費雪（Gail Fisher, 1935~2000），美國演員。她是最早在美國電視圈飾演重要角色的非裔女性演員，憑代表作《洋場私探》獲金球獎與艾美獎。
154 唐納．漢彌爾頓（Donald Hamilton, 1916~2006），美國小說家，擅長類型包括間諜驚悚、懸疑犯罪、西部小說，代表作是以麥漢（Matt Helm）為主角的系列間諜小說。麥漢出現在二十七部小說裡，首次出現於一九六〇年，麥漢這個角色後來也出現在電影、影集中。

地厭惡貶抑女性，而這樣的麥漢深受克里夫的喜愛。克里夫對通俗娛樂小說的主角諸如麥漢、希爾．史考特[155]、尼克．卡特[156]等如數家珍，就像英國人信手捻來幾句濟慈的詩、法國人提到卡繆說過的話一樣稀鬆平常。

所以當他到電影院看第一部麥漢電影《超級情報員麥漢》（*The Silencers*, 1966），才看十五分鐘便離場，生氣地要求售票員退錢。如果這部片讓他作嘔，可想而知這部片對作者唐納．漢彌爾頓造成的創傷有多大。狄恩．馬汀的麥漢真他媽爛死了！不過，如果電影拍成像小說那樣，那麼麥克．康諾斯來演一定棒極了。就連小說封面的康納都畫得像康諾斯。

電視螢幕上的**曼尼克斯**和**佩姬**繼續演下去，一旁的布蘭蒂正狼吞虎嚥她那座食物小山，克里夫則放下裝著通心麵的鍋子，拿起《電視指南》[157]，翻到這週《洋場私探》的劇情大綱，大聲唸了出來：

「死亡小調：曼尼克斯尋找佩姬失蹤的男友，一名越獄的黑人樂手。整個情況越來越棘手，曼尼克斯和一位謎樣的警長、一名頑固偏頗的目擊證人、一個無所不在的闖入者發生衝突。」

克里夫把《電視指南》丟到一旁，拾起那鍋橘黃色的麵，用叉子叉了一口送進嘴裡。他一邊咀嚼，一邊問自己和布蘭蒂：「**無所不在的闖入者**是什麼意思？」

在大約三十二公里外的加州查茨沃斯，在史潘片場[158]這個廢棄的西部小鎮片場裡，八十歲的喬治．史潘正待在家，穿著浴袍和睡衣，坐在沙發上，在同一時間收看同一集《洋場私探》。

他和二十一歲、紅頭髮、滿臉雀斑、照顧他生活起居的「吱吱」一起看。兩人每天晚上都像這樣看電視。史潘穿著浴袍、睡衣，坐在沙發上，吱吱則躺在沙發上，將頭枕在他腿上。因為喬治瞎了，吱吱將電視螢幕裡發生的事告訴這個失明的老頭。「所以那個替曼尼克斯工作的黑鬼，請曼尼克斯幫忙找她的男朋友，就是第一場戲裡吹小號的黑鬼樂手。」

「佩姬是個黑鬼？」喬治詫異地說，語帶不滿。

吱吱翻白眼回嘴：「我每星期都這麼跟你說。」

155　希爾．史考特（Shell Scott）是小說家理查．普拉瑟（Richard S. Prather, 1921~2007）一九五〇年起創作的系列偵探小說主角，是一位有著一頭白髮的私家偵探。

156　尼克．卡特（Nick Carter），小說中的偵探，最早於一八八六年首次出現在約翰．羅素．科耶爾（John Russell Coryell, 1851~1924）所寫的短篇故事〈老偵探的學徒〉（The Old Detective's Pupil），之後超過一世紀，許多作家都以這個角色為主角創作出許多偵探故事。

157　《電視指南》（*TV Guide*），美國雜誌，內容包括電視節目表，以及娛樂圈、電視圈相關新聞。

158　史潘片場（Spahn Movie Ranch）是真實存在的片場，喬治．史潘（George Spahn, 1889~1974）也確實是片場的主人。

第五章　咪咪的恐懼爬行

加州帕沙第納
一九六九年二月七日
凌晨兩點二十分

現在是凌晨兩點。格林布萊爾街位於加州帕沙第納近郊的高級住宅區。這條街的兩側各有一排獨棟別墅，每戶別墅門前有悉心打理的草坪，裡面住著上層中產階級的白人。這個時間點，除了閒晃的野貓，或冒險下山翻垃圾桶覓食的大膽郊狼，這一帶住宅區絲毫沒有動靜。這裡的住戶似乎早已就寢，在門窗鎖好的房子裡、在舒適的床鋪上、伴著低聲運轉的空調，安然酣睡。

有戶人家門前擺著一個普通的信箱，上面寫著**赫斯伯格**。此刻站在這棟別墅前方人行道上的，是五位查理．曼森[159]「家族」的成員。有顆缺牙的「克連」、「莎蒂」、「蛙仔」、最年輕那群家族成員裡的黛柏拉．喬．希爾豪斯（又叫做「咪咪」），還有查理自己。

查理站在黛柏拉．喬後面，他兩隻手放在她肩膀上，在她耳邊小聲溫柔地說話。

「好了，咪咪，」查理輕聲說，「妳可以的。是時候越界了。是時候面對恐懼。是時候直接面對恐懼。小甜心，現在……該妳自己去做了。」

黛柏拉．喬提醒他，這不是她第一次進行「恐懼爬行」。她的精神領袖承認，沒錯，她之前做過，但不是單獨行動。查理提醒她「家族」的哲學是人多力量大。

他這麼說：「這就是為什麼我們會去做那些事、我們做那些事的方式，以及我們生活的方式，這些說到底都非常重要。」不過，在他的手指溫柔按摩她黑色髒T恤下的肩胛骨時，他馬上澄清：「但，**個人成就**也很重要。測試自己。面對自己的恐懼。人終究只能獨自面對自己的恐懼。黛柏拉．喬，這就是為什麼我要妳做這件事。」

除了她爸爸，全世界只有查理能叫她的本名，黛柏拉．喬，而不是加入「家族」後取的名字，咪咪。

「我想做。」黛柏拉．喬說，語氣不太堅定。

「妳為什麼想做？」查理問。

「因為你希望我去做。」她回答。

「對，我的確希望妳去做。」查理同意。「但我不希望妳是為了我而做。我也不希望妳是為了他們而做。」他用頭撇了撇旁邊那些人。「我希望妳為自己而做。」

查理觸碰到她肩胛骨的指尖，感覺到黛柏拉．喬正微微顫抖。

「小美人，我感覺到妳在顫抖。」

159 查理．曼森（Charlie Manson）就是查爾斯．曼森（Charles Manson, 1934~2017），查理是查爾斯的小名。

「我不害怕。」她出聲反駁。

「噓——」查理叫她別說話。「沒關係的，不用說謊。」

他向這位黑髮美人解釋：「妳過去一生中遇到的人裡，以及妳未來將認識的人裡，有百分之九十七的人總是用一輩子百分之九十七的時間來逃離恐懼。但小美女，妳不是這種人。」查理在她耳邊悄聲說：「妳正在走向恐懼。**恐懼**是意義的所在。沒有**恐懼**，一切都沒有意義。」

儘管黛柏拉．喬沒有停止顫抖，但在查理的觸碰之下，她的身體似乎稍稍放鬆了一點。查理站在她身後，往前傾身，對著她右耳輕柔地說：「妳相信我嗎？」

「你知道我相信你。」她回答：「我愛你。」

「黛柏拉．喬，我也愛妳。」查理告訴她：「就是這份愛慢慢將妳推向不凡。我在妳的心裡，『咪咪』，我在妳的貓掌裡，我在妳的尾巴裡，我在妳的鼻子裡，我在妳的小腦袋裡。」

查理的手離開了她的肩膀，他用雙臂環繞這位年輕女孩，從後面抱著她。她也將全身的重量倚在他身上。兩人緩慢的左右搖晃，先將重心放在他們的左腳，接著再放在右腳，查理像哄嬰兒般摟著她輕輕搖擺。

「請讓我有這個榮幸來指引妳經歷這一切。之後從那棟屋子裡走出來的女孩，絕對會比等走進去的女孩要來得更強大。」

接著，查理將手從她腰間抽離，往後退了一小步，然後拍了一下女孩穿著藍色牛仔短褲的屁股，讓她往赫斯伯格家移動。

一九六八年，查爾斯・曼森和他的「家族」成員住在丹尼斯・威爾森[160]好萊塢的家裡，依附海灘男孩白吃白喝時，泰瑞・梅爾徹（Terry Melcher, 1942~2004）和他們往來密切。梅爾徹是伯茲合唱團[161]的音樂製作人、保羅瑞佛和奇襲者樂團[162]的推手，哥倫比亞唱片旗下的傳奇才子。和威爾森不同，泰瑞・梅爾徹沒那麼肯定查理的音樂才華。說到查理的音樂抱負，泰瑞覺得查理並不是沒有天分。坦白說，他覺得查理的音樂非常非常**不錯**。但要說查理真的有什麼可培養的潛力，那就是走創作型民謠歌手路線。而在眾多民謠歌手中，和尼爾・楊、菲爾・奧克斯、戴夫・范・朗克、傑克・艾略特、米奇・紐波利、李・德萊瑟、山米・沃克[163]相比，或坦白說當時任何已闖出名堂的民謠歌手相比，查理既出生得早，但音樂之路又發展得晚。此外，就像前一波熱潮只持續了短短幾年，民謠音樂此時已是強弩之末。這時候，所有已經成名的民謠歌手都把自己的吉他接上音箱，試著轉型成搖滾巨星。

由於梅爾徹代表哥倫比亞唱片，而他們已經簽了巴布・狄倫，所以就不需要查理・曼森了。此外，梅爾徹那時已不做創作型歌手這塊了（**好像**他曾經做過一樣）。保羅瑞佛和奇襲者

160 丹尼斯・威爾森（Dennis Wilson, 1944~1983），美國歌手、歌曲創作者、搖滾樂團海灘男孩（the Beach Boy）成員。

161 伯茲合唱團（The Byrds），一九六四年成團的美國樂團，最初翻唱巴布・狄倫（Bob Dylan, 1941~）的〈鈴鼓先生〉（Mr. Tambourine Man）而聲名大噪。他們的音樂開拓了民謠搖滾的路，並啟發眾多獨立搖滾樂團。

162 保羅瑞佛和奇襲者樂團（Paul Revere and the Raiders），一九五八年成團的美國搖滾樂團，一九六〇年代後期至七〇年代初期非常受歡迎。

163 尼爾・楊（Neil Young, 1945~）、菲爾・奧克斯（Phil Ochs, 1940~1976）、戴夫・范・朗克（Dave Van Ronk, 1936~2002）、傑克・艾略特（Ramblin' Jack Elliott, 1931~）、米奇・紐波利（Mickey Newbury, 1940~2002）、李・德萊瑟（Lee Dresser, 1941~2014）、山米・沃克（Sammy Walker, 1952~）皆為民謠界的重要人物。

樂團已讓他成為天王級製作人了，他們的歌時不時登上電台流行音樂排行榜，成為熱門金曲。他沒有要和先鋒唱片（Vanguard Records）對幹，替哥倫比亞唱片搶人才。他在找的是下一個由蓬鬆亂髮的可愛男孩組成的花俏樂團，能做出順口新奇的唱片、能在《美國舞臺》[164]及其他地方電視台搖滾音樂節目裡演出（例如《絕讚秀》（*The Groovy Show*, 1967-1970）、《老大城》（*Boss City*, 1966-1969）、《正牌唐・斯蒂爾秀》（*The Real Don Steele Show*, 1969-1975）、《大顯身手》[165]、《好戲上場》[166]等等），而且還能上《16》、《虎韻》（*Tiger Beat*）等青少年偶像雜誌搏版面。要找也是找鮑比・貝索萊伊[167]，但絕對不會是查爾斯・曼森。

並不是說查理沒有**才華**——他確實有**一點**天分。但他**沒有**的是培養他身上那點才華的紀律。如果他創作的歌再強一點，雖然不會因此說服泰瑞替哥倫比亞唱片錄製一張查理的專輯，但可能會讓泰瑞拿一首查理的歌給琳達・朗絲黛[168]唱。

泰瑞的確覺得查理是個奇特有趣的人。不過就算有前面提到的種種，泰瑞也沒像他朋友（丹尼斯・威爾森和葛瑞格・雅各布森[169]）一樣，對查理那麼感興趣。查理和「家族」成員住在威爾森家裡時，梅爾徹之所以花那麼多時間與那夥人來往，並不是因為身為音樂製作人的他嗅到商機，看上查理的音樂潛力。其實真正的原因在於，泰瑞很喜歡和一個名叫黛柏拉・喬・希爾豪斯的十五歲黑髮美女做愛，她是「家族」的一員。泰瑞第一次見到她時，她依然叫黛柏拉・喬這個本名。但很快地，她只對「家族」名「咪咪」有反應。

黛柏拉・喬十五歲時加入曼森家族，那時她是那幫人裡年紀最小的，也肯定是裡面最漂亮的。只有身材高䠷勻稱的萊絲莉・范・豪頓[170]能和她媲美。不是只有梅爾徹被黛柏拉・喬迷得神魂顛倒——威爾森也喜歡和她上床。說實在，查理在洛杉磯音樂圈有這點人脈，並不是因為他的音樂，而是因為黛柏拉・喬少女胴體的魅力。黛柏拉・喬在泰瑞・梅爾徹心裡有著特殊地位。（如果黛柏拉・喬能唱，那就會是她拿到出唱片的合約。）

而且要知道，這一切發生時，梅爾徹正和體現六〇年代精神的美女甘蒂絲・柏根[171]同居。

就算家裡有個金髮美人，泰瑞依然無法斷了他和咪咪的關係。他對咪咪的著迷一度明目張膽到想聘黛柏拉・喬當女傭，讓她搬進自己和甘蒂絲在天堂大道的家裡住。（柏根可能對很多

164《美國舞臺》（*American Bandstand*, 1952~1989），美國音樂舞蹈表演的電視節目，對美國流行音樂、音樂類的電視節目影響深遠。

165《大顯身手》（*Where the Action Is*, 1965~1967），美國音樂綜藝節目，節目會在美國各地巡迴拍攝，讓演出者在外景演出。

166《好戲上場》（*It's Happening*, 1968），美國搖滾綜藝節目，是《1968好戲上場》（*Happening '68*, 1968~1969）的延伸節目，兩個節目皆由保羅瑞佛和奇襲者樂團主持。

167 鮑比・貝索萊伊（Bobby Beausoleil, 1947~）是曼森家族的成員，因殺人罪被判終生監禁，在獄中投身音樂與視覺藝術創作，錄製、發行了多張專輯。

168 琳達・朗絲黛（Linda Ronstadt, 1946~），一九六〇年代中期嶄露頭角的美國歌手，在七〇年代的洛杉磯鄉村音樂及民謠搖滾風潮中備受矚目。她曾推出了多張暢銷單曲及專輯，獲獎無數。

169 葛瑞格・雅各布森（Gregg Jakobson, 1939~），美國歌曲創作者，和丹尼斯・威爾森是朋友兼歌曲創作夥伴，替海灘男孩寫過幾首歌。

170 萊絲莉・范・豪頓（Leslie Van Houten, 1949~），曼森家族成員。

171 甘蒂絲・柏根（Candice Bergen, 1946~），美國演員，代表作為美國情境喜劇《風雲女郎》（*Murphy Brown*, 1988~1998, 2018）。

事不知情也不在意，但她也知道必須讓泰瑞打消這個念頭。）

黛柏拉・喬・希爾豪斯有種小奶貓般純淨自然的特質（這就是查理叫她咪咪的原因），讓年長男性為之瘋狂，包括摩托車幫派「直行撒旦」（Straight Satans）的成員。查理和「家族」成員在史潘片場生活時，這個洛杉磯當地的飛車黨成員和他們廝混在一起。

黛柏拉・喬和查理找來的其他女孩有個很大的不同點。她依然和她爸爸保持聯繫，她爸爸也認識查理。反觀其他所有女孩，她們會加入曼森「家族」，多少都是因為和原生家庭的關係很糟。與父母斷絕關係、徹底脫離原生家庭，變成「家族」的新成員，讓查理當你爹地，這是查理的話術之一。但黛柏拉・喬・希爾豪斯的情況不一樣。她是因為爸爸的關係，在一年前認識了查理。

某天下午在威爾森的撞球室裡，梅爾徹和黛柏拉・喬完事後，兩人一起抽一支大麻菸卷，喝著冰涼的墨西哥啤酒。梅爾徹問黛柏拉・喬怎麼認識查爾斯・曼森的。

黛柏拉・喬毫不隱瞞地說了。「我爸讓他搭便車認識的。」

「等等，」泰瑞驚訝地說，「妳是因為妳爸而認識查理？」

這位黑髮的白人女孩點點頭。「查理那時想搭便車。」她重複。「我爸就載他一程，路上兩人開始聊天。他們很談得來。所以我爸就帶他回家吃晚餐。那是我第一次見到他。」

泰瑞深深吸了口大麻菸捲，然後將菸捲遞給黛柏拉・喬。大麻菸捲的煙還在他的肺徘徊時，他問：「在那之後，過了多久妳就和他跑了？」

「那天晚上。」她回答。「我從家裡溜出來，和他在我爸的車上做愛。然後我拿了車鑰匙，開車走了。」

哇靠！泰瑞心想，**像查理這樣的小孬孬怎麼這麼有辦法？我是說，搞到瑪麗・布魯納或派蒂・克倫溫克爾[172]那些嬉皮醜婊子就算了。但像黛柏拉・喬這樣火辣的俏妞？怎麼可能！**

接著黛柏拉・喬跟他說了查理和他們家之間那些離奇的事。最後說到她爸問查理，他能不能成為「家族」的一員。

泰瑞聽了驚叫：「妳他媽的在跟我開玩笑吧！」

黛柏拉・喬淺淺一笑，搖搖頭，不過接著說：「但就連查理也覺得**那樣**太詭異了。」

媽呀我的天！泰瑞心想。他連讓柏根同意找個嬉皮女傭都沒辦法，但查理卻好像能輕鬆影響他遇見的每個人，讓他們甘願去做任何事。查理身上那莫名的魅力可能對泰瑞不大起作用，但連泰瑞都清楚，查理**有點本事**。幾年前，泰瑞就見過許多搖滾巨星將嬉皮女孩迷得團團轉，讓她們去做一些很誇張的事。但要迷倒這些女生的爸爸？那完全是另一個層次的影響力了。泰瑞覺得，就連米克・傑格[173]可能也做不到。

黛柏拉・喬慢慢靠近赫斯伯格家，她的膝蓋明顯在抖。她穿過覆滿露水的前院草坪。她感覺到濕潤的草坪摩擦她赤裸的腳底，這股些微的涼意讓她的精神都來了。離開草坪，踏上通往後院木門的水泥小徑時，她留下了濕濕的腳印。她將手伸到後院木門的內側，盡可能安靜地將

172 瑪麗・布魯納（Mary Brunner, 1943~）、派蒂・克倫溫克爾（Patty Krenwinkel, 1947~），曼森家族成員。

173 米克・傑格（Mick Jagger, 1943~），英國滾石樂團（Rolling Stones）主唱，情史和緋聞豐富。

門內側生鏽的插銷撥開，將門推開，走進後院。她的夥伴從人行道看著她慢慢消失在視線裡。

咪咪現在獨自站在赫斯伯格的私人土地上。她掃視了一下周遭環境。有個腎形的游泳池、綠色的草地、一棵大樹、幾張野餐桌，還有幾輛使用痕跡明顯、小孩騎的玩具車。但除了玩具車，這個後院和前院一樣乾淨整潔，打理得很好。

接著，查理的聲音在她耳邊響起，**妳的心現在怎樣？**

她小聲回答腦海裡的聲音：「像非洲手鼓一樣咚咚狂跳。」

咪咪，冷靜。他低聲說。**非洲手鼓咚咚作響可是會吵醒整個街區的人。掌握好妳的情緒。**他指示，**冷靜下來。觀察一下四周。**

她更仔細地審視後院，心跳不再那麼快了。

誰住在這裡？他問。

「我不知道——赫斯伯格吧，我猜。」

我不是問他們的名字。他嚴厲地說。**他們是什麼樣的人？有小孩嗎？妳有看到玩具嗎？**

她盯著玩具車，點點頭。

很多玩具？他問。**有沒有一組滑梯鞦韆遊戲屋？**

「沒有。」她回答。「只有幾輛玩具車。」

這透露出什麼樣的訊息？他問。

「我不知道，那應該要透露什麼訊息？」

嘿，小美人，他溫柔地訓她，**是我在問問題，是妳要回答。懂嗎？**

她點點頭。

所以他們要麼有養小孩，要麼就是認識幾個小孩子。查理猜測。**或許是爺爺奶奶？我們晚一點再回答這個問題。他們有錢嗎？**

她點點頭。

妳怎麼知道的？查理質問她。

「他們住在這裡，不是嗎？」她語帶挖苦地回答。

咪咪，別這麼快下定論。查理提醒。**小甜心，人不可貌相啊。他們可能是幾個租客。四個空姐或酒吧服務生一起住，一起湊租房。**接著他突然問，**他們有游泳池嗎？**

「有。」她回答。

摸一下泳池的水。他給出指令。

咪咪躡手躡腳地穿過覆蓋大半後院的草地，來到泳池邊。她將手指浸到水裡。

當她的手感覺到水的滋潤，腦袋裡的聲音問她，**水是溫的嗎？**

她點頭。

那他們很有錢。查理解釋。**只有有錢人才能持續加熱泳池的水。**

有道理。咪咪心想。

妳準備好要進屋了嗎？查理低聲說。

她點點頭。

查理突然開罵：**賤人，別只會點頭！我在問妳問題！妳準備好進屋了嗎？**

「是的。」她回答。

是的，然後？他問。

「是的，先生？」她猜測。

他拔高音量，非常憤怒。**不是「是的，先生。」天殺的，我他媽是怎麼跟妳說問妳問題要怎樣的？**

於是，她不顧當下的情況，大聲回答：「是的，我準備好了！」

腦袋裡的查理滿意地回答：**去吧！這才是我的小美人！從後院進到屋子裡的門長怎樣？**

她看向眼前的屋子，回答：「玻璃拉門。」

哇，那妳走運了，孩子。那種門他們常常會忘了鎖。現在悄悄走過去，看妳有多幸運。

黛柏拉．喬一邊光著腳緩慢地穿過濕潤的草地，走向後院露台，一邊想，**我真走狗運的話，那道門就會鎖得死死的，然後我就可以回家了。**她來到玻璃拉門前，稍微蹲低，往屋裡端詳。一片黑。沒有任何動靜。她專心聽。除了再次劇烈跳動的心發出如非洲手鼓般咚咚作響的心跳聲，她沒聽到其他任何聲響。她伸出一隻手，拉了一下厚重的玻璃門。門沒有滑開。

查理又出現在她腦海裡。**這種門可能有點重。再試一次，用力一點，用兩隻手。**

這次她雙手握緊拉門把手，更用力地扯了扯門。門滑開了一些。看到門真的滑動了，她愣了一下。

噢該死！她心想。**我真的得進去了。**

她彷彿聽見查理在她腦海裡咧嘴而笑。接著，查理深入她靈魂深處，協助她進行「恐懼爬行」的下個階段。**現在，在妳進屋之前，請壓縮妳的自我，讓妳自己不復存在。像隻小貓咪一樣，手腳著地跪著。妳就像附近的野貓一樣，因為後門沒關好而溜進屋子晃晃。懂嗎？**

她點點頭。

就讓門開著，他說，**說不定妳之後得迅速逃走。**

咪咪撥開落地門簾，手腳著地爬進屋裡。她手腳並用，爬過廚房堅硬的油氈地板，來到鋪著長絨地毯的客廳。

她爬到客廳正中央時，一屁股坐在地板上，讓眼睛適應黑暗，觀察周遭環境。

查理繼續問她問題。

住戶是什麼樣的人？年紀大嗎？中年？是為人父母還是已經當爺爺奶奶了？

「我不知道。」她回答。

觀察一下家具，他說，**看一下屋裡的小擺飾。**

咪咪掃視整個空間。她看了看牆上、電視機上放的裝框相片，壁爐架上的小東西。她也看到一組高級音響，還有一排倚著牆的黑膠唱片。

她爬向這疊唱片，翻了翻。

魯迪・瓦利[174]

174 魯迪・瓦利（Rudy Vallée, 1901~1986），美國歌手、音樂家、演員、電台主持人，一九二〇至三〇年代美國十分受歡迎的歌手。

凱特・史密斯[175]

傑基・葛里森[176]

法蘭奇・連[177]

傑克・瓊斯[178]

約翰・蓋瑞[179]

音樂劇的百老匯卡司錄音：《南太平洋》（*South Pacific*）、《屋頂上的提琴手》（*Fiddler on the Roof*）、《不、不、娜妮特》（*No, No, Nanette*）。電影《出埃及記》（*Exodus*, 1960）的原聲帶。

「他們年紀應該很大。」咪咪告訴查理。「我猜是爺爺奶奶。」

好，我們不要用猜的，黛柏拉・喬，我們來推理。他問，**有小孩住在這裡嗎？**

她回答：「我不知道。」

嗯，那看一下四周。他說。

她照做了——這裡很乾淨。

咪咪回答：「後院有些玩具，但我覺得沒有孩子住在這裡。」

為什麼？查理問。

「因為住戶年紀很大。」她斷定。「老人家都愛乾淨。愛整潔。一切都井井有條。有小孩的爸媽沒有這種餘裕。」

咪咪，說得好。她能感覺到查理的微笑從她體內蔓延開來。**妳的心現在怎樣？**

「很冷靜。」

我相信妳。妳看得到樓梯嗎？

她點點頭。

妳的自我呢？

「不存在。」

那妳可以準備站起來了。

咪咪雙手離地，站了起來。站起來看到的房間很不一樣。她將身上的黑色上衣脫掉，丟在鋪著長絨地毯的地板上。接著她解開Levi's牛仔短褲的鈕扣、拉開拉鍊，讓短褲順著她的長腿滑下來。最後也把內褲脫掉，丟在那堆衣服上。全部脫光後，光溜溜的女孩彎下身，從那堆衣物裡找出短褲，從圓鼓鼓的側邊口袋裡，扯出一個紅色的燈泡。她將紅色燈泡放到嘴裡，嘴唇環繞著燈泡銀色的金屬螺旋。

---

175 凱特・史密斯（Kate Smith, 1909~1986），美國歌手，一九三〇年代起她的演唱生涯起步，縱橫歌壇五十年。除了錄製唱片，也有自己的廣播、電視歌唱節目，一九四〇年代是她事業的巔峰。有「廣播界的第一夫人」（first lady of radio）之稱。

176 傑基・葛里森（Jackie Gleason, 1916~1987），美國喜劇演員、節目主持人、作曲家和指揮家。一九五〇年代起，他以樂團指揮及音樂作曲者的身分錄製了多張情調音樂（mood music）專輯。

177 法蘭奇・連（Frankie Laine, 1913~2007），美國歌手。學生時代就開始演唱，一九四〇年代開始走紅，演唱生涯長達五十年。是〈玫瑰、玫瑰我愛你〉的英文版原唱。

178 傑克・瓊斯（Jack Jones, 1938~），美國歌手，一九五九年發表第一張專輯，演唱生涯長達四十多年。

179 約翰・蓋瑞（John Gary, 1932~1998），美國歌手、音樂劇演員，小時候就開始登台演唱，一九六〇年代很受歡迎。

接著，光溜溜的她再次手腳著地，爬上鋪了地毯、通往二樓的樓梯。她那像貓一樣的赤裸身軀，輕柔、安靜地朝二樓臥房移動。

爬到樓梯頂端後，她先看了看二樓右側，再看了看左側，斷定左側的房間應該是主臥房。查理沒有再出現在她腦袋裡了，黛柏拉・喬現在完全得靠自己。她的膝蓋和手掌貼地，像隻小貓一樣在二樓走廊雀躍地爬行，往半開的臥室前進。

她悄悄將頭探入門內，往漆黑的臥房裡看了看。從接近地板的高度往上看，咪咪發現她的推理沒有錯，這裡的確是主臥房，而且躺在加大雙人床上的是一對爺爺奶奶。

為了爬進房間裡，咪咪扭動赤裸的身驅，從半開的房門留下的空間裡鑽進去，很小心不碰到門，深怕吱吱作響的門鉸鍊會出賣她。她巧妙移動雙手和膝蓋，讓雙腳也進到房間後，她的眼睛往床鋪上看。床上熟睡的老先生身穿白色直條紋的藍色睡衣，躺在靠近她和門的這一側。

房間聞起來混合了幾種味道：奔肌牌痠痛藥膏、松木香牌空氣清新劑、歐仕派牌[180]體香膏，還有腳的味道。在臥房最右邊窗戶上的空調嗡嗡作響，幫忙掩飾她任何細微動作發出的聲音。這是一大好處。壞處是，主臥房比客廳和二樓走廊都要冷很多。她赤裸的皮膚泛起像起疹子一樣的疙瘩。光溜溜的屁股上起的雞皮疙瘩，讓這名由查理取名叫咪咪的少女，多少體驗了一下有尾巴大概會是什麼樣的感覺。她沉浸在這一整套假裝成家貓的設定裡，扭了扭她那骨感十足的翹臀。不過低溫並不是阻礙。這股低溫就像山間沁涼的溪水，溫熱的身體接觸到寒冷的空氣後，她發現自己因為全身顫抖而精神大振。

她緩緩靠近床邊。接著，黛柏拉・喬從原本手腳著地像貓一般的姿勢，改成只有膝蓋著地的跪姿。她的臉很靠近老先生的臉。紅色燈泡從少女的嘴巴凸出來一部分，讓她看起來面無表情，不太有人味，有點混合了機器人和性愛娃娃冷冰冰的感覺。只有她那對幾乎要連成一字、顯眼的深色眉毛，才流露出一點表情。

她仔細審視了熟睡老先生的臉。他費力地呼吸，呼吸聲聽起來更接近鼾聲。他圓滾滾的頭頂上，有著稀疏的白髮，雜亂無章，扁塌的雙唇覆在沒有牙齒的嘴巴上。她看向床邊的小桌子，沒錯，在眼鏡、檯燈和小鬧鐘旁邊，有一副假牙泡在一杯水裡。

她好奇的視線從那副假牙移到熟睡的老傢伙身上，再移到睡在他身旁的年邁女性身上。和骨瘦如柴的丈夫相比，她看起來有點胖。不像老先生根根分明的稀疏白髮，老太太染了一頭亮橘色、捲度小又密集的捲髮，很明顯每星期必須上美容院，用上四分之一罐髮膠才能維持髮型的完美。

黛柏拉．喬身伸出一隻手到老先生的臉上方，接著動了動手指。老先生絲毫不受驚擾，繼續發出規律的鼾聲。咪咪現在信心十足，所以她膝蓋離地，以雙腳站立。她好一段時間都以貓的姿勢跪在地上，突然站起來，讓她感覺自己像是來到小人國的格列佛巨人。

她踩著前腳掌，放輕腳步經過雙人床，走到房間另一側的窗戶前。這扇窗戶位在房子正面這一側。窗簾沒有拉上，她從窗戶看得到查理和她朋友都站在房子前方的人行道上。第一個看到她的是蛙仔，蛙仔跳起來，興奮地和黛柏拉．喬揮手。其他人也熱烈地揮手，好像在搬演電

180 奔肌牌（Ben-Gay）、松木香牌（Pine-Sol）、歐仕派牌（Old Spice）皆是美國常見的商品品牌。

視劇《豪門新人類》[181]跑片尾名單時，主要角色一字排開興奮揮手的樣子。

黛柏拉．喬嘴巴裡還含著紅色燈泡，也從赫斯伯格的主臥房窗戶看向他們，朝他們揮手。她悄悄走到女主人梳妝台的椅子旁，將椅子抬起來，搬到窗戶旁。窗戶旁擺著一盞檯燈。咪咪迅速瞥了沉睡的老夫妻一眼，確定沒有驚動到他們後，她開始慢慢轉開檯燈頂端固定燈罩的螺絲。轉出螺絲後，她將螺絲放在桌上，接著悄悄地拿起燈罩，無聲無息地放在地板上。與此同時，她也留意床上的老夫婦，注意兩人是否有任何醒來的跡象。到目前為止，一切都很順利。接著，她一邊留意老夫婦的動靜，一邊將燈泡轉鬆。

這是她目前為止做過最吵的事了，不過老夫婦規律的呼吸聲、空調的運轉聲，以及她盡可能壓縮的自我，都讓臥房的平靜得以持續，沒有產生劇烈的變化。終於轉完最後一圈後，黛柏拉．喬將燈泡從燈座上拿起來，靜靜地放在臥室鋪了地毯的地板上。這名深色頭髮的入侵者把嘴裡的紅色燈泡拿出來，放進燈座裡，轉緊。直到不能再轉時，她知道自己完成任務了。

她轉動檯燈上的旋鈕，直到咔嚓聲響起，整間臥室沐浴在紅光之中。她盯著床上的老夫婦，看他們有沒有因為臥室氛圍改變而有任何反應。如果紅光擾亂了他們的快速動眼期，她準備好隨時衝出去。不過這顆低瓦的紅色燈泡依然不夠亮，不足以打擾他們的睡眠。

因此她爬上窗戶旁邊的椅子，赤裸的身體被窗框框住，背後散發著紅光，好像阿姆斯特丹紅燈區櫥窗女郎的風景，在加州帕沙第納重現。她衝著人行道上的夥伴微笑，那群人正因為黛柏拉．喬完成任務而興奮地跳來跳去。這名十六歲的少女開始在窗前大跳性感熱舞，娛樂屋外的朋友。他們拍手叫好，為她喝采。她的身體上下起伏，跳得越發狂野，屋外的夥伴也高聲吶喊、吹口哨助興。接著，她跳下椅子，跑向老夫婦的大床，跳了上去，大喊：「傑羅尼莫！」[182]

這對老夫婦被吵醒了，發現這名光溜溜的黑髮少女在他們的床上翻滾，笑得像瘋子一樣。老太太害怕地大聲尖叫，老先生困惑又氣急敗壞地說：「搞什麼鬼？」

黛柏拉．喬用雙臂摟著老先生的脖子，在他沒有牙齒的嘴巴上大大親了一口。他開口正要尖叫時，黛柏拉．喬便順勢把舌頭伸進他嘴裡。然後她迅速放開老先生，跳下床，跑出房間，衝下樓梯，快速穿過客廳（中間順手抓了她的衣服），從滑開的玻璃拉門出去。接著她穿過後院、後門和前院草坪，來到格林布萊爾街，和她的「家人」會合，笑得格外開心。[183]

---

181 《豪門新人類》（*The Beverly Hillbillies*, 1962~1971），美國情境喜劇影集，片尾名單播出時，背景是主要角色出場向觀眾揮手的畫面。

182 在高空彈跳或是跳水時都習慣喊「傑羅尼莫！」（"Geronimo!"），這是一個北美原住民傳奇戰士的名字。

183 本章咪咪做的事稱作「恐懼爬行」（Kreepy Krawl），是曼森家族成員實際做過的事，不過他們稱為 Creepy Crawl（拼法不同）。他們會大半夜偷偷闖進別人家，在不傷害人的情況下，留下他們來過的痕跡，像是搬動家具、拿走特定物品等，讓住戶知道神聖、重要的私人領域已經遭到侵犯。

第六章　不到好萊塢不罷休

德州達拉斯近郊

四年前

一名牛仔競技騎手正開著一輛髒兮兮的白色一九五九年凱迪拉克雙門轎跑車，車後拉著一輛髒兮兮的白色運馬拖車，裡面載著一頭淺棕色的馬。這名牛仔快要上高速公路、駛離達拉斯時，他看到前方四百公尺處有個年輕女子站在公路邊，伸出手舉著大拇指想攔車。她一身粉紅色緊身T恤配亮黃色迷你裙，露出修長的雙腿，光著腳，戴著一大頂白色遮陽帽，背著帆布圓筒行李包。當凱迪拉克越靠近，車裡的牛仔便注意到她粉紅色緊身T恤下飽滿的雙峰，以及格外白皙的雙腿。

他將車子停靠在路邊，女孩馬上彎下腰，從副駕駛座的車窗看向他。他注意到，在那頂白色遮陽帽下，女孩留著一頭金黃色的長髮。她看起來大概二十二歲，而且他媽的長得超美。

「搭便車？」他明知故問。

「沒錯。」金髮美女回答，沒有德州口音。

牛仔關掉廣播，這時莫力·海格[184]正在低聲清唱〈圖萊里的塵埃〉（Tulare Dust）。他問：

「妳要去哪?」

「加州。」這位豐滿的金髮女郎回答。

牛仔將吃嚼菸[185]產生的褐色口水吐在咖啡紙杯中,杯裡裝了差不多十分之一容量的褐色唾液。他吐完後輕笑出聲:「加州?哇,那可遠呢。」

「我知道。」她點點頭說:「你能幫忙嗎?」

「到加州我是不知道啦,」牛仔表明,「不過我打算今晚七點前離開德州。我可以載妳到新墨西哥。」

「這起碼是個開始,牛仔先生。」她淺淺地笑了一下。

「好,上車,牛仔女孩。」他也報以微笑。

女孩決定鑽進這輛凱迪拉克前,她更仔細端詳了一下眼前這名牛仔。他大概四十七歲左右,長得帥,但看得出飽經風霜(和他的凱迪拉克有點像)。他戴著一頂麥稈編成的白色牛仔草帽,穿著西部鄉村調調的乳白色壓扣式襯衫,腋下部分有泛黃的污漬,下唇與牙齦間有一大撮嚼菸。她看向後座,那裡放著一個圓筒行李袋,和她背的沒什麼不同。不過他的行李袋有著軍事風格的橄欖綠,而她的則是黑色的,還印有七喜的標誌。少女的視線越過凱迪拉克的尾

184 莫力·海格(Merle Haggard, 1937~2016),美國鄉村音樂傳奇人物,出道六十多年創作豐富,三十多首歌曲都榮登美國鄉村音樂排行榜冠軍。

185 嚼菸屬於無煙菸草產品,切成碎末的菸草常加入香料,裝入鞋油狀的圓形扁盒中,用手將碎末捏成塊狀,塞入下唇與牙齦之間,以口含住、不咀嚼,也有袋裝的菸絲,能與口香糖混合嚼食。

翼，看向扣著拖車勾的運馬拖車問：「拖車裡有匹馬？」

「妳明知故問。」他回答。

「他叫什麼名字？」她問。

「她叫小甜心。」他緩緩地說。

「嗯，」她微笑著說，「我想，將自家母馬取名小甜心的老兄，應該不會強暴我。」

「哦，這妳就錯了。」他衝著女孩咧嘴而笑。「養了一匹黑色種馬，而且替牠取名叫波士頓勒殺狂[186]的老兄，才是妳能信任的人。」他眨眨眼。

「好吧，」金髮女孩說，「不管了。」她把自己的圓筒行李袋往後坐丟，落在牛仔的行李袋旁。接著打開車門，鑽進凱迪拉克裡。

「這扇門有點壞了，妳得用力甩才關得上。」牛仔指示。

她再次打開車門，聽從他的指示，用力甩上。

「就是這樣！」他一邊說，一邊將車子開回公路上，往高速高路前進。

這位老兄一邊開車，一邊開始和她聊天。「妳要去加州哪裡？」他重新打開廣播，調到適當的音量，莫力．海格的歌聲再次流瀉出來。「洛杉磯、舊金山，還是波莫納？」

金髮女孩問：「有誰會從德州搭便車到波莫納？」

「嗯，我就有可能啊。」牛仔坦承。「不過話說回來，我不是什麼金髮美女。」

「洛杉磯。」她回答。

「妳要成為衝浪手？」牛仔問，「像安妮特．弗尼切洛[187]那樣？」

「我覺得她不是真的衝浪手。」金髮女孩表示。「其實，不管是她還是法蘭基都沒曬成古銅色。你的膚色還比較接近古銅色。」

「對啊，我額頭上的皺紋也比他們多五條。」他看著身旁這位漂亮的乘客，說：「妳人真好，把我的曬傷說成**古銅色**。」

接著，年輕乘客向年紀稍長的牛仔駕駛自我介紹了一番。兩人說了自己的名字並握了握手。

「所以妳要去哪裡？」牛仔又再問一次。

「洛杉磯。我男朋友在等我。」

其實在洛杉磯那頭，沒有什麼男朋友在等她。這只是她想出來的說詞，如果有獨自駕車的男子願意載她一程，這些話就能派上用場。接下來，她花了四十五分鐘，大談特談她那位捏造出來的男友，這都是她為了搭便車而想的花招。她還替這個男友取名叫東尼。

金髮女孩正是在暢談東尼時，多少開始信任這名戴白色草帽的牛仔。因為這人一路聽她大聊自己和東尼在洛杉磯的新生活時，並沒有表現出失望或不感興趣的樣子。

---

186 波士頓勒殺狂（Boston Strangler）是對一個美國連續殺人犯的稱呼，這名殺人凶手於一九六二年至六四年之間，在波士頓地區至少性侵並勒斃了十一名女性。

187 安妮特．弗尼切洛（Annette Funicello, 1942~2013），美國演員、歌手，一九六〇年代與法蘭基．阿瓦隆主演「海灘派對」（Beach Party）系列電影而成為美國甜心。

「哇，依我看，」他緩緩地說，「這個東尼是個幸運的傢伙！」

「你和小甜心要去哪？」金髮女孩發問。

現在換牛仔講起話來小心翼翼，要說不說的。他和小甜心要去亞利桑那州的普雷斯科特。身為牛仔競技騎手，他週末剛在德州達拉斯結束一場名叫「狂野西部週末」的牛仔競技比賽，他贏了個小獎。現在，他動身前往老家普雷斯科特，為了下下週末另一場牛仔競技比賽。「普雷斯科特西部時代」（Prescott Frontier Days）是歷史最悠久的牛仔競技活動，從一八八八年開始舉辦。要是在老家鄉親面前輸了，他可是會吐血。這一切，他都沒向盤腿坐在副駕駛座的長腿金髮女孩說。因為坦白講，他不確定自己想不想讓這個女孩一路跟他跟這麼久。所以他仔細講了自己在達拉斯剛參加完的牛仔競技比賽，但對接下來的安排講得很含糊。不過，隨著兩人一路聊下去，也越了解對方，對彼此也漸漸卸下了防備。

對來自德州、有個軍人爸爸的金髮女孩來說，她挺喜歡眼前這位講話風趣、典型南方鄉下出生的樸質牛仔。這老兄也挺喜歡她的，覺得她不只是賞心悅目而已。她還很聰明——光和她隨意聊聊就一清二楚。兩人越聊越多後，她甚至提到，由於爸爸是軍人，全家有段時間住在義大利，她因此會說一口流利的義大利文。光是這點就足以讓這位老兄將她視為天才，主要是大部分他找的女孩幾乎都不會說英文（他偏愛墨西哥女子）。

如果沒意識到自己有多漂亮，那這名打赤腳的金髮女郎可就不太聰明了。但她不是靠長相定義自己，而是靠她甜美的性情、對他人的好奇心，以及對冒險感到最真切的興奮來定義自己。她對年輕女子獨自旅行時可能發生的危險有所警覺，但依然興致高昂地上路。這些都定義了她是什麼樣的人。你可以擅自認定，開車的這位牛仔對她十分著迷。其實，平心而論，他甚至有點愛上她了。但由於她大概不超過二十二歲，所以不在這位老兄道德允許的擇偶範圍裡。他自有原則，絕不和比自家二十五歲女兒還小的女性打情罵俏。不過，現在他的**原則**可能要下修成**最後底線**：如果這名乘客堅持挑逗他，那可以發展看看。但他也清楚知道，這有多不可能發生。兩人的關係僅止於穿著清涼的漂亮乘客和友善溫和的司機，他覺得這樣也很好。

跨過德州州界進入新墨西哥州時，兩人在一家難吃的餐館稍作停留。如果她沒錢，他會請她吃一碗辣味燉菜，但因為她有能力負擔，他就沒搶著付帳。接著兩人又再開了兩小時的路，直到晚上九點左右，他將車子開進了一家汽車旅館。

好，金髮女郎心想，**如果這個牛仔想追我，就是現在了**。

但她並沒有給他任何機會。牛仔根本還沒向她提可以讓她睡在後座，金髮女孩就從後座拎起自己的圓筒行李袋，跟他擁抱道別。他看著女孩光著腳走向漆黑的遠方。

兩人相處的這段時間（大約六小時）裡，等女孩覺得和牛仔相處起來很輕鬆愜意時，她便透露了自己去洛杉磯的真正原因，是為了成為演員，為了拍電影，或至少在電視節目裡演出。她承認，一開始不想講實話是因為這聽起來有夠老套。而且，聽起來超像德州選美皇后不切實際的白日夢，這更讓她看上去有點蠢。**如果**有人這麼想，他們一點也不孤單。因為這正是她爸爸的想法。

這位牛仔聽了，先將棕褐色的口水吐到紙杯裡，然後開口反駁。他告訴金髮女孩，如果有個洛杉磯女生長得和她一樣漂亮，卻不去電影界闖蕩，這才是蠢。不只如此，他還說，他很看好她。「如果我堂妹雪莉想到好萊塢成為第二個蘇菲亞・羅蘭[188]，那真的就是痴人說夢。可是像妳這麼美的女孩，」他推測，「要是妳很快就和湯尼・寇蒂斯[189]演對手戲，我也一點都不意外。」

❁ ❁ ❁

他在汽車旅館辦了入住手續，看著女孩逐漸消失在夜色裡，就快走遠聽不見時，他向女孩大喊：「記得我說過的話——妳和湯尼・寇蒂斯演對手戲時，記得替我向他問好！」

金髮女郎轉過頭，對著牛仔大喊回去：「當然！艾斯，我們在電影裡見！」她再次揮了揮手，然後繼續走下去。

當莎朗・蒂終於在搞笑喜劇《豔侶迷春》（*Don't Make Waves*, 1967）裡，首次和湯尼・寇蒂斯演對手戲時，她對湯尼・寇蒂斯說：「艾斯・伍迪向你問好。」

188 蘇菲亞・羅蘭（Sophia Loren, 1934~），義大利深具代表性的明星演員，因為選美比賽獲獎而進軍電影界，之後憑《烽火母女淚》（*Two Women*, 1960）的精湛演技，成為第一位以外語片榮獲奧斯卡最佳女主角的演員。

189 湯尼・寇蒂斯（Tony Curtis, 1925~2010），美國老牌演員，演藝生涯超過六十年，一九五〇至六〇年代初非常受歡迎，憑《逃獄驚魂》（*The Defiant Ones*, 1958）提名奧斯卡最佳男主角。

第七章 「超酷的洛杉磯，摩根向你道早安！」

一九六九年二月八日星期六
早上六點三十分

克里夫開著卡曼吉亞，駛過西好萊塢市區那段的日落大道[190]。在這舉世聞名的路段上，這時候空蕩蕩的，幾乎沒有人影。對克里夫來說，這是他一天工作的起點，開車到老闆家，載老闆到二十世紀福斯片場，趕八點的通告。清晨六點半駛過日落大道時，克里夫心想，**如果紐約是永不入睡的不夜城，那麼洛杉磯在深夜至清晨時分，則會變回被水泥覆蓋之前的沙漠，一片荒蕪**。一匹形單影隻、正在翻攪垃圾桶的郊狼，在在顯示這個形容有多貼切。克里夫聽到車上廣播傳來93ＫＨＪ電台晨間ＤＪ勞勃．摩根[191]的聲音，他向早起的聽眾大喊：「超酷的洛杉磯，摩根向你道早安！」（Good Morgan, Boss Angeles!）

190　洛杉磯的日落大道（Sunset Boulevard）很長，這裡克里夫行經的是貫穿西好萊塢市區、連接比佛利山莊的高級購物區，這一段特別叫做「日落地帶」（Sunset Strip），是日落大道最知名的部分，洛杉磯夜生活的中心。

191　勞勃．摩根（Robert W. Morgan, 1937~1998），美國知名廣播節目主持人，他在洛杉磯好幾家電台主持節目，主持生涯超過三十年。

六〇年代至七〇年代初，整著洛杉磯都隨著93ＫＨＪ頻道的節奏脈動。這是由超酷ＤＪ播放超酷音樂的超酷電台[192]。也就是說，除非你住在華茲、康普頓或英格爾伍德，這樣的話，你就是隨著ＫＪＬＨ頻道的節奏脈動。

ＫＨＪ電台播放六〇年代最流行的音樂，包括披頭四、滾石樂團、頑童合唱團、保羅瑞佛和奇襲者樂團、媽媽與爸爸合唱團（Mamas & the Papas）、盒頂合唱團（Box Tops），一匙愛樂團（Lovin’ Spoonful），還有當時很活躍但之後被遺忘的團體，像是皇家衛隊合唱團（Royal Guardsmen）、布坎南兄弟合唱團（Buchanan Brothers）、湯波與葛雷瑟兄弟合唱團（Tompall & the Glaser Brothers）、一九一〇水果口香糖合唱團（1910 Fruitgum Company）、俄亥俄州快遞合唱團（Ohio Express）、魔力男子合唱團（Mojo Men）、戀愛世代（Love Generation）等樂團的歌。此外，ＫＨＪ電台的ＤＪ陣容可說是眾星雲集，除了摩根，還有山姆・里德（Sam Riddle, 1937–2021）、鮑比・崔普（Bobby Tripp, 1928–1968）、亨伯・哈夫[193]（他和克里夫一樣，之後會殺了自己的太太，但哈夫沒逃過法律制裁）、強尼・威廉斯（Johnny Williams）、查理・圖納（Charlie Tuna, 1944–2016），還有美國第一ＤＪ，「正牌」唐・斯蒂爾（Real Don Steele, 1936–1997）。此外，勞勃・摩根、山姆・里德和唐・斯蒂爾也在ＫＨＪ電視第九台（KHJ-TV Channel 9）主持洛杉磯地方性的音樂節目。摩根主持《絕讚秀》，里德主持《老大城》，而斯蒂爾自然是主持《正牌唐・斯蒂爾秀》了。

ＫＨＪ廣播和電視以最能反映時下精神的音樂、勁爆精彩的促銷活動、電視台贊助的狂野演唱會、主持人與ＤＪ的幽默搞笑，征服整個市場。

山姆·里德主持早上九點到十二點的廣播節目時，總會這麼向聽眾打招呼：「哈囉，各位音樂愛好者！」（"Hello, music lovers!"）「正牌」唐·斯蒂爾則會不斷提醒聽眾：「蒂娜·黛加多還活著！」（"Tina Delgado is alive!"）（這是他最受歡迎、持續使用、從沒解釋過意思的玩笑話）。

克里夫駛過某個住宅區，廣播裡的勞勃·摩根正說完譚雅助曬乳的廣告詞，賽門與葛芬柯那首無所不在的熱門金曲〈羅賓森太太〉[194]開始播放，開頭「嘟嘟嘟」的旋律傳了出來。這時，克里夫看到四個年輕的嬉皮女孩，年齡介於十六歲到二十歲出頭，正穿越眼前這條馬路，他便在斑馬線前將車停了下來。這群女孩看上去髒兮兮的，而且不只是一般沒洗澡的那種髒，看得出來她們剛剛才盡情翻過垃圾桶。

所有年輕女孩手裡都拿著食物。一個少女抱著一箱甘藍，另一個女孩拿著三袋熱狗麵包，

192 一九六〇年代中期，KHJ針對廣播內容的播放形式進行調整：改播較少的歌、重複播放熱門金曲的次數更多、電台的標語和短歌更短更好記、推出和聽眾互動的精彩活動、減少DJ說話的時間、強調DJ的個人特色等。這種播放形式稱為「超酷廣播」（Boss Radio，一九六〇年代boss在俚語有形容事物很酷、很好、很流行、很刺激等意思），而非常受歡迎的特色電台DJ則稱為「超酷DJ」（Boss Jocks）。這種播放形式推出後，讓KHJ電台在半年內成為洛杉磯最受歡迎的電台，也讓這種播放形式快速被美國和加拿大各地電台採用。

193 亨伯·哈夫（Humble Harve, 1935~2019），電台主持生涯長達六十年，最為人所知的就是在KHJ主持的時候。一九七一年，他在家和太太發生爭執，開槍殺了太太，之後坐牢三年。

194 賽門與葛芬柯（Simon and Garfunkel），一九六〇年代非常受歡迎的美國民謠搖滾團體。〈羅賓森太太〉（Mrs. Robinson）、〈沉默之聲〉（The Sound of Silence）、〈惡水上的大橋〉（Bridge over Troubled Water）是他們的熱門曲目，風靡全球。

第三名少女手托著一捆紅蘿蔔。第四個嬉皮少女搖搖擺擺地走在隊伍最後，像抱嬰兒一樣，抱著一大罐醃黃瓜。她長得高䠷、纖瘦、性感，有一頭濃密的深色長髮，身穿鉤織繞頸上衣、超短牛仔短褲，露出她那灰撲撲但修長白皙的雙腿，以及沒穿鞋、髒兮兮的大腳丫。

這名蓬頭垢面的黑髮美女往克里夫的方向望去，視線穿過隆隆作響的卡曼吉亞擋風玻璃，看到了克里夫。她那漂亮臉蛋衝著車上這名金髮男子揚起一抹微笑。克里夫也向她微笑。嬉皮少女用右手臂將醃黃瓜的罐子抵著右胸，空出左手，向卡曼吉亞的駕駛比了個V型的和平手勢。

克里夫也伸出兩隻手指，向少女比了同樣的手勢。

兩人一起度過這短暫的片刻。很快地，她走到馬路的另一頭，這群髒兮兮的少女一路搖搖擺擺地在人行道上走下去。克里夫看著醃黃瓜女孩走遠的背影，希望她回頭再看他一眼。

一、二、三，他點著頭數數，接著，少女轉過頭來，再看了克里夫一眼。**贏了**。他對著女孩笑了笑，心情愉悅。接著，他那穿著麂皮軟靴的腳踩了踩油門，向山坡上奔馳而去。

早上六點四十五分

瑞克的收音機鬧鐘傳出93ＫＨＪ電台晨間ＤＪ勞勃．摩根的聲音，將他從睡夢中喚醒。他一醒來，立刻發現枕頭都被喝酒後流的汗浸溼了。今天是他的上工日，要拍哥倫比亞廣播公司最新的西部電視劇《藍瑟》的試播集。他演的自然是壞蛋。燒殺擄掠、冷血無情的盜牛集團首領，劇本說這幫強盜是橫行在西部土地上的「陸」盜。

劇本和這個反派都寫得很好，不過瑞克覺得他要演的應該是主角強尼・藍瑟。瑞克打聽了一下誰要演主角——某個叫詹姆斯・史達西[195]的傢伙。他因為客串了一集精彩的西部電視劇《鐵腕明鎗》[196]，哥倫比亞廣播公司讓他主演這齣電視劇。其他班底演員包括臉型狹長、粗獷的安德魯・杜根，飾演主角的父親莫道・藍瑟；還有韋恩・蒙德[197]，飾演主角的哥哥，史考特・藍瑟。蒙德最近主演了一部關於美國陸軍卡斯特的短命電視劇[198]，這部電視劇在美國廣播公司頻道播出，近期慘遭取消。

《藍瑟》的劇本不僅很出色，瑞克的對白也寫得很棒，第一天就有很多台詞要講，所以他昨晚熬夜和錄音帶對台詞。

他通常會半躺在他家游泳池裡的水上躺椅，聽錄音帶對台詞，一邊抽菸，一邊喝威士忌酸酒。他將調好的威士忌酸酒倒入其中一個他蒐藏的德國帶蓋啤酒杯裡。**我喝了幾杯？**他躺在床

195 詹姆斯・史達西（James Stacy, 1936~2016），美國演員。最出名的作品即為電視劇《藍瑟》。

196 《鐵腕明鎗》（*Gunsmoke*, 1955~1975），美國西部影集，是美國電視史上，黃金時段播出最久的西部影集。網路資料也將中文片名稱作《荒野大鏢客》，但台視當年播出時片名取為《鐵腕明鎗》。

197 安德魯・杜根（Andrew Duggan, 1923~1988）、韋恩・蒙德（Wayne Maunder, 1937~2018）皆為美國演員，杜根的演出橫跨電影、電視、舞台，蒙德主要演電視劇。

198 這部電視劇名叫《卡斯特》（*Custer*），只有十七集，於一九六七年播出，主角為歷史人物喬治・阿姆斯壯・卡斯特（George Armstrong Custer, 1839~1876），他是美國南北戰爭期間北軍的將領。

上思考，宿醉讓他渾身無力，昨晚一肚子的酒讓他很不舒服。

一杯帶蓋啤酒杯可以裝兩杯一般酒吧賣的威士忌酸酒。

我喝了幾杯？

四杯。

四杯？

四杯！

喝到第四杯時，他在床上吐得滿身都是。

六〇年代大部分的演員一回到家，通常會喝一兩杯調酒或葡萄酒來放鬆一下。但瑞克把那一兩杯威士忌酸酒喝成八杯，喝到斷片。瑞克完全不記得他是怎麼離開泳池、脫衣服或爬上床的。他就只是在床上醒來，不知道自己怎麼就在這裡。他看向身上那灘噁心的穢物，接著瞥了一眼床邊的收音機鬧鐘。鬧鐘顯示六點五十二分。克里夫大概二十分鐘後就要來了，他最好趕快振作。早上醒來發現自己吐了一身的壞處是，覺得自己像隻噁心的豬、可悲的魯蛇。好處是，酒已經不在肚子裡翻騰，感覺好多了。當時瑞克並不知道，接下來好幾年也都不知道，自己其實心理出了點狀況，不過這種病在當時很少人知道。從高中起，瑞克的情緒起伏都很劇烈。他憂鬱起來，直探谷底；開心起來，近乎瘋狂。自從拍完環球影業四部電影的合約（特別是演完《海獺小鹹愛說笑》後），他低迷的情緒似乎又更往下探。尤其夜深人靜獨自在家的時刻，孤獨、厭煩、自憐混合在一起，讓瑞克的自我嫌惡感爆表，威士忌酸酒是提供慰藉的唯一解藥。

七個月後，瑞克帶著剛娶進門的義大利太太，從馬文・施沃茲安排的義大利之旅回來時，他會接到早年栽培他的導演保羅・溫德科斯的電話。他們有三年沒說過話了，瑞克很高興聽到他的聲音。

「哈囉。」瑞克對著話筒說。

「達爾頓，老傢伙，我是溫德科斯。」

「嗨，保羅，你最近過得怎樣？」

「我過得怎樣？這是我要問你的問題。」溫德科斯說，「我聽說有幾個該死的嬉皮闖進你家，然後你就**麥克・路易斯**上身，拿噴火器斃了他們。」

瑞克一副這沒什麼了不起的樣子，謙虛地笑了笑，接著說：「我只看清自己和麥克・路易斯的差距有多大。他幹掉了一百五十個納粹，表情一點也沒變。我只燒了一個嬉皮女孩，就幾乎嚇得尿褲子。」

「嗯，瑞克，老實講，」保羅說，「路易斯幹掉那些傢伙時，表情一點都沒變，不是因為他有多勇敢。那是因為你不會演。」

兩人同時在電話兩頭大笑起來。

溫德科斯說的是這件事：瑞克和新婚太太剛從羅馬回到班奈狄克峽谷區、天堂大道上的家時，三個嬉皮（兩女一男）闖進他家，揮舞著菜刀和手槍，威脅他們一家。瑞克和克里夫很快就掌控局面，一番激戰後，殺了三名入侵者。當時在客廳的克里夫，負責保護瑞克的新婚太太法蘭切絲卡，直接痛宰了嬉皮男和其中一個嬉皮女。當時躺在水上躺椅的瑞克，差點被持槍的嬉皮女打中。他後來跟警方說：「那該死的嬉皮他媽的差點射爆我的頭。」

瑞克最後用噴火器燒死了那個嬉皮女，直接還原溫德科斯《麥克拉斯基的十四拳》裡的場景。那把噴火器是當時拍片時練習用剩下的，一直擺在瑞克的工具間。（「我把那該死的嬉皮燒焦了。」他之後跟鄰居這麼說。）

這些攜帶武器的入侵者到底要幹嘛一直是個謎。但他們的意圖似乎很要命又很邪惡。克里夫問嬉皮男他到底要怎樣，嬉皮男訴諸撒旦，他說：「我是魔鬼，來幹魔鬼的勾當。」

洛杉磯警方推測，這幾個嬉皮入侵者因為嗑了迷幻藥，腦子壞了，打算進行某個撒旦的儀式。而不用推測的是，這些天殺的嬉皮確實挑錯了屋子下手。

第二天，瑞克這場奇遇就上新聞了，成了當地的熱門話題。這樁奇案也從地方新聞登上全國晚間新聞，最後全世界都知道了。《賞金律法》的傑克．卡希爾用《麥克拉斯基的十四拳》的噴火器，斃了三個長髮嬉皮壞蛋，這件事完全吸引大家的注意力，引發無限想像。很快地，那暴力血腥的可怕夜晚被加油添醋，進而充滿濃厚的象徵色彩——曾是電視劇牛仔的瑞克搖身一變，成為尼克森總統所謂「沉默的大多數」[199]的民族英雄。

影視產業也再次關注起瑞克。沒多久，當時其中一部最熱門的電視劇——布魯斯．蓋勒的《虎膽妙算》[200]——便找瑞克來客串。噴火器事件發生後，《電視指南》也做了一次瑞克的人物專題（這是他第三度成為《電視指南》的特寫人物）。他還因此首次受邀上《強尼．卡森今夜秀》，結果瑞克成了超受歡迎的來賓。接下來的十年裡，只要瑞克演電影、演電視電影、客串要角或主演新影集，卡森就會找他上節目宣傳。瑞克後來向克里夫坦承：「整體來說，那些天殺的嬉皮確實幫了我一個大忙。」

保羅・溫德科斯打給瑞克不只是閒扯而已。他打的這通電話，是每個演員都想接到的那種電話。他來問瑞克的檔期。這位導演手上有一部二戰電影正要開拍，要在馬爾他拍攝。噴火器事件不僅提升了瑞克的知名度，也拉抬了溫德科斯《麥克拉斯基的十四拳》的名氣。

溫德科斯要為奧克蒙製片公司（Oakmont Productions）拍一部片，這是英國一家規模不大的製片公司，與米高梅有國際發行的合約。奧克蒙專門拍預算不大的二戰冒險動作片，卡司多是英國演員，不過主角通常找演電視圈出名的美國演員擔綱。例如，美國導演鮑里斯・薩加爾（Boris Sagal, 1923~1981）執導的電影《千機大轟炸》（*The Thousand Plane Raid*, 1969）找了二戰動作影集《沙漠之鼠》（*The Rat Patrol*, 1966~1968）的主演克里斯托弗・喬治（Christopher George, 1931~1983）；薩加爾的另一部片《神鷹敢死隊》（*Mosquito Squadron*, 1969）則找了諜報影集《打擊魔鬼》（*Man from U.N.C.L.E.*, 1964~1968）的主演大衛・麥卡倫（David McCallum,

---

199 一九六〇年代的美國深陷越戰泥淖，國內反戰聲浪高漲，展開一系列反戰運動。面臨這樣的情況，總統尼克森（Richard Nixon, 1913~1994）在一九六九年十一月三日發表演說，以「沉默的大多數」（the silent majority）稱呼那些美國沒有參與反戰運動的同胞，尋求這些人支持他的政策。「沉默的大多數」主要指涉打過二戰的白人老兵、打過越戰的白人藍領階級青年，而不是當時投入黑人民權運動、反戰運動、女性運動和環保運動等公民社會倡議的民眾。這個詞彙現在多指一個群體或國家中不公開表達政治意見、不積極參與政治活動的大多數人。

200 《虎膽妙算》（*Mission: Impossible*, 1966~1973），美國諜報影集，是系列電影《不可能的任務》的前身，也是美國編劇、電視製片、導演布魯斯・蓋勒（Bruce Geller, 1930~1978）的代表作。

1933-）。至於威廉．葛拉罕[201]執導的《X-1號潛艇戰》（*Submarine X-1*, 1968），主演則是詹姆斯．肯恩（James Caan, 1940-2022），他先演了經典西部片《龍虎盟》（*El Dorado*, 1966），之後又演了《教父》（*The Godfather*, 1972）。又或者像華特．高曼[202]的《最後的逃亡》（*The Last Escape*, 1970），則找了西部電視劇《西馬隆地帶》（*Cimarron Strip*, 1967-1968）的主演史都華．惠特曼（Stuart Whitman, 1928-2020）。而溫德科斯的《鐵海岸總攻擊》（*Attack on the Iron Coast*, 1968），找了冒險動作影集《海宮獵奇》（*Sea Hunt*, 1958-1961）的主演羅伊．布里吉（Lloyd Bridges, 1913-1998）。溫德科斯正要開拍一部和海軍有關的冒險動作片，片名很俗，叫做《地獄快艇》（*Hell Boats*, 1970）。這部片原本要找演電視劇走紅的金髮演員詹姆斯．弗朗西斯（James Franciscus, 1934-1991），他以校園電視劇《諾瓦克先生》（*Mr. Novak*, 1963-1965）最為人所知。不過，弗朗西斯拍二十世紀福斯的《浩劫餘生續集》[203]時，拍攝進度落後，溫德科斯被迫找另一位電視圈出名的美國演員來演。情況和拍《麥克拉斯基》時一樣，溫德科斯因為費彬肩膀受傷拍不成，想到瑞克．達爾頓可以接手。這次也不例外。一切如此突然，在瑞克回過神來時，他和克里夫已經在飛機上了，先去倫敦，接著去馬爾他，進行為期五週的《地獄快艇》拍攝。

奧克蒙製片公司拍的電影都差不多，《神鷹敢死隊》和《鐵海岸總攻擊》是其中最好的作品。就這類電影來說，這些作品其實都不差。雖然是看過就忘、為了賺錢而拍的急就章，但依舊充滿娛樂效果。一九七〇年，《地獄快艇》在美國上映時，是雙片聯映中的第二部片。搭配的第一部片則是義大利所拍、刺激的二戰動作片《天龍特攻隊》（*Hornets' Nest*, 1970）。這部片由《地獄之火，德州》的導演菲爾．卡爾森（Phil Karlson, 1908-1982）執導，洛赫遜和施維亞．

考辛娜（Sylva Koscina, 1933~1994）主演。《天龍特攻隊》的故事和《麥克拉斯基的十四拳》幾乎一模一樣。差別只在《麥克拉斯基》裡，是洛．泰勒帶領粗野蠻橫的一票人炸了水壩，沖毀納粹要塞；而《天龍特攻隊》裡，則是洛赫遜帶領一幫戰爭孤兒炸毀水壩，沖毀納粹要塞。總而言之，一九七〇年在電影院裡看這兩部，能過上一個娛樂性十足的夜晚。

參與《地獄快艇》的演出，以及擔綱另一部電影的主演，讓瑞克有機會與既是導演又是導師的保羅．溫德科斯重新搭上線。溫德科斯也馬上拉瑞克到他下一部片裡。沒幾年前，溫德科斯正替米瑞契製片公司（Mirisch Company）拍《豪勇七蛟龍》（*Magnificent Seven*, 1960）的第二部衍生電影《荒野七鏢客》（*Guns of the Magnificent Seven*, 1969）時，他想找瑞克飾演那個以史提夫．麥昆為原型創造的角色。但因為瑞克當時正在拍環球影業的電影，和一隻會說話的海獺對戲，他只能放棄那次機會。溫德科斯將那部片拍得很好，米瑞契製片公司於是進一步找他拍這系列的第四部片，當時片名叫做《豪勇七蛟龍：勇破重砲組》（*Cannons for the Magnificent Seven*）。這部片的編劇是史蒂芬．坎德爾（Stephen Kandel, 1927~），他也寫了溫德科斯另一部片《珊瑚海殲滅戰》，也就是瑞克和溫德科斯首次合作的那一部。這個《豪勇七蛟龍》系列的

201　威廉．葛拉罕（William Graham, 1926~2013），美國導演，以《重回藍色珊瑚礁》（*Return to the Blue Lagoon*, 1991）聞名。

202　華特．高曼（Walter Grauman, 1922~2015），美國導演，著名作品包括電影《六三三轟炸大隊》（*633 Squadron*, 1964）、電視劇《法網恢恢》（*The Fugitive*, 1963~1967）。

203　《浩劫餘生續集》（Beneath the Planet of the Apes, 1970），又譯作《失陷猩球》、《奇幻大戰爭》，美國科幻電影，是《浩劫餘生》（*Planet of the Apes*, 1968）為首的五部系列電影的第二部。

第四部片，講的是克里斯這個角色（這系列前兩部都由尤．伯連納[204]飾演，溫德科斯的第三部則由喬治．甘迺迪[205]飾演）和他六名夥伴，對抗墨西哥土匪的故事。這位假裝成革命份子的土匪名叫柯多巴。柯多巴的軍隊有一百人，而且還從美軍那裡搶了六座大砲。克里斯為首的七人小組被指派入境墨西哥，潛入柯多巴堅不可摧的要塞，摧毀大砲，活捉柯多巴回美國受審。而指派他們的，正是大名鼎鼎的美國將軍約翰．潘興（John J. Pershing, 1860-1948）。潘興將軍跟克里斯說：「如果你同意出任務，你就沒有上級、沒有命令、沒有軍服。如果你被抓到，就會被槍斃。」這段話聽起來很像《虎膽妙算》裡會自動銷毀的錄音帶所說的內容，從這裡就可以看出，整個故事可說是西部片版的《虎膽妙算》。這一點也不讓人意外，畢竟坎德爾那時候是這部影集的編劇統籌。坎德爾在寫劇本時，他以為大塊頭喬治．甘迺迪會再次擔綱克里斯這個七人小隊頭頭的角色。因此劇本不斷提及克里斯虎背熊腰的身型。然而，他將劇本拿給製片米瑞契兄弟看時，他們實在太喜歡這個故事了，覺得能找到比喬治．甘迺迪更好的人選來演。他們找了喬治．派伯。派伯答應演出，但有個條件。在《豪勇七蛟龍》系列第四部片裡，成為第三位飾演克里斯的演員，這種事他才不想做。所以他要劇組不要將這部作品當作《豪勇七蛟龍》的系列電影，並將他的角色重新命名，不要叫克里斯。坎德爾重寫了劇本，派伯的角色從克里斯變成羅德。七人小隊也變成五人小隊。片名也改成《虎膽壯士》（*Cannon for Cordoba*, 1970）。溫德科斯找瑞克演第二重要的隊員，傑克森．哈克尼斯。不過，這次這個少尉的角色不是麥昆的翻版。羅德和傑克森的關係有點像《六壯士》裡，葛雷哥萊．畢克[206]和安東尼．昆[207]之間的關係。瑞克飾演的傑克森把弟弟的死，歸咎到派伯飾演的羅德這位前好友身上。傑克森同意到墨西哥出任務，摧毀柯多巴和大砲，但也發誓要殺了羅德——只要他們出任務後還能活著回來的話。整個六〇年代，瑞克要當麥昆的影子已經夠讓他不爽了，這次要當派伯的影子讓他更不爽。不過，到這個時候，不再是小鮮肉的這兩位老兄不再心高氣傲，都謙遜得很。兩人在墨西哥時，銀幕前後都相處得很好。他們真的很搭，兩人之間的敵對張力非常真實、非常有力量。派伯之後甚至還找瑞克客串他主演的犯罪偵探電視劇《班納賽克》（*Banacek*, 1972~1974）。

不過，《虎膽壯士》裡，和瑞克・達爾頓一拍即合的是另一位演員。皮特・杜尤爾（Pete Duel, 1940~1971）是個帥氣的三十一歲演員，他已經演了兩齣電視劇。他在電視劇《傑傑》[208]裡飾演傑傑的姊夫，和飾演傑傑的莎莉・菲爾德（Sally Field, 1946~）對戲。接著，他和畢・雷諾斯的太太茱蒂・卡恩（Judy Carne, 1939~2015）主演了情境喜劇《屋頂上的愛》（*Love on a Rooftop*, 1966~1967）。他是《虎膽壯士》裡五人小隊的一員。兩年後，他因為美國廣播公司的西部電視

---

204 尤・伯連納（Yul Brynner, 1920~1985），俄國演員，一九四〇年代移民美國，代表作包括百老匯音樂劇《國王與我》和電影《豪勇七蛟龍》。

205 喬治・甘迺迪（George Kennedy, 1925~2016），美國演員，憑《鐵窗喋血》（*Cool Hand Luke*, 1967）拿下奧斯卡最佳男配角獎。

206 葛雷哥萊・畢克（Gregory Peck, 1916~2003），美國演員，一九四〇至七〇年代非常受歡迎的演員，憑《梅岡城故事》（*To Kill a Mockingbird*, 1962）獲奧斯卡最佳男主角獎。

207 安東尼・昆（Anthony Quinn, 1915~2001），墨西哥出生的美國演員，兩度榮獲奧斯卡最佳男配角獎，代表作包括《希臘人左巴》（*Zorba the Greek*, 1964）、《大路》等。

208 《傑傑》（*Gidget*, 1965~1966），美國情境喜劇，以衝浪少女傑傑為主角展開的故事。雖然主角原型和《玉女春潮》（*Gidget*, 1959）系列電影的主角傑傑都改編自同一部小說，但電影和影集的劇情之間不算續集的關係，演員也不同。

劇《化名史密斯和瓊斯》（*Alias Smith and Jones*, 1971-1973）成為電視明星（《化名史密斯和瓊斯》根本就是電視劇版的《虎豹小霸王》〔*Butch Cassidy and the Sundance Kid*, 1969〕，不過是一部真的很好的仿作）。瑞克和皮特在墨西哥拍片時，喜歡一起喝龍舌蘭、泡墨西哥妞、抱怨好萊塢的種種，也享受彼此的陪伴。但兩人還有某個共同點。對於那個共同點，兩人頭腦理不清，但內心卻感覺得到。兩人都是沒診斷出來的躁鬱症患者，而喝酒是他們自我治療的唯一方法。但因為他們都不知道自己的病況，所以對他們來說，喝酒象徵著內心的軟弱。

但皮特．杜尤爾的情況比瑞克更嚴重，最後，他在因為《化名史密斯和瓊斯》事業如日中天的時候，大半夜開槍自殺，結束了自己的生命。大家都想知道杜尤爾為什麼自殺，而瑞克發自內心覺得，他知道答案。杜尤爾在一九七一年去世後，瑞克開始努力不那麼依賴酒精。到了一九七三年，瑞克和李察．哈里斯[209]在墨西哥杜蘭哥拍西部復仇電影《死亡大追殺》（*The Deadly Trackers*, 1973）時，這兩個（酒鬼）找到了喝酒和拍戲的平衡。他們星期一到星期四，滴酒不沾。但從星期五晚上開始到星期天下午，兩人暢飲龍舌蘭、桑格利亞、瑪格麗特、血腥瑪麗，量多到能浮起一艘小船。

瑞克看向浴室鏡子裡的自己，再撥了撥他的後梳油頭時，他聽見克里夫的卡曼吉亞開進他家車道的聲音。他看了看手腕上的錶：剛好七點十五分。雖然吐了一頓讓他好受了一點，但還沒全部吐乾淨。還有很多昨晚喝下肚的酒在肚子裡翻攪，讓他不太舒服。他滿臉是汗，臉色有點發青。他只能靠喝咖啡和抽菸撐到下午一兩點了。**但天啊！**瑞克心想，**那是七個小時後？我賭他媽的詹姆斯．史達西在他新劇的開工日，絕不會讓自己宿醉得要死。**

他看向鏡子裡的自己，大吼：「你他媽的想知道為什麼哥倫比亞廣播公司找他演新劇的主角，而不是找你！因為他們覺得那個混蛋有潛力。而你唯一的潛力，就是很會搞砸自己的人生！」

克里夫敲了敲前門。瑞克從浴室裡大喊：「要來了！」他再看了一眼鏡子裡可悲的窩囊廢。「瑞克，別擔心。」他溫柔地跟自己的倒影說：「今天是第一天。他們也要花點時間振作。一步一步來就好。」接著，他擺出一副「戲還得照演」的臉，以傑基·葛里森當時最常說的話來替自己打氣：「我們走！」（"And away we go!"）離開浴室前，他往水槽吐了口痰，接著往下看，發現那團唾液裡混著一點血絲。瑞克更仔細地看了看那坨口水，說：「現在是怎樣？」

早上七點十分

吱吱那雙髒兮兮的小光腳走在廚房有裂痕的油氈地板上，穿過客廳滿是灰塵的木地板，走到鋪著地毯的走廊上。地毯不再蓬鬆，都糾纏在一起。最後吱吱停在走廊盡頭，喬治的臥室門前。她敲了敲門，雀躍地說：「早安。」

隨著老人醒來移動著身體，她聽到床的彈簧跟著吱吱作響。沒多久，她聽到門另一頭傳來

209 李察·哈里斯（Richard Harris, 1930~2002），愛爾蘭演員，憑《超級的男性》（*This Sporting Life*, 1963）獲坎城影展最佳男演員獎。

老人的聲音，語氣透著煩躁。

「怎樣？」

她問：「喬治，我能進去嗎？」

和每天早晨一樣，史潘這個老人先來一陣猛咳，接著喉嚨帶著痰開口說：「甜心，進來。」

吱吱轉了轉門把，踏進這位八十歲老人不通風的臥室裡。喬治躺在床上、蓋著被子，將身體轉向年輕女孩的方向。吱吱倚著門框，右腳抵著左膝，跟老人說：「早安，寶貝，我正在煎蛋。你想配吉米．迪恩的香腸[210]還是農夫約翰的培根[211]？」

「吉米．迪恩。」老人回答。

她繼續問問題：「你想隨興舒服地吃早餐，還是希望我先幫你換好衣服，讓你帥帥地吃早餐？」

喬治想了一下，最後決定：「我想先換衣服。」

吱吱那張精緻的小臉浮現一抹微笑。「喲，好好打扮想偷走我的心啊？」

「別說了。」喬治嘀咕。

吱吱接著跟他說：「寶貝，你先躺一下。我去把蛋鏟起來，再來讓你看起來帥氣有型。」

她又說：「你會融化所有女孩子的心，你這英俊的魔鬼。」

「寶貝，別捉弄我了。」喬治哀嚎。

「噢，你明明就愛這一套。」吱吱跟他打情罵俏，然後轉身回到走廊，穿過客廳，進到廚房，將滋滋作響的蛋從煎鍋裡鏟起來。她走向奇異家電的收音機，收音機接在廚房流理台牆上的插座上，她將收音機打開。芭芭拉．菲柴爾令人心碎的熱門新歌〈泰迪熊之歌〉[212]瞬間充滿了整個廚房。

我希望我有雙鈕釦眼睛和紅毛氈鼻子
蓬亂的棉布皮毛和只有一套衣服
坐在百貨公司的櫥窗裡
沒有夢想、不用做夢、不用感到虧欠和遺憾

只要喬治醒著，收音機都會打開，轉到洛杉磯鄉村音樂電台KZLA。

我希望我是隻泰迪熊
沒有活著、沒有愛著、沒有去哪兒
我希望我是隻泰迪熊

210 吉米．迪恩（Jimmy Dean, 1928~2010），美國鄉村歌手、電視節目主持人和企業家。他以自己的名字成立了香腸公司，販售香腸等肉製食品，是美國常見的香腸品牌。

211 一九三〇年代起家的美國肉製品生產商，一九五〇正式改名農夫約翰（Farmer John），產品包括培根、香腸、火腿等。

212 芭芭拉．菲柴爾（Barbara Fairchild, 1950~），美國鄉村歌手，〈泰迪熊之歌〉（The Teddy Bear Song）是她的代表作。

我希望我從來沒有愛上你

照顧這個盲眼老人是吱吱最近幾個月的工作。她的「家族」領袖查理試圖讓她明白，她這份工作有多重要。整個「家族」像游牧民族一樣，在洛杉磯到處搬遷好幾個月之後，喬治·史潘老舊的西部片片場和牧場終於給他們一個落腳的家。在這個家，他們能落地生根，試驗查理那些有關社會群體的各種理論，增加他們的成員，而且或許還能建立一個全新的世界秩序也說不定。

她成為這個盲眼老人的廚師、看護、友好的陪伴，而且如果她不介意有時候幫他打手槍，那麼對維繫「家族」在這個片場的地位很有幫助。或者，就像查理跟這名二十一歲的女孩說這件事時，他提到：「孩子，有時候妳得為了大家，犧牲一下自己。」

查理跟吱吱說，她之後要定期幫老人打手槍，或甚至做得更多的那個晚上，是她和查爾斯·曼森生活在一起時，唯一一次考慮趕快溜走，回到舊金山，或許試著修補和父母的關係。但一件難以理解的事發生了，吱吱自己也沒料到。她愛上這個瞎了眼的老混蛋。不是羅密歐與茱麗葉那種愛，不過仍然是一份**深沉**的愛。

這個愛抱怨的老混蛋其實一點也不混蛋。他只是很寂寞、被人遺忘了而已。

四十年來用他的片場拍B級西部片和電視劇的影視產業，早已忘了他。他的家人忘了他，留他一個人在這個破敗的地方等死。吱吱給了這老頭無法用錢買到的東西。充滿關愛的觸碰、甜美的話語、體貼的傾聽。當吱吱跟喬治說，或跟其他人說，她愛這個老頭，這不只是嬉皮隨便說說的口號。而是吱吱發自內心，真誠表達對這老頭的情感。她很高興能照顧他。

吱吱回到臥室後，便幫盲眼老人穿上平整挺括的白色西部風襯衫，並幫他扣好扣子。她拿出一件棕褐色的長褲，讓喬治依次把腳跨進去穿上。之後在他硬挺的襯衫領口繫上波洛領帶[213]。接著將他頭頂上稀疏的毛髮梳理整齊。隨後，吱吱握著他的手腕和手肘，扶著他走出臥房，往餐桌走。兩人穩健、緩慢地向前走時，吱吱跟他說：「你現在看起來超帥。我真幸運，你每次都為了我，把自己弄得很帥。」

「別糗我。」喬治故作抱怨地說。

「誰糗你了？」吱吱問：「你知道的，如果花心思打理好自己，早餐會吃起來更美味。」

她小心翼翼地將老人扶到餐桌旁的椅子上，然後將手放在他彎曲的背上，在他耳朵旁問：「山卡還是波斯敦[214]？」

「波斯敦。」喬治回答。

「相信你很快就會變成一杯波斯敦。」吱吱開他玩笑。「對了，我先弄了份炒蛋，因為我最近都做這個。但或許你已經吃膩了，想換點別的？」

「妳是說炒蛋配豬肉絲嗎？」喬治問。

「不是。」吱吱淺淺一笑。「我的意思是你想吃炒蛋還是太陽蛋。」

老人想了一下回答：「太陽蛋。」

213 波洛領帶（Bolo Tie）是由編織繩與一金屬飾扣組成的繩狀領帶，是美國西部牛仔服飾的一部分。

214 山卡（Sanka），低咖啡因的即溶咖啡品牌。波斯敦（Postum），無咖啡因的穀物即溶飲品，作為咖啡的替代品。

吱吱吻了吻他的頭，然後去張羅他的早餐。

KZLA電台正播放省錢藥妝[215]的廣告歌：

「快來省錢藥妝搶購，特賣商品讓你荷包省滿滿，省錢藥妝，省錢藥妝，砰、砰！省錢藥妝！」

紅髮女孩從廚房的櫥櫃裡拿出一罐波斯敦（便宜的咖啡風味沖泡飲品，深受老人喜愛）。罐子裡的粉末像石頭一樣結塊了，又乾又硬。她得用湯匙的把柄戳一戳，才能將結塊弄碎。

她將一小塊丟到喬治的咖啡杯裡，接著倒熱水。她把杯子拿到喬治面前，將他的手放到杯子的把手上，提醒他：「小心，這很燙。」

「妳每天早上都這麼說。」喬治表示。

「這每天早上都很燙。」吱吱回嘴。

她在抹了奶油的滾燙平底鍋裡，丟入兩顆蛋。然後從像餅乾麵團的塑膠容器裡切了三片吉米．迪恩牌純豬肉香腸，放進另一個煎鍋裡。香腸在鍋子滋滋作響。她接著用鍋鏟將兩顆太陽蛋鏟到盤子裡。將香腸也鏟到盤子裡後，吱吱把盤子放在喬治面前。

「需要我幫你把香腸切一切，並把蛋黃戳破嗎？」喬治說好。吱吱俯身，用刀叉將餡餅狀的香腸片切成一塊塊一口量的大小，然後用叉子依序將兩個蛋黃戳破。

「好了，可以吃了。」她表示。接著，她從背後用雙手摟住喬治的脖子，在他的耳朵旁悄聲說：「寶貝，好好享受。這是用愛做成的早餐。」她親了親喬治的側臉，離開廚房，讓喬治靜靜地吃早餐。

KZLA電台裡，桑尼・詹姆斯[216]正唱著〈狂奔熊〉（Running Bear）這首愛情故事。

狂奔熊愛著小白鴿，這份愛和天空一樣寬廣
狂奔熊愛著小白鴿，這份愛永不凋零

早上七點三十分

傑・塞布林（Jay Sebring）這位大大改變男士髮型設計的男子，這位在好萊塢美髮界的卓越表現不容置疑的男子，正穿著絲綢睡衣，躺在床上看漢納－巴伯拉動畫公司製作的冒險卡通《喬尼大冒險》[217]。電視螢幕上，喬尼的夥伴、包著頭巾的哈吉正念出神祕的咒語：「辛——辛——撒拉賓！」

這時，緊閉的臥房門響起輕輕的敲門聲，引起了塞布林的注意。

---

215 省錢藥妝（Sav-on Drugs），當時加州地區的連鎖藥局。

216 桑尼・詹姆斯（Sonny James, 1928~2016），美國鄉村歌手，一九六〇、七〇年代非常受歡迎。

217 漢納－巴伯拉動畫公司（Hanna-Barbera Cartoons, Inc.），由創作《湯姆貓與傑利鼠》的美國動畫師威廉・漢納（William Hanna, 1910~2001）和約瑟夫・巴伯拉（Joseph Barbera, 1911~2006）成立，曾製作《史酷比》、《摩登原始人》等著名卡通影集。《喬尼大冒險》（*Jonny Quest*, 1964~1965）也是這家公司的作品。

「雷蒙，怎麼了？」傑回應了敲門的人。

標準的英國腔從臥室門後傳來：「先生，要享用早上的咖啡了嗎？」

傑挪了挪身子，坐了起來，回說：「好，進來。」

臥室門開了，傑的英國管家雷蒙進來了。他身穿典型的管家服飾，兩手端著床用托盤，愉快地打招呼：「早安，塞布林先生。」

「早安，雷蒙。」傑回應。

雷蒙穿過房間，走向坐在床上的男子，開口問：「您昨晚玩得開心嗎？」

「開心。」傑回答。「謝謝你的關心。」

管家將托盤放在主人面前，傑看著雷蒙在他面前張羅。托盤上擺著時尚的銀色咖啡壺、一只放在茶碟上的瓷杯、一碗方糖、一只裝著濃稠鮮奶油的小巧奶盅、盛著微溫牛角麵包的盤子、裝著一小塊奶油的碟子、一系列不同口味果醬的小罐子，以及一只纖細的銀色花瓶，裏面插著一枝長莖紅玫瑰。

「所有東西看起來都很美味。」傑表示。「今天早餐吃什麼？」

雷蒙走向大觀景窗，拉開遮光窗簾，陽光一瞬間照亮昏暗的臥房。他說：「我在考慮鹹鮭魚炒蛋，配茅屋起司及半顆葡萄柚。」

傑臉色一變，接著說：「這可能對今天早上的我來說負擔太大了。我們昨天很晚了還在湯米[218]吃了辣肉醬漢堡。」

現在換雷蒙變臉了。他的主人昨晚以湯米的辣肉醬漢堡當宵夜，和早上吃一大碗脆船長[219]

玉米片當早餐，都同樣讓這位管家感到憂心。聽到辣肉醬漢堡這個訊息，他以古怪的方式挖苦：「好吧，既然辣肉醬漢堡依然還在你的肚子裡消化，我無法想像你還會想要吃任何鹹的東西。」

雷蒙離開觀景窗，回到主人的床邊，問：「先生，要幫您倒咖啡了嗎？」

傑點點頭回答：「好，麻煩你了，雷蒙。」

雷蒙拿起銀色咖啡壺，將咖啡倒入瓷杯裡，一邊說：「好的，先生。要不我們將那半顆葡萄柚換成一小杯葡萄汁。」接著，管家將奶盅裡的鮮奶油倒進瓷杯裡，同時問：「之後還是要喝咖啡，還是換成熱巧克力？」

傑還在考慮時，雷蒙從托盤上拿起一根小湯匙，將鮮奶油攪進咖啡裡，攪到咖啡呈現傑喜歡的顏色才停止。

「熱巧克力好了。」傑非常有自信地說。

雷蒙聽了，也同樣煞有介事地回答：「那就熱巧克力了。您想繼續待在床上看卡通，還是換個地方享用熱巧克力？」

傑一臉沉思的樣子，一言不發地思考。「嗯，我剛剛在看《喬尼大冒險》。但我們還能幹嘛？」傑看向他的管家，問：「雷蒙，你怎麼想？」

「這個嘛，」雷蒙邊說，邊指向窗外明媚的陽光，「您也看得出來，今天早上的加州晴

218 湯米漢堡（Tommy's），以辣肉醬或稱辣豆醬（chili）漢堡、熱狗等著名的洛杉磯速食店。
219 脆船長（Cap'n Crunch）是玉米片和麥片系列產品的品牌，一九六三年起由桂格燕麥公司生產販售至今。

朗宜人。如果住在倫敦，一早醒來能幸運遇上這樣的天氣，沒有人會待在床上看**卡通**。這麼好的天氣，您甚至不應該工作。所以，容我建議您在花園喝熱巧克力，如此一來可以好好享受如何？」然後又加了一句：「您多喜歡早上和珍．哈露的鬼魂一起在花園裡喝飲料啊。」

傑三年前買的這間房子，在一九三〇年代時，曾是女明星珍．哈露和她的導演先生保羅．伯恩[220]的家，兩人都在這裡過世。傑堅信，珍和保羅的鬼魂還待在這間屋子裡。就連他的前未婚妻莎朗．蒂，都覺得自己某天晚上親眼看到某些費解又詭異的東西。

「雷蒙，」傑裝模作樣地宣布：「你說服我了。給我來杯熱巧克力，我要在花園裡的太陽底下享用。」

雷蒙應聲：「非常好。」

早上七點四十五分

羅曼．波蘭斯基從好萊塢山莊的家裡走出來，踏入後院。這一帶功成名就的住戶專屬的洛杉磯近郊美景盡收眼底。個子矮小的波蘭斯基頂著剛睡醒的亂髮，絲綢睡袍掛在他肩上，一手拿著空的咖啡杯，另一手拿著法式濾壓壺。在他慢條斯理地穿越後院濕漉漉的草坪時，他的硬質塑膠拖鞋在腳跟處發出**噗**——**噗**的聲音。

熱切跟在他身後的是薩博斯汀，他太太的約克夏㹴犬。牠的名字取自他的電影《失嬰記》

裡，由雷夫・貝拉米（Ralph Bellamy, 1904~1991）飾演的小兒科醫生。之後沒多久，莎朗去蒙特婁拍片時，波蘭斯基的老友佛泰・法萊斯基（Voytek Frykowski）來他家過夜，結果不小心殺了薩博斯汀。他在車道上倒車時，輾過這隻狗。那時，波蘭斯基正待在書房寫下部片《碧海騰蛟龍》[221]的劇本。出事後，佛泰出現在書房門口。

「羅曼……」佛泰侷促不安地開口。坐在椅子上的波蘭斯基轉過頭，看向他。佛泰招認：「我好像不小心害死了莎朗的狗。」波蘭斯基的臉色就像默片裡的爛演員一樣，直接垮掉。「你害死薩博斯汀！」波蘭斯基急急忙忙起身，跟著佛泰向外走，一邊驚恐焦慮地哀嚎：「噢天啊，你做了什麼？」這位大導演走到敞開的前門時，就看到那隻毛茸茸的小狗躺在他家前方的停車處。他雙手抱頭，開始來回踱步繞圈，用波蘭語對佛泰說：「噢天啊，你做了什麼？你到底幹了什麼好事？」

佛泰心裡有些過意不去，但沒想到波蘭斯基的反應這麼大。他用波蘭語說：「羅曼，我很抱歉，那是場意外。」

波蘭斯基轉過來對著他，用波蘭語大吼：「知道你到底幹了什麼好事嗎？你他媽的毀了我

220 珍・哈露（Jean Harlow, 1911~1937），也譯作珍・哈洛，一九三〇年代美國極受歡迎的演員，是瑪麗蓮・夢露之前公認的性感女神。她和身兼導演、米高梅製片的保羅・伯恩（Paul Bern, 1889~1932）結婚兩個月後，保羅・伯恩在家中死亡，官方認定為自殺。

221 《碧海騰蛟龍》（*The Day of the Dolphin*, 1973）原本要由羅曼・波蘭斯基執導，但由於太太的命案，最終改由別人執導。

的人生！她超愛那隻狗！」

「別擔心，」佛泰向他保證，「我會跟她說是我的錯。」

羅曼吼回去：「不能跟她說！她絕對不會原諒你！」羅曼試著向他的波蘭朋友解釋美國人的不同：「你不懂嗎，她是美國人！比起他們自己的小孩，美國人他媽的更愛自己養的狗！你還不如把她的小孩摔下樓梯！」

莎朗從來不知道薩博斯汀到底發生了什麼事。為了不讓那位德州出生、軍營長大的女孩，對著他的老友憤怒咆哮並冷眼以待，波蘭斯基跟莎朗說，薩博斯汀自己跑掉了，一定是迷路了或被郊狼攻擊。莎朗聽了，獨自一人在蒙特婁外景現場的旅館房間裡，哭了一整個晚上。

不過，今天薩博斯汀還活著。這隻小狗跑向波蘭斯基，嘴裡叼著一顆小紅球。牠希望這矮小的男人跟牠玩。波蘭斯基將濾壓壺的活塞往下壓，徹底忽視那隻狗。

他今天早上有點煩躁，而且也像隔壁（還沒見過的）鄰居瑞克・達爾頓一樣，有點宿醉。但他和瑞克不同，並不是因為昨晚獨自灌了一堆酒才這樣。昨晚，波蘭斯基和莎朗，還有傑・塞布林、蜜雪兒・菲利浦斯[222]、凱絲・艾略特這幾位朋友，一起到休・海夫納[223]的花花公子別墅參加派對。凌晨三點左右時，他們去了另一個地方，吃了噁心的辣肉醬漢堡。吃漢堡時，身旁還有看上去不太安分、洛杉磯常見的兩類人（一群墨西哥人穿著相同的便服，他們身邊停著外觀漆得很浮誇的車子；一旁還有一群摩托車流氓，坐在會發出噪音的改裝摩托車上）。要是在歐洲，他們最後會喝上好的干邑白蘭地、抽古巴雪茄，或深夜待在酒窖裡，品嚐二十年的波爾多葡萄酒。但這些幼稚的美國人認為，一天的最後以油膩的辣肉醬漢堡和可樂作結很酷。而且波蘭斯基也很確定，沒有人喜歡那些重口味的漢堡。他很確定莎朗不喜歡，儘管她從來不承認。不過，大家自然表現得好像特別享受這一切。莎朗甚至試圖點一份沒有辣肉醬的漢堡，但傑不讓她這麼做。莎朗只好屈服於同儕壓力地說：「好啦，好啦，好啦。」並向戴著紙帽子的櫃檯點餐人員點餐：「我要一份辣肉醬漢堡。」這份漢堡就像砲彈一樣爆擊她的胃，讓她回天堂大道的整段路上都很不舒服。波蘭斯基很喜歡這些美國朋友，但是對他們樂在其中的那些幼稚行徑，或是以這次的狀況來說，**假裝**樂在其中的幼稚行徑，感到有些訝異。

不僅如此，他整個晚上還必須忍受史提夫．麥昆那個混蛋，和他假裝友好。波蘭斯基和麥昆並不喜歡對方，但因為麥昆是莎朗在洛杉磯認識很久的朋友之一，兩人只好互相容忍彼此。

顯然莎朗和麥昆以前上過床。波蘭斯基從來沒向莎朗確認這件事，但他知道，如果麥昆之前沒搞過莎朗幾次，他不可能**繼續**和莎朗做朋友。他就是這種人。正常來說，波蘭斯基不會介意這種事。傑和莎朗曾經訂婚過——他們之前一天到晚都在滾床單。而羅曼斯基過去和他身邊一半以上的女性，也曾有過**一些**性關係。但麥昆總是故意強調這件事，老衝著波蘭斯基露出一臉壞笑。那雙藍眼睛每次一瞥，那張嘴每次露齒一笑，都好像在說，**我搞過你太太**。

而且，波蘭斯基很不喜歡麥昆對待莎朗的方式，例如猛然將她抱起，快速轉圈，直到她像個小女孩一樣「呀——！」地大叫。諸如此類的行為，波蘭斯基都因為太矮小而做不了。麥昆

222 蜜雪兒．菲利浦斯（Michelle Phillips, 1944~）和凱絲．艾略特（Cass Elliot, 1943~1974）是民謠搖滾樂團媽媽與爸爸合唱團的歌手。

223 休．海夫納（Hugh Hefner, 1926~2017），雜誌《花花公子》的創辦人，跨足電視影業、時尚精品等多項產業的企業家。

都知道，而且這就是麥昆硬要做出這些舉動的原因。

那傢伙就是個爛人。波蘭斯基心想。

小狗被故意忽略了二十秒後，吠了幾聲，好引起男人的注意。**這該死的狗**，波蘭斯基心想，**我甚至無法好好享受一杯咖啡，連這隻小暴君都要來窮攪和**。他將球丟了出去，小狗馬上追著球跑。波蘭斯基並不像討厭史提夫・麥昆那樣，那麼討厭薩博斯汀。他只是今天早上很煩躁而已。首先，因為他宿醉。再來，因為莎朗把他吵醒了。

對，莎朗睡覺時會打呼。

第八章　藍瑟

一輛六匹馬拉的載客驛馬車，行駛到泥磚造的傳道院後，轉了個彎，轟隆隆地駛入羅優德奧羅鎮的大街上。羅優德奧羅這個充滿西班牙風情的加州小鎮，離南方的墨西哥邊界約有一百公里。滿身是汗的馬踩著厚重的馬蹄，在泥土大街上疾走，沿路揚起陣陣塵土。

滿頭白髮的資深車夫蒙提．安布魯斯特用戴著手套的雙手，將韁繩往後猛拽，連帶控制了穿套在馬口裡的銜勒，讓六匹健壯的馬平穩地停在蘭卡斯特旅社門前。安布魯斯特以帶了點德州腔的鼻音大喊：「終點站，羅優德奧羅！」背著太陽的光線灑在薄紗一般的褐色塵土上。此後一百年，所有西部片的攝影師都希望能複製這樣的景緻。

一直坐在木酒桶上的瑪拉貝拉．藍瑟，從木酒桶上跳了下來。八歲的她個子矮小，但有著超齡的聰明才智，她是莫道．藍瑟的女兒。莫道．藍瑟在當地經營最大的牧牛場。瑪拉貝拉興奮不已地轉向身旁的墨西哥牛仔，開口說：「艾內斯托，快啊。」艾內斯托只比她高一點點，但戴了一頂超大的墨西哥寬邊帽，看起來有些滑稽。

艾內斯托牽起瑪拉貝拉的手，帶著她走到大街上，往驛馬車走去。經過店家林立的那一帶時，不斷有人和她打招呼，她連連揮手，微笑致意。因為她爸爸是這一帶最富有的人，瑪拉貝拉剛會說話後，就認得羅優德奧羅鎮上所有的店家老闆。一輛四輪載貨馬車迎面駛來，貨車上載著好幾個木桶裝的啤酒。兩人停在木頭步道上，等馬車經過，然後穿過泥土大街，從驛馬車後方靠近。瑪拉貝拉準備好要見一見其中一位從沒見過的哥哥。她父親失散多年的兩個兒子都表示，很快就會動身前往藍瑟牧場。不過，到底是哪個哥哥會踏出這輛驛馬車，對瑪拉貝拉和藍瑟牧場的工人艾內斯托來說，都是個謎。牧場收到一封電報，上面表示莫道・藍瑟的兒子兩天前上了驛馬車，從亞利桑那州的圖森啟程。如果路況沒出什麼大問題，這天中午十二點左右會抵達羅優德奧羅鎮。電報上沒說是哪個兒子要來。

驛馬車和火車不同，比表訂時間晚到三小時，就算很準時了。所以這輛驛馬車停在蘭卡斯特旅社時，已經下午三點。瑪拉貝拉和艾內斯托站在街上等驛馬車的門打開，看看是哪個哥哥會出現。

兩個哥哥都在藍瑟牧場出生，但雙方都沒見過彼此。兩人也從很小的時候，就再也沒見過經營牧場的父親。莫道・藍瑟的兩個兒子和瑪拉貝拉一樣，都是不同的母親所生，兩位母親也都過世了。

史考特・佛斯特・藍瑟由母親（黛安・佛斯特・藍瑟）在波士頓富有的娘家撫養長大，他是哈佛畢業生、退伍軍人，曾經隨英國騎兵（即孟加拉槍騎兵）在印度出征。

莫道的另一個兒子強尼・藍瑟，則由母親瑪塔・康琪塔・路易莎・蓋伯頓・藍瑟在墨西哥養大。瑪塔在墨西哥沒有親人，不管是有錢或沒錢的。她唯一的收入來源，是遊走在美墨邊境以南、幾個殘酷無情的小村莊裡，在多家酒館中跳舞、打響板、賣身。強尼小時候都以為，男人要付錢給女人才能做愛，就像要付錢看女人唱歌跳舞、請女人煮飯洗衣一樣。

當史考特的媽媽黛安徹底明白，充滿馬糞、牛屎、牛仔和墨西哥人的牧場生活不適合她和她小孩時，便回到東岸波士頓燈塔山的老家。史考特三歲那年，他踏上了離開羅優德奧羅鎮的驛馬車。

強尼比史考特小，但離開藍瑟牧場時的年紀比史考特大。他十歲以前，都和父母生活在藍瑟牧場裡。但某個下著雨的黑夜，瑪塔帶著十歲的兒子，爬上莫道在她生日時送的豪華輕便馬車，駕車行駛了將近一百公里，越過邊界去到墨西哥。那是小強尼最後一次見到莫道．藍瑟、廣大的牧場、豪華的牧場莊園，以及羅優德奧羅鎮。自此，強尼從首富之子，變成墨西哥妓女之子。之前，他有家庭教師私人授課、用上好瓷器吃法國主廚料理的安格斯黑牛排、睡在羽絨床鋪上；往後，他則吃陶盤盛裝的豆子和硬餅乾口糧、以過去喝牛奶的方式喝仙人掌汁、以過去吃拐杖糖的方式吃肉乾、有那些搞他媽媽的混蛋教他講下流的笑話、睡在酒館後面裝咖啡豆的麻布袋上，並學會在半夜保護自己，免受老鼠的攻擊、不被有意猥褻小孩的人渣騷擾。直到有一天，在其中一座殘酷無情的小村莊裡，有個來自墨西哥城、心懷不滿的有錢嫖客，殺了瑪塔。強尼在堅硬的泥土地上挖了個洞，埋葬他母親時，他十二歲。那個有錢人因為殺了他媽媽受審，但偏頗的陪審團判他無罪。兩年後，強尼幹掉了那個殺了他媽媽的男人。此外，儘管花了十年的時間，強尼最終也殺了陪審團的每位成員。

強尼從來不知道母親為什麼要在那濕漉漉的深夜，悄悄帶他走，但他大概猜得到。他猜想，莫道．藍瑟大概厭倦了這名墨西哥小辣椒，以及她那帶有一半墨西哥血統的兒子，不想再和他們玩辦家家酒。所以某天晚上就叫她**滾蛋！**

強尼知道，如果哪天回到藍瑟牧場，他會開槍射爆他爸的頭，因為他爸當年在大雨中把他們踢出家門。但他也知道，莫道．藍瑟是個地位顯赫的美國白人。如果他開槍打死他爸，自己會因此被吊死。好在莫道就在那裡，不會跑掉。這是當有錢地主的幾個缺點之一。任何想找你的人都能找到你。強尼親手埋了他媽，哪天也會親手埋了他爸。如果替母親報仇要賠上自己的性命，那就這樣吧。不過，強尼還不急著賠上自己的性命。那個有錢的混蛋可以晚點死。還有黃金等著他偷，女人等著他睡，龍舌蘭酒等著他狂灌。所以，當他在菲利克斯旅社收到電報時，可想而知他有多驚訝。菲利克斯旅社是他工作接案的聯繫處，當然，他接的工作通常都是些不好的勾當。

轉交約翰．藍瑟。工作邀約。到加州羅優德奧羅鎮外的藍瑟牧場。抵達時即支付一千元。作為考慮接案的報酬。不一定要接案。莫道．藍瑟。

伴隨這封電報的是五十元的匯款，支付前往羅優德奧羅鎮的旅費。強尼心想，**我的天啊**。不過真正的誘惑不是那一千元，而是那個大好機會。這麼多年過去了，強尼有機會直接面對莫道．藍瑟——這個讓母親變成貪財妓女的男人——並朝他後腦勺開槍，爆了他的頭。

驛馬車的門終於打開，一隻繫著白色鞋罩[224]的時髦黑鞋踏到驛馬車的踏板上，瑪拉貝拉・藍瑟頓時緊張地屏住了呼吸。接著，一個非常英俊的金髮男子走出馬車，這讓她更睜大了眼睛。這位男士身穿一襲時髦的藍色套裝，她從來沒看過男人這樣穿。她從小在牧場長大，看慣了為了生計辛苦的勞動者會有的裝扮。就算鎮上的商人為了上教堂而特別打扮，或是牧場工人將頭髮往後梳平整、穿上最體面的服裝參加鎮上的舞會時，**他們**精選的服裝都是碳黑色、暗灰色或單調的棕色。但這位東岸來的金髮富家子弟穿了一套淺藍色的三件式西裝，背心繡有金線圖樣。他下驛馬車的同時，也戴上一大頂同樣顏色的高頂禮帽。高頂禮帽底部繞著一條奶油色的絲帶。這位魅力十足的男子瘸了右腳，拄著一支銀色狗頭拐杖。儘管行動不太方便，或者也許正因為行動不便，他走起路來，儀態完美又優雅。這位全身藍的波士頓男子，從西裝外套的內側口袋裡拿出一把刷子，緩慢仔細地拭去淺藍色領口、袖口和肩膀上的灰塵。這一切讓瑪拉貝拉印象深刻。她快速看向艾內斯托，愉快的表情寫著：**那就是我哥史考特**。就在小女孩吞了吞口水，準備開口向失散多年的親人打招呼時，另一位乘客從驛馬車裡現身。

這一位同樣魅力十足、引人注目，但調調完全不同。先下車的金髮男子瀟灑地很不真實，且極為內斂自持；而眼前剛出現的這位，則是非常俊美、看上去痞痞的南方牛仔。他前額一撮厚厚的深褐色劉海，襯著他的臉，讓他顯得格外帥氣。瑪拉貝拉只能用**夢幻**一詞來形容他的長相。這名棕髮牛仔穿的不像金髮男士一樣那般別緻，但一樣顏色鮮豔，而且一樣時髦得自成一

224 鞋罩（spat）是男性鞋子的配件，包覆腳背和腳踝，最初設計來防止雨水、污泥弄髒鞋子，後來也逐漸成為一種飾品。

格。他身穿拉美風的酒紅色上衣，前襟綴有層層細褶飾[225]，上衣外罩著褐色短版皮外套，配上褲腿綴有銀色飾釦的黑色牛仔褲。他踏出驛馬車的同時，戴上了一小頂褐色牛仔帽。這頂牛仔帽不是為了要遮陽，而是為了襯托他俊俏的長相和銳利的眼神。這位野性十足的紅衣牛仔伸展了一下雙腿，接著閒適地走向車夫安布魯斯特，以西班牙文請他將放在馬車車頂的馬鞍扔給他。安布魯斯特抓住馬鞍的橋頭[226]將那副手工製造的西部鞍拽過來往下扔，馬鞍重重地落在紅衣牛仔張開的雙臂中。

高頂禮帽的藍衣富家男子，則向副駕駛座上手托著獵槍[227]的雷蒙，詢問自己繡有佩斯利[228]花紋的行李箱。他從副駕駛座的墨西哥人手中，接過他的行李箱，並以濃厚英語口音的西班牙語說了聲**謝謝**。

現在，瑪拉貝拉和艾內斯托這兩個小孩，臉上都充滿困惑。他們不確定要接近哪一位。八歲的小女孩聳聳肩，心想，**算了，豁出去了**。她大聲地清了清喉嚨，好引起兩位英俊乘客的注意。

「藍瑟先生嗎？」她拋出這個問題。兩位男士同時回答，頭戴高頂禮帽的男子說：「怎麼了？」而酒紅色褶飾上衣的男子說：「怎樣？」說完，兩人本能地將頭轉向對方，一臉不悅。

小女孩更加困惑了，但她突然懂了。

「噢天啊！」她興奮地驚呼，「太棒了！你們兩個一起來了！」

兩位男士交換了一個不安的眼神後，戴著高頂禮帽的男子以受過哈佛教育的措辭問：「妳說『你們兩個』是什麼意思？」

「嗯，我們知道你們要來，」她解釋，「但不知道你們會一起來。」

自從媽媽逃回波士頓後，史考特便對父親的生活一無所知，只知道他經營一個家畜帝國，所以有點慢才理解小女孩的意思。「妳在等我們兩個？」邊說邊指著身旁酒紅色褶飾上衣的男子。

「沒錯。」她開心地說。她指了指深色頭髮、酒紅色褶飾上衣的男子說：「你是強尼。」接著，她指向金髮、藍套裝男子的方向表示：「你是史考特。」

沒錯，這的確是他們的名字。情況再明顯不過了，兩位男士再度不安地看了看對方。

強尼指著這個惹事的小個頭問：「那妳是誰？」

「我是瑪拉貝拉・藍瑟，你們是我哥！」話一說完，她像失控的馬車一樣朝著強尼衝過去，用纖細的雙臂抱住強尼的腰，讓穿著牛仔靴的他有些站不穩。

強尼・藍瑟一臉為難，有點慌。與父親重聚的場面，他想像過很多種可能，但都不包括一個臉頰紅潤、興奮雀躍、同父異母的八歲妹妹。在史考特還來不及發問之前，瑪拉貝拉就鬆開強尼，換抱住史考特，緊緊摟著他的腰。她個頭小，力氣卻意外地大。史考特企圖維持體面，

225 褶飾上衣（ruffled shirt）也稱作「海盜襯衫」（pirate shirt），特點在於前襟和袖口有褶飾（褶襇，褶紋）裝飾。這是十九世紀男性流行的穿著。

226 西部鞍有別於英式鞍，馬鞍前端多了一個類似把手的突起，稱作椿頭（horn），讓牛仔用來掛韁繩，或套住牛隻後拴套牛繩的地方。

227 驛馬車車夫旁都坐有一名手持獵槍的男子押車，以防攻擊。

228 佩斯利（paisley）花紋是由圓點和曲線組成的華麗紋樣，現在常稱「變形蟲圖案」。

也試圖不讓瑪拉貝拉這番話這麼快導出那個必然的結論，哪怕只是推遲個幾秒也好，他開口：「聽著，小妹妹——」

瑪拉貝拉打斷他，再說了一次自己的名字。「瑪拉貝拉。」

「瑪拉貝拉，」他繼續說，「我母親沒有別的小孩。」

強尼點破一個顯而易見的事實：「但顯然你爸有。」

史考特轉向強尼說：「你是說，**我們的**父親？」

強尼回答：「對，**我們的父親**，莫道．藍瑟。聽好了，高帽仔，我不知道你為什麼會來，但那老頭說，如果我來看他，就給我一千元。」

「他也這麼跟我說。」史考特表示。

「這一千元我要定了，」強尼表示，「拿到手以後，我可要好好伺候他。」怎麼伺候，強尼就沒說了。

史考特顯然也有同樣的心思。「老弟，咱們目標一致啊。」

強尼搖搖頭。「別叫我**老弟**。」

「你們要走了嗎？」瑪拉貝拉開心地插嘴。

兩人轉向她，異口同聲說：「走去哪？」這個反應惹惱了兩人，他們嫌惡地看了看彼此。

不過他們的妹妹覺得這樣很好笑，咯咯地笑出聲說：「你們覺得會去哪？當然是藍瑟牧場，這兩隻呆頭鵝。」

瑪拉貝拉迅速轉身，和小牛仔艾內斯托一起走向載他們來鎮上的馬車。艾內斯托稍早駕著這輛馬車，行駛了約十六公里。

史考特用銀色狗頭拐杖的把手勾住行李箱的硬木把手，將行李箱拎起，用另一隻手接住；強尼則把馬鞍甩到肩上，兩兄弟跟上妹妹的腳步。瑪拉貝拉開始想像，爸爸見到哥哥時，會有什麼反應。「聽著，爹地不會一開始就表現出來，」她提醒，「也可能有點難親近，但不管他說了什麼，他都很高興你們兩個都來了。」

強尼挖苦地哼了一聲：「好喲，我們就來看看**全家團聚**之後，他是不是還這麼想。」

他身旁的史考特一跛一跛地走，表示贊同：「**老弟**，你知道嗎，我們終於有意見一致的時候了。」

強尼心想，**他媽的又來了**。他停下腳步，用手指戳了戳史考特的胸口。「**高帽仔**，我講過了，不要叫我**老弟**。」

史考特垂眼看了看胸前挑釁的手指，接著看向強尼那張挑釁的臉，開口警告：「**褶飾仔**，不要拿手指著我。」

「你們兩個？」

對視的兩兄弟雙雙撇過頭，看向妹妹，她指指一旁的馬車，高傲地說：「我們可以走了嗎？」

兩兄弟看了對方一眼，一臉**我們沒完**的表情，但顧及到眼前這個小甜心，他們暫且休兵。兩人收起要幹架的姿態，強尼向馬車比了比。

「**小妹**，請帶路。」

第九章 「不那麼嬉皮，更像地獄天使飆車族」

克里夫開著瑞克的凱迪拉克，駛進二十世紀福斯片場的大門。大門的警衛跟他說明《藍瑟》試播集的西部小鎮要怎麼去：「直走，到左手邊第二個岔路，轉進泰倫・鮑華[229]大道，開過人工湖和《我愛紅娘》[230]的場景，右轉到琳達・黛妮兒[231]大街，就會看到了。」瑞克坐在副駕，他戴著一副深色的大太陽眼鏡，抽著卡比托淡菸。當車子猛然一停，瑞克便知道他們到了。

瑞克從副駕駛座旁的窗戶望出去，透過深色的鏡片，他看到了一座西部小鎮、幾匹馬和馬車、劇組人員；也看到某個討厭的導演坐在附有搖臂的升降機上，以及一位身穿酒紅色上衣、戴棕色短邊牛仔帽的牛仔演員，他顯然認為自己很性感；他還看到一位穿得有些滑稽的時髦男子，一身淺藍色三件式西裝、帶了頂高頂禮帽，活像從《相逢聖路易》[232]拍片現場晃來的人；瑞克的目光所及，還有一名穿著古裝的小女孩，和一個戴著一大頂墨西哥寬邊帽的矮小男孩。瑞克心想，**歡迎來到他媽的《藍瑟》現場**。他打開車門，踏出車外，雙腳還有些顫抖。瑞克剛站直，突然一陣猛咳，胃酸逆流上了食道。

他吐出一團綠色帶點紅色的黏稠物，接著轉頭面向駕駛座上的克里夫。瑞克傾下身，透過打開的副駕車窗跟克里夫說話。「昨晚電視天線好像被風吹壞了。你能回去幫我修一下嗎？」

「可以，我去修。」克里夫向他保證。接著，克里夫盡可能若無其事地問：「你今天會跟特技領班提到我嗎？這樣我才知道這星期要不要工作。」

曾有段時間，克里夫是否參與瑞克演出的片，都是透過合約商定的。以前**如果**瑞克有演，那克里夫**就是**他的替身。拍環球影業的電影時，這樣的搭配清楚寫在瑞克的合約上，拍片現場也會有寫了克里夫名字的椅子。但**此一時，彼一時**，已經很久不是那樣了。瑞克現在都在客串別人的電視劇，沒能保證克里夫都有活幹。大部分電視劇的特技領班都有自己的班底，且大部分特技領班首先要照顧好自己的班底成員。如果克里夫在《泰山》或《英雄馬丁》能有幾天的活幹，那是因為瑞克和特技領班談來的。

瑞克嘆了口氣。「喔對，我一直想跟你講，」——**避而不談**比較貼近事實——「這次的領班是藍迪的死黨。《青蜂俠》的領班，你知道吧？」

克里夫明白這代表什麼意思後，罵了句：「幹！」

「所以提了也沒用。」瑞克務實地說。

克里夫惡狠狠地咒罵：「那該死的小日本鬼。」接著埋怨起自己。「我為什麼要在乎青蜂

229 泰倫・鮑華（Tyrone Power, 1914~1958），美國電影和舞台劇演員，知名作品包括《碧血黃沙》（*Blood and Sand*, 1941）、《黑天鵝》（*The Black Swan*, 1942）、《琴韻補情天》（*The Eddy Duchin Story*, 1956）等名片。

230 《我愛紅娘》（*Hello, Dolly!*, 1969），改編自同名百老匯經典音樂劇的歌舞片，是當時最昂貴的製作，見證了百老匯式歌舞片黃金時代的尾聲，由金・凱利（Gene Kelly, 1912~1996）導演，芭芭拉・史翠珊主演。

231 琳達・黛妮兒（Linda Darnell, 1923~1965），美國演員，知名作品包括《俠骨柔情》（*My Darling Clementine*, 1946）、《除卻巫山不是雲》（*Forever Amber*, 1947）。

232 《相逢聖路易》（*Meet Me in St. Louis*, 1944）是歌舞片，故事圍繞在一個上層中產階級的家庭成員身上。

俠該死的司機能不能把阿里打趴？我是說，天啊，重量級的世界拳王需要我他媽的去捍衛？」

「特別是賠上你的工作和我該死的名聲。」瑞克加了一句，再度被惹惱。「我只差沒真的去抱藍迪的大腿，才替你弄到那份差事。」瑞克回憶起當時的狀況。「然後你做了什麼？你幾乎弄斷了那大嘴巴的背。結果呢，你被整座城四分之三的節目列入黑名單，然後我看起來像個該死的蠢蛋。但你的確讓他見識到你的能耐了。」瑞克諷刺地說。

「老兄，好啦，」克里夫舉起雙手投降，「你都對，你都對。」

接著，瑞克開始跟克里夫講起很久以前發生的事，渾然不知**一模一**樣的事他其實早就跟克里夫說了三次。

聽瑞克重複講同樣的故事，並假裝是第一次聽，幾乎算是克里夫的份內工作了。說句難聽的，這也代表瑞克的智商不怎麼高。

瑞克開始滔滔不絕：「當時我第一次拿到像樣的電影角色，克里夫．勞勃遜主演、保羅．溫德科斯導演的《珊瑚海殲滅戰》。那是我第一個像樣的角色，這位導演之後成為我最愛的導演，我在這部片替他賣命。這是一部貨真價實大製片場的電影，哥倫比亞影業的電影——雖然是一部哥倫比亞影業的B級片，但不是共和國影業、美國國際影業，是他媽的哥倫比亞影業。」

克里夫從駕駛座往上看向自家老闆，調整好姿勢，聽他講同樣的事第四遍。

「總之，我他媽的超級興奮。但這部片有個該死的第二副導，他真的是個混蛋。這混蛋一天到晚來找我麻煩。不找湯姆．勞克林麻煩，也絕對不找克里夫．勞勃遜麻煩——因為他根本就在抱克里夫的大腿！他不找任何其他人麻煩，就找我！」

瑞克繼續說：「爛爆了，超不公平，我最後真他媽受不了了。有天我和電影裡那胖傢伙，威廉・惠特尼的班底戈登・瓊斯[233]吃午餐。他在影壇打滾很久了，演了八十多部電影，很厲害的傢伙。我跟瓊斯說，我在等這個混蛋再跟我說一句話，**只要多說該死的一句話**，我就要他媽的揍扁他！」

說到這裡，瑞克才說到故事的教訓：「瓊斯告訴我，沒錯，你可以這麼做。沒錯，你或許能打爆他。沒錯，他活該。不過，在你拍片時揍扁他之前，先從皮夾裡掏出你演員工會的會員卡，劃根火柴，把會員卡給燒了。畢竟，說到底，這就是你打算做的事，你乾脆一次做完整套。」

克里夫重複之前的反應。「我知道，我知道。誰他媽的在乎那個小混蛋說什麼？」

瑞克表示：「老天，我的意思是，如果每次一齣戲的主演大言不慚說著自己顯然做不到的事，就有人修理他，那戲還怎麼拍。羅伯特・康拉德和達倫・麥克加文[234]拍一週的戲，一定有哪個牛仔天天在修理他。」瑞克繼續說，「演加藤的那個矮子，就是個該死的**演員**！除了講出別人寫的台詞，任何**演員**宣稱他能做**任何事**都是他媽的狗屁。而且大部分的人甚至連台詞都唸不好！」

233 戈登・瓊斯（Gordon Jones, 1911~1963），美國演員，代表作為電影《青蜂俠》（*The Green Hornet*, 1940）。

234 達倫・麥克加文（Darren McGavin, 1922~2006），美國演員，主演西部電視劇《遊舫冒險記》（*Riverboat*, 1959~1961）。羅伯特・康拉德和達倫・麥克加文都是西部電視劇的主演。

瑞克接著用手指頭數數，講出那些知道自己在講什麼、真材實料的演員。「你要跟奧迪・墨菲[235]談殺人，他可以跟你聊。你要跟吉姆・布朗[236]談美式足球如何達陣，他可以跟你聊。你要跟桑雅・赫尼[237]談滑冰，她可以跟你談。你要跟伊絲特・威廉斯[238]談該死的游泳，請便。但其他人都他媽的在裝。要說誰他媽的應該知道這件事，那就是某位身為戰爭英雄的特技替身！」

克里夫衝著他老闆微笑，一臉祥和寧靜地開口：「就像我剛講的，你都對。」

「我當然是對的。」瑞克說。

克里夫轉換話題，開口問：「那如果你沒有別的需要，我就收工時來接你？」

「沒別的事。」瑞克回答。「就回去修我的天線，隨便你要幹嘛，我們收工時見。」瑞克接著問：「今天幾點收工？」

「七點半。」克里夫說。

「到時候見。」瑞克說完，走向《藍瑟》的拍片現場。

沒走幾步，克里夫就喊住他。

瑞克回頭，坐在凱迪拉克裡的好搭檔指了指他，說：「記住，你是最厲害的瑞克・達爾頓！別忘了！」

這讓瑞克臉上浮現了一抹微笑。他向車裡的好兄弟致意，隨後凱迪拉克開走了，瑞克也去報到，準備上工。

在《藍瑟》的化妝車裡，瑞克坐在化妝鏡前的椅子上，將臉泡在一盆冰水裡。保羅・紐曼好像每天早上都會這麼做。但對保羅．紐曼來說，這是保養的程序之一。對瑞克來說，這是為了刺激他的感官，驅趕因為昨晚喝酒導致的反胃與麻木。臉離開那盆冰水後，他從盆裡拿了幾塊冰塊，在臉上、後頸上搓揉。

這次試播集的妝髮師桑妮雅坐在化妝椅上，和瑞克隔了三個座位，正抽著一根騎仕德。她幫瑞克準備了那盆冰水。坐在她隔壁位子上的，是這齣劇的服裝設計師芮貝卡。她正等導演來，好討論瑞克的服裝。她身材豐腴，頂著一頭茂密蓬鬆的長髮，魅力十足。如果她綁了辮子，那麼配上這身打扮，應該可以在溫絲黛．阿達[239]模仿大賽裡拿下第三名。在這一身溫絲黛．阿達裝扮外，她罩了一件類似電影《飛車黨》[240]裡的黑色摩托車皮夾克。

雖然桑妮雅沒表現出來，但她清楚知道保養程序（保羅．紐曼先擺一邊）和減輕宿醉之間的差別。保養程序沒那麼多哀嚎。

235 奧迪．墨菲（Audie Murphy, 1925~1971），又譯作奧迪．梅菲，二戰英雄，戰功顯赫，曾獲得無數獎章表揚。他於戰後從影，主演的《百戰榮歸》（*To Hell and Back*, 1955）就是根據他的事蹟改編而成的電影。

236 吉姆．布朗（Jim Brown, 1936~2023）從影之前是美式足球傳奇選手，演出多部冒險動作片，如《決死突擊隊》。

237 桑雅．赫尼（Sonja Henie, 1912~1969），從影前為職業滑冰選手，三次冬奧滑冰金牌得主。

238 伊絲特．威廉斯（Esther Williams, 1921~2013），也譯作伊漱．蕙蓮絲，游泳健將，一九四〇、五〇年代時為好萊塢當紅演員。

239 溫絲黛．阿達（Wednesday Addams）也譯作「星期三」．阿達，是漫畫、影視作品《阿達一族》（*The Addams Family*）裡的人物，身穿一襲白色翻領黑洋裝。

240 《飛車黨》（*The Wild One*, 1953），關於美國非法摩托車幫派的電影。主演馬龍．白蘭度穿的黑色皮夾克造型在當時蔚為風潮。

冰水的沁涼正滲入瑞克的臉時，化妝車的門被甩開了，砰的一聲撞在牆上。《藍瑟》試播集的導演以非常浮誇的方式走進化妝車裡，這是他習慣的登場方式。

導演像是對著大劇院最後一排觀眾大聲喊話一樣，開口打招呼：「瑞克．達爾頓嗎？我是山姆．沃納梅克[241]！」

沃納梅克向坐在椅子上、有些困惑、臉濕濕的瑞克伸出手，瑞克下意識地伸出濕漉漉的手，和他握了握。

瑞克清了清喉嚨，勉強擠出幾個字：「山姆，嗯——嗯——很高興認識你。抱歉，手濕濕的。」

山姆一點也不介意。「沒事，尤也是這樣。」他指的是充滿異國風情的好萊塢電影明星尤．伯連納，兩人在拍歷史動作電影《戰國群雄》[242]時成為好友。尤．伯連納最近更以行動支持沃納梅克的導演職涯，主演了他執導的第一部劇情長片《金鵝檔案》（*The File of the Golden Goose*, 1969）。

沃納梅克繼續說：「瑞克，我只是要讓你知道，是我選你來演的，你能來演我實在太高興了。」

沃納梅克這位導演一副興高采烈、活力充沛的樣子和瑞克說話，反觀瑞克這位精神不濟的演員則掙扎著找回鎮定。瑞克十分緊張，講起話來開始結巴。

「哇——哇——謝謝，山、山、山姆，我很感謝。」接著，他終於能好好說句話了：「這是個好角色。」

「你見過主演吉姆・史達西了嗎？」沃納梅克問，他指的是演強尼・藍瑟的演員。

「還、還、還沒。」瑞克結結巴巴地說。

這傢伙他媽的會口吃？山姆心想。

「你們兩個一起，一定會超勁爆。」山姆說。

「嗯……」瑞克試著想出一個好回答，但馬上放棄，只說了句：「聽起來很刺激。」

儘管桑妮雅和芮貝卡都聽得一清二楚，沃納梅克一副講悄悄話的樣子對瑞克說：「只跟你說，電視台選了吉姆和韋恩主演這齣劇。」韋恩是指韋恩・蒙德，他飾演在波士頓長大的兒子，史考特・藍瑟。

「這兩人演得很好。雖然電視台選了他們，但我選了**你**。主要是因為我看得出來，你和史達西之間很有一股大猩猩的魔力。我希望**你**能好好發揮這一點。」

山姆向前傾，他胸前掛了一條金色的星座圓盤項鍊（雙子座圖案的），在瑞克眼前晃來晃去。「這不是說我不要專業的演出。你是經驗老道的專業演員，我想和**你**合作，」他指了指瑞克，「幫我激發出**他**身上那些我需要的東西。」他用大拇指朝肩膀的方向比了比，指向化妝車外不知道在哪的史達西。「你們倆穿上戲服後，我要**你**——」他再次指指坐在椅子上的瑞克，

---

241 山姆・沃納梅克（Sam Wanamaker, 1919~1993），美國導演、演員，原本在美國發展，一九五〇年代因為共產主義立場在美國受到打壓，而至英國發展，對莎士比亞環球劇場（Shakespeare's Globe）的重建有重要貢獻。

242 《戰國群雄》（*Taras Bulba*, 1962），又名《烽火霸王》，尤・伯連納主演，講述十六世紀哥薩克與波蘭之間的國仇家恨。

「暗中持續和他較量，看誰的屌比較大。」

他在瑞克面前比劃，試圖讓瑞克能想像：「想像一下，一隻銀背大猩猩和一隻棕熊對峙的畫面。」

瑞克輕笑出聲說：「嗯……山姆……很有畫面感。」

沃納梅克回答：「對。」

「我是哪一個？」瑞克問：「大猩猩還是熊？」

「哪一個屌比較大？」沃納梅克反問。

「嗯，」瑞克推測：「可能是大猩猩。」

「你看過充分勃起的棕熊嗎？」沃納梅克追問。

「我不能說我看過。」瑞克坦承。

「那就不要那麼篤定。」沃納梅克提醒他。

「你們兩個對戲時，」沃納梅克指示，「我要你不斷挑釁他。瑞克，你覺得你做得到嗎？」

「你的『挑釁』是什麼意思？」瑞克問。

「**挑釁**，」沃納梅克重複，「就是激怒他，惹惱他。好像你試圖說服電視台高層開除史達西，找你演強尼．藍瑟，重拍試播集。」沃納梅克向他保證，「像這樣招惹他，是幫了他、幫了節目一個大忙。更別說這有多難做到了。」

沃納梅克從鏡子的反射裡，發現桑妮雅在他身後，坐在椅子上抽著騎仕德。他沒有轉身面向她說話，而是對著鏡子的反射影像開口。「桑妮雅，」他下指令，「首先，我要迦勒有鬍子。像薩帕塔[243]那樣一大撮下垂的八字鬍。」

噢，太棒了。瑞克心想。他痛恨假鬍子。演戲時，假鬍子就像隻毛毛蟲黏在嘴唇上方，或像一隻海狸掛在臉上。更別說他超討厭在臉上抹厚厚的黃膠[244]。

沃納梅克說完「薩帕塔那樣的八字鬍」後，他突然笑出來，跟瑞克說：「相信我，史達西看到你那撮鬍子時，他肯定會抓狂！」他繼續解釋：「我們之前都希望強尼．藍瑟留鬍子。我跟電視台說，我需要像那樣的鬍子，讓這部片有現代感。就像義大利人在歐洲拍的片一樣。」

瑞克皺了皺眉，臉色不大好看。

沃納梅克接著講，沉浸在自己要說的故事裡，沒注意到瑞克的反應。「哥倫比亞廣播公司說他媽的絕對不行。想加鬍子，就加在反派身上。意思就是加在你臉上，瑞克。」山姆一臉燦笑。瑞克不喜歡裝假鬍子，但如果主演想加卻加不到，而他卻**可以**？那就是另一回事了。

「史達西想加鬍子？」瑞克開口確認。

沃納梅克回答：「對。」

「那這樣他會不會很在意？」瑞克問。

「你在說笑嗎？他肯定會氣炸！但他知道電視台的意思。所以這只會無形中加深你倆之間的對立。」

243 薩帕塔（Emiliano Zapata, 1879~1919），墨西哥革命領袖。
244 黃膠（spirit gum），將毛髮等化妝材料黏在皮膚上的黏著劑。

接著，這位導演轉身對芮貝卡說：「好，親愛的芮貝卡，我要瑞克的角色有個完全不同的造型。我不要過去十年裡，《牧野風雲》和《大峽谷》[245]裡那種反派的西部裝扮。我要能反應時代精神的服裝，不要搞錯時代。但一九六九年和一八八九年有什麼共同點？我要他有能今晚穿進『倫敦濃霧』[246]的那種裝扮，看起來是最潮的傢伙。」

這位熟稔非主流文化的服裝設計師，給了這位時髦的導演他想聽的回答。「我們有一件卡斯特鹿皮夾克，袖子上滿滿的流蘇。現在是褐色的，但我會染成深棕色，他今晚就能穿著走上日落大道。」

這正是沃納梅克想聽的。他一隻手指頭輕輕撫過芮貝卡的臉頰，說：「這就對了，我的好女孩。」

芮貝卡向他微微一笑，那一瞬間，瑞克就知道山姆和芮貝卡有一腿。

沃納梅克再次轉向瑞克。「好，瑞克，至於你的頭髮。」

瑞克問：「我的頭髮怎麼了？」語氣略顯防備。

沃納梅克回答：「用百利髮乳[247]梳油頭的時代已經過去了。」山姆解釋：「那很艾森豪。我要迦勒有不一樣的髮型。」

「怎麼不一樣？」瑞克問。

「比較走嬉皮風的。」山姆表示。

你要我看起來像個該死的嬉皮？瑞克心想。

「你希望我看起來像個該死的嬉皮？」瑞克一臉狐疑地問。

「不那麼嬉皮，」山姆解釋，「更像地獄天使飆車族。」

山姆看向鏡子裡桑妮雅的倒影。「給他戴頂假髮，要長髮的，剪成嬉皮的造型。」接著，他快速轉向瑞克說：「但是個令人害怕的嬉皮。」他向瑞克保證。

瑞克開口發問，打斷了山姆天馬行空的思緒。「山姆……呃……山姆？」

山姆轉向瑞克，注意力都放在他身上。「瑞克，怎麼了？」

瑞克試著不讓自己聽起來像個陰晴不定的蠢蛋，開口問了個實際的問題，想讓山姆稍微冷靜一點：「是這樣的……呃……呃……山姆，如果你把我扮成……呃……呃……」他試著找到對的詞，「**四不像**，沒人會知道那是我。」

山姆．沃納梅克頓了頓，接著開口：「這個嘛，**孩子**，有人認為這叫**演技**。」

---

245 《牧野風雲》（*Bonanza*, 1959~1973）極受歡迎的美國電視劇，也是首部以彩色拍攝和播放的西部影集。《大峽谷》（*The Big Valley*, 1965~1969），美國西部影集。

246 「倫敦濃霧」（London Fog），一九六〇年代開在日落大道上的夜店。

247 百利髮乳（Brylcreem），一九二八年創立的英國美髮用品品牌，能固定髮型，讓頭髮油亮又服貼。至一九六〇年代初，帶動了將頭髮向後梳、俐落乾淨的造型，但隨著青年反叛文化、披頭四瘋迷全球，這種髮型漸漸退流行，取而代之的是留一頭較長且不刻意造型的髮型。

第十章 意外事故

克里夫對著他太太扣下魚槍扳機的那一瞬間，就知道這麼做糟透了。

槍頭擊中她肚臍下方，將她一分為二，兩塊軀體落在船的甲板上時，發出了液體噴濺的聲音。克里夫・布茲痛恨這女人好多年了，但目睹她被扯成兩半的那一刻、目睹她身體分成兩半躺在甲板上的那一刻，多年來的厭惡和怨恨瞬間消失不見。他衝向她身邊，摟著她，將分成兩半的軀體接在一起，情緒激動，由衷感到懊悔和自責。

他就這樣抱著她，延續她的生命，持續了七個小時。他一刻也不敢離開她身邊去呼叫海岸防衛隊，深怕沒有他繼續施力，她的軀體會再度分離。就這樣持續七個小時，克里夫緊緊抱著她、摟著她、安撫她，延續她的性命。如果不是他開槍射她在先，這個舉動可說是非常英勇。

在這艘以她命名的船（比莉號）上，在鮮血四濺的甲板上，在這一灘從比莉・布茲身上滲出的血、腸、內臟中，在瀕臨死亡之際，這對夫妻長談了七個小時，這是過去一輩子都不可能有過的對話。如此一來，她不會老想著她現在的處境。克里夫不斷讓她說話。

他們談了什麼？兩人的愛情故事。

這七小時裡，他們一起細數兩人的生活。

大概過了六個小時左右，海岸防衛隊終於來了。這時，這對夫妻就像夏令營裡瘋狂熱戀的十四歲青少年情侶一樣，正像小孩般親暱地說著話。兩人正互相較勁，比賽誰更能回憶起第一次見面和第一次約會時，最無關緊要的細節。海岸防衛隊登船，載她回港口的過程中，克里夫持續抱著比莉斷成兩截的軀體。他也一直向她保證，她一定會平安無事。「嘿，我不打算說謊，」他說，「妳會有大大的疤痕。但妳不會有事的。」

克里夫用盡全力說服比莉相信這件事，說服了六個小時之後，他自己也信以為真。所以，當海岸防衛隊正努力將比莉從船上移到碼頭等救護車，而比莉的軀體因此分開時，務實的克里夫．布茲竟然出人意料地對這件事感到無比震驚。

反正就是這樣了。

一九六〇年代好萊塢的特技圈裡，克里夫．布茲因為從軍時的傑出表現，以及身為二戰偉大的戰爭英雄而備受推崇。但大家也普遍認為，克里夫．布茲謀殺了他太太，而且逃過法律制裁。沒有人真的確定，他是否故意開槍射殺他太太。這可能只是潛水裝備操作不當的悲劇，這也是克里夫一直以來的主張。但任何人只要看過醉醺醺的比莉當著克里夫同事的面訓斥克里夫，就不會相信這個說法。也因為好萊塢特技圈裡很多人都曾目睹這個場面，他們都認為克里夫就是他媽的蓄意殺了他太太。

克里夫甚至都向執法單位坦承，意外發生時，他太太在喝酒。執法單位不認識比莉，所以不知道這代表什麼意思。但特技演員和他們的太太都知道這意味著什麼。

這**很可能**代表比莉當時脾氣很壞、很愛挑釁。這**很可能**意味著，她不斷重複講同一件爛事。這**很可能**代表克里夫受夠了，一時氣不過，進而做出激烈的行為，而這個行為一旦做了，就無法挽回。

克里夫如何逃過法律制裁的？很簡單。他的說法非常可信，而且也無法反駁。對比莉做出這樣的事，克里夫也很難受。但儘管充滿懊悔和自責，他從沒想過乖乖接受法律制裁。

畢竟，克里夫一直都很務實，是「既然覆水難收，日子還要繼續過」的那種人。認真看待這整件事的同時，他也從實際面評估。他不需要花二十年坐牢——他有辦法做一堆事來懲罰自己當時的莽撞。畢竟，他不是個罪犯，也並沒有預謀殺害她。事情**差不多**就像他主張的，是個意外。他的手指頭扣扳機時，是個有意識的決定嗎？

不完全是。

一，這扳機很敏感，容易一觸即發。二，扣扳機的動作比較接近一種**本能**，而不是一個**決定**。三，這動作算是**扣**扳機，還是比較接近**輕扯**？四，也不是說有任何人會懷念比莉．布茲。她就是個討人厭的臭婆娘。她身體活該斷成兩截嗎？不盡然。但，這個世界沒了比莉．布茲，美好的生命依舊繼續下去，這麼說都算輕描淡寫了。說真的，只有她的姊姊娜塔莉很難過，而她甚至是個更討人厭的臭婆娘。況且她也只有難過一下下而已。所以，克里夫背負著內疚、背負著懊悔，發誓未來要做得更好。那這個社會還要怎樣？他因為殺了日本鬼子而救下的眾多美國大兵，都絕對抵得過一個比莉．布茲。

好啦，調查這起案件的執法單位並不像好萊塢特技圈的那些人一樣，這麼清楚克里夫．布茲的暴力傾向。而且克里夫主張潛水裝備操作不當釀成這場悲劇的說法非常可信。

此外，果不其然，在四顧無人的茫茫大海中，只有兩個人在船上，要證明這中間**到底**發生了什麼事，實在不太容易。執法單位必須證明，事情**不是**克里夫所說的那樣。於是，因為存在無法反駁的說法，比莉．布茲之死被判定成**意外事故**。

從那天起，克里夫每踏進一個好萊塢拍片現場，他就立刻成為現場最惡名昭彰的人物。因為不管他出現在哪裡，他永遠都是現場唯一一個眾所皆知**殺了人但逍遙法外**的傢伙。

第十一章 Twinkie貨車

查爾斯．曼森開著車身印有海綿蛋糕Twinkies[248]廣告的小貨車，行駛在蜿蜒的道路上。他正朝泰瑞．梅爾徹在天堂大道上的家駛去，一路上，他明白自己是在碰運氣。

查理離開舊金山、前往洛杉磯時，是為了讓自己的音樂得以發表，自己演唱自己創作的歌、錄成專輯，簽到唱片合約，最終成為搖滾巨星。至於成為一群嗑藥嗑到嗨的小孩追隨的精神領袖、成為一群逃家少女崇拜的大家長，只是一件他剛好同時在做的事情而已。一開始，事情發展得很順利。說實在，一開始，事情**真的**發展得很順利。他那群女孩帶他認識了海灘男孩的鼓手丹尼斯．威爾森，他可是個貨真價實的巨星。因為丹尼斯，查理進一步認識威爾森的朋友葛瑞格．雅各布森，和桃樂絲．黛[249]的兒子泰瑞．梅爾徹。

這些人進一步讓查理有機會在狂歡派對、即興演奏會、大麻派對等場合，遇到洛杉磯搖滾音樂圈裡其他成功的音樂家。很快地，在查理意識到之前，他就已經和保羅瑞佛和奇襲者樂團的主唱馬克．林賽抽同一支大麻煙捲，和頑童合唱團的麥可．奈史密斯以及芭菲．聖瑪麗[250]熱烈閒聊，並和尼爾．楊一起彈吉他即興演出。他媽的尼爾．楊耶！

查理不但和楊一起即興演出，他即興演奏的技巧也確實讓楊印象深刻。（和尼爾．楊即興演出的那晚，是查理最稱得上是音樂人的時刻。）查理本來希望那次和尼爾．楊一起玩音樂，能讓他進一步認識巴布·狄倫，但事實證明，巴布·狄倫很難就這樣認識。查理最靠近巴布·狄倫的時候，是在「倫敦濃霧」店裡，和狄倫當時的助理鮑比·紐沃斯[251]講了幾句話。毫無疑問，查理和他的「家族」成員在丹尼斯·威爾森的住所鬼混時，他的音樂追求之路挺有斬獲。有一次查理甚至還能將他的歌錄到卡帶裡。梅爾徹是否真想過替哥倫比亞唱片簽下查理，這點令人懷疑。但他可能想過，讓其他歌手錄幾首查理創作的歌。儘管他坐牢時學到很多，也具備豐富的哲學知識，但說到音樂產業，查理的認知幾乎天真到討人喜歡。查理知道，梅爾徹的態度搖擺，沒有很看好他的專輯有市場。但他絕不允許自己因此失去信心。對於自己的事，查理一直都是個樂觀主義者，樂觀到令人欽佩的程度。他總說，他要的只是一個起步的機會。起步的機會就是，泰瑞·梅爾徹向他保證，哪天會坐下來好好聽查理用吉他彈幾首他創作的曲子。

查理有沒有從他和梅爾徹的關係裡獲得什麼？絕對有。

梅爾徹是否多少對查理感興趣？或許。

但查理要簽到唱片合約，最有可能是因為他和丹尼斯·威爾森的關係非常要好。威爾森是

248 Twinkies 是美國知名甜點，稱得上是國民零食，問世超過九十多年。外層為金黃色海綿蛋糕，以白色的奶油為內餡。

249 桃樂絲·黛（Doris Day, 1922~2019），美國歌手及演員，主演希區考克的電影《擒凶記》（*The Man Who Knew Too Much*, 1956），並以《枕邊細語》（*Pillow Talk*, 1959）獲奧斯卡最佳女主角提名。

250 馬克·林賽（Mark Lindsay, 1942~），保羅瑞佛和奇襲者樂團的主唱及共同創團人。麥可·奈史密斯（Mike Nesmith, 1942~2021），詞曲創作者、歌手、演員，頑童合唱團成員。芭菲·聖瑪麗（Buffy Sainte-Marie, 1941~），加拿大出生的美國創作歌手。

251 鮑比·紐沃斯（Bobby Neuwirth, 1939~2022），美國民謠歌手，詞曲創作者。

海灘男孩裡唯一一位**貨真價實**的巨星。布萊恩有點胖，而且越來越胖；艾爾．賈汀看起來像具骷髏；麥克．勒夫[252]自從十八歲起就開始禿頭。丹尼斯性感又充滿魅力，他甚至早在六〇年代初期，就散發出一股六〇年代末才有、充滿禪意的氣質。有一陣子，丹尼斯真心相信查理的音樂潛力。兩人好幾次深夜一起嗑藥，當時，查理的哲學和世界觀真的讓丹尼斯印象深刻（他和查理都對黑人男性懷抱不信任和恐懼之情）。在他家裡即興演出時，查理演奏吉他時展現出優秀的即興創作天賦，丹尼斯都看在眼裡。不過，查理沒受過專業訓練，既缺乏紀律又不受拘束，能否在壓力爆表、誘發焦慮、了無生趣的專業錄音室環境下表現他的音樂，實在令人懷疑。（這一點上，查理並不孤單，有幾位音樂天才和他一樣。伍迪．蓋瑟瑞[253]和鉛肚皮[254]錄唱片的功用，比較接近記錄他們的創作，而不是反映他們的音樂才華。）不過，不難想像，如果早些時候，在五〇年代末期、六〇年代初期，在格林威治村[255]的咖啡館裡，在民謠演唱的巡迴表演中，查爾斯．曼森就能一步步前進，抓到音樂這一行的訣竅。而且即興演奏的音樂天賦、彈吉他的技巧、進出監獄的過去，都可能成為他的優勢。有段時間，丹尼斯．威爾森真心鼓勵查理追求他的音樂夢，甚至錄了一首查理做的歌（有著他招牌曲調的歌〈停止存在〉〔Cease to Exist〕），改寫後改名為〈從未學著不去愛〉（Never Learn Not to Love），收錄在海灘男孩《20/20》專輯裡。

雖然泰瑞．梅爾徹替哥倫比亞唱片簽下查理、發一張專輯這件事一直都遙遙無期，不過海灘男孩自己成立了一家叫做兄弟唱片[256]的唱片公司，查理在兄弟唱片旗下發專輯卻有可能成真。簽約之所以最終沒有成真，全因為那群不老實的傢伙住進丹尼斯．威爾森家裡後，逐漸讓他感到憤怒和恐懼。最初吸引丹尼斯接觸曼森「家族」的是那些少女。接著，是他和查理之間真摯的友誼，讓丹尼斯一直和曼森「家族」的成員來往。但也正是因為丹尼斯被查理那些愚蠢的嬉皮成員惹毛，最後斷送了查理從海灘男孩這裡開啟音樂之路的可能。

丹尼斯．威爾森提供了這些衣衫襤褸的髒小孩，一九六〇年代末托潘加峽谷[257]的嬉皮具備的精神，那種平均分享和反傳統、反權威的精神。然而，很快地，這群撿垃圾來吃、嗑迷幻藥、性病纏身、一天到晚哼哼唱唱的逃家小孩，證明了自己就是一群白吃白喝、忘恩負義的傢伙。他們在丹尼斯的住處搞破壞，搞得他為了損壞、遭竊、遺失的物品和治療性病的藥物，花了上千元。最後，丹尼斯乾脆直接搬走，讓他的經紀人將這些霸占別人家的惡劣份子趕走。

❀ ❀ ❀

如果曼森「家族」沒把丹尼斯的家搞成動物園，導致他的團員擔心他、不再敬重他，那麼

252 一九六一年成團的海灘男孩樂團成員裡，除了丹尼斯．威爾森，還包括：布萊恩．威爾森（Brian Wilson, 1942~）、艾爾．賈汀（Al Jardine, 1942~）和麥克．勒夫（Mike Love, 1941~）。

253 伍迪．蓋瑟瑞（Woody Guthrie, 1912~1967），美國十分重要的民謠創作歌手。他的歌在政治層面及音樂層面都對後世影響深遠。

254 鉛肚皮（Lead belly, 1885~1949），美國民謠藍調歌手，活躍於二十世紀初，堪稱藍調和民謠音樂的祖師爺。

255 紐約格林威治村在一九六〇年代是民謠音樂復興運動的重鎮。

256 兄弟唱片（Brother Records）於一九六六年創立。

257 加州西好萊塢的托潘加峽谷（Topanga Canyon）長久以來以其自然環境、輕鬆悠閒的波西米亞風格，吸引很多藝術家、音樂家駐足，被視為嬉皮的大本營。

查爾斯・曼森可能會成為海灘男孩新成立的唱片公司完美的簽約人選。不過令人懷疑的是，他做出來的專輯到底會有多好的成果，又或者，考慮到查理怪異的脾性，他能不能錄完整張專輯都是個問題。但很有可能的是，如果其他樂團成員沒有將查理和那群占丹尼斯便宜、白吃白喝的怪胎們聯繫在一起，查理便有可能利用他的人脈關係獲得**某些**利益。

但實際情況是，曼森「家族」花了丹尼斯那麼多錢，就算海灘男孩的確錄了一首查理的歌，歌曲發表時也直接將他除名，覺得他那些追隨者愚蠢的行徑造成的重大損失，就足以作為歌曲的報酬。（有傳言說，威爾斯給了他一輛摩托車，作為不列名的交換。）

到了一九六九年二月八日時，查理手中有希望的音樂人脈都沒了。只剩一個含糊的承諾——泰瑞・梅爾徹之前說，有天要坐下來好好聽查理演奏。只是他和泰瑞已經斷了聯繫。之前有段時間查理會遇到泰瑞，說不上頻繁，但也足以商量好一次見面。但這是在他成為丹尼斯・威爾森住所不受歡迎的人物之前。連查理自己都知道，光是這件事就足以粉碎任何交易的可能。不過，話又說回來，萬一情況沒那麼糟呢？查理**確實**有一首歌收錄在海灘男孩的新專輯裡。的確，他沒有列名創作者。不過，有幾個人知道這首歌改寫自他創作的歌〈停止存在〉，而梅爾徹就是其中一位知情的人。所以泰瑞有理由將查理視為值得發表商業音樂的音樂創作者，而不是頭髮蓬亂的皮條客，帶梅毒纏身的未成年少女給唱片製作人發生性關係。

好啦，泰瑞・梅爾徹已經答應要到史潘片場聽查理的歌。日期已經決定，見面時間也敲定，都約好了，一場盛大的慶祝會都在片場裡準備好了……結果泰瑞沒出現。

查爾斯．曼森被這樣放鴿子，在好幾個層面來說，都造成非常大的傷害。首先，查理為了這個機會，花了一整週準備，以為終於能演奏給泰瑞看。曼森「家族」的成員為了這場盛宴也精心打扮，並將片場布置了一番，包括練習伴奏的樂器、安排半裸的女孩在背景合音、跳舞……結果泰瑞沒出現。

此外，這一天是他的**大日子**。

那天查理狀態很好。

他之前在一次專業的錄音場合裡，敗給自己的緊張不安，因而永遠無法原諒自己。

但**這天**會不一樣。

這天，查理裡裡外外都非常完美，他的頭腦很冷靜，他的心情愉悅，他的音樂能輕易並充分地表現出來。

這天，是打從他在監獄裡開始聽披頭四時，就一直夢想的時刻。

在**這天**，查理所有的夢想都能實現，他的人生也會永遠改變。

在**這天**，音樂會從他身上湧現。他能完整掌握自己的創造力。他不會彈錯一個音。他與自己的天賦合而為一，與自己的靈感繆思合而為一，與上帝合而為一……結果泰瑞沒出現。

泰瑞沒出現，不僅對查理的創造力來說是個打擊，坦白說讓他很受傷，而且還損害了他在那些小孩心中的地位。

片場那些小毛頭不太清楚查理到底多想要成為搖滾巨星。不清楚他到底多想獲得名聲、金錢和認可。因為查理極力勸誡他們遠離這些基本的渴望。

他們以為，查理正走在靈性的道路上，追求開悟。

他們以為，查理最真實的渴望是將開悟獲得的智慧傳承下去。

他們以為，查理的目標是以這份開悟的智慧和對所有人類的愛，創造新的世界秩序。

他們以為，查理懷抱著一個更高層次的目標，因為他是這麼跟他們說的，他們也相信他。

他們從來沒想過，他會馬上拋棄這些胡說八道，穿上美國獨立戰爭時的軍服，好和馬克．林賽交換他的身分。

他們從來沒想過，他會丟下他們，丟下他所打造的一切，丟下他教他們的一切，好和米奇．德倫茲[258]交換身分地位，加入頑童合唱團。

他們以為查理想簽唱片合約，只因為他想擴張自己的影響力。將開悟的智慧帶給更多人，帶給地球上亟需這份智慧的人。

像披頭四一樣。像耶穌基督一樣。查理也一樣。

他想出名不是為了自己，他希望自己會出名，是因為自己的音樂對他人產生重大的影響。但音樂只是一個窗口，讓地球上的人知道查理這號人物。因為上帝透過他顯靈，查理能寫出最偉大的音樂，就像耶穌基督能寫出那些最偉大的詩句一樣。不是為了像丹尼斯．威爾森一樣，將白金唱片裱框掛在牆上。不是為了像丹尼斯．威爾森一樣，要有輛跑車。不是為了登上搖滾雜誌《金嗓老爹》[259]的封面。不是為了讓自己的歌出現在《逍遙騎士》[260]的電影原聲帶裡。不是為了上「正牌」唐・斯蒂爾在KHJ廣播電台的歌唱競賽節目。而是要拯救全人類。他們之所以隱約意識到查理的動機和渴望可能沒那麼純粹，是因為查理為了泰瑞・梅爾徹這次的試演機會，展露出焦慮的神態。

所有人都希望事情進展順利，但片場的其他人都沒想到這件事是**唯一的指望**。

事情或許很順利……事情或許不順利。寶貝，別擔心。該發生的總會發生。人類一計畫，上帝就發笑。這是查理教他們的。

既然如此，為什麼泰瑞・梅爾徹怎麼看他，會讓查理那麼焦慮？

為什麼泰瑞・梅爾徹開不開心，或是否喜歡他的音樂，會讓查理他媽的那麼緊張？

為什麼查理為了試圖在「超屌的」泰瑞・梅爾徹面前留下好印象，而失控大發脾氣？

隨著泰瑞・梅爾徹三點半的約變成三點四十，接著三點五十、四點、四點十分、四點二十、四點半，然後大家都明白，泰瑞・梅爾徹不會出現，大家也都發現，查理的心情有多糟。泰瑞沒出現，讓查理在他那群小毛頭面前看起來很軟弱。之前沒有任何發生在「家族」成員面前的事，曾讓查理看起來這麼軟弱。在持槍的憤怒家長面前不曾這樣；在那些跟朋友一起來片場要錢、要車或要小孩的前「家族」成員面前不曾這樣。在黑豹黨人面前不曾這樣。甚至連在死條子面前都不曾這樣。查理都以微笑和眨眼制伏他們所有人。他信心十足，知道上帝站

258 米奇・德倫茲（Micky Dolenz, 1945~），美國演員、音樂家，最為知名的身分為頑童合唱團的主唱和鼓手。

259 《金嗓老爹》（*Crawdaddy*），一九六六年創刊的美國搖滾音樂雜誌，被視為第一本認真對待搖滾樂的雜誌。

260 《逍遙騎士》（*Easy Rider*, 1969），美國機車公路電影的經典之作。

在他這一邊。然而，這次情況不一樣。這次是查理看起來很蠢。那天，某件事也變得很明顯，那是史潘片場這群小毛頭之前從未想過的事。或許，查理只是另一個揹著吉他的長髮嬉皮，想上廣播節目。他們不可能相信，也不願意相信。但第一次，有些人有了這樣的想法。

不知道透過什麼方式，梅爾徹帶了話給查理，說他沒出現不是因為看不起查理。他是個大忙人，突然有要事要處理。但那已經是一陣子前的事了。從那時起，他都沒試圖重新安排見面時間。現在，查理和泰瑞不會在同個圈子裡遇到了。想要巧遇他，進而再約個時間，看來似乎不大可能。

某方面來說，查理算是好好學了一課，認識了娛樂圈到底是什麼樣子。不同的社交圈裡，大家來來去去。昨天認真相處的人，今天可能就成了點頭之交。很有希望的機會就是無法順利發展下去。或就像寶琳．凱爾[261]曾寫的：「在好萊塢，你可能會因為鼓勵而死。」

俗話說，穆罕默德喚山不來，他就自己去找山。既然穆罕默德不會在「威士忌阿哥哥」[262]這家夜店裡，巧遇一座正在喝著順風調和威士忌的山，那麼穆罕默德就該主動去找山。而在這個情況下，他要去好萊塢山莊。

這是查理的最後一張牌。

因為他之前曾去過梅爾徹的家，記得他住哪裡。他甚至在那裡參加過派對。所以，他就這樣突然出現在他家門口，雖然不是很體面，但也不是完全不行。

這實際上是鋌而走險的一步，感覺上也的確是鋌而走險的一步。查理也他媽的非常確定，梅爾徹會將這個行為解讀成鋌而走險的一步。但就現在的情況來說，這是他唯一能走的一步棋。泰瑞說過，他有天要聽聽查理的創作。泰瑞放他鴿子，也確實虧欠他一次。而查理現在也無法在威爾森的住處巧遇泰瑞了。要挽救這已錯失的試奏機會，唯一的可能就是十分走運地在泰瑞家當場逮到他，直接跟他約。這不算是個強硬的做法，不過足以讓他充滿罪惡感，不會當著查理的面直接拒絕。不這麼做，查理不可能有機會再見到泰瑞。如果這個方法行不通（有可能不成功），至少查理能說他試過了。

查理將車子停在天堂大道上，前方是泰瑞家車道入口的電動大門。他發現大門是開的。要收很多包裹時，這些人通常會把大門打開，這樣就不用一直跑去按對講機開門。對講機位在這扇大門外的金屬柱子上。查理想過，他可能在對講機這關就會被擋下來。

嗨，泰瑞在嗎？請問是哪位？

他的朋友查理。哪個查理？

查理．曼森。

他不在。

這是查理想像中的對話，就算是泰瑞接聽，他也會假裝成其他人。所以大門敞開可說是

262 261

寶琳．凱爾（Pauline Kael, 1919~2001），美國知名影評人。

「威士忌阿哥哥」（Whisky a Go Go）是一九六〇年代日落大道上最受歡迎的夜店，店名取自巴黎一家同名迪斯可舞廳。這家夜店提供樂團現場演奏，並搭配短裙長靴女子跳阿哥哥舞（go-go dance）。由於店名取自巴黎同名舞廳，店名裡「阿哥哥」（a go go）來自法文（à gogo，表示大量、豐富），不是特別指稱當時很流行的阿哥哥舞。而a go go這個詞於一九六〇年代傳到美國時，意思有所改變，變成有「充滿活力」、「很潮很時髦」、「很流行」的意思。

運氣很好。有人說，運氣是萬全準備碰上好機會。準備的部分是指挑了週六近中午的時候來。如果要在泰瑞家逮到他，那就會是週六近中午的時候。誰知道呢？或許能直接見到泰瑞也說不定。

他想過將貨車開上蜿蜒的車道，但這麼做有點太囂張。最好謙虛一點。用走的到他家門前，敞開雙手，臉上掛著大大的微笑。

不要太招搖。

查理下了貨車。梅爾徹住在山丘頂，這條路的盡頭。除了查理自己，他視線範圍內唯一的人類是個金髮男子。他半裸上身，在隔壁住家的屋頂上修理天線。查理直接忽略他，走上通往梅爾徹家前門的車道。

莎朗將唱盤的唱針放在保羅瑞佛和奇襲者樂團專輯《一九六七的精神》（*The Spirit of '67*）的第一首歌上。這個樂團的創建者兼這張專輯的製作人，曾租了這棟位於天堂大道的房子，這棟房子現在由莎朗和羅曼承租。房東是魯迪．奧特貝里（Rudi Altobelli, 1929-2011），他住在主屋游泳池旁專門招待客人的別屋裡。前一任租客泰瑞．梅爾徹搬走前，他正和演員甘蒂絲．柏根同居。但柏根搬進來之前，泰瑞和奇襲者樂團的主唱馬克．林賽一起住在這裡。因此，不難理解莎朗會在客房衣櫃裡發現一大疊玻璃紙包裝的《一九六七的精神》。她向羅曼提到發現了這些唱片的事，羅曼聽了做了個鬼臉說：「我痛恨那種泡泡糖[263]垃圾。」

莎朗並沒有跟他爭辯，但也不同意他的看法。她喜歡那些在KHJ電台聽到的泡泡糖熱門金曲，像那首〈美味美味美味〉（Yummy Yummy Yummy），以及同一個樂團接著推出的另一首歌〈啾啾軟糖〉（Chewy Chewy）[264]。她也喜歡鮑比．謝爾曼[265]和他的那首〈茱莉，你愛我嗎？〉（Julie, Do Ya Love Me）。她也很愛〈史努比大戰紅男爵〉（Snoopy vs. the Red Baron）[266]。

但她不會跟羅曼說這些，或跟任何一位他們時髦新潮的朋友講，像菲利浦斯夫婦蜜雪兒和約翰[267]，或凱絲．艾略特，或華倫．比提。但如果要完完全全從實招來，比起披頭四，她更喜歡頑童合唱團。

她知道頑童合唱團根本算不上真正的樂團。他們只是某個電視節目為了蹭披頭四的熱度撈一筆而成立的團體[268]。儘管如此，在她內心深處，她還是比較喜歡頑童合唱團。她覺得德維．瓊斯比保羅．麥卡尼[269]可愛多了（就她深受羅曼和傑的吸引來看，莎朗的確喜歡看上去像十二歲男孩、個頭不高的可愛男性）。她也認為米奇．德倫茲比林哥．史達[270]有趣多了。比起喬治．哈里

263 泡泡糖音樂（Bubblegum music），一九六〇年代末至七〇年代初流行的音樂類型，以節奏活潑、歌聲歡愉、歌詞通俗為特色。這種歌曲簡單，適合拿來跳舞。歌迷以年紀較小的青少年為大宗。

264 這兩首歌皆是俄亥俄州快遞合唱團最知名的曲子。

265 鮑比．謝爾曼（Bobby Sherman, 1943~），美國歌手、演員，一九六〇至七〇年代初是美國當紅的青少年偶像。

266 這首歌於一九六六年發表，是美國皇家衛隊合唱團熱門歌曲。

267 約翰．菲利浦斯（John Phillips, 1935~2001），民謠搖滾樂團媽媽與爸爸合唱團的歌手。

268 美國同名電視影集《頑童合唱團》（*The Monkees*, 1966~1968），描述一個搖滾樂團裡四位成員的冒險故事。電視劇極受歡迎，四位成員也以頑童合唱團為團名正式出道。

269 德維．瓊斯（Davy Jones, 1945~2012），頑童合唱團的主唱。保羅．麥卡尼（Paul McCartney, 1942~），披頭四成員。

270 林哥．史達（Ringo Starr, 1940~），披頭四鼓手。

森[271]，她更受麥可－奈史密斯，頑童合唱團「安靜的那位」吸引。彼得．托克[272]看起來和約翰．藍儂一樣是個嬉皮，但沒那麼自以為是，而且可能人更和善。對啦，沒錯，披頭四的歌都是自己寫的，但莎朗他媽的在乎這個幹嘛？

如果她喜歡頑童合唱團的〈到克拉克斯維爾的末班車〉（Last Train to Clarksville），勝過披頭四的〈生命中的一天〉，她就是比較喜歡，哪管歌是誰寫的。總之，保羅瑞佛和奇襲者樂團有點像頑童合唱團。他們唱時髦好記的歌，他們很風趣，而且一天到晚出現在電視上。她喜歡他們的〈毒品〉（Kicks）、〈飢渴〉（Hungry），還特別愛〈好事〉（Good Thing）。房東魯迪．奧特貝里告訴她，馬克．林賽和泰瑞．梅爾徹在他們的客廳裡，用那架白色的鋼琴寫了〈好事〉。這好酷！她邊想著這件事，邊將唱針放在黑膠唱片上，聽著唱機播放歌曲開頭那段酷炫的吉他旋律。她馬上隨著這泡泡糖歌曲的節奏，扭腰擺臀。接著繼續進行剛才做到一半的事，打包羅曼的行李。羅曼明天要飛倫敦，而她一直都會幫他打包行李。之前她只是想為他做點貼心的事，現在這成為她固定會做的貼心小事。

莎朗的前未婚夫傑．塞布林正在廚房給自己做三明治。他之後要載莎朗去他費爾法克斯大街上的美容院，幫莎朗做頭髮，因為她和羅曼晚上要錄電視節目（傑專門做男士髮型，莎朗是唯一的例外）。他們昨晚都去了休．海夫納花花公子別墅的派對。那天晚上，海夫納找上羅曼，要羅曼上他的電視節目。這算是半個談話節目的《天黑後的花花公子》（*Playboy After Dark*, 1969-1970），在日落大道上名為9000日落（9000 Sunset）的大樓最頂層錄製。莎朗很不爽羅曼在沒徵詢她意見的情況下，連續答應了兩件事。不僅如此，她現在正在讀高爾．維多那本精彩的小說《永恆的媚拉》[273]。羅曼也知道她寧願晚上躺在床上，在他身邊讀這本小說。可惜事與願違，她得把自己打扮得可愛迷人，連續兩天晚上扮演「性感小可愛」的角色（「性感小可愛」是莎朗針對自身形象的自嘲）。

她正在摺一件羅曼的高領毛衣，那是兩人在瑞士時，她買給羅曼的。她將摺好的毛衣放進客房床上打開的行李箱中。做這一連串的動作時，她並沒看到那位一頭邋遢亂髮、個子不高的嬉皮，從屋子外的樹叢冒出來，走進她家門前停車的水泥地。他穿了件長版藍色丹寧襯衫，沒有紮進去，襯衫外罩著一件棕色生皮背心，下身穿著髒兮兮的工作褲，腳上穿著涼鞋。但傑在咬了一口用「驚奇麵包」[274]的吐司做的番茄火雞三明治時，從廚房的窗戶看到那位老兄了。傑盯著這位黑髮、個子不高的嬉皮一路從車道走向這棟房子的門口，心想，**那個把這裡當自己家到處亂走的邋遢渾蛋是哪位？**

正在房子另一端打包行李的莎朗，聽到傑的聲音從前門傳過來，正向某個人說話，語氣嚴肅：「你好，有什麼事嗎？」

接著，她聽到房子外傳來某人的回答，那不是她熟悉的聲音，聽起來悶悶的有些低沉。

271 喬治・哈里森（George Harrison, 1943~2001），披頭四的吉他手。

272 彼得・托克（Peter Tork, 1942~2019），頑童合唱團的鍵盤手及貝斯手。

273 高爾・維多（Gore Vidal, 1925~2012），多產的美國作家，不僅創作小說，也在好萊塢撰寫劇本、政治與文學相關的評論文章。《永恆的媚拉》（*Myra Breckinridge*）於一九六八年出版，一九七〇年搬上大銀幕。

274 驚奇麵包（Wonder Bread），美國知名麵包品牌，一九二一年創立至今，販售切片吐司、熱狗麵包、漢堡麵包等麵包產品。

「嘿，我來找泰瑞。我是泰瑞和丹尼斯．威爾森的朋友。」

那究竟是誰？她心想，同時專注地聽。

接著，她聽到傑回答那位陌生人：「嗯，泰瑞和甘蒂絲搬走了。這裡現在是波蘭斯基的住處。」

莎朗放下手中的佩斯利花紋襯衫，走出客房，去看看究竟傑在跟誰說話。穿著Levi's牛仔短褲的她，光著腳走在通往客廳的地毯走道上時，聽到那位陌生人驚訝又失望地說：「是嗎？他搬走了？靠！你知道搬去哪嗎？」

莎朗轉個彎，往大門口去。轉彎處的牆上掛著《天師捉妖》的電影海報。（羅曼覺得在家裡掛出兩人合作的電影的海報，是件幼稚又難為情的事。但莎朗提醒他，他倆結婚時，他就知道她是個幼稚又令人難為情的人。）

前門是敞開的，傑已經走到門外，正和那位看起來很詭異的老兄講話。這位老兄有頭亂髮，臉上留著兩天沒刮的鬍碴。

她走到門邊，出聲問她的前未婚夫：「傑，是誰啊？」

邋遢的陌生人抬眼看向門口這位美麗的金髮女郎。她閃亮的雙眼向外望去，越過傑，短暫和那位深色頭髮、個子不高的男子對視。

傑轉頭說：「沒事，親愛的，是泰瑞的朋友。」接著，他轉回去，告訴這位邋遢的陌生人房東住在哪裡。「我不確定泰瑞搬去哪裡，但屋主魯迪可能知道。他住在給客人住的別屋。」傑用手指了指方向。「走後面那條小路。」

這位邋遢的陌生人微微一笑，說：「衷心感謝。」他要轉身離開時，再次抬眼，看向門口的金髮女郎。她的腿很長，穿著一件像從百貨公司童裝部買來的條紋T恤。他揮了揮手，打了個招呼：「小姐，再會。」

就算覺得這位闖入者很詭異，莎朗依然向他點了點頭、微微一笑。她盯著這名男子一路往房子後方走去，直到他消失在視線裡。

✽ ✽ ✽

魯迪・奧特貝里剛沖完澡，就聽到他的狗「土匪」正對著敞開的前門朝著某人吠。他知道是**人**而不是**其他生物**，因為這隻狗有三種叫聲，針對三類闖入者。貓的話，叫一聲；蜥蜴、浣熊和其他討厭的動物、昆蟲，叫兩聲；狗不認識的人，則叫三聲。魯迪掛了條毛巾在頭上，並在依然濕淋淋的身上套了件絨毛浴袍，踏出浴室，走向前門一探究竟。

魯迪・奧特貝里是個不太起眼的好萊塢經理人[275]，他（某個程度上）曾是凱薩琳・赫本[276]和

275 在好萊塢，藝人經紀的完整工作由經紀人（agent）和經理人（manager）共同負責，兩者各有明確的工作內容。經紀人負責替藝人爭取工作、進行合約談判；經理人則負責規劃、設計、管理藝人的職業生涯，提供諮詢與建議。經紀人需要執照，經理人不需要。

276 凱薩琳・赫本（Katharine Hepburn, 1907~2003），美國演員，好萊塢傳奇女星，演技精湛，獲四座奧斯卡最佳女主角獎，知名作品包括《豔陽天》（*Summertime*, 1955）、《誰來晚餐》（*Guess Who's Coming to Dinner*, 1967）等。

亨利．方達的經理人，那是很久以前的事了。不過近期他代表的藝人包括克里斯多弗．瓊斯[277]、奧莉薇．荷西[278]、莎莉．凱勒曼[279]，以及流行樂團迪諾、德西和比利[280]三人組中的兩人（他負責比較小的兩位，德西．阿納茲和狄恩．馬汀）。這棟房子是筆好投資，他住在主屋後面招待客人用的別屋，將比較大的主屋租給好萊塢的成功人士。在他靠近敞開的前門（實際上是側門）時，電視正在重播黑白電視劇《勇士們》[281]。電視劇片頭的演職員字卡出現在螢幕上，主題曲的軍樂從電視音響傳出來。接著，一位聲音低沉的播音員宣告：

「《勇士們》！瑞克．傑森[282]和維克．莫羅主演。」

他的狗正隔著紗門，興奮地對著紗門另一頭個頭矮小、外形邋遢的人狂吠。魯迪一邊走向這位來拜訪的人，一邊對著土匪大叫，讓牠冷靜下來，然後抓住牠的項圈，將牠拉到旁邊。這位穿著浴袍、一身濕的男子往紗門看去，發現他認得這位上門拜訪的傢伙。

「魯迪？」查理問。

「有事？」魯迪以兩個字的答案，回答兩個字的問題。

查理直接講重點：「嗨，魯迪，不知道你還記不記得我，我是泰瑞．梅爾徹和丹尼斯．威爾森的朋友——」

「查理，我知道你是誰。」魯迪語氣冷淡地回答。「你想怎樣？」

這傢伙不太友善，查理心想，**但至少他知道我認識泰瑞**。

「嗯，我來找泰瑞，但房子裡的老兄說泰瑞搬走了？」

「對，他們一個月前搬走了。」魯迪回答。

查理沮喪地晃了晃身子，踢了踢地上的草，開口咒罵：「靠，該死，怎麼這樣！看來我大老遠跑來根本白費力氣。」他接著轉身面對紗門後的魯迪，一臉真誠地問：「你知道他搬去哪或他的電話號碼嗎？我真的得連絡上他。有點急。」以查理的角度來說，這並不是說謊。

但魯迪對查理說謊了：「喔，查理，抱歉，我幫不上忙。我不知道。」

「哎，真麻煩。」查理表示。

接著，查理改變語調，問了紗門後的魯迪一個他早就知道答案的問題。「魯迪，你是做什麼的？」

「查理，我是藝人經理人。」然後又加了句：「你知道的。」

屋子裡，維克・莫羅、瑞克・傑森、傑克・霍根[283]正在螢幕上轟炸納粹；屋外的查理開始劈

---

277 克里斯多弗・瓊斯（Christopher Jones, 1941~2014），美國演員，是電影《雷恩的女兒》（*Ryan's Daughter*, 1970）的主演之一。

278 奧莉薇・荷西（Olivia Hussey, 1951~），美國演員，憑電影《殉情記》（*Romeo and Juliet*, 1968）獲頒金球獎最佳新人獎。

279 莎莉・凱勒曼（Sally Kellerman, 1937~2022），美國演員、歌手，憑電影《外科醫生》（*M*A*S*H*, 1970）提名奧斯卡最佳女配角。

280 迪諾、德西和比利（Dino, Desi & Billy）是一九六四年成立的美國樂團，成員包括德西・阿納茲（Desi Arnaz, 1953~）、狄恩・保羅・馬汀（Dean Paul Martin Jr., 1951~1987，演員狄恩・馬汀的兒子）和比利・辛歇（Billy Hinsche, 1951~2021）。

281 《勇士們》（*Combat!*, 1962~1967），美國戰爭影集。描寫二戰期間美軍步兵在歐洲戰場英勇作戰的故事。

282 瑞克・傑森（Rick Jason, 1923~2000），美國演員，最著名的作品即為電視劇《勇士們》。

283 傑克・霍根（Jack Hogan, 1929~），美國演員，代表作即為電視劇《勇士們》。

里啪拉地說一大串，不讓魯迪有機會打發他。

「嗯，我之所以要聯絡泰瑞，是因為泰瑞要替哥倫比亞唱片給我安排試奏。但實際的情況是，我還沒有經理人。所以如果試奏發展順利，他們想跟我簽約的話，我只有自己一個人。你也知道那對藝人來說不是最好的情況。特別是要面對像哥倫比亞唱片這樣的商業大公司。

「或許我能再來拜訪，給你聽一些我的錄音帶。也許彈點吉他給你聽聽。

「你聽了萬一喜歡，你可以簽我，這樣我和哥倫比亞唱片打交道就有好的開始。」

查理察覺魯迪並不感興趣，所以是時候拿出點甜頭。

「我認識一群女孩子。或許也把她們帶來，當合音天使。和那些女孩相處過的每個人，都玩得很痛快。你問泰瑞就知道了。你問泰瑞——他和我那些女孩玩得超爽。」

魯迪開口想說話，但吐出任何一個字之前，查理馬上問了個問題。「你聽了海灘男孩的新專輯《20/20》了嗎？」

「沒有。」

「喔，裡面有一首我的歌。」查理告訴他，「那首歌是我寫的，」他說，「然後丹尼斯・威爾森做了點調整，把它搞砸了，然後海灘男孩把它弄得更爛了。」

「聽著——」魯迪試著插話，但查理不給他機會。

「其實，他們把那首歌搞得超爛，我寧願你不要去聽。我比較想演奏我的版本。或許哪天再來拜訪，播我的錄音帶給你聽。然後彈點吉他。就是現場演幾首歌。我真的很擅長即興演出。」查理真誠地說。

最後，魯迪開口：「嗯，查理，我想跟你多談談，但我明天要去歐洲，我現在得打包行李。」

查理的臉上浮現一抹大大的微笑，他窘迫地笑著說：「啊，我猜我今天真是衰爆了，對吧？」

現在換魯迪改變話題。「你怎麼知道要來這裡找我？」

查理伸出大拇指，朝肩膀後指了指。「主屋的老兄叫我到後面來。」

「聽著，」魯迪．奧特貝里鄭重地叮嚀，「我不希望我的租客受打擾。從現在起，你不准再打擾他們，懂嗎，查理？」

查理咧嘴而笑，順從地揮揮手。「我懂、我懂，不會的。」查理向他保證。「我不想當個討厭鬼。」查理試著在結束這段對話的同時，還保有一點尊嚴，他最後說：「所以我會再找泰瑞——或他來找我。然後，或許找個時間彈點我的歌給你聽？」

終於！魯迪心想。

「好，」魯迪說，「查理，當然。」

查理向紗門後的魯迪揮揮手，並報以更燦爛的笑容，最後說：「一路順風！」

克里夫待在瑞克家的屋頂上，終於把電視天線架好了。他用鉗子在天線底座纏了一些鐵絲，固定天線時，他看見剛剛開著Twinkie貨車上來的矮小嬉皮老兄正離開波蘭斯基的住處，走下車道，朝貨車的方向前進。克里夫一邊轉動鉗子，一邊盯著這位可疑的傢伙。

查理正要坐上Twinkie貨車時，感覺有人盯著他。他頓了一下，接著轉身。他看到對面房子的屋頂上，有個金髮男子正盯著他看。金髮男子上身半裸，正在修理電視天線。

兩人距離太遠，無法看清楚彼此。

查理擺出不露齒的招牌燦笑，而且動作很大地向半裸上身的金髮男子揮手。

克里夫沒有向他微笑或揮手。他就只是死盯著這名深色頭髮的嬉皮，同時用鉗子在天線上纏繞鐵絲。

查理臉上的笑容消失了。

接著，查理突然跳起他其中一支不知所云的舞步，搭配曼森家族語無倫次的喊叫聲。查理為克里夫跳完這支笨拙、不協調的舞步後，向克里夫比了個中指。「去你媽的，混蛋！」

查理鑽進Twinkie貨車，發動引擎，推了推變速桿，換檔啟動車子，在引擎發出噗噗聲的狀態下，迅速駛離天堂大道。

克里夫目送他離開。

接著他大聲地對自己說：「那是什麼鬼啊？」

第十二章 「你可以叫我瑪拉貝拉」

在《藍瑟》的拍攝現場，化妝車的門打開，走出來的是瑞克．達爾頓。只不過他現在看起來一點都不像瑞克．達爾頓。桑妮雅給他戴了頂棕色的長假髮，頭髮長度及肩，並在他嘴巴附近用黃膠黏了「像薩帕塔那樣一大撮下垂的八字鬍」。芮貝卡給他穿了一件時髦的棕色生皮夾克，袖子上滿滿的流蘇。如果瑞克現在到胡士托音樂節，和鄉村喬與魚樂團[284]在台上演出，可一點都不突兀。這一身裝扮全照山姆．沃納梅克的指示，打造出迦勒．迪卡杜這個角色。

山姆、桑妮雅、芮貝卡都非常滿意瑞克的造型。瑞克卻沒那麼肯定。

不過，因為山姆認定瑞克是有演技的演員，對此感到非常興奮，他也十分熱衷迦勒反主流文化的形象構想，所以瑞克決定，最好還是少說點話。他覺得最好的辦法就是，既然山姆認為他是個好演員，他就好好扮演好演員的角色，**演得好像他也和其他三個人一樣，非常滿意迦勒的造型**。實際上，瑞克覺得，**我看起來像該死的嬉皮娘炮和《綠野仙蹤》裡膽小獅子的混合體**。然後他不太確定，這兩者他比較討厭哪一個。

桑妮雅將頭探出化妝車門外提醒：「瑞克，我知道現在是午餐時間，但你至少得等一個小

284 鄉村喬與魚樂團（Country Joe and the Fish），一九六五年成團的美國搖滾樂團，一九六〇年代中期至後期在舊金山音樂圈很受歡迎。

時才能吃東西。讓固定鬍子的黃膠有機會乾。」

好好先生瑞克給了她一個**寶貝，別擔心**的臉，並從褲子後口袋抽出一本西部平裝小說，向她揮了揮。「親愛的，別擔心，我可以看書。」

好極了，瑞克心想，**我他媽的快餓死，然後現在不能吃午餐**。

瑞克喜歡拍戲這樣的工作，其中一個原因在於，拍片現場會供餐。瑞克認為，不用付錢或不用自己張羅的一頓飯，都是美味的一餐。他在拍片現場遇過很多演員都是忘恩負義的混蛋。拍戲有什麼不好？有人付你一堆錢來假裝、負責餵飽你、讓你坐飛機去不同地方、提供你住宿、給你零用錢花，而且盡全力讓你看起來很帥，哪裡不好？但依然有些演員抱怨個沒完。**欸，什麼，今天又是雞肉？**瑞克從來無法理解這種心態。

午餐的這半小時裡，既然不能吃東西，瑞克想說不妨讓自己熟悉一下酒吧的場景，那裡是他的角色帶領的那群強盜集團鬼混的地方。穿著整套迦勒．迪卡杜服裝的瑞克，走在二十世紀福斯影業西部片的外景場地，這地方在這部影集裡叫做羅優德奧羅鎮。午休結束後，這裡會擠滿劇組人員、牛仔、攝影器材和馬匹。但午休期間，這裡變成一座荒廢的小鎮。並不是完全不見人影——有些劇組人員會抄捷徑穿過這座西部片場景，去其他地方。但大致上來說，這裡杳無人跡。

瑞克穿著戲服和靴子，走在小鎮的泥土大街上，兩旁圍繞著蠻荒西部會有的商家（幾家馬車暨馬匹出租處和雜貨店，一間棺材店、一間豪華旅社、一間爛旅館）。走著走著，他開始找到迦勒．迪卡杜的感覺。

試播集裡，迦勒帶領一票嗜血的偷牛賊，來到羅優德奧羅小鎮，恣意盜走莫道・藍瑟牧場裡的牛。電視劇給這群偷牛賊取了個時髦的綽號「陸盜」，而莫道・藍瑟是這個山谷裡，最大的牧牛場場主。這個小鎮稱不上有法律管轄，最近的法警遠在兩百四十一公里外，而且只有藍瑟這個老頭和牧場裡幾個墨西哥牛仔能把他們轟走，盜牛的情況近期看來不會有什麼改善。然而，好像恣意盜走莫道・藍瑟的牛隻還不夠壞，最近的情況變得非常要命——迦勒派了狙擊手，晚上對藍瑟牧場莊園（莫道的寶貝女兒，八歲的瑪拉貝拉睡在這裡）和工人宿舍（牧場牛仔睡覺的地方）開槍射擊。結果殺了藍瑟牧場的工頭、莫道結識最久的朋友喬治・戈梅茲，而且還嚇跑牧場四分之一的員工。

莫道・藍瑟走投無路了。而非常時期就要用非常手段。看來，莫道唯一的辦法就是僱一票殺手，上演一場血腥的牧場大戰，這會導致很多人傷亡（更別提會讓他女兒陷入險境）。莫道不僅覺得，他的錢不該花在殺人這上面（即便殺的人是像迪卡杜那樣的人渣），說到底他也認為，用牛隻賺來的辛苦錢去殺人，很不值得。

所以，莫道・藍瑟不採取這個最容易想到的方法，而是另闢蹊徑。

這個老頭有兩個不同媽生的兒子（像《牧野風雲》的設定[285]），在他們很小的時候，就沒再見過面了。如果他們的名聲可靠的話，兩人都是一等一的用槍好手。

哥哥史考特・藍瑟，在莫道看來比較出色。他在神聖的哈佛殿堂受教育，生長在富裕、涵

285 《牧野風雲》的故事描述班・卡萊特（Ben Cartwright）帶領三個同父異母的兒子，一起經營面積龐大的牧場，過程中遇到一連串的事件。

養十足、充滿榮譽感的佛斯特家族裡，那是他母親在波士頓顯赫的娘家。

現在，他過著賭徒的生活，在莫道看來，史考特在浪費他大好的出身。也有傳聞說，他為了一位南方佳麗的名譽，在一場手槍決鬥裡殺了一位美國參議員的兒子。

不過，這個年輕人有著傑出的從軍經歷，在印度隨英國騎兵出征。他離開加爾各答，搭船回家時，帶回了兩面英勇勳章，以及瘸了的右腿。

約翰·藍瑟，莫道的小兒子，完全是另一個情況。莫道最後一次見到他，是他十歲的時候。當時，他媽媽瑪塔·康琪塔·路易莎·蓋伯頓·藍瑟，和她丈夫牧場裡的工人有染，然後她帶著年幼的兒子連夜逃走。她骨子裡是個蕩婦，就像很多人生來就是個酒鬼。那是她的本質，但不盡然是她想成為的樣子。就像貨真價實的酒鬼在戒酒一樣，她可以一兩週、一兩個月或一兩年，不運用她高超的誘惑技巧、不輕易受誘惑影響，但她最終依然會失守淪陷。以瑪塔的情況來說，身為莫道·藍瑟的太太和約翰·藍瑟的母親，她不做蕩婦有十年之久（從她兒子出生算起）。但最終，時候到了，她便屈服於自己的天性。

瑪塔第一次見到英俊的拉札若·羅培茲跨坐在馬鞍上，用套索套小牛時，她就知道，自己失去財富、失去地位、失去先生的寵愛，只是遲早的問題。瑪塔可能不愛她先生，但就像蒂娜·透娜之後這麼唱：「這到底與愛何干？」[286]就算有錢的地主樂意以十二匹好馬做交換，把十五歲少女娶回家，但這些十五歲少女還是會愛上窮到被鬼抓的年輕馬伕。那些腦子長在屁股上的年輕少女才說愛。而瑪塔對莫道的感覺更有意義：她感受到的是**尊重**。

當瑪塔在莫道的家、在他的人面前讓他難堪的那一刻起，她就碾碎了讓他挺直腰桿的東西，他的尊嚴。她玩扮家家酒玩了十年，但現在莫道看清她的真面目。一個不能信任的污穢婊子。莫道當面和她對質出軌的事時，瑪塔在他眼中看到，兩人一起在藍瑟牧場打造的生活已經徹底摧毀了。即便他真的原諒她，他也永遠不會忘記。但更悲慘的是，她徹底失去了那份尊重，永遠無法失而復得。莫道．藍瑟有自己的問題，但他是個好人。只為了和一個自以為是的馴馬師滾床單，就輕易拋棄莫道給她的好生活，這樣的蕩婦配不上他。因此，等莫道就寢後，瑪塔便帶著十歲的兒子，坐上莫道在她二十八歲生日時送的輕便馬車，跑到墨西哥去。

在墨西哥邊境的小鎮上，瑪塔可以不用再假裝，不用再掩蓋自己的本性。兩人的小孩有所不知，莫道花了五年尋找落跑的太太和年幼的兒子。結果都一無所獲。兩年後，在恩森那達一家小酒吧後面的房間裡，一個不滿意的嫖客劃開了她的喉嚨。那時，瑪塔終於獲得內心的平靜，那份打從她越界的那一刻起，就極度渴望的平靜。她終於可以停止自暴自棄，她先生的尊嚴終於失而復得，她的兒子終於能擺脫將他拖進人性深淵裡的沉重包袱。只有耶穌基督才知道她對自己的所作所為有多愧疚，或許祂會真的原諒她，就像祂一直以來承諾的那樣。如此一來，她才終於能離開那些簡陋的小屋、離開酒吧後面的小房間、離開妓院。安放在她面前的，是能洗去她罪惡的天堂（如果要相信這整個耶穌基督理論的話）。

某方面來說，瑪塔．藍瑟比莫道幸運，因為失去兒子的莫道，永遠找不回內心的平靜。這老頭非常怨恨第一任妻子黛安．佛斯特．藍瑟，恨她的懦弱、恨她沒有骨氣。她在婚禮現場、

286 蒂娜．透娜（Tina Turner, 1939~），演藝生涯橫跨五十多年的歌手，擅長節奏藍調、靈魂樂、搖滾樂，公認的「搖滾女王」，她有一首歌就叫做〈與愛何干〉（What's love got to do with it?）。

在上帝面前發誓，但卻沒有骨氣遵守誓言。遵守承諾是對自我的考驗。這些莫道帶進他生命裡的女人，都無法通過這個考驗，而且慘敗得徹底。但至少他知道史考特的生活無虞，安全、穩定、吃好睡飽。他可能成為一位貴公子，而不是養牛人，繼承白手起家的帝國，但至少波士頓的親戚會好好照顧他。

但可憐的約翰——只有上帝知道他到底經歷了些什麼。經過五年的尋覓，平克頓[287]的偵探最後在墨西哥恩森那達的墓園裡，找到瑪塔．蓋伯頓．藍瑟最後安息之地。顯然，墳上的木頭十字架、刻在墓碑上的名字，都出自她倖存的十二歲兒子之手。莫道去了一趟恩森那達。關於兒子的行蹤，最後的紀錄顯示，他為了殺母凶手的審判而出庭。殺死他母親的傢伙是個墨西哥城的市民，有錢又有聲望。這位富有的墨西哥人被有失公允的陪審團判無罪，這群陪審團團員似乎有意針對瑪塔。這個劃破人喉嚨的寄生蟲大可以放把火燒了瑪塔，這個陪審團也不會覺得他犯了什麼罪。儘管莫道持續尋找兒子的下落，但依舊一無所獲。莫道．藍瑟簽下最後一張給平克頓偵探事務所的支票時，心情沉痛，他下定決心，就當他兒子已經死了。事情看起來好像也真是如此。

一直要到大約十五年後，一名致命神槍手的名聲傳到加州人耳裡。這位神槍手擁有一半拉美血統、一半歐美血統，名叫強尼．馬德里。傳遍街坊的名聲不大好，說他是個惡棍，不過是個**手槍**槍法快狠準的惡棍。根據目擊者的說法、廉價通俗小說作者的描述，強尼．馬德里下手之迅速如湯姆．霍恩[288]，槍法之神準如安妮．奧克麗[289]，性格惡劣如約翰．衛斯理．哈汀[290]，缺乏同理心如威廉．邦尼[291]。他遊走在美墨邊界墨西哥的那一側，是當地令人聞風喪膽的殺手之一。在他經過的印地安人村落裡，人們稱他為「紅衣殺手」，因為他總是穿著一件前襟綴有細褶飾的紅色襯衫。

不過，要到三年前，其中一位負責藍瑟尋子案的前平克頓偵探，才發了電報給莫道這個牧場大亨，跟他說，他那失散多年的兒子其實還活著，而且以強尼．馬德里的身分活在這個世界上。

這個老頭哭了三天，牧場裡沒人知道為什麼。

如今，莫道．藍瑟和迦勒．迪卡杜之間的衝突，已從單純的牛隻損失，升級成悲慘的人命損失。要讓這位牧場大亨自己顧一票殺手來保衛牧場，只是時間的問題。但這萬不得已的一天到來之前，莫道冒出了一個瘋狂的想法。他要找到兩個失散多年的兒子，約翰與史考特，帶話

287 平克頓偵探事務所（Pinkerton National Detective Agency），一八五〇年成立的美國私人保安組織，起初提供保全、保鑣類的工作，後來也提供徵信、調查的服務。

288 湯姆．霍恩（Tom Horn, 1860~1903），美國知名歷史人物，最著名的身份為受雇槍手，協助牧場看管牛隻，射殺可疑的盜牛賊。

289 安妮．奧克麗（Annie Oakley, 1860~1926），美國西部神槍手，因為槍法神準，是水牛比爾的狂野西部秀（Buffalo Bill's Wild West）台柱。

290 約翰．衛斯理．哈汀（John Wesley Hardin, 1853~1895），美國惡名昭彰的罪犯。他於一八六八年至一八七七年間，至少槍殺了二十一人。

291 威廉．邦尼（William H. Bonney, 1859~1881），即比利小子（Billy the Kid），美國十九世紀傳奇罪犯，以神準槍法及殺人不眨眼著稱。

給他們。匯給兩個兒子夠多的旅費，讓他們來藍瑟牧場，只要他們願意來聽他的提議，就給每人一千元的報酬。

他的提議很簡單。協助他保衛牧場，抵禦迦勒和他的殺手，一旦他們擊退了這些強盜，莫道就會和兩個兒子分享他整個畜牧帝國。這個提議很大方，但絕不會白白送給他們。他們得自己掙。而且不能先讓自己被迦勒和他的手下幹掉。

不過，如果他們願意幫莫道打敗這些無賴，而且願意投入該投入的心血、汗水、淚水好好經營這個大牧場，那麼這三位藍瑟先生將成為地位平等的合夥人。如果這一切奇蹟似的成功了，莫道．藍瑟和他失散多年的兒子，過了這麼久以後，終於能成為一家人。

總之，瑞克覺得，對一部電視連續劇來說，這個設定很不錯。

好故事配上好角色。

有點讓人想起《牧野風雲》和《灌木叢》[292]，但這部更黑暗、更暴力、更憤世嫉俗。

怎麼說呢？莫道．藍瑟一點都不像《牧野風雲》裡的班．卡萊特，莫道是個嚴厲但公正，而且富有同情心的大家長。他是個貨真價實毫不妥協的混蛋。可以想像，他兩位前妻很快就受夠他了，然後一逮到機會，就趕快逃離這令人痛苦的傢伙。找來演莫道的長臉演員安德魯．杜根（瑞克曾和他共事過一齣戲），他身上可沒有那種友善親切的特質。他心性剛強嚴厲，像塊鐵，但也同樣討喜。至於史考特．藍瑟，這個角色比較是六〇年代西部電視劇裡常見的好人，特別招人喜歡。不過他那身時髦的東岸公子裝扮，肯定讓他看起來很不一樣。他讓巴杜．摩士達遜和楊西．德林格[293]這些較早出現的時髦公子哥兒，看起來像騎著馬的流浪漢。而他待過印度的經歷，則是很吸引人的背景故事。不過，強尼・藍瑟／強尼・馬德里這個角色，才真的是西部電視劇裡極為獨特的主角。瑞克演的傑克・卡希爾可說是西部電視劇的主角裡，最充滿反英雄特質的主角了。但至少從試播集的劇本裡看來，強尼・藍瑟／強尼・馬德里比傑克・卡希爾能表現的，還要多更多。

這位英俊帥氣、有點無賴、神祕莫測的強尼・藍瑟，如果離開羅優德奧羅鎮這個舞台，就是那種常在西部電視劇裡客串登場的要角，不會是主角。這種角色通常出現在《牧野風雲》裡的龐德羅莎牧場、《大峽谷》裡的巴克利牧場，或《維吉尼亞人》裡的希洛牧場，他們都很年輕、臭屁、性感，而且有一點點可疑。他們會和影集裡的主要角色成為朋友，像是《牧野風雲》裡的小喬、《大峽谷》裡的希斯、《維吉尼亞人》裡的特拉帕斯，但在某個時候，通常是在第一幕時，我們會知道他們多少懷揣著黑暗的祕密。他們要不正在逃離某人或某事，要不正在逃避過去的自己，或過去所做或未做的事。或者，他們之所以待在這裡，是因為某些不可告人的理由（通常是復仇、計畫一樁搶劫或和故人碰見）。我們（觀眾）知道他們很可疑。但我們也知道，得等到第三幕答案才會揭曉：這個角色到底是壞人，還是被誤解的好人？而且

292 《灌木叢》（*The High Chaparral*, 1967~1971），美國西部電視影集，這部電視劇和《牧野風雲》都是知名好萊塢編劇兼製作人大衛・多托特（David Dortort, 1916~2010）製作的受歡迎影集。

293 巴杜・摩士達遜（Bat Masterson）是美國西部電視劇《江湖奇士》（*Bat Masterson*, 1958~1961）的主角。楊西・德林格（Yancy Derringer）則是美國冒險動作影集《江湖特工》（*Yancy Derringer*, 1958~1959）的主角。

到了第三幕，麥可．蘭登[294]飾演的小喬、李．梅傑斯[295]飾演的希斯、道格．麥克洛[296]飾演的特拉帕斯，要麼幫助他們獲得救贖，要麼開槍斃了他們。他們一直都是戲裡最精彩的角色，而擅長演這些角色的演員，接下來通常都會成為電視劇的主演（查理士．布朗遜、詹姆斯．柯本、達倫．麥克加文、維克．莫羅、勞勃．庫普[297]，布林．凱斯[298]和大衛．卡拉定）。

強尼．藍瑟雖然寫得像客串角色，但卻真的是這齣電視劇的主角。而且他一點也不像三大電視網[299]的西部劇裡，其他任何牛仔。

不管這他媽的吉姆．史達西是誰，瑞克心想，**他拿到這個角色時，一定跌進了裝滿好運的大尿桶裡**。

不過，迦勒．迪卡杜也不只是一般電視劇會有的標準惡棍而已。他是個很棒的角色，而且要講這齣戲裡某些寫得最好的台詞。走在羅優德奧羅鎮上塵土飛揚、空蕩蕩的大街上時，瑞克順了一下一部分的台詞，一路走去外景片場的酒吧。他經過小鎮大街上的一家商店時，瞥見自己在其中一扇窗戶上的倒影。這個景象讓他停下腳步，仔細端詳了起來。

他被導演、造型和服裝設計師圍繞，在化妝車的鏡子裡看到裝扮的結果時，並不是很喜歡。瑞克的真實想法是，**除非讀了《電視指南》，不然到底有誰會知道那是我**。但現在他有點習慣這個裝扮了，在附近走了走（靴子很舒服），看到自己的倒影映在西部建築的觀景窗上，身邊圍繞著蠻荒西部的景緻，**這個模樣看起來沒那麼糟**。他從一開始就很喜歡頭上戴的帽子，倒是那件棕色嬉皮夾克他越看越喜歡。滿袖子的流蘇效果非常好。他開始在窗戶的倒影前擺動雙臂，用手比劃，看看效果如何。擺動的流蘇強化了他的動作，效果好極了。有這個裝飾，他大有發揮的空間。芮貝卡，這挺不賴的。瑞克心想。他也這麼想：

這看起來不像我。但或許山姆是對的，這不是件壞事。這身裝扮的確看起來像迦勒。或許不是我頭一次讀劇本時，腦中想像的迦勒。那個迦勒長得就像我。我是說，如果他們希望我來演，就會希望這個角色長得像我，對吧？

但或許山姆有他的道理。至少強尼・藍瑟宰了我時，看起來不會像他在殺傑克・卡希爾。

不過，盯著窗戶裡回望瑞克的迦勒，他看懂了其他東西。他有點理解馬文・施沃茲昨天在辦公室裡跟他說的話。當時談著談著，馬文說他是「艾森豪時代的演員，活在丹尼斯・霍柏[300]時代的好萊塢裡」。

瑞克看著窗戶倒影裡，這身迦勒・迪卡杜的裝扮，他更理解了一點馬文到底要說什麼，對馬文說的話也稍微沒那麼感冒、沒那麼抗拒了。髮型蓬亂邋遢是現在流行的風格。窗戶倒影裡

294 麥可・蘭登（Michael Landon, 1936~1991），美國演員。最知名的角色即為《牧野風雲》裡的小喬（Little Joe）。

295 李・梅傑斯（Lee Majors, 1939~），美國演員，代表作為西部電視劇《大峽谷》及科幻動作影集《無敵金剛》（*The Six Million Dollar Man*, 1973~1978）。

296 道格・麥克洛（Doug McClure, 1935~1995），最為知名的角色即是《維吉尼亞人》裡的特拉帕斯（Trampas）。

297 勞勃・庫普（Robert Culp, 1930~2010），美國演員。代表作為電視劇《我是間諜》（*I Spy*, 1965~1968）。

298 布林・凱斯（Brian Keith, 1921~1997），美國演員。電視劇代表作為《妙叔叔》（*Family Affair*, 1966~1971）等。

299 三大電視網指的是美國三大傳統商業無線電視聯播網，包括哥倫比亞廣播公司（CBS）、國家廣播公司（NBS）、美國廣播公司（ABC）。

300 丹尼斯・霍柏（Dennis Hopper, 1936~2010），美國導演、演員。以一九六九年自導自演的經典電影《逍遙騎士》（*Easy Rider*）聞名，他在片中飾演嬉皮造型的摩托車手。

身穿流蘇夾克的傢伙，可以是麥可．薩拉辛[301]。瑞克沒了後梳油頭，不僅他飾演的角色看起來完全不一樣，瑞克自己看上去也變成完全不一樣的演員。他梳同樣的髮型梳太久了，不知道什麼時候開始，後梳油頭這個髮型也變成他了。但現在呢？仔細端詳窗戶裡沒有後梳油頭的他，是什麼樣子呢？他看起來不再像個五〇年代的過時牛仔演員。他多少看起來像個跟得上潮流的當代演員。**這傢伙**不再是艾森豪時代的老古董。**這傢伙**能演山姆．畢京柏[302]的電影。

等瑞克強迫自己不再盯著窗戶上的倒影、不再思考他的事業後，他看到迦勒霸占的酒吧「鍍金百合」。他的角色和他那票凶殘的盜牛賊就在這裡鬼混。他走向酒吧的前廊時，看到一張寫著他角色名的導演椅。以電視劇來說，固定班底的導演椅上寫的是演員的名字。但客串主演通常只有寫著角色名的導演椅，因為通常在開拍前幾天才會確定誰來演。

他那張導演椅放在酒吧的木頭廊道上，椅子後面就是時髦酒吧的大門口。而坐在他那張導演椅旁另一張導演椅上的，是個穿古裝的小女孩。瑞克剛抵達片場時，看到她在和山姆說話。瑞克不知道她的真實姓名，也不記得她的角色名，不過知道她飾演莫道．藍瑟的八歲女兒（由第三個母親所生，但這位太太沒有逮到機會就跑。她反而不幸地從馬背上摔下來，摔斷了脖子。這匹斷送她生命的馬長得漂亮，毛色紅棕帶白，是莫道在結婚三週年時送給她的禮物。莫道參加完她的葬禮後，回到家立刻開槍爆了這匹馬的頭。）

劇本後面寫說迦勒會綁架這個小女孩，要求一萬元贖金。

這場綁架小孩的戲，會是整個故事裡充滿情緒張力的轉折點。強尼．藍瑟雖然是被爸爸叫回鎮上來保衛牧場，抵禦迦勒那票人，不過，試播集的編劇在這個標準情節裡，做了點變化。

一，強尼痛恨這位從十歲起就沒再見過面的父親。二，巧的是，牧場裡沒人知道，強尼・馬德里和迦勒・迪卡杜彼此認識，也挺喜歡對方。無論如何，他都更喜歡迦勒，大大勝過他父親，因為他將母親的死怪罪到父親身上。打從十八年前，他親手用恩森那達的泥土埋葬母親的那一刻起，殺了父親替母親報仇，一直以來都是這個兒子的夢想。

迦勒・迪卡杜現在可說是在幫他復仇。這讓強尼陷入兩難。他不僅要選邊站，也要決定，他到底是誰？藍瑟還是馬德里？如何抉擇雖然棘手，但意義重大且值得。而迦勒綁架了小女孩這個轉折點，會讓角色的情感產生變化，最終將強尼推向善的一方，並開啟了他和新找到的家人每週播一集的西部電視劇。

瑞克等一下和這位小演員有場戲。他和史考特・藍瑟談判贖金時，小女孩會坐在他腿上，一把手槍抵著她一邊的太陽穴。但明天才會是他和小女孩的大戲。隔著一段距離，他端詳了這個淺金髮的小女孩，她坐在導演椅上，正讀著一大本黑色封面的精裝書，看上去大概十二歲。她在午休時間獨自坐在拍片現場，沒有監護人，也沒有任何跡象顯示她吃過午餐，或有午餐要吃。瑞克走上酒吧前廊的階梯時，她並沒有從正在讀的書裡抬眼看他。甚至在瑞克清了清喉嚨，開口說：「哈囉？」時也沒反應。

301　麥可・薩拉辛（Michael Sarrazin, 1940~2011），加拿大演員。在電影《孤注一擲》（*They Shoot Horses, Don't They?*, 1969）裡，與珍・芳達對戲而成名。

302　山姆・畢京柏（Sam Peckinpah, 1925~1984），美國編劇、導演。他於一九六〇年代起開始執導電影，執導的西部史詩鉅片《日落黃沙》（*The Wild Bunch*, 1969）之後成為西部片的經典。

天啊，他心想，**這臭小鬼一定很難搞**。他更用力打招呼，重複了那聲「哈囉？」

小女孩的目光從攤在腿上的書本中移開，抬眼看向站在前廊階梯底部的牛仔。她一臉不爽，對著毛茸茸的瑞克說：「哈囉。」

瑞克手拿著西部小說，問她：「如果我也坐在妳旁邊看書，會不會打擾到妳？」

她盯著瑞克，面無表情，回話的時間點惡毒地恰到好處，像個小貝蒂・戴維絲[303]。「我不知道。你會打擾我嗎？」

高明，瑞克心想。**難道這死小鬼去到哪，都會有個寫手團隊跟著，隨時提供惡毒話讓她回嘴？**

「我會試著不打擾。」瑞克溫和地回答。

她將大黑書放在腿上，端詳了一下瑞克，接著轉頭看向沒人坐的導演椅，仔細看了看，然後再回頭盯著瑞克。「那是你的椅子，對吧？」

「對。」瑞克說。

「我算哪根蔥，能不讓**你**坐**你的**椅子？」

瑞克摘下頭頂上的牛仔帽，有禮貌地欠了欠身，討好地說：「不過，我還是衷心感謝妳。」

她既沒有偷笑，臉上也沒浮現微笑，就只是眼神往下看，回到她在讀的書上。

去他媽該死的小混蛋，瑞克心想。於是，瑞克踩著牛仔靴走上前廊的木頭階梯時，故意發出比平常還要大的聲響。瑞克走向他的導演椅，坐進去時發出輕微的呻吟聲，他每次向後坐進導演椅時都會這樣。

小女孩沒反應，完全忽視他。

接著，瑞克從黑色Levi's長褲的後面口袋裡，拿出那包皺巴巴、變形、沾滿汗水的香菸，抽了一根出來，放到上唇黏了大把鬍子的嘴裡。他用銀色Zippo打火機點燃香菸，動作帶著五〇年代時髦男子耍帥時的浮誇（與吵鬧）。火點好以後，他用空手道手刀般的手勢，把蓋子甩上。金屬碰撞時，大大發出**啪的**一聲。

小女孩沒反應，完全忽視他。

瑞克深深吸了口菸，讓肺部充滿了煙，這是他還是年輕演員時，常看到麥可．帕克斯[304]做的動作。只不過，宿醉的瑞克呼氣時反而瘋狂咳嗽，咳出一口綠中帶紅的痰。他隨口將痰吐在木頭廊道上。

這次小女孩就沒忽視他了。

她一臉震驚，好像瑞克剛做了什麼過分的事惹到她。她難以置信地盯著瑞克和地上那坨黏糊糊的痰。

好噢，這有點太超過。瑞克心想，所以他誠摯地向這位小演員道歉。她眨眨眼，試圖將剛

303 貝蒂．戴維絲（Bette Davis, 1908~1989），美國演員。以飾演冷酷、冷嘲熱諷的角色聞名。首位獲頒美國電影研究協會終身成就獎的女性。她因《彗星美人》（*All About Eve*, 1950）榮獲坎城最佳女演員獎。

304 麥可．帕克斯（Michael Parks, 1940~2017），美國演員、歌手。一九六〇年代末曾主演電視劇。演員生涯後期，與昆汀．塔倫提諾等導演合作了幾部片。

才的畫面從腦海中甩掉，然後低頭回到書頁上，找她剛剛中斷閱讀的地方。

事實是，雖然瑞克向她保證不打擾她看書，但他之後做的一切，坦白說都在打擾她。而且他還沒完。他假裝閱讀手中的平裝小說，試圖掩飾他挖鼻子的動作，他正努力將一團卡在鼻子裡的頑固鼻屎弄出來。他一邊這麼做的同時，隨意地問：「妳不吃午餐？」

她平淡直接地回答：「我午餐後有一場戲。」

瑞克接著問：「是喔？」好像在說**所以呢**？

瑞克總算引起她的注意了，她將書闔上，放在腿上，然後轉頭向他解釋自己演戲的方法論。

「上戲前吃午餐會讓我變得遲鈍。我相信演員的工作——我說**演員**，不是**女演員**，因為加上性別沒有意義——身為演員，要避免任何會影響演出的障礙。當演員就是要努力達到百分百的效率。儘管我們永遠不可能百分百，不過，是這份追求本身有意義。」

瑞克就這麼盯著她，一兩秒沒說任何話，接著吐出幾個字：「妳是誰？」

「你可以叫我瑪拉貝拉。」她說。

「瑪拉貝拉然後呢？」他問。

「瑪拉貝拉・藍瑟。」她一副理所當然的樣子回答。

瑞克撇了撇手，問：「不不不，我是說，妳的本名叫什麼？」

她再次以教學影片般中規中矩的口吻地回答：「拍片時，我偏好讓大家以角色的名字稱呼我。這有助於我投入故事的情境裡。兩種方法我都試過，但不脫離角色時，我演得比較好一點點。如果我可以演得更好一點，我就要演得更好。」

瑞克真的不知道回她什麼，所以他就抽菸。

這位自稱瑪拉貝拉．藍瑟的小女孩打量了一下這位穿著生皮流蘇夾克的牛仔，然後開口：「你演那個惡棍，迦勒．迪卡杜。」她是陳述——不是詢問——而且她把這個名字唸得像「吉卡杜」。

瑞克呼了口煙，回說：「我以為那是唸迦勒．**達可塔**。」

瑪拉貝拉回頭繼續讀她的大黑書，同時以自以為是的語氣說：「我滿確定是唸迪卡杜。」

瑞克看著她讀書，語帶諷刺地問：「什麼東西這麼有趣？」

她抬眼，沒意識到話裡的挖苦，說：「嗯？」

「妳在讀什麼？」瑞克再問了一次，減低了挖苦的語氣。

這位認真的小女孩仰頭望向前方，少女的熱情大爆發，興奮地說：「華特．迪士尼的自傳！非常有趣。」她說。接著，她對著身旁的演員夥伴發表自己的看法：「他是個天才，你知道嗎？我是說，五十年、一百年才出現一個的那種天才。」

瑞克終於問了他超想知道答案的問題：「妳幾歲？十二？」

她搖頭。她已經習慣大人這樣搞錯，她也喜歡他們搞錯。「我八歲。」她把這本關於華特．迪士尼的大黑書遞給瑞克讓他翻翻。瑞克看著書，大概翻了翻，接著問她：「妳都認得這些字？」

「沒有全部都認得。」她承認。「不過大部分的時候，從句子的上下文，就多少能掌握意思了。那些我真的真的無法搞懂的字，我會列張表，之後問我媽。」

瑞克很是佩服，他一邊將書還給小女孩，一邊說：「不錯，八歲，就有主演的影集。」

她接過書、放回腿上，然後澄清：「《藍瑟》**幾乎不算**是我主演的影集。是吉姆、韋恩和安迪的影集。我只是影集裡固定出現的『小淘氣』。」接著，她用食指指著瑞克，告訴他：「但你等著，總有一天，我會有自己的影集。到時候，」她警告，「你可要小心了。」

這小女孩真他媽的驚人。瑞克心想。他拍戲到現在，見過很多不得了的兒童演員，也和他們共事過。在這位小女孩之前，他見過最驚人的，是一位十一歲的男孩，他的名字瑞克當然記不得，但他這個人瑞克永遠不會忘。他拿到《賞金律法》主角的前一年，被找去演一齣電視劇的試播集。這齣名叫《大天空之州》的影集最終沒有繼續拍下去。這齣劇的主演是無聊的五〇年代明星法蘭克·洛夫喬伊[305]，講的是一位喪偶的小鎮警長（洛夫喬伊飾演）和他家人的故事。瑞克飾演哥哥，他有一個十一歲的弟弟和九歲的妹妹。電視台沒打算繼續發展這齣劇，但這是由四星級製片[306]這家電視製作公司監製的節目，因此在他們的放映室裡為劇組人員放映了一次。瑞克出席了那次的放映，他在洗手間裡巧遇飾演他弟弟的十一歲男孩。瑞克正往小便斗走去，而這個小男孩剛在水槽那裡洗完手。如果這齣劇被選中，如果這齣劇受歡迎，那麼在接下來五年或更久的時間，這兩人會一起共事。瑞克會看著這個小男孩轉變成青少年，也或許看著他成年。這個年輕小伙子要麼會成為像親弟弟一樣的存在，要麼只是個惱人的年輕同事，或兩者兼具。因為這個緣故，他們**可能**接下來一輩子都會聯繫在一起。又或者，就像實際情況那樣，這齣劇沒被選中，而這是他們這輩子最後一次看到對方。當瑞克從褲子裡掏出他的小弟弟對準小便斗時，他開口問候這位年輕的共同主演最近過得如何。小演員一邊用紙巾用力拭去手上的水，一邊回答他：「喲，讓我跟你講件事。我決定要擺脫我那該死的經紀人，我他媽從沒這麼肯定過！」

瑞克回憶起**那個**小孩時，這邊**這個**小孩問他：「你在讀什麼？」指的是他手裡那本平裝的西部小說。

瑞克聳聳肩回說：「就是本西部小說。」

「什麼意思？」她問，不懂這句話帶有的輕蔑。「好看嗎？」她問。

「嗯，滿不錯的。」比起小女孩剛剛提到她的書的態度，瑞克的回答冷淡多了。

她想知道更多。「故事在講什麼？」

「我還沒看完。」他回答。

天啊，她心想，**這傢伙也太一板一眼了吧**。

「我沒要你講**完整**的故事。」她強調，並試著換一個方式詢問：「是什麼概念的故事？」

這本書叫《馴馬師》，作者是馬文．亞柏特[307]。瑞克很喜歡他寫的一本關於阿帕契戰役的精

305　法蘭克．洛夫喬伊（Frank Lovejoy, 1912~1962），美國演員。一九三〇至五〇年代活躍於廣播劇及電視電影圈。知名作品包括《搭便車的人》（*The Hitch-Hiker*, 1953）。

306　四星級製片（Four Star Productions），美國電視製作公司，於一九五二年創立。是影集《大峽谷》（*The Big Valley*, 1965~1969）的製片公司之一。

307　馬文．亞柏特（Marvin H. Albert, 1924~1996），美國作家。擅長書寫懸疑、犯罪、冒險小說。《馴馬師》（*Ride a Wild Bronc*）並不是他寫過的作品，是本書作者虛構出來的小說。

彩小說，叫做《阿帕契起義》。這部作品隨後被拍成一部很平庸的電影，由詹姆斯·葛納[308]和薛尼·鮑迪[309]主演，名叫《二十九壯士》（*Duel at Diablo*, 1966）。瑞克想了一下這本新書的故事，把內容按順序整理了一下，接著才開始跟小女孩說。

「這個嘛，是關於一個馴馬師的故事。講他的一生。這傢伙叫做湯姆·布里奇。但大家都叫他『不稀奇』。

「二十幾歲時，不稀奇年輕又英俊，能駕馭任何一匹馬。過去那時候，嗯……他就是有辦法。妳知道我的意思吧？」

「知道。」她回答。「他有訓練馬匹的天分。」

「對，沒錯。」他這麼說，「他有天分。總之，他現在快四十歲了，有一次慘摔了一跤……他並不是殘廢了什麼的，但下半身就不像以前那樣。現在脊椎的問題特別嚴重。大部分的時間都在以前沒感受過的痛苦中度過——」

「哇，」她插嘴，「聽起來是本好小說。」

他有幾分同意她的看法。「還不錯。」

「你讀到哪裡了？」她問。

「大概一半。」瑞克回答。

她問：「不稀奇現在怎麼了？」

瑞克十二歲起，就開始讀西部題材的通俗平裝小說。他成為演員後，在每場戲之間，在休息的拖車裡等第二副導叫他到拍片現場時，他也都在看西部小說。他會混著讀一點偵探小說、懸疑小說或二戰冒險小說，但西部小說一直是他持續讀的通俗小說類別。儘管他很喜歡西部小說，但不太記得住那些作品名。他會記得自己喜歡的作者——除了前面提到的亞伯特，還有艾爾默．李納德[310]、T．V．歐森[311]、雷夫．海斯（Ralph Hayes）——但不會記得書名。只要想一下這些書名有多籠統——《德州人》、《外國佬》、《不法之徒》、《埋伏》、《德州兩把槍》——就能理解書名多不好記。這麼多年在拍片現場看西部小說，有人會問他在看什麼，但從來沒有人叫他描述故事內容。瑞克之前從來沒想過，但他現在多少理解到，閱讀西部平裝小說是他做過最孤獨的事。所以，他並不習慣向別人說明，現在讀到的段落發生了什麼事。

但為了她，瑞克盡量。

「嗯，他不再是最頂尖的了。」他接著澄清，「其實，差得可遠了。而他也開始承認……」瑞克頓了頓，想找出對的字，形容不稀奇的困境。「承認自己變得……呃……有點……呃——」他張嘴想說「沒用」，但唯一從他口中傳出來的，只有啜泣聲。

308 詹姆斯．葛納（James Garner, 1928~2014），美國演員。一九五〇年代、七〇年代皆主演受歡迎的影集，二十一世紀後也演出《太空大哥大》（*Space Cowboys*, 2000）、《手札情緣》（*The Notebook*, 2004）等片。

309 薛尼．鮑迪（Sidney Poitier, 1927~2022），美國演員、導演、外交官。首位獲得奧斯卡最佳男主角獎的非裔美國人，知名作品包括《吾愛吾師》（*To Sir, With Love*, 1967）等。

310 艾爾默．李納德（Elmore Leonard, 1925~2013），美國作家、編劇。他起初寫西部小說，之後特別擅長寫犯罪、懸疑驚悚小說。

311 T．V．歐森（T. V. Olsen, 1932~1993），美國作家，擅長寫西部小說。電影《月落大地》（*The Stalking Moon*, 1968）就是改編自他的同名西部小說。

這嚇了瑞克一跳，也引起瑪拉貝拉的注意。他開口，試著再講一次「沒用」，但這個詞卻卡在他喉嚨裡。試到第三次，他語帶沙啞地說：「沒用……一天比一天更廢。」接著眼淚開始流到他滿是鬍子的臉。

噢，太棒了，他心想，**我竟然因為我那搞砸的人生，在小孩面前大哭？該死，我變得和我那個戴夫叔叔一樣了。**

瑪拉貝拉快速離開她的導演椅，跪在瑞克腳邊，輕拍他的右膝蓋，試圖安慰他。此刻，瑞克恨透了自己，覺得非常難為情。他手握成拳，用力拭去雙眼周圍的眼淚，同時輕笑出聲，向小女孩表示他沒事。「呵呵，我一定是老了。現在只要講到一點感傷的東西，就會哽咽到說不出話，呵呵。」

小女孩**覺得**她懂他在說什麼，然後繼續安慰這位淚眼汪汪的牛仔。在她眼中，他看起來越來越像《綠野仙蹤》裡的膽小獅子。

「沒關係的，迦勒。沒關係的。」她向他保證。「聽起來是個非常悲傷的故事。」她同情地搖搖頭，「不稀奇真可憐。」並聳聳肩說，「我根本還沒看就快哭了。」

他小聲地說：「等到妳十五歲時，就該妳了。」

她聽不懂，所以開口問：「什麼？」

他擠出了一抹微笑，回答：「沒事，小可愛，我只是在逗妳。」接著，他拿起他的西部小說，跟小女孩說：「妳知道嗎？也許妳說對了。這本書給我的震撼比我想的還要大。」

小女孩瞇了瞇眼，站起身來，告訴他：「我不喜歡『小可愛』這種稱呼，但因為你心情不好，我們改天再談這個話題。」

說完，她走回自己的導演椅。聽到小女孩的反應，瑞克對著自己輕笑了一下。小女孩安穩坐回椅子後，她將瑞克上下打量了一番，從瑞克滿是鬍子的臉，到他滿是流蘇的生皮夾克。

「所以這是迦勒．迪卡杜的打扮囉？」

「對。妳覺得如何？妳不喜歡嗎？」

「不會，你看起來很潮。」

她說得對。沒那麼糟。他心想。

「只是……我不知道迦勒要看起來很潮。」

喔靠！我他媽的就知道！瑞克心想。

「我看起來太像嬉皮了嗎？」

「嗯……」小女孩想了想，說：「我不會說**太像**。」

「但我看起來像嬉皮？」瑞克改口。

「嗯，」她困惑地問，「就是要這個概念，不是嗎？」

「好像是。」瑞克語帶輕蔑地哼了一聲。

小演員接著再把自己的第一印象講得更詳細一點。「我第一次讀劇本時，不是這樣想的，但我覺得這個構想**沒有很糟**。」她又再仔細看了一下瑞克，並用她對角色塑造的眼光檢視了一番，然後開口：「其實，我越看越喜歡。」

「是喔？」瑞克問，接著挑戰她，「為什麼？」

「嗯……」這八歲的小女孩想了想。「對我來說，我覺得嬉皮……有點性感……有點詭異……有點可怕。而性感、詭異、可怕對迦勒來說，是個大膽的設定。」

瑞克再次哼了一聲，心想，**妳這小傻瓜知道什麼叫性感？**但她的話確實讓他對迦勒．迪卡杜的形象沒那麼焦慮了。

回答完瑞克的問題，現在換瑪拉貝拉有幾個問題要問了。「迦勒，我可以問你一些私人問題嗎？」

他回答得乾脆：「好。」

她問了一個自己很想知道答案的問題：「演惡棍是什麼感覺啊？」

「嗯，其實這對我來說挺新鮮的。」他回答。「我曾主演過一部牛仔影集。在裡面我是演好人。」

「你比較喜歡演哪一種？」她問。

「好人。」他回答得一點也不含糊。

「可是，」小女孩反駁，「查爾斯．勞頓[312]說最好的角色都是壞蛋。」

那個同性戀的胖子當然會這麼說。瑞克心想。

不過，瑞克沒和她討論勞頓，而是試著解釋自己為什麼喜歡演好人。

「聽著，我小時候玩遊戲演牛仔和印地安人時，我可不會假裝自己是哪個可惡的印地安人。我演的就是牛仔。而且，主角能親主演的女演員，或以電視劇來說，能親那一週客串的女明星。主角能演愛情戲。壞蛋能演最接近愛情戲的橋段，就是劇情要你強暴誰的時候。而且壞蛋總是輸給好人。」

「所以呢？」她問：「那又不是真的。」

「對啦，但觀眾看了以後，」他解釋，「會覺得那傢伙能打趴我。」

她翻了個白眼說：「呃，好噢——那代表大家覺得故事是真的。」

「這很尷尬。」他強調。

我的天啊，她心想，**這傢伙有夠扯**。

「你到底幾歲？」她有些惱怒地問：「我很確定，你年紀應該大到不會這麼想了。」

「喂喂喂，冷靜點。」瑞克說：「有人問我比較喜歡哪個，我覺得答案應該無關對錯。」

小演員一聽，覺得這麼說的確有道理。

「迦勒，你知道嗎？你說的一點也沒錯。」

瑞克向她點點頭表示感謝。

接著她提醒瑞克：「你知道我們明天那場重頭戲吧？」

「嗯，」他想了想，「我們兩個的重頭戲是在明天，是嗎？」

「對，沒錯。那場戲裡，你會對我大吼、抓住我，把我嚇壞了。」

瑞克向她保證：「別害怕。我不會傷害妳。」

她接著先講清楚她的前提，然後講出她的要求。「嗯，我不希望你真的傷到我。」接著她

---

312 查爾斯・勞頓（Charles Laughton, 1899~1962），英國演員。憑《英宮豔史》（*The Private Life of Henry VIII*, 1933）獲頒奧斯卡最佳男主角獎。著名的作品還包括《萬夫莫敵》（*Spartacus*, 1960）。

盯著瑞克，用小手指著他。「但我希望你能嚇到我。」她熱烈地繼續說，「吼我的時候，想多大聲就多大聲。抓我的時候，用力抓。搖晃我的時候——搖到嚇死我。讓我感到害怕。不是要讓我演得好像很害怕，而是要讓我反應出很害怕的樣子。只要做不到位，」她說，「就是把我當小孩看，而我不喜歡大人把我當小孩看。」鄭重警告完以後，她又恢復成原本目中無人的態度。「我想把明天的戲放到我的演技精選輯[313]裡。如果沒辦法把那些想放的戲放到精選輯，唯一的原因就是因為戲裡的大人演得不夠好。別拿我的年紀當成不夠好的藉口——好嗎？」

「好。」瑞克說。

「你保證？」她態度堅決。

「我保證。」他肯定地說。

「我們握個手吧。」她提議。

兩個演員握了握手，達成共識。

313 電影人（演員／導演／攝影師等）會製作影片精選（demo reel），集結自己滿意的演戲／執導／攝影橋段，當作履歷的一部分。

第十三章 《黛柏拉的嬌軀》

所有特技圈的人都知道，克里夫・布茲是瑞克・達爾頓的特技替身，但這不是他最為人所知的事情。這只是他在特技圈裡，最**合理**的身分。在克里夫・布茲出名的事裡，這個大概排第四。排第一的**曾經**是他從軍時的驚人表現。在有人見證的情況下，他殺了比太平洋戰區其他美國大兵還要多的日本士兵，這就已經戰功彪炳了。而且這還只是在有人見證的情況下殺死的人數。問任何一位和他並肩作戰的菲律賓弟兄，克里夫・布茲到底殺死了多少人，他們的答案會是**他媽的誰知道**？

不過，自從大家普遍認為克里夫・布茲在一九六六年殺了他太太，他身為戰爭英雄的身分，就變成他在特技圈裡第二出名的事。

他在特技圈裡第三出名的事情，是他當「打手」（ringer）的天分。

說到當打手，克里夫・布茲是六〇年代電影產業中最厲害的狠角色。

打手是什麼？別去翻字典，這不是個正式的說法。

假設你是個特技領班，正和一個貨真價實的混蛋導演共事，他一天到晚都在罵你底下的人。或者，你正和一個超討人厭的演員一起工作，他總是在套好招的打戲裡，失手打到你底下的人，然後把錯都怪到**他們**身上。好啦，特技領班或團隊裡的任何人都不能把這位導演痛揍一頓，或在這位演員打到人時打回去。

不過，特技領班能做的，是另外找個特技演員（不是你團隊裡的人）來工作一天。那傢伙就是打手。

他能做整個特技團隊不能做的事。基本上就是狠狠修理那個混蛋，最好當著所有劇組人員面前。

就說你在密西西比州的烈日下，和那位禿頭納粹混蛋奧圖．普雷明傑一起工作了一年，拍《田野淚》[314]。那個虐待狂一整年下來，當著大家面前，貶低、訓斥你的人。所以，你僱了克里夫．布茲來當一天的特技演員，要他故意在奧圖面前搞砸一場戲。然後你和其他人只要在一旁納涼看好戲就行了。

在普雷明傑長篇大論飆罵到一半時，克里夫突然對著他的下巴揍了一拳，直接把他打平到密西西比州的泥地上。克里夫的說法是，普雷明傑用他那德國蓋世太保的口音罵他時，身為二戰大兵的他突然想起當時戰爭的情況，一時忘記自己身在何處。等到第二天，製片經理給克里夫回家的車票時，他褲子口袋裡多了額外（不入帳的）七百元。而且那天晚上，和其他夥伴在旅館酒吧裡喝酒慶祝時，他一毛錢也不用付。

或者，就說你是西部電視劇《西部鐵金剛》特技團隊的一員。主演羅伯特．康拉德因為親自上陣做（很多）特技動作，感到很自豪。嗯，這麼說也許多少是真的。

但每次演那些特技動作時，他都沒在管過程中有多少特技演員會受傷。他特別沒在管赤手空拳打架時，有沒有不小心真的打到其他特技演員。真的打到時，他從來不覺得是自己的錯。

永遠都是**他們**的錯。**他們**沒在該在的位子。**他們**是不專業的特技演員。都是**他們**害他傷到**他的**手。因為他太常怪別人，特技圈形容他是「所有特技演員都能怪」的羅伯特・康拉德。所以，可想而知，當克里夫・布茲「意外」沒算好時間，朝羅伯特緊身褲包著的屁股，狠狠揍上一拳時，那是多棒的一刻啊。

好幾個特技演員喜極而泣。

一樣，克里夫・布茲離開拍攝現場時，褲子口袋裡再次多了七百元，後車廂也多了一箱啤酒。

在西班牙的阿爾梅里亞外景拍西部片《百支快鎗》（*100 Rifles*, 1969）時，在一間酒吧裡，克里夫成了唯一一位赤手空拳打贏吉姆・布朗的白人。雖然這個故事很酷，但可能是鬼扯。怎麼說呢？吉姆・布朗和畢・雷諾斯在西班牙拍《百支快鎗》時，克里夫剛好也在那裡，這件事就令人懷疑。當時，克里夫應該正和瑞克在拍某一集的《英雄馬丁》（同一年沒過多久，瑞克和克里夫會飛去阿爾梅里亞，和泰利・沙瓦拉[315]一起拍《紅血，紅皮膚》。）而且，一名白人赤手空拳打贏吉姆・布朗這個傳說，可能就真的只是傳說。實際情況大概有以下幾種可能：（a）拍《百支快鎗》時，克里夫在西班牙的一間酒吧裡打贏吉姆・布朗；（b）是洛・泰勒在《奇

314 《田野淚》（*Hurry Sundown*, 1967），奧圖・普雷明傑執導，米高・肯恩、珍・芳達主演。奧圖・普雷明傑出生於奧匈帝國（現今烏克蘭境內），他原本在維也納當劇場導演，一九三五年移民美國。

315 泰利・沙瓦拉（Telly Savalas, 1922~1994），美國演員，最知名的角色為《007：女王密使》（*On Her Majesty's Secret Service*, 1969）裡的反派，惡魔黨首腦。

襲戰》的肯亞拍片現場打贏吉姆．布朗[316]；（c）依然是洛．泰勒，但不是在《奇襲戰》的拍片現場，而是在花花公子別墅的噴水池前打贏吉姆．布朗；（d）這件事從來沒發生。

不過，所有在拍攝現場的打鬥中，克里夫最惡名昭彰的是一場「友誼賽」，對手是歷史上最有名的武術家，李小龍（1940-1973）。

這場在克里夫演員生涯裡稱作「李小龍事件」的比武發生時，李小龍還沒成為電影巨星或武打傳奇。當時，他只是個小演員，在電視劇《青蜂俠》裡，演青蜂俠的助手加藤。《青蜂俠》只是為了蹭《蝙蝠俠》[317]影集的熱度撈一筆而製作的低廉節目。但在好萊塢圈內，李小龍最出名的身分是給有錢的名人當「空手道教練」，這比他在那部電視劇裡的角色還出名（「空手道教練」是好萊塢圈內人對他的稱呼，他自己並不會這麼說）。就像之後有些名人會找私人教練到自家後院教健身，史提夫．麥昆、詹姆斯．柯本、羅曼．波蘭斯基、傑．塞布林和史泰靈．薛立芬[318]都找李小龍來家裡上課。說起來有點好笑，史上這麼有才華的武術家，會選擇花時間教羅曼．波蘭斯基、傑．塞布林和史泰靈．薛立芬怎麼做正踢腿。這就像拳王阿里花大部分的時間，給詹姆斯．葛納、湯姆．史姆瑟[319]和比爾．寇斯比[320]上拳擊課一樣。但李小龍自有他的計畫。和查爾斯．曼森一樣，精神**領袖**這檔事，就只是副業而已。就像查爾斯．曼森想成為搖滾巨星，李小龍也想成為電影巨星。詹姆斯．柯本和史泰靈．薛立芬是**他的**丹尼斯．威爾森。史提夫．麥昆和羅曼．波蘭斯基就是**他的**泰瑞．梅爾徹。給羅曼．波蘭斯基每上完四次課，李小龍就會和他談電影《無音簫》（*The Silent Flute*）。這是他和奧斯卡獎編劇史泰靈．薛立芬合力創作的劇本（薛立芬之於李小龍，就像丹尼斯．威爾森之於查理一樣，薛立芬真心相信李小龍的潛力），主演打算找詹姆斯・柯本和李小龍（演四個不同的角色）。李小龍甚至陪羅曼和莎朗去瑞士滑雪，想讓羅曼參與這個計畫。

最好是羅曼・波蘭斯基在拍完《失嬰記》後，會拍一部自以為是的詹姆斯・柯本動作片啦。說實在，羅曼確實喜歡而且敬重李小龍，甚至到崇拜的地步。但在羅曼看來，只要李小龍一提起《無音簫》，他總讓自己變得很卑微。這不禁讓羅曼去思考，好萊塢是如何讓人展現出最糟糕的一面。

李小龍和查爾斯・曼森不一樣的是，李小龍具備能造成轟動的條件。他在演《青蜂俠》時還沒具備。但幾年後，起初在幾部羅維[321]的香港電影裡，接著在華納兄弟的武俠大片《龍爭虎

316 《奇襲戰》（*Dark of the Sun*, 1968），又名《血染黑太陽》，冒險戰爭片，洛・泰勒和吉姆・布朗都有演出。

317 《蝙蝠俠》（*Batman*, 1966~1968），從漫畫人物改編的真人影集。

318 史泰靈・薛立芬（Stirling Silliphant, 1918~1996），美國編劇、製片。他憑《惡夜追緝令》（*In the Heat of the Night*, 1967）獲奧斯卡最佳改編劇本獎。

319 湯姆・史姆瑟（Tom Smothers, 1937~），美國喜劇演員、音樂家。他和弟弟狄克（Dick, 1938~）這對史姆瑟兄弟在一九六〇年代末主持很受歡迎的綜藝節目《史姆瑟兄弟喜劇時光》（*The Smothers Brothers Comedy Hour*, 1967~1969）。

320 比爾・寇斯比（Bill Cosby, 1937~），美國喜劇演員，代表作是美國情境喜劇《天才老爹》（*The Cosby Show*, 1984~1992）。

321 羅維（1918~1996），香港導演、電影公司老闆。他在嘉禾電影當導演時，起用李小龍主演五部功夫片，在全球掀起功夫片熱潮。

鬥》[322]裡，都在在展現出他能大紅大紫的特質。

不過，早在一九六六年，還在演青蜂俠的助手加藤時，李小龍在那群也參與《青蜂俠》演出的美國特技演員裡非常有名。

臭名昭彰的那種有名。

李小龍不太尊重或在乎美國的特技演員，他也刻意突顯他的不尊重。其中一種展現不尊重的方式，就是在打戲裡，出拳或出腳時，真的打到他們。他被警告過很多次不要這樣，但就像羅伯特．康拉德一樣，他永遠有藉口，把過錯怪到**他們**身上。他實在做得太超過，搞到很多特技演員都拒絕和他共事。

說實在話，克里夫第一眼看到李小龍時，就不喜歡他。那是在瑞克客串《青蜂俠》反派開拍之前的事。當時，克里夫載瑞克到二十世紀福斯片場，為下週開拍試戲服。那時克里夫第一次看到李小龍在鏡頭前的打鬥技巧。瑞克和克里夫離人群有段距離，看著李小龍和聯合主演范．威廉斯[323]拍一場戶外的打戲，過程中李小龍使出精彩迅速的飛踢，還有展現像紐瑞耶夫[324]一樣的跳躍動作。李小龍演完後，全場爆出掌聲。瑞克當然很驚豔，他對克里夫說：「那傢伙很厲害，對吧？」

克里夫一反常態，不屑地說：「那傢伙他媽的屁也不是。換成羅斯．坦布林也行。那傢伙只是他媽的在跳舞。誰來把那跳舞的傢伙送回《西城故事》[325]裡。」

瑞克反駁：「那傢伙速度超快。那些飛踢很厲害。」

「那些動作很厲害——在電影裡看起來厲害。」克里夫糾正他。「那些爛招沒有力量。對啦，他很快，這點我同意。很快的花架子還是花架子。這些空手道娘炮在**真實對戰**裡，根本不堪一擊。柔道有點不同。如果用柔道對付一個不知道自己在幹嘛的人，可以稍微唬弄他一下。但這些空手道娘炮的飛踢一點力量都沒有，他們之中沒有誰知道挨一拳時，怎麼減低傷害來保住老命。」克里夫指了指加藤。「那個矮子特別是這樣。」

克里夫很少情緒激動，所以當他超不爽時，瑞克會讓他長篇大論地抱怨。

「老兄，肉搏戰才是真正的打鬥。一個特種部隊的軍人能踢爆他的蛋蛋。他做的一切都是做做樣子。

「阿里或傑瑞．奎利[326]所做的一切都是要痛擊對手。特種部隊的大兵所做的一切都是為了要殺死對方。我想看看那個娘炮在叢林裡，和一位比他重十三公斤、手裡有刀、滿腦子殺戮的日本鬼子作戰的樣子。」克里夫輕蔑地說，「要真發生這種事，青蜂俠就要找新的司機了。」

「好啦，聽著，」瑞克說，「或許在不是你死就是我活的情況下，你可能是對的——」

「我就是對的。」克里夫打斷他。

「就算這樣，」瑞克繼續說，「那些高速飛踢真的很強。」

322 《龍爭虎鬥》（*Enter the Dragon*, 1973），史上非常賣座的武打片，也被視為武打片的經典之作。
323 范．威廉斯（Van Williams, 1934~2016），美國演員。他飾演青蜂俠的角色。
324 紐瑞耶夫（Rudolf Nureyev, 1938~1993），蘇聯出生的舞蹈家和編舞家。二十世紀的舞蹈巨星。
325 《西城故事》（*West Side Story*, 1961），音樂劇改編的歌舞片，在歌舞藝術方面有劃時代的呈現。羅斯．坦布林以飾演片中的配角聞名。
326 傑瑞．奎利（Jerry Quarry, 1945~1999），美國拳擊手，一九六八年到一九七一年為其職業生涯顛峰時期。

「那是伸展動作。」克里夫不屑地說，「那都是伸展。我去你家，週一到週五，每天幫你拉筋三小時，三個月後，你就能做所有他能做的動作。」

瑞克一臉狐疑地看著他，克里夫便稍微修正剛剛說的話。「好啦，或許不是**所有**動作。但差不多。」

❁❁❁

克里夫和李小龍的幹架發生在《青蜂俠》拍攝現場，當時克里夫要當瑞克的替身。李小龍和往常一樣，被很多人圍著，他正跟大家吹噓自己有多厲害。接著，有人問了那個大家一天到晚都在問的問題：他和拳王阿里幹架，誰會贏？一直都有人問李小龍這個問題。根據問問題的時機和他的心情，答案稍有不同。之後在《龍爭虎鬥》的拍片現場，約翰．薩克遜[327]問他同樣的問題，李小龍好像是說：「他的拳頭比我的頭還大。」不過，李小龍很崇拜阿里，還特別研究了阿里對戰的十六釐米影片。仔細檢視這些影片後，他發現了一件事：**阿里的弱點在左手**。

在拳擊場上，他知道阿里會宰了他。

但坦白講，李小龍覺得，沒有什麼人是他**無法**打敗的。要贏的訣竅在於，他和阿里對戰時不用拳擊手套，而且可以做出踢或踹的動作。

所以，那天在《青蜂俠》拍片現場被問到這個問題時，他說：「如果在一個房間裡，什麼都可以做的情況下？那我能把他打昏。」

這時，克里夫——這位一日特技演員——笑了。李小龍問他：「有什麼好笑的？」

有這麼一瞬間，克里夫試圖避開這場衝突。「嘿，老兄，我只是來工作的。我不想惹麻煩。」

但這對李小龍來說不夠好。「你在笑我說的話，但我沒在說笑。」

「對啊，你有點在說笑。」克里夫輕浮地笑了笑。

被惹毛的李小龍問：「有什麼好笑的？」

好噢，要說就說。克里夫心想。

「我**覺得**你無恥到以為自己能打趴阿里，但其實你只是阿里內褲上的污漬。」

現場所有人都看向李小龍。

但克里夫沒就此打住。從這一刻起，克里夫就知道他把這份工作搞砸了，所以他覺得至少把想講的都講出來，讓這份工作丟的值得一點。他繼續說：「像你這種狂妄自大的傢伙，要將重量級世界拳王打趴？一個他媽的**演員**要把阿里打昏？別說阿里——傑瑞·奎利就能揍扁你！加藤，讓我問問你：你**曾經**扎扎實實挨過一拳嗎？」

憤怒的李小龍回答：「沒有，**特技演員**。因為沒人打得到我！」

「我就知道你會這麼說。」克里夫說。

克里夫看向身邊睜大眼旁觀的劇組人員。「我不敢相信，這自大狂說的鬼話你們也信。」

克里夫轉身面向李小龍，開口：「老兄，現實點。你是**他媽的演員**！你被揍一拳，臉上

327 約翰·薩克遜（John Saxon, 1936~2020），美國演員。《龍爭虎鬥》的主演之一。

黑一塊，打鬥就結束了。你牙齒被打鬆了，打鬥就結束了。但傑瑞・奎利就算下巴骨折，也要和他媽的阿里纏鬥五回合，你知道為什麼嗎？因為他有個你完全不知道是什麼的東西——他有**心**！」

穿著司機戲服的李小龍，擺了個酷姿勢，看著地板搖頭，接著抬眼看向克里夫，微笑地說：「**特技演員**，你很會說大話。我很樂意在我所有朋友面前，讓你閉嘴。但要知道，我的手是公認的致命武器。這表示，如果我們幹架，我意外打死你，我得去坐牢。」

克里夫回擊：「任何人意外打死人都要坐牢，那叫過失殺人。我覺得你那『致命武器』的屁話只是藉口，讓你們這些**跳舞的**不用真的去打一架。」

好啦，這句話就真的在下戰帖了，當著李小龍幾位同事的面前。所以李小龍向克里夫提出來場「友誼賽」。三戰兩勝。不要試圖傷害對方，只看誰先坐在地上。

「加藤，好噢。」克里夫回答。

當著一臉興奮的劇組人員面前，兩人準備好要幹架了。李小龍不知道的是，克里夫超愛三戰兩勝的比劃。雖然這類比劃通常發生在凌晨一點酒吧外的停車場上。只要克里夫要比這類比賽，特別是對上有點格鬥訓練的人，他就會使用一個有些狡猾的技巧，這個技巧明顯到他都很訝異怎麼每次都成功。

這個技巧很簡單。他第一場會先輸給對方。

他不太抵抗，準備好承受對方的任何攻擊。他幾乎毫無防備，進而讓對手、特別是打鬥技術不錯的對手，覺得克里夫只是自以為是的酒吧硬漢。

克里夫也知道，這類比劃裡，對手會用上自己最自豪的招式。所以第一場克里夫輸了以後，對手通常已經秀出他的**大招**。

如果克里夫看起來很外行，而對手有信心能打敗他，那麼二十次裡有十九次，對手會再使用同一招。既然克里夫知道那一招是什麼了，他就好整以暇地等對手再次出招，然後把對方打倒在地。

從李小龍的觀點來看，他沒打算傷害這位高談闊論的洋鬼子。他只想要讓他閉嘴，在劇組人員面前有點難堪。如果李小龍真的傷了這傢伙，他麻煩可大了。很多特技演員已經在抱怨李小龍常常打到他們，並告訴特技領班藍迪．洛伊，他們不想跟他一起工作。而且，李小龍之前在拍片現場炫耀他的功夫時，不小心因為沒算好時間，把一位場景設計師的下巴踢到脫臼。如果再讓任何人的下巴脫臼，他就完蛋了。

所以這位小龍先生決定，最好的辦法就是使出看起來很漂亮的招式，但最終不會傷到眼前這傢伙。只要讓他失去平衡就好。但同時讓這混帳知道他面對的是誰。

如果使出擊中耳朵的迴旋踢，會打爆這蠢蛋的頭，可能從此以後讓他連做簡單運算都很難。如果使出強而有力的正踢腿，會直接讓他撞上後面那輛車，天知道會撞斷他哪裡？和紐瑞耶夫一樣，李小龍是少數幾個有辦法懸在空中的人。紐瑞耶夫和李小龍好像能在空中滑翔，完成要做的動作，然後在**他們**想要的時候，輕巧著地。

所以李小龍決定騰空躍起再出腳踢過去，跳得高，但往前的力道小，這是最安全的招式。他可以先跳起來，看上去超酷，然後出腳輕輕擊中這混蛋的胸部，讓他往後跌倒在地，給這傢伙一點教訓。

李小龍真的就這麼做了，將克里夫撞到地板上，贏得圍觀劇組人員的掌聲。倒在地上的金髮特技演員往上看，臉上露出傻笑說：「跳舞的，你跳得不錯。」接著一邊起身，一邊說：「再來一次。」

好，我要踢穿那混蛋的胸口。李小龍心想。**只要確保這混蛋著地時尾椎不會摔斷就好**。

李小龍再次躍身而起，這次高度較低但往前的力道較大，朝克里夫出腳。但在最後一刻時，克里夫側了一下身。這位武術大師幾乎跌進他張開的雙臂中。接著，克里夫抓住這位武術家的大腿和皮帶，像拋一隻貓一樣，用力地將他往現場停著的一輛車上甩。

李小龍撞上這輛車、肩胛骨卡到後座門把時，他聽到下背部發出嘎吱的聲音，有夠痛的。李小龍從水泥地往上看，看到這位特技演員正對他微笑。

李小龍真沒想過要傷害克里夫。他只想讓克里夫難堪。但克里夫想傷害他。如果讓他撞上那輛車，徹底搞爛了他的背和脖子，克里夫也覺得沒關係。

李小龍站起身，看著克里夫為第三回合擺出戰鬥的姿勢。他認出那是軍人肉搏戰的站姿。

李小龍因為這傢伙傷了他，氣壞了。但他也首次看清對手的身分。他才不是什麼粗鄙的牛仔特技演員。李小龍知道，克里夫知道自己在幹嘛。李小龍發現克里夫先騙了他，讓他輕敵，進而再次使用同樣一招。李小龍原本能用十四種不同的招式攻擊克里夫，讓他根本無法招架。但克里夫裝成沒受過訓練的蠢蛋，讓李小龍選擇以偷懶的方法應戰，完全落入克里夫的圈套裡。如果克里夫的反擊沒那麼凶暴，李小龍幾乎都要佩服他設下這個圈套了。

李小龍也很快意識到，雖然克里夫和他在武術錦標大賽對戰的對手相比，技巧可差得遠了，但克里夫**完全不是**他們那類人。

克里夫是個**殺手**。

李小龍看得出來，克里夫之前**曾經**徒手殺過人。

他看得出來，克里夫不是在和李小龍**幹架**。克里夫是在和想**殺了**李小龍的本能**對抗**。

李小龍常在想，如果某天，他和一位格鬥技巧精湛的傢伙，陷入不是你死就是我活的情境裡，他會怎麼反應？嗯，看起來，**某天**就是**今天**。

幸好，第三回合正要開始時，被特技領班的太太打斷了。就如克里夫所想的，他很快就被開除了。因為一切的問題在於，克里夫來到《青蜂俠》的拍攝現場時，不是要來當一日打手，不是要來當眾教訓加藤的。他就只是要當瑞克的替身。身為特技領班的藍迪．洛伊，他一開始就不想僱用克里夫，因為他相信克里夫蓄意殺妻。藍迪和他太太珍娜一起工作，而珍娜認定克里夫蓄意幹掉自己的妻子。坦白說，他們寧願僱他們覺得沒幹掉自己太太的人來做這份差事。大家可以原諒很多踰矩、犯法的事，尤其在六〇年代這時候。但一位特技演員，他不僅殺了自己的太太，**而且**還差點當眾弄斷影集主演的背，這樣的人不在他們考慮僱用的範圍裡。李小龍事件後，克里夫實際上已經不再當瑞克的特技替身了，開始當他的司機。

瑞克超氣這整個李小龍事件，氣到克里夫都覺得瑞克要炒了他。但那要換誰載瑞克去工作？的確，瑞克能找**別人**做這件事。但到頭來，原諒克里夫比較容易。瑞克象徵性地付克里夫一點薪水，讓克里夫載他去不同地方，給克里夫奇怪的差事做，在有需要時請克里夫幫忙。這筆薪水應該會因為有特技演員的工作而增加。但在李小龍事件後，他原本因為殺妻嫌疑就已經很少的特技演員工作，變得更少了。好萊塢特技圈不需要另一個不僱用克里夫的理由，但現在多了一個，還是克里夫主動送上門的。瑞克那個關於《珊瑚海殲滅戰》混帳副導的小故事，其實很中肯。

不過，克里夫知道，好萊塢最有趣的其中一件事就是，說到底，這座城該死的小。未來某一天，在街上、在停車場上、在餐廳裡、在等紅燈時，他會再次見到李小龍那混蛋。那一天來臨時，除了警察，任何人也別想打斷兩人對幹！

❁❁❁

克里夫修好瑞克的電視天線後，因為在七點半去拍片現場接瑞克之前沒什麼事好做，他便開著瑞克的凱迪拉克駛過日落大道，去看電影。

等紅燈時，克里夫一邊想像著痛宰李小龍的畫面，一邊向右手邊的水瓶座劇院[328]望去，劇院外牆有著當紅音樂劇《毛髮》五彩繽紛的壁畫。然後，他看到兩名早上才見過的嬉皮少女，其中一名是那個高䠷、性感、活潑，抱著一罐醃黃瓜的深色長髮少女，早上她和克里夫四目相對，並對克里夫比出和平的手勢。兩名少女站在水瓶座劇院前，手向外伸，舉起大拇指，想搭便車。深色長髮的少女穿得和早上一樣，超短的Levi's牛仔短褲、鉤織繞頸上衣。她光著腳，裸露的肌膚上有層薄薄的污垢。

那位嬉皮少女也看到克里夫開著和早上不一樣的車，在對街，要開往另一個方向。

她邊笑邊揮手，指著他大聲說：「嘿！是你！」

克里夫也向她笑了笑，揮揮手。

她隔著車陣對他大喊：「你那輛福斯呢？」

克里夫隔著車陣喊回去：「這是我老闆的車！」

她舉起大拇指。「讓我搭個便車如何？」她動了動大拇指。

克里夫指了指他要開往的方向，和她相反。「不同方向。」

她一臉難過地搖頭，大喊：「糟糕的決定！」

他喊回去：「很有可能！」

「你一整天都會想著我！」她大喊。

他喊回去：「很有可能！」

日落大道的號誌轉成綠燈，車子再度開始移動。

奶油黃的凱迪拉克正要駛離時，克里夫向嬉皮少女揮揮手，少女也做出有些難過的樣子跟他揮手道別。

克里夫開到日落大道和拉布雷亞大道的交叉口時，便向左轉開上拉布雷亞大道。KHJ廣播午間時段的節目主持人山姆．里德正在唸譚雅助曬乳的廣告文案。不是防曬霜，而是助曬

328 水瓶座劇院（Aquarius Theater）位於日落大道上，是音樂劇《毛髮》一九六八年在西岸首演的地點。這棟一九三八年落成的建築是好萊塢的地標之一，曾數度易主，化身為電影院、劇院、夜總會等。

乳，那種加速皮膚變黑的產品。克里夫駛過位於拉布雷亞大道和梅爾羅斯大街交叉口的粉紅熱狗店[329]。熱狗店外擠滿了人，人多到會讓你覺得，那裡不是在賣定價過高的辣味熱狗，而是在免費送上女人的屁股給人摸。克里夫將凱迪拉克開到右側車道，之後右轉開上比佛利大道。他在比佛利大道上開了一小段路，開到一家小電影院前，然後把車停好。

三〇年代時，這座電影院所在的建築原本是一家上演各類表演節目的夜總會，名叫「摑掌馬克西」[330]。

五〇年代時，這裡也是「馬汀與路易斯」雙人喜劇組合[331]首次在洛杉磯登台表演的地方。

一九七八年時，這裡將成為專放老片的電影院，名叫新比佛利戲院（New Beverly Cinema）。不過，一九六九年時，這裡叫愛欲電影院（Eros Cinema），是好萊塢專播情色電影的戲院（位於好萊塢大道和日落大道交叉口的維斯塔戲院，則是另一間情色電影院）。

不是播色情電影，不是那種之後在電影分級會被標註三個X的影片。就是有些情色、裸露畫面的電影，通常是歐洲片或北歐片。電影院的招牌寫著：

卡露．貝克[332]雙片聯映

《黛柏拉的嬌軀》[333] R級

加上

《狼心》[334] X級

克里夫下車，在售票處買了張票。他走進戲院裡昏暗的走道上，然後在第四排中間找了個位子坐下。銀幕上，卡露．貝克穿著一身祖母綠的緊身連身套裝，正隨著銅鼓的節奏，跳著性感的舞蹈。克里夫抬起穿著鹿皮靴的雙腳，架在他前面座椅的椅背上。他調整好舒服的坐姿後，抬眼看向卡露．貝克，她正搖擺著她那綠色的屁股。

我的天啊，他心想，**有夠大！**接著他微微一笑。

就是喜歡這款。

329 粉紅熱狗（Pink's Hot Dogs），好萊塢著名地標，一九三九年從路邊的熱狗攤賣起，後來在同一個地點蓋了店面。

330 摑掌馬克西（Slapsy Maxie's），是由身為拳擊手、演員的馬克西．羅森布魯姆（Maxie Rosenbloom, 1907~1976）經營的夜總會，「摑掌馬克西」（Slapsie Maxie）是他身為拳擊手時獲得的綽號，投入影視產業後仍持續使用這個小名。

331 馬汀與路易斯（Martin and Lewis），由狄恩．馬汀和傑利．路易斯組成的喜劇搭檔。他們從夜總會表演起，越來越受歡迎後，也上廣播、電視等節目，也有自己的喜劇節目。參見註124。

332 卡露．貝克（Carroll Baker, 1931~），也譯作卡羅爾．貝克，美國演員。知名作品包括西部片《錦繡大地》（*The Big Country*, 1958）、《西部開拓史》（*How the West Was Won*, 1962）等。

333 《黛柏拉的嬌軀》（*The Sweet Body of Deborah*, 1968），義大利的驚悚懸疑片。當年在台灣上映時，片名取為《郎心狼心》。

334 《狼心》（*Orgasmo/Paranoia*, 1969），義大利驚悚懸疑電影。

第十四章 《勇破迷魂陣》

莎朗．蒂的黑色保時捷裡，八音軌匣式錄音帶[335]播放器正播放凱絲華．哈蒂[336]的首張英語專輯《鍾愛》（*Loving*）。從跑車喇叭傳出來的曲子，是哈蒂翻唱菲爾．奧克斯的〈要不是運氣好〉（There but for Fortune），莎朗很愛這首歌，在前往西木村的路上，她一邊握著方向盤在威爾榭大道上奔馳，一邊跟著唱。

給我看看監獄，給我看看牢房，
給我看看臉色越發蒼白的囚犯，
然後我會讓你看看，一個背負那麼多原因的年輕人，
要不是運氣好，你或我也會走上同一條路。

她唱著唱著，眼淚從她臉頰滑落。這位女演員正外出辦點雜事。她去取幾件乾洗的衣服。三件時髦的短洋裝，裙子長度只到大腿上半段，還有一件羅曼的藍色雙排扣西裝外套。這幾件衣服由衣架撐著，外面罩著透明塑膠罩，掛在副駕駛座椅背的掛鉤上。她也去了小聖塔莫尼卡大道上的一家修鞋小店，拿了一雙粗跟厚底鞋。現在她要去辦今天最後一件差事。她訂了湯瑪

士・哈代《黛絲姑娘》的初版書，要送給羅曼。和藹可親的年邁書店老闆昨天打電話給她，說書已經到了。所以莎朗現在一邊跟著哈蒂小姐唱歌、不帶憂慮地落淚，一邊駕車前往西木村。

從聖塔莫尼卡轉入威爾榭大道，開了大約一千六百公尺後，她看到一名年輕的嬉皮女孩站在路旁，伸出大拇指攔車。這個纖瘦的嬉皮看起來很親切，莎朗心情也很好，於是她心想，**為什麼不載她一程呢？**

一年後，這個問題的答案會變成：因為那個攔車仔可能會殺了你。但在一九六九年二月，就連開著黑色酷炫保時捷的莎朗，這種身上有值錢東西能偷的人，都不會這麼想。

她將車子靠邊，停在長相甜美、滿臉雀斑的嬉皮少女面前，降下副駕車窗，跟攔車少女說：「我只到西木村。」

嬉皮少女彎腰，從副駕車窗看向駕駛。這名年輕女孩可能是個無拘無束的人，但也不是隨便誰的車都會搭。不過，看到駕駛座上這位金髮美女，嬉皮女孩的笑容綻放開來，她回答：「有車搭就很感激了。」

莎朗也對著她微笑，叫她上車。

接下來十三分鐘開到西木村的路程，兩位年輕女子自在地閒聊。嬉皮女孩自稱夏安，她要去大索爾和一群朋友碰面。他們要參加一場戶外音樂節，民謠樂團克羅斯比、史提爾斯與納許

335 八音軌匣式錄音帶（8-track tape），也稱八軌大錄音帶。一九六〇年代中期至一九八〇年代初期，常見於當時的汽車音響、伴唱機。無需翻面就能聽完整個錄音帶。

336 馮絲華・哈蒂（Françoise Hardy, 1944~），法國歌手。一九六〇年代出道時就非常受歡迎。

（但沒有尼爾・揚）[337]，以及詹姆斯幫[338]、芭菲・聖瑪麗，還有一九一〇水果口香糖合唱團都會演出。莎朗覺得那聽起來超好玩。如果事情發生在兩天後，羅曼去了倫敦，那她就會考慮開車載夏安到大索爾，和她朋友一起參加音樂節。她可能不會真的這麼做，但會好好考慮。莎朗的性格一直都有點衝動，和羅曼不同。這個性格就是讓莎朗比她那導演先生更酷的原因之一。兩人同行的十三分鐘路程裡，他們聊大索爾，聊克羅斯比、史提爾斯與納許，聽馮絲華・哈蒂，吃夏安小皮袋裡的葵花籽。

「好啦，掰掰，在大索爾玩得開心。」這是莎朗對夏安說的最後一句話。她在西木村電影院[339]後面的付費停車場和夏安擁抱道別。停車場的一面牆上，非法張貼了一大張《喬安娜》[340]的電影海報，這是羅曼的朋友邁克・薩爾內（Michael Sarne, 1940-）導演的作品。隨後，莎朗往西走，到西木村去取書；嬉皮女孩則往北走，繼續她的加州冒險旅程。

莎朗穿著白色漆皮搖擺靴[341]，走過幾家大麻和菸草的專賣店、咖啡館、披薩店，以及販售《洛杉磯自由報》[342]的自動販賣機。她從包包裡拿出大大的太陽眼鏡戴上，遮擋加州刺眼的陽光。她往目的地前進時，注意到自己演的新電影，麥漢特務的冒險喜劇片《勇破迷魂陣》（*The Wrecking Crew*, 1968）正在棕熊戲院[343]上映。就在她前方。戲院外的大招牌上寫著：

狄恩・馬汀　飾演麥漢

《勇破迷魂陣》

愛姬・森瑪[344]　莎朗・蒂　關家倩[345]　天娜・露意絲[346]

她勾起一抹微笑，穿過馬路，停在畫有她的電影海報前。她往海報下方演員列表處看去，找到自己的名字。她伸出手，輕觸自己的名字，指尖順著名字的筆畫滑過去。她端詳了一下手繪海報上的自己。她站在擺動的破壞球上，畫面中間是狄恩・馬汀。她很高興這部片在西木區其中一家大電影院放映。就這樣在電影院前晃了一下後，她匆匆走向四間店外的書店。在「亞

---

337 克羅斯比、史提爾斯與納許（Crosby, Stills & Nash, CSN），民謠搖滾樂團，成團於一九六八年，成員包括大衛・克羅斯比（David Crosby, 1941~）、史蒂芬・史提爾斯（Stephen Stills, 1945~）、格林漢・納許（Graham Nash, 1942~），三位分別來自當時都很紅的樂團。後來又找了尼爾・楊成為四重唱，團名就成了克羅斯比、史提爾斯、納許與尼爾楊（Crosby, Stills, Nash & Young, CSNY）。

338 詹姆斯幫（James Gang），一九六六年成立的美國搖滾樂團。

339 西木村電影院（Westwood Village Theatre），一九三一年開業的電影院，高塔是其建築標誌。是好萊塢的著名地標、電影首映首選之處。營業至今數度易主、改名，但依然是電影院。

340 《喬安娜》（*Joanna*, 1968），英國劇情片，獲金球獎最佳外語片提名。

341 搖擺靴（go-go boots），一九六〇年代中期出現的女性靴子。低跟或平底、中小腿高或及膝的高筒靴。一九六〇年代最流行的是白色，最常搭配短褲或迷你裙。

342 《洛杉磯自由報》（*Los Angeles Free Press*），一九六四年創刊，流通很廣的地下報紙。

343 棕熊戲院（Bruin Cinema）就在西木村電影院對面，一九三七年開業至今，也是好萊塢著名地標、電影首映首選之處。

344 愛姬・森瑪（Elke Sommer, 1940~），又譯作愛克・森瑪，德國演員。一九六〇年代好萊塢當紅女星。

345 關家倩（Nancy Kwan, 1939~），亞裔美國演員，首位在西方影壇成名的影星。

346 天娜・露意絲（Tina Louise, 1934~），美國演員，代表作為影集《夢幻島》（*Gilligan's Island*, 1964~1967）。

瑟珍本書販售」的店裡，四號經典樂團的〈暴風雨〉[347]，從櫃檯後面的收音機流瀉而出。莎朗推開門進來，聽到主唱丹尼斯．約斯特歌聲的那一刻，她全身都放鬆了下來。莎朗覺得，亞特．葛芬柯[348]和四號經典的丹尼斯．約斯特，是當下搖滾樂壇裡嗓音最好聽的兩位歌手。她也認為，血汗淚合唱團主唱大衛．克萊頓－湯瑪斯[349]的聲音最性感。

「小姐，有什麼能為您效勞的嗎？」亞瑟問。

莎朗摘下太陽眼鏡，向櫃檯後的老先生打招呼。「你好，我來取一本初版書，你打電話來通知我的。」

「書名是？」他問。

「湯瑪士．哈代的《黛絲姑娘》。我幾週前訂的。」她進一步說明，「訂購人名字是波蘭斯基。」

「哇孩子，」亞瑟說，「妳很懂書嘛。」

她滿臉笑意。「是不是，很棒吧？我要買來送我老公。」

「哇，你老公可真幸運。」亞瑟表示。「我希望我能再體驗一次初次讀《黛絲姑娘》的感受。我也希望自己夠年輕，能娶到像妳這樣漂亮的女孩。」

莎朗再次微笑，並朝櫃檯伸出手，觸碰老先生充滿斑紋的手。他也對著莎朗微笑。

四號經典的歌依舊在莎朗的腦海中播放，她離開亞瑟的店，向她的車走去。她的長腿擺動著白色迷你裙，走在西木大道上，越來越靠近正在放映她電影的戲院。莎朗經過電影院，要穿過馬路時，沒趕上拐彎處的綠燈，只好停下腳步。她背對電影院，手中拿著初版小說，盯著前方的紅綠燈。這時，好像有什麼東西從背後抓住了她。終於轉綠燈時，有什麼東西阻止她穿越馬路。幾乎就像一條鱒魚上鉤了，被一條隱形的釣魚線抓住，莎朗轉過身，走近棕熊戲院的前廳，開始端詳張貼在那裡的廳卡[350]。其中一張廳卡是狄恩・馬汀和愛姬・森瑪的劇照。旁邊的那張是她和狄恩正趴在一面牆上，查看某個有趣的東西。劇照裡的莎朗穿著一件粉藍色套裝，戴著一頂可愛的藍色帽子，帽子頂部有顆毛茸茸的球。她在電影最後四十五分鐘裡都是這身打扮。下一張廳卡也是她和狄恩。那是她在電影裡初登場的劇照。片中，在丹麥一家飯店的大廳，她為了喜劇效果，屁股著地摔了個四腳朝天。廳卡上是她剛摔完，躺在地上的劇照，身旁的狄恩正彎腰要扶她起來。哇，她還記得拍那場戲的那天。她超緊張。她以前演的戲都沒有要她搞笑，更別說表演肢體喜劇了！這是第一次。而且這個角色就是徹頭徹尾的笨拙傻妞，這是她決定接這個角色的原因。但第一次要為了搞笑摔個四腳朝天，她依然很緊張。不只如此，

---

347 四號經典（Classics IV），一九六五年成立的美國樂團。〈暴風雨〉（Stormy）是他們非常受歡迎的歌。主唱是丹尼斯・約斯特（Dennis Yost, 1943~2008）。

348 亞特・葛芬柯（Art Garfunkel, 1941~），美國歌手，是一九六〇年代非常受歡迎的民謠搖滾樂團賽門與葛芬柯的主唱。

349 血汗淚合唱團（Blood, Sweat and Tears），一九六七年成立的爵士搖滾樂團。大衛・克萊頓—湯瑪斯（David Clayton-Thomas, 1941~）不是創始團員，先在其他樂團待過，後來才被找去。

350 廳卡（lobby-card），起源於一九一〇年代用於行銷電影的宣傳卡片。電影公司印製成套的廳卡配送給電影院使用，擺在電影院大廳展示宣傳。廳卡內容放的是縮小版的電影海報或電影劇照，其中一項功能是以圖片概述電影劇情。廳卡有不同尺寸，最常見的標準尺寸為長十四、寬十一吋（約二十八、三十六公分），印在比較厚的卡紙上。

她還得在狄恩．馬汀面前跌倒，狄恩．馬汀可是看喜劇搭檔傑利．路易斯摔屁股看了二十年。所以如果她搞砸了，狄恩一定會知道。導演菲爾．卡爾森和狄恩都說她摔得很好。他們最懂，對吧？不過，這兩位都很紳士，就算她做得不好，他們也不會告訴她。對於整個搞笑演出的結果，莎朗還是對自己很有信心。她真的覺得自己最終有抓到肢體喜劇的訣竅。她只是對那個出場的跌倒不太有把握。是她真的很搞笑，還是她這個「性感小可愛」試圖搞笑而已？她要怎麼知道呢？

看觀眾反應啊，傻瓜。她心想。**觀眾要麼看了哈哈大笑，要麼笑不出來。**

售票亭窗口的公告顯示播映時間是三點半。她看了手腕上那支細金錶，現在時間是三點五十五分。嗯，還好，她差不多要出場了。**哎呀，真的嗎？**莎朗心想。**我真的有時間現在去看《勇破迷魂陣》，然後依然有辦法為今晚《天黑後的花花公子》那鬼節目做好準備嗎？嗯，好，等等。莎朗，就在四十分鐘前，妳才多自豪自己和羅曼相比有多隨興。如果不是因為羅曼，妳現在就會和夏安在一起，開車前往大索爾，然後在泥地上，隨著羅斯比、史提爾斯與納許的音樂，光著腳跳舞。但現在妳卻站在人行道上，花十二分鐘糾結到底要不要去看一下自己演的電影？莎朗，**她心想，**妳可真虛偽**。

「請給我一張票。」莎朗向售票亭裡的捲髮女子說。

「七十五分。」她對著售票亭透明隔板的窗口回答。

莎朗開始翻包包找三枚二十五分硬幣，接著，她突然冒出一個想法。「嗯……如果……呃……如果我有演的話是多少錢？」

售票的捲髮女孩挑眉，額頭出現幾條抬頭紋。「什麼意思？」她問。

「我是說，」莎朗解釋，「我有演這部電影。我是莎朗．蒂。我的名字在招牌上——那個莎朗．蒂。」

售票的捲髮女孩睜大眼。「妳有演這部？」她有點不太相信地問。

莎朗笑著點點頭。「對，」她點頭說，「我演卡爾森小姐，那個傻妞。」

她走到廳卡展示的地方，指著那張她和狄恩趴在牆上窺看的廳卡。「那就是我。」

售票女孩瞇起眼睛，隔著售票亭的隔板，看向廳卡的劇照，接著視線回到眼前這位面帶微笑的金髮女郎身上。「那是妳？」

莎朗點頭。「沒錯。」

「但那是演《娃娃谷》[351]的女生。」捲髮女孩說。

莎朗再次笑了笑，聳聳肩說：「對啊，那是我，演《娃娃谷》的女生。」

售票的捲髮女孩有點認出來了，但還有最後一個問題。她指著廳卡說：「但妳在那部頭髮是紅的。」

「他們染了我的頭髮。」莎朗說。

「為什麼？」售票的捲髮女孩問。

351 《娃娃谷》（*Valley of the Dolls*, 1967），美國劇情片。改編自一九六六年出版的同名暢銷小說。

「導演希望角色有頭紅髮。」她回答。

「哇！」售票的捲髮女孩驚叫。「妳在現實生活中比較好看。」特別強調一下，如果哪天你走在路上，認出一位女演員，然後你覺得她看起來比她在電影或電視節目裡還要漂亮，請忍住不要跟她這麼說。因為那不是女演員喜歡聽的。這會讓她們對自己沒信心。不過莎朗知道自己有多漂亮，所以儘管這句話讓她有點不開心，但她最終並不太在意。

「嗯，我才剛做完頭髮。」莎朗找了個理由。

值班經理魯賓正站在大廳門口，售票女孩對著售票亭敞開的後門大喊：「喂，魯賓，過來一下！」

魯賓走出來到了前廳，售票女孩指了指莎朗說：「這是演《娃娃谷》的女生。」

魯賓停下腳步，看著莎朗，問售票女孩：「佩蒂．杜克[352]？」

她搖頭：「不是，另一個。」

「演《小城風雨》[353]那位？」他問。

她再度搖搖頭。「不是，是另一個。」

莎朗插話，加入這場猜謎遊戲：「是後來跑去演A片的那個。」

魯賓認出她了。「噢！」

「她有演這部片。」捲髮女孩跟魯賓說。

「噢！」魯賓再次發出驚呼。

「她是招牌上寫的那個莎朗・蒂。」捲髮女孩說。

「莎朗・蒂。」這位女演員重複，接著更正自己的說法：「其實是莎朗・波蘭斯基。」

魯賓了解情況後，馬上變成招呼名人的殷勤主管。「歡迎來到棕熊戲院，蒂小姐。謝謝妳光臨本戲院。想進來看電影嗎？」

「可以嗎？」她親切地問。

「那當然。」他邊說，朝著敞開的大門伸出一隻手，做出「請」的動作。

莎朗走進去，穿過大廳，接著打開通往昏暗影廳的門。剛剛在售票亭和捲髮女孩耗的時候，莎朗一直祈禱，希望不要錯過她出場跌倒的那場戲。踏進影廳後，她就聽見上方的放映室裡，膠卷在放映機上轉動的聲音，甚至連三十五釐米膠卷經過放映機片門[354]那很小聲的**滴**……**滴**……**滴**……聲，都聽得到。她超愛那個聲音。

以前在德州，在爸爸陸軍基地的電影院看電影，或者到鎮上的電影院和朋友看《天涯何處

---

352 佩蒂・杜克（Patty Duke, 1946~2016），美國演員，憑《熱淚心聲》（*The Miracle Worker*, 1962）榮獲奧斯卡最佳女配角獎。

353 《小城風雨》（*Peyton Place*, 1964~1969），美國電視劇，改編自一九五六年出版的同名小說，是美國當年上映的黃金時段肥皂劇，一集半小時。這是演《娃娃谷》的芭芭拉・帕金絲（Barbara Parkins, 1942~）的成名作。改編自同一本小說的電影《冷暖人間》（*Peyton Place*, 1957），是由拉娜・透娜（Lana Turner, 1921~1995）主演（芭芭拉・帕金絲並沒有演出），這部片上映後大受好評，獲多項奧斯卡獎提名。

354 放映機片門指的是鏡頭後面與底片規格相符的框，放映時，底片每一個畫格經過此處要停一下再走，好完整將畫面投影出去。

無芳草》（*Splendor in the Grass*, 1961）這類的片，或帶妹妹黛博拉去看迪士尼的新片，又或者和男孩子到星光露天電影院，看貓王的新電影或「海灘派對」系列電影（然後當她想看電影但男生卻想親熱時，雙方免不了總得先拉扯一番），這些時候，莎朗從沒想過電影能具備更高層次的意義。簡單說，她沒想過電影能成為「藝術」。電影不是藝術，不像她手中湯瑪士・哈代的小說。電影就是好玩的事，是娛樂消遣。但和羅曼在一起後，她相信電影**能成為**藝術。羅曼的《失嬰記》不是湯瑪士・哈代的《黛絲姑娘》那種藝術，但仍舊是藝術，只是不同種類。她讀了原著小說《蘿絲瑪麗的嬰兒》，也看了羅曼的電影《失嬰記》，她覺得電影更具**藝術性**。她以前也沒發現，某些導演拍電影的本事和偉大的作家一樣大。不是所有導演。不是大部分的導演。除了她先生，她合作過的導演沒有人能做到。但有些導演確實做得到。

她記得在拍《失嬰記》時發生一件事。這件事就能說明。這部片的攝影師威廉・弗萊克[355]安排了一顆鏡頭，要拍露絲・戈登飾演的角色，卡司堤瓦太太。她在蘿絲瑪麗的公寓裡，開口借用另一個房間的電話。蘿絲瑪麗讓她進臥房打電話，於是卡司堤瓦太太便坐在床上，講了一下電話。這顆鏡頭拍的是蘿絲瑪麗匆匆一瞥的視角，她瞥見老太太在臥房打電話。於是，威廉・弗萊克將攝影機架在走廊，從門口往裡面拍露絲・戈登。照弗萊克安排鏡頭的方式，你會清楚看到露絲・戈登被完整框在門框中間。羅曼從觀景窗看了這顆鏡頭後不太喜歡，所以稍作調整。他們照著羅曼的要求做以後，卡司堤瓦太太並沒有被完整框在鏡頭裡。她被左邊的門框遮到了一點。莎朗看了觀景窗（她都會從觀景窗看羅曼的鏡頭），也不懂羅曼為什麼要調整。如果這顆鏡頭是要拍卡司堤瓦太太，這顯然沒有一開始的好。她被切一半了。

攝影師也無法理解。但羅曼是導演，所以弗萊克就照他說的做。攝影組重新調整攝影機時，羅曼坐在蘋果箱[356]上，啜飲白色保麗龍杯裡的咖啡。莎朗問他為什麼改變鏡頭的構圖。羅曼只是意味深長、鬼靈精怪地咧嘴一笑，並說：「妳之後就知道了。」然後起身開溜。

那到底是什麼意思？莎朗心想。然後她很快就忘了這件事，六個月後才想起來。他們兩個一起出席第一場觀眾試映會，地點在加州格倫代爾的亞歷克斯劇院（Alex Theatre）。羅曼和莎朗坐在觀眾席後面，兩人握著彼此的手。看別人拍的電影時，羅曼通常喜歡坐得離銀幕近一點；不過看自己拍的電影時，他喜歡坐後面一點——因為比起看電影，他看更多的是觀眾的反應。

戲院坐滿了人。電影演到卡司堤瓦太太在蘿絲瑪麗公寓的那場戲。露絲・戈登問米亞・法羅，她能不能用另一個房間的電話。米亞說好，並指了指臥房。

羅曼靠近他太太，悄聲問：「妳還記得之前問我，為什麼要改那顆鏡頭嗎？」

她忘了，但現在想起來了。「記得。」

「看好了。」他邊說邊指，但他並沒有指向銀幕，反而指著坐在他們前面那一顆顆人頭，大概六百人。

銀幕上，飾演蘿絲瑪麗的米亞・法羅瞥了瞥臥房裡的老太太，接著鏡頭切到她眼中所見的景象。就是那顆鏡頭，卡司堤瓦太太坐在床上講電話，身體一部分被左手邊的門框擋住。

355 威廉・弗萊克（William A. Fraker, 1923~2010），電影攝影師、導演，曾獲六次奧斯卡獎提名。
356 蘋果箱（apple box），有一定規格、用來輔助拍攝的箱子，例如解決演員身高或拍攝物體高度的問題，當成支撐道具或移動式攝影車的輔助工具等。

突然間，莎朗看到前面那六百顆人頭都稍稍向右偏，試圖多看到一點。看到這個景象，莎朗倒抽了一口氣。就算側了頭，觀眾的視野也不可能變得比較好——鏡頭是固定的。他們也沒發現自己往右傾，這個動作完全出於本能。所以羅曼操控了六百人，而且很快地，六百人變成遍布全世界的上百萬人，羅曼讓他們做了一件如果稍微思考一下，就絕不可能做的事。但他們沒在想。羅曼在替他們想。

他為什麼要這麼做？

因為他做得到。

莎朗看著羅曼，他再次露出**那天**在拍片現場展現的那抹鬼靈精怪的燦笑，而**這天**莎朗明白了。當時她唯一的想法是：**哇！**

有時候，莎朗知道自己並不只是和一位優秀的電影導演戀愛、結婚。她是和一位電影界的莫札特戀愛、結婚。當下這一刻就是那種時候。

不過，投影在棕熊戲院銀幕上、她參與演出的這部片，和藝術之間的距離，就像地球距離月亮這般遠。《勇破迷魂陣》只是部娛樂片，而且甚至說不上是部**好的**娛樂片。除非你看狄恩．馬汀演麥漢時會捧腹大笑。畢竟這是狄恩．馬汀演的第四部麥漢電影，顯然很多人看狄恩．馬汀演麥漢會笑得很開心。（狄恩．馬汀演麥漢電影的報酬非常豐厚，豐厚到他演前三部賺的錢，比史恩．康納萊演前**五**部龐德電影還要多。這讓那位蘇格蘭守財奴很憤怒。）

莎朗在影廳裡摸黑找位子坐時，她看到銀幕上演的是麥漢抵達丹麥的戲。

太好了，她心想。接下來就是她在飯店登場的大戲。她側著身走進一排空的座位時，掃視了一下昏暗的影廳。大概有三十五到四十人四散在偌大的影廳裡。

她在中間找了個座位坐下，銀幕上，麥漢對著一位性感的空服員說俏皮話，惹得觀眾大笑。

很好，她心想，**有笑聲，他們很享受這部片**。莎朗從包包裡拿出一副看電影都會戴的大眼鏡戴上，調整了一個舒服的坐姿。此時，銀幕上身穿高領上衣、休閒外套的麥漢，正走進丹麥旅館的大廳。

由愛姬．森瑪和天娜．露意絲飾演的兩名反派女間諜，在一旁監視他。麥漢正和櫃台服務員說話時，天娜．露意絲靠近麥漢，假裝拐到腳跌到他身上，並以聽起來應該是匈牙利的口音跟麥漢說話，和他約了晚上見面。

她離開後，麥漢轉向服務員，用一貫的口吻打趣地說：「你們的飯店真不錯。」

接著，莎朗．蒂飾演的笨拙角色，臥底特務「費莉雅．卡爾森」登場了……

在丹麥的外景場地，莎朗站得離攝影機有段距離，正等導演菲爾．卡爾森開拍，她想起五個月前首次讀劇本的時候。

當她得知，新的狄恩．馬汀／麥漢特務喜劇找她來演，她自然以為自己要演的是諜報片裡充滿魅力、打扮時髦的性感尤物。如果找她演的角色，是片中其他三位主演演員——愛姬．森瑪、關家倩、天娜．露意絲——演的角色，那她的猜測並沒有錯。不過，她要演的是費莉雅．卡爾森，那是麥漢身邊漂亮但笨拙糊塗的助手。在《勇破迷魂陣》之前，莎朗已經演了兩部喜劇片：湯尼．寇蒂斯的性鬧劇《天師捉妖》，以及羅曼的電影《豔侶迷春》。但這兩部喜劇都不讓她搞笑。兩部電影裡的其他演員（湯尼．寇蒂斯、羅曼．波蘭斯基、傑克．麥克高蘭[357]）都瘋狂地跑來跑去、搞笑出醜、扮鬼臉，莎朗卻只要演得一臉茫然、看上去很誘人（或者說，「性感小可愛」上身）就好。在《豔侶迷春》裡，身穿比基尼的她看上去效果不可思議地好，這樣的外型成功達到某些喜劇效果。但不像莉．泰勒－楊[358]演《王老五嬉春》那樣，《豔侶迷春》並沒有好好利用角色所具備的搞笑潛力。

不過，費莉雅．卡爾森這個角色不同。在《勇破迷魂陣》這齣喜劇裡，她的搞笑演出是穿插在片中，用來調劑、舒緩節奏和情緒的重要元素。而且要和業界頂尖的喜劇演員對戲，演出這些穿插在緊張場面中的搞笑橋段。而且，因為這個角色是個傻妞，表演也以肢體喜劇（四腳朝天跌倒、摔進泥濘的水坑裡、撞到東西）為重，所以本質上，她是要演傑利．路易斯的角色，和狄恩．馬汀對戲！莎朗毫不猶豫地接了這個角色。

但興高采烈接下角色是那個時候的事，現在心情可大不相同了。

好啦，現在在丹麥的外景現場，莎朗站在丹麥飯店的大廳，等導演開拍，她就要跑到鏡頭裡，表演生平第一個屁股著地摔倒的搞笑動作。莎朗怕死了。她並不怕受傷，雖然她起初有點擔心跌坐在飯店大廳時，後腦勺會撞到堅硬的地板。特技領班傑夫告訴她，跌倒時只要記得收下巴就不會有事。他們在她的戲服裡墊了墊子，好保護她的屁股和後腰部。傑夫教了她幾件事：跌倒時要收下巴，讓下巴盡量靠近胸口；跌倒時，拿香檳的手要舉高，這樣酒瓶不會馬上敲到地板破掉，濺碎片到她身上。還有，攝影機會對準她，所以如果跌倒以後雙腿張開了，要記得趕快把腳併起來。但整個屁股著地的搞笑戲碼最可怕的部分，是要在傑利・路易斯的老搭檔面前表演。

莎朗站在側邊等出場指示時，她手裡有一堆東西要拿，腦袋裡有一堆東西要記，她從來沒那麼像自己演出的角色。和費莉雅一樣，她覺得自己無法勝任這份工作（對費莉雅來說是特務的工作；對莎朗來說則是喜劇演員），也被經驗老到的搭檔嚇到（麥漢可是龐德之後全球最厲害的特務；狄恩・馬汀則是最厲害的喜劇雙人組的成員）。而且，和費莉雅一樣，她很希望能把工作做好，但也有點害怕會搞砸。有人跟她說，劇組一度考慮找卡蘿・柏奈特[359]演費莉雅。他們最後決定不這麼做，原因很明顯。但他們會不會後悔這樣的決定，全看莎朗怎麼演出這個搞笑橋段了。

親切又紳士的菲爾・卡爾森是本片的導演，他跟莎朗說，這一刻她要向觀眾展現她的角色是什麼樣的人。劇組一度想讓她的角色以優雅柔媚的性感尤物形象出場，就像片中其他女性主演一樣。先讓觀眾以這樣的形象看待她的角色，然後再揭曉她是個搞笑的傻妞。但讓莎朗開心的是，菲爾沒採納這個表現手法。「妳是這整部蠢電影裡最棒的角色。」他跟她說。事實上，

357 傑克・麥克高蘭（Jack MacGowran, 1918~1973），愛爾蘭演員，以演出山繆・貝克特（Samuel Beckett, 1906~1989）劇作最為出名。

358 莉・泰勒－楊（Leigh Taylor-Young, 1945~），美國演員，知名作品包括《王老五嬉春》（*I Love You, Alice B. Toklas!*, 1968）、《黑社會風雲》（*The Gang That Couldn't Shoot Straight*, 1971）等。

359 卡蘿・柏奈特（Carol Burnett, 1933~），美國演員、諧星。她縱橫美國電視圈六十年，是美國電視史上首位女性綜藝節目主持人，最為知名的節目為《千面女郎》（*The Carol Burnett Show*, 1967~1978）。

菲爾修改了整個構想。電影前半部分，她角色的裝扮連一點點性感都摸不著邊。她長長的金髮被染成紅色，並且綁起來。森瑪、關家倩、露意絲出場時都穿著稀奇古怪、時髦新潮的服裝，莎朗和她們不同，登場時穿的是丹麥觀光處代表的制服。劇組給她戴上一大副充滿喜感的眼鏡，而且在電影前半部，她戴了好幾款蠢帽子走來走去。「我認為，」導演跟她說，「妳登場時，電影才真的開始。所以妳出場時要很轟動。」

那時候，她自然很高興導演對他有信心，但**轟動的時刻**到了，她希望自己真的能轟動全場，而不是可悲地現身。

在棕熊戲院的銀幕上，飾演費莉雅．卡爾森的莎朗跑進畫面裡，手拿著香檳，用刺耳尖細的聲音喊主角的名字：「麥漢先生，麥漢先生，麥漢先生！」狄恩轉身看向她時，她往後退，被他的相機箱絆倒，然後屁股著地跌了個四腳朝天。

看到莎朗這一摔，棕熊戲院裡所有午後場的觀眾都放聲大笑。**哇！感覺真好**。她心想。她甚至轉過頭去，看看觀眾臉上的笑容。如果可以，她願意一一和他們握手，好好謝謝他們。她轉回來面向銀幕時，美麗的臉蛋上掛著大大的燦笑。**這真是個好主意**。她心想。接著，她拉下搖擺靴的拉鍊，抽出雙腳，將長腿掛在前座的椅背上，舒服地往後躺，享受這部電影。

第十五章 「你是天生的愛德蒙」

在《藍瑟》的拍攝現場，穿著迦勒·迪卡杜戲服的演員瑞克·達爾頓，和他的導演山姆·沃納梅克，正坐在各自的導演椅上，討論瑞克的角色。

「我要你想像一下響尾蛇。」山姆說，「我覺得響尾蛇是最能代表你的精神動物。」一般來說，電視劇的導演都忙著趕進度，通常沒有時間談什麼精神動物。不過山姆是那種認真的英國劇場型導演。而且，既然他好像對瑞克充滿熱情，瑞克覺得自己也應該照他的方式來聊。

「喲，這麼剛好，」瑞克說謊，「我正在想代表迦勒的精神動物是什麼。」

「想蛇就對了。」山姆說。接著，他指了指《藍瑟》影集的主演詹姆斯·史達西。史達西坐在拍片現場的另一頭，他腿上坐著飾演瑪拉貝拉·藍瑟的小演員楚蒂·費雪。「把他想成蛇的天敵貓鼬。這是一場對決。我們待會就要拍你們兩個的那場戲。我要它全部展現在眼神裡。」

我要它全部展現在眼神裡？那究竟是什麼鬼意思？瑞克心想。

所以瑞克若有所思地大聲重複：「全部展現在眼神裡。」

山姆提醒他：「記得我之前提到『地獄天使』嗎？」

瑞克點點頭。

「想像一下，你坐在一輛大摩托車上，」山姆再次指了指另一頭穿著紅色上衣的史達西，「然後那傢伙想加入你的幫派。然後你會讓他接受考驗，這個考驗正是地獄天使的老大讓他們的成員接受的考驗。」

「我懂了。」接著瑞克問：「所以那些馬幾乎就像摩托車囉？」

「對，」山姆表示同意，「是那時候的摩托車。」

瑞克邊點頭邊說：「好。」

「然後你的幫派是個摩托車幫派。」山姆指示。

瑞克點頭附和：「好。」

「他們占領這個小鎮，就像某個摩托車幫派接管某個小鎮，把鎮上所有人都嚇壞了。」山姆說。

就算詹姆斯・史達西坐在另一頭，不會聽到他們的對話，瑞克依然傾身往山姆靠近，悄聲問：「所以史達西真的很想加鬍子？」

山姆邊笑邊說：「相信我，我們為了那該死的鬍子起的爭執，怎麼講都講不完。他超希望強尼・馬德里有鬍子。對他來說，那代表了那個角色。你知道的，和馬德里一樣，史達西有種特質。不是某種演員工作室出來的陰鬱特質，而是哪天他會去坐牢的那種特質。」山姆挑釁地說：「然後，沒錯，他當然想演這個影集，但他又不想和道格・麥克洛或麥可・蘭登一樣。鬍子能讓他有所不同。但哥倫比亞廣播公司全盤否定他加鬍子的想法。」

瑞克痛恨這毛茸茸的毛毛蟲黏在他臉上。但，不得不承認，史達西超想加鬍子這件事，讓瑞克越來越喜歡這該死的鬍子了。

山姆繼續說：「說到鬍子，我上一次戴假鬍子是和奧立佛演《李爾王》的時候。每天晚上暴風雨那場戲演完，他都會被雨淋得全身濕透，而且汗流浹背。下場後，他會看我一眼——我是演康華爾公爵——」這時，他好像突然想到什麼，直接問：「瑞克，好孩子，你演過莎士比亞沒有？」

瑞克笑出聲，接著發現，**噢該死，他沒在開玩笑**。「我嗎？」瑞克問。

「對。」山姆回答。

我他媽看起來像演過莎士比亞嗎？

「沒有，」瑞克回答，「我沒演什麼舞台劇。」

「這樣啊，我覺得你是天生的愛德蒙。」山姆說。

瑞克問：「愛、愛德蒙？」

「那個私生子。」山姆提醒他。「他是個私生子，一輩子都充滿憤恨。」

任何充滿憤恨的角色，都可以說是瑞克天生就能演好的角色。「我可以理解。」瑞克真誠地說。

「他充滿憤恨是因為國王排斥他。」山姆解釋。

「是喔。」瑞克回話。

山姆表示：「你會是很出色的愛德蒙。」

真的嗎？瑞克心想。

「謝謝你。」瑞克說：「很高興你這麼想。」

瑞克連莎士比亞都讀不懂，更別說要講出那些對白，更別提講台詞的時候還要知道自己在說什麼。

「如果能執導有你演出的《李爾王》，那會是我的榮幸。」山姆表示。

瑞克的臉幾乎紅透了，只能重複說：「嗯，我很高興你這麼想。」

山姆開始構想：「我是說，這是我們可以一起做的事。我覺得我白頭髮夠多了，是時候能導《李爾王》了。」

瑞克誠實地說：「嗯，那我得先做點功課。老實講，我沒有讀過很多莎士比亞。」

或者說讀過任何一部。瑞克心想。

「那不是問題。」山姆堅定地說：「那部分我能幫你。」

「我得用英國腔演嗎？」瑞克問。

「噢親愛的，不用！我絕不會讓這種事發生。」山姆解釋，「我知道，這看起來像是英國人壟斷了莎翁的詮釋權。」

莎翁是誰？瑞克心想。

「但我認為，」山姆表示，「美式英文其實比較接近威廉那個時代講的英文。」

瑞克問：「哪個威廉？噢該死，是莎士比亞！」

山姆繼續說：「對，不是墨里斯．伊凡斯[360]那派浮誇華麗做作的演法。」

什麼浮誇華麗？哪個墨里斯？

「最厲害的莎士比亞演員都是美國演員。其實，說實話，西班牙或墨西哥演員——以英文演出時——是最讚的莎士比亞演員。瑞卡多・蒙塔班[361]的《馬克白》——超棒！但美國人最能捕捉那種街頭的詩意，那才是真正的莎士比亞。如果以對的方式演出，最能展現——但很難得能用對的方式演。要是美國人試著用英國腔演出，就做不到。那種演法最糟。」

「對，我也討厭那樣。」說謊的瑞克附和。「嗯，就像我說的，我沒演很多莎士比亞。我大部分都演西部片。」

「很多西部片的劇情都很莎士比亞，多到會讓你很驚訝。」山姆說。接著，他又再指了指片場另一頭的詹姆斯・史達西，楚蒂・費雪依然坐在他大腿上。山姆邊指邊說：「每當有權力的拉扯角力，或講到誰要爭王，那完全就是莎士比亞。」

瑞克點點頭說：「原來如此。」

「那就是你們兩個——迦勒和強尼——的關係，權力的拉扯。我們拍到你今天最後一場戲時，就是和小女孩一起演討贖金的那場戲，我們可以再來討論一下**哈姆雷特**。」

---

360 墨里斯・伊凡斯（Maurice Evans, 1901~1989），英國出生的演員，是美國知名的莎劇演員，曾在百老匯發展，一九五〇年代也演出拍成美國電視節目的莎劇。

361 瑞卡多・蒙塔班（Ricardo Montalban, 1920~2009），也譯作李嘉度・孟德賓，墨西哥演員。他先在墨西哥發展演藝事業，後來到美國發展，演出的著名角色為電視劇《星際爭霸戰》（*Star Trek*, 1966~1969）及電影《星艦迷航記 II：星戰大怒吼》（*Star Trek II: The Wrath of Khan*, 1982）裡的反派角色可汗（Khan Noonien Singh）。

瑞克問：「你是說，迦勒就像哈姆雷特？」

「還有愛德蒙。」

「嗯，我不太知道其中的差別。」

「他們都是憤怒、矛盾的年輕人。那也是為什麼我會找你來演。但在哈姆雷特、在愛德蒙的內心深處，有隻響尾蛇。」

「響尾蛇？」

「騎摩托車的響尾蛇。」

第十六章　詹姆斯·史達西

吉姆·史達西等了十年才有自己的電視劇可演。現在，在試播集開拍的第一天、在他的電視劇《藍瑟》的拍攝現場，這一天終於來了。

六〇年代中期，他主演了兩個試播集：一個是半小時的情境喜劇《添子成家》（*And Baby Makes Three*, 1966），他飾演年輕的小兒科醫生。配角卡司包括瓊恩·白朗黛[362]，以及還沒演《瑪麗·泰勒·摩爾秀》的蓋文·麥勞德[363]。另一個則是半小時的動作片《警長》（*The Sheriff*, 1966），講的是海灘小鎮的警長和一群逞凶鬥狠的衝浪手之間的故事。警長由墨西哥裔的電影明星吉伯特·羅蘭[364]飾演，那票衝浪手的頭頭則由史達西飾演。這兩個節目最後都沒被選上，無緣發展成完整的影集。但《藍瑟》不一樣。這個由二十世紀福斯影業為哥倫比亞廣播公司製作的試播集，投入的成本很高，而且確定會成為秋季檔的節目。

362 瓊恩·白朗黛（Joan Blondell, 1906~1979），美國演員，憑《青紗紅淚》（*The Blue Veil*, 1951）獲奧斯卡最佳女配角提名。

363 蓋文·麥勞德（Gavin MacLeod, 1931~2021），美國演員，代表作為美國經典情境喜劇《瑪麗·泰勒·摩爾秀》（*Mary Tyler Moore Show*, 1970~1977）和愛情喜劇影集《愛之船》（*The Love Boat*, 1977~1987）。

364 吉伯特·羅蘭（Gilbert Roland, 1905 ~1994），出生於墨西哥的美國演員，憑《玉女奇男》、《安邦定國誌》（*Cheyenne Autumn*, 1964）獲金球獎最佳男配角提名。

這位以詹姆斯・史達西之名為人所知的男人，本名叫墨里斯・伊萊亞斯（Maurice Elias），出生於洛杉磯。這位打美式足球、帥得痞味十足的硬漢，之所以會走上演戲這條路，背後的故事和同時代很多年輕男子很相似。因為長得好看，美式足球也打得好，墨里斯高中時就已經是學校裡的風雲人物。他對詹姆斯・狄恩[365]的崇拜（這也和當時很多年輕男子一樣），讓他決定展現出狄恩那樣的憂鬱形象，並去上了點演戲班。此外，和那些高中裡最帥最美的年輕男女一樣，墨里斯決定搬去好萊塢，試試演戲這條路。因為他原本就在加州的格倫代爾，這個英俊健壯的傢伙前往好萊塢的路途沒有太遙遠。

墨里斯・伊萊亞斯把他的名字改成詹姆斯・史達西。名字是為了致敬詹姆斯・狄恩，姓氏則是致敬他最喜歡的叔叔史達西。他在頭上抹了點髮膠，穿上緊身牛仔褲，在施瓦布藥局[366]鬼混，等著被挖掘。

他頭一份真正的角色，是在情境喜劇影集《奧茲與哈莉特歷險記》[367]裡，飾演主角的兒子瑞奇・尼爾森的好兄弟，是個時不時出現的角色。有七年的時間，他以瑞奇好兄弟的身分，在當地的飲料店閒晃，吃漢堡、喝奶昔。他也在幾部戰爭電影裡跑龍套，和好幾個未來的電視劇明星一起演出。例如，在《拉斐特飛行小隊》（*Lafayette Escadrille*, 1958）裡，他和湯姆・勞克林（他之後演了《比利・傑克》）、克林・伊斯威特（他後來演了《曠野奇俠》[368]）、大衛・強森（他後來演了《私家偵探理察・戴蒙》），以及威爾・哈欽斯（他之後演了《糖足》）一同演出[369]。而在《南太平洋》（*South Pacific*, 1958）裡，他也和湯姆・勞克林、道格・麥克洛（之後演了西部電視劇《驛馬車大道》〔Overland Trail, 1960〕）、羅恩・伊利（之後演了《泰山》）共事。

他也客串了幾部影集的單元劇：西部影集《有槍闖天下》（*Have Gun–Will Travel*, 1957~1963）、律政影集《梅森探案》（*Perry Mason*, 1957~1966）、西部影集《夏安》（*Cheyenne*, 1955~1962），和情境喜劇《女傭赫澤》（*Hazel*, 1961~1966）。他首次演出重要配角的大片，是海麗・蜜爾絲（Hayley Mills, 1946~）主演的迪士尼歌舞片《滿庭芳》（*Summer Magic*, 1963）。

之後，他和《拉斐特飛行小隊》導演的兒子小威廉・惠曼（William Wellman Jr., 1937~）一起主演了兩部「海灘派對」類型的電影，但故事不是發生在海灘。一九六四年的《春風熱舞阿哥哥》（*Winter A-Go-Go*）場景設定在太浩湖的滑雪度假村。片中，他和六〇年代的甜心蓓巴莉・雅妲絲（Beverly Adams, 1945~）卿卿我我（雅妲絲之後嫁給英國髮型師維達・沙宣〔Vidal Sassoon,

---

365 詹姆斯・狄恩（James Dean, 1931~1955），美國演員。他在《養子不教誰之過》（*Rebel Without a Cause*, 1955）裡一身大紅夾克、白T恤、緊身牛仔褲的叛逆青年形象深植人心。

366 施瓦布藥局（Schwab's Pharmacy），位於日落大道上的藥局，因鄰近片場，是很多明星、影視產業從業人員會出沒的地方。除了藥妝店業務以外，也設有餐飲吧檯，提供飲料等服務。一九八三年倒閉。

367 《奧茲與哈莉特歷險記》（*The Adventures of Ozzie and Harriet*, 1952~1966），由現實生活中為一家人的尼爾森一家演出家庭生活的影集，尼爾森一家原本都是演員，包括先生奧茲（Ozzie Nelson, 1906~1975）、太太哈莉特（Harriet Nelson, 1909~1994），以及兩個兒子，其中一位就是瑞奇（Ricky Nelson, 1940~1985）。

368 《曠野奇俠》（*Rawhide*, 1959~1965），美國西部電視劇。

369 大衛・強森（David Janssen, 1931~1980）、威爾・哈欽斯（Will Hutchins, 1930~）皆是美國演員。前者的代表作為《私家偵探理察・戴蒙》（*Richard Diamond, Private Detective*, 1957~1960）及《法網恢恢》（*The Fugitive*, 1963~1967），後者的代表作就是西部電視劇《糖足》（*Sugarfoot*, 1957~1961）。

1928–2012〕）。吉姆甚至唱了一首花俏時髦的短歌〈時髦方塊舞〉（Hip Square Dance），這首歌由頑童合唱團暢銷金曲的創作搭檔博伊斯和哈特（Boyce and Hart）所做。一年後，他再次和小威廉・惠曼主演《青春新舞》（*A Swingin' Summer*），故事發生在加州的箭頭湖。片中，正義兄弟合唱團[370]來了場很不錯的客串，演出他們唯一一首真正的搖滾歌曲〈潔斯汀〉（Justine）。但讓人記得這部片的真正原因，在於這是拉寇兒・薇芝（Raquel Welch, 1940–）早期演出的電影。片中，她飾演一個戴眼鏡的書呆子，電影快結束時，她拿掉粗框眼鏡，變得性感奔放，在蓋瑞・路易斯和花花公子樂團[371]的伴奏下，上台勁歌熱舞了一首〈我要玩個痛快！〉（I'm Ready to Groove）。

這段期間，史達西和六〇年代一位魅力十足的演員康妮・史蒂芬（Connie Stevens, 1938–）結婚，這段婚姻持續了四年。六〇年代後期演了很多客串角色後，史達西客串了一部開啟他電視巨星之路的影集。

當時，哥倫比亞廣播公司有個非常受歡迎的節目《鐵腕明鎗》。六〇年代末期，《鐵腕明鎗》的主演詹姆斯・阿尼斯（James Arness, 1923–2011）盡其所能少在節目裡露臉。雖然阿尼斯在自己的影集裡只有客串演出，但《鐵腕明鎗》身為電視台重要節目的地位實在難以撼動，收視率沒怎麼受到影響。所以哥倫比亞廣播公司就隨他去（阿尼斯並不想離開電視圈去拍電影，他就只是不想工作）。不過，這讓哥倫比亞廣播公司有機會以精彩的客串主演為中心，發展每一集。如果這些客串主演在自己擔綱演出的那集裡表現出色，他們就很有可能在明年哥倫比亞廣播公司頻道的秋季檔期，有自己的影集可演。

詹姆斯・史達西演了整齣電視劇中最精彩的一集。考量到《鐵腕明鎗》是當年品質數一數二的節目，就知道這代表的意義有多重大。

詹姆斯・史達西在第十三季演出的那集叫做〈復仇〉（Vengeance）。這一集的編劇是凱文・克萊門斯（Calvin Clements, 1915-1997），他是當時非常厲害的西部影集編劇。導演則是理查・薩拉費安（Richard C. Sarafian, 1930-2013）。薩拉費安是位非常有才華的電視劇導演，他之後拍了劇情長片，拍出《消失點》（*Vanishing Point*, 1971）和《人在荒野》（*Man in the Wilderness*, 1971）等邪典片[372]經典（《消失點》裡，飾演「道奇挑戰者」駕駛科瓦斯基的貝瑞・紐曼〔Barry Newman, 1938-〕，他那白色扣領襯衫配那頭捲髮很不錯，但換成詹姆斯・史達西的話，會更性感、更帥氣）。〈復仇〉這集分兩部分，客串主演的包括史達西、約翰・愛爾蘭（John Ireland, 1914-1992）、保羅・菲克斯（Paul Fix, 1901-1983）、摩根・伍德沃德（Morgan Woodward, 1925-2019）、巴克・泰勒（Buck Taylor, 1938-）（泰勒之後會成為這齣影集裡主角的副手），以

370 正義兄弟合唱團（The Righteous Brothers），一九六三年成團的美國節奏藍調／靈魂樂團，活躍於一九六〇、七〇年代。最有名的曲子為一九六五年翻唱的〈奔放的旋律〉（Unchained Melody），之後成為電影《第六感生死戀》（*Ghost*, 1990）的主題曲。

371 蓋瑞・路易斯和花花公子樂團（Gary Lewis and the Playboys），一九六〇年代受歡迎的流行樂團。

372 邪典電影（cult film）也可稱為儀式電影、靠片，指那些通常難以獲得主流觀眾的支持、僅被一小群觀影者擁戴、帶有特殊影像魅力的電影。這種電影不是一種嚴格的電影類型，也無特定電影風格，各種類型的片都可能成為邪典電影。邪典電影的經典如《洛基恐怖秀》（*The Rocky Horror Picture Show' 1975*）。

及一年後拍西部片《大地驚雷》[373]的金・達比（Kim Darby, 1947-）。

史達西飾演鮑勃・強森，他和哥哥札克（摩根・伍德沃德飾）、養父希勒（詹姆斯・安德森〔James Anderson, 1921-1969〕飾）是騎著馬、過著游牧生活的牛仔。身為經驗豐富的游牧牛仔，他們知道牧場有個不成文的規矩，如果發現有受傷的小牛，就得宰殺，以免將狼引到牛群裡。所以，當他們遇上一隻受傷的小牛，便把牛宰了，準備飽餐一頓。這時，惡劣的牧場大亨帕克（約翰・愛爾蘭飾）在他兒子、牧場工人和傀儡警長（保羅・菲克斯飾）簇擁下，騎著馬出現了。父子三人發現的小牛是帕克的，而且是在帕克的土地上發現的。強森兄弟試著解釋整個情況，但帕克認定他們是偷牛賊。

在傀儡警長認定他們犯法的情況下，帕克一夥人殺了希勒、重傷札克，丟下受傷的鮑勃在原地等死（很像《龍城風雲》的情節）。鮑勃大難不死，帶著哥哥到附近的道奇城，那是影集主演、身為法警的麥特・狄倫（詹姆斯・阿尼斯飾）管轄的地方。狄倫告訴強森兄弟，帕克擁有一個叫帕克鎮的小鎮，原本應該是相當於道奇城的自治小鎮。但道奇城越來越繁榮，成為驛馬車會經過的一站，帕克鎮依然是個由富裕家族管理的小鎮。雖然狄倫相信強森兄弟所說的話，也清楚知道帕克完全有辦法做出強森兄弟口中的暴行，但當時父子三人出現在帕克的土地上，那隻小牛也是帕克的財產，這都是不爭的事實。主持這場暴行的警長雖然是意志力薄弱的傀儡，但他依然是帕克鎮的合法執法者。所以，儘管不公不義，但他們的作為是合法的。

狄倫叫鮑勃不要採取任何行動，待在鎮上養傷，並讓醫生（米爾本・史東〔Milburn Stone, 1904-1980〕飾）照顧臥床的哥哥。

但在道奇城或帕克鎮都沒人知道，鮑勃·強森是個神槍手。鮑勃清楚知道，他不能就這樣跑去殺了帕克和他兒子，然後不用被吊死。但他也知道，自己可以引誘帕克的混蛋兒子雷納德（巴克·泰勒飾）來場一對一槍戰，在這種情況下可以合法殺了他。於是，鮑勃開始在道奇城詆毀帕克一家，為了誘使雷納德來到鎮上。鮑勃的計畫成功了。藉由和帕克的蠢兒子玩心理遊戲，他成功激怒雷納德，讓雷納德在小鎮街上對他開槍、要求他拔槍對決。當時鎮上在辦舞會，兩人衝突時，可說是全鎮的人都在現場。

他在不犯法的情況下，槍殺了雷納德。

很自然地，帕克和他的人馬來到道奇城，準備大幹一票，要求鮑勃獲得懲罰。但狄倫告訴這位殘暴的牧場大亨，他不能干涉一開始因為小牛而起的命案，但他也無法干涉這次的槍殺，因為鮑勃有全鎮的人當他的證人，證明他是正當防衛。

儘管如此，麥特·狄倫清楚知道鮑勃策劃了這整個該死的事情。他不喜歡游牧牛仔隨隨便便來到鎮上，將他管理的小鎮大街變成解決個人恩怨的殺戮場。他告訴鮑勃，一旦他哥療養到能旅行時，就要他們滾出道奇城。不幸的是，鮑勃的哥哥札克沒有機會離開道奇城。帕克派了刺客，在晚上殺了鮑勃臥床的哥哥。

大家都知道是帕克下的手，但要證明是他做的，又是另一回事。

〈復仇：第一部〉接近尾聲時，我們看著詹姆斯·史達西（獨自）騎著馬，來到名叫帕克

373 《大地驚雷》（*True Grit*, 1969），約翰·韋恩主演，改編自同名小說。二〇一〇年重拍成《真實的勇氣》。

鎮的鬼地方，準備迎戰約翰．愛爾蘭飾演的帕克和他的人馬。

哇！停在這也太吊人胃口了！

〈復仇：第二部〉也是由克萊門斯編劇、薩拉費安導演，接著第一部結尾繼續演。上演的是六〇年代西部電視劇裡，一場最精彩、最刺激的槍戰。〈復仇：第二部〉的開頭感覺不像《鐵腕明鎗》會有的內容，反而像一部精彩的七〇年代復仇西部電影裡，令人血脈賁張的高潮橋段。

發生了什麼事？你覺得呢？鮑勃殺了鎮上所有的混蛋。

萬歲！那些混帳通通去死！

根本不用等，就這麼發生了——砰——馬上解決。第二部開場後，熟悉《鐵腕明鎗》每一集架構的任何人都能告訴你，劇情急轉直下。因為從那時起，我們知道麥特．狄倫就得殺了鮑勃．強森，我們只要坐等這件事發生就好。然後，就在這集尾聲時，真的就這麼演了。**別走開，來看看下週《鐵腕明鎗》精彩橋段！**

圈內任何事業正在起步的演員都想演鮑勃．強森。瑞克．達爾頓願意奉上好幾顆臼齒來演這個角色。不過，吉姆．史達西拍〈復仇〉時，瑞克正待在植物園裡，頭戴木髓帽，和近乎全裸、飾演泰山的羅恩．伊利對戲。但只要看了那集，你便很難想像吉姆．史達西以外的人來演鮑伯。

這一集還有另一條故事線，講的是鮑勃和金．達比飾演的天真少女迅速發展的戀情。故事裡，達比飾演一位甜美的女孩，她愛上了這位苦惱憂鬱的傢伙鮑勃。拍片時，金．達比這位甜美的少女也愛上憂鬱小生吉姆·史達西。拍攝結束後，兩人結婚，一年後離婚。

❁❁❁

哥倫比亞廣播公司的高層找史達西演眾人垂涎的《鐵腕明鎗》客串主角時，就知道他的潛力。看到結果後，更加肯定。

鏡頭轉到吉姆·史達西。在二十世紀福斯影業的外景場地，他穿著強尼·藍瑟的酒紅色上衣、棕色皮外套，坐在蘭卡斯特旅社前的一張木椅上。這是他主演的電視劇試播集開拍的第一天。他伸出雙腿，喝了口綠色瓶子裡的七喜。

這時，他有點不爽。因為他看到瑞克·達爾頓的鬍子。他最初得知瑞克·達爾頓——傑克·卡希爾本人——要演試播集的惡棍迦勒·迪卡杜時，他高興得要死。

因為幾個原因。一，他一直挺喜歡瑞克。喜歡《賞金律法》和《麥克拉斯基的十四拳》裡的瑞克（他也喜歡瑞克和雷夫·米克一起演的那部西部片，但他忘記片名了）。

二，福斯和哥倫比亞廣播公司願意花錢，找厲害的電視明星來演試播集的反派，代表他們很看重這齣劇的潛力。三，就自尊心層面，這一天終於來臨了：自己當主角的電視劇，有像瑞克·達爾頓這樣的人來演反派。這樣帶出強尼·藍瑟這個角色也很勁爆。最終，強尼打敗迦勒時，不只是打敗那一週登場的壞蛋而已。觀眾看到的是，強尼·藍瑟對決傑克·卡希爾（西部電視劇的名人），然後藍瑟獲得勝利。他還記得與試播集的導演山姆·沃納梅克討論迦勒這個角色。迦勒這個角色的人選，有兩個選項。一是找達爾頓，走高知名度的客串明星路線。二是找一位叫做喬・唐・貝克（Joe Don Baker, 1936-）的年輕演員來演。貝克在《鐵窗喋血》（*Cool Hand Luke*, 1967）裡飾演其中一名囚犯。他也在《豪勇七蛟龍》的第二部衍生電影、喬治・甘迺迪主演的《荒野七鏢客》裡，飾演七鏢客其中之一（史達西原本要爭取麥昆的那個角色，但輸給蒙特・馬卡姆〔Monte Markham, 1935-〕[374]）。沃納梅克挺喜歡貝克的。貝克看起來像個電影演員，而且沃納梅克喜歡他的體型（貝克個頭比史達西大）。不過，找一位知名電視劇牛仔來顛覆他原本的形象，這件事對沃納梅克來說實在太誘人，他一點都不想錯過這個機會。沃納梅克並不想讓這部影集看起來像《牧野風雲》或《大峽谷》，或任何其他六〇年代的西部電視劇。從義大利來的義式西部片展現了新樣貌，終於追上了美國的西部片了。好啦，還是有安德魯・麥拉格倫（Andrew McLaglen, 1920-2014）、伯特・甘迺迪（Burt Kennedy, 1922-2001）執導的那種垃圾，由約翰・韋恩、詹姆斯・史都華、亨利・方達、勞勃・米契，還有其他老傢伙主演，針對他們越發萎縮的觀眾群，草草做出主打懷舊的西部片。但一九六九年的美國西部片開始有不同的風味。一部分是回應克林・伊斯威特在塞吉歐・李昂尼的西部片裡展現出驚人的性魅力，主演開始由較年輕的演員擔綱。比起戲服出租公司裡標準的西部服裝，他們的穿著更氣派瀟灑。而且，這些主角往往可以歸類到「反英雄」的角色裡。主角性質的改變之大，使得很多從艾森豪時代走來、年紀較長的明星，都試著顛覆自己在電影裡的形象。

威廉・荷頓[375]在《日落黃沙》（*The Wild Bunch*, 1969）裡，飾演殺人不眨眼的搶匪頭頭。他在電影裡的第一句台詞，是衝著他們搶劫的銀行裡無辜顧客說的：「如果他們敢動，就斃了他們。」

亨利·方達在李昂尼的電影《狂沙十萬里》（*Once Upon a Time in the West*, 1968）裡，一登場就朝著一個五歲男孩的正面開槍，殺了他。

那些整個演藝生涯都在西部電影、幾乎每齣西部電視劇裡演反派的演員，像是李·馬文、查理士·布朗遜、李·范·克里夫和詹姆斯·柯本，現在都突然變成主角……還變成電影主演！

而這些新西部片的反派不只是壞人，他們是凶殘嗜血的瘋子。此外，這時候也很鼓勵故事與當時敏感的政治議題相呼應。《小巨人》（*Little Big Man*, 1970）和《藍衣騎兵隊》（*Soldier Blue*, 1970）這兩部西部片，對應到越戰。《追凶三千里》（*Tell Them Willie Boy Is Here*, 1969）裡，羅伯特·布萊克（Robert Blake, 1933~）飾演的在逃印地安人，事實上就是黑豹黨黨員。另外，電影裡角色慘遭殺害時，他們不會只是抱緊肚子、表情痛苦、哀嚎呻吟，然後慢慢倒地。他們會被開腸剖肚，鮮血灑得滿銀幕都是。如果是山姆·畢京柏執導，會以每秒一百二十幀的影格呈現他們被射爆的畫面，而湧出的鮮血會呈現出一種視覺上的美感，而不只是唐·席格[376]式的殘暴。

374 《豪勇七蛟龍》裡，史提夫·麥昆飾演七名槍手之一。在《荒野七鏢客》裡，蒙特·馬卡姆飾演的鏢客就相當於史提夫·麥昆的角色，而且戲服也沿用。

375 威廉·荷頓（William Holden, 1918~1981），也譯作威廉·霍頓，美國演員，一九五〇年代非常受歡迎。他主演了多部經典電影，包括《紅樓金粉》（*Sunset Boulevard*, 1950）、《龍鳳配》（*Sabrina*, 1954）等。

376 唐·席格（Don Siegel, 1912~1991），美國導演，知名作品包括科幻恐怖片《天外魔花》，以及與克林·伊斯威特合作的電影。

替哥倫比亞廣播公司拍一部週日晚上七點半播出的電視劇，山姆・沃納梅克自然無法達到前面說的效果。但他可以試著打造這種新風格西部片的氛圍。他打算從兩方面著手。其一是角色的外觀，特別是服裝方面。其二是從角色的性格塑造下手。把角色塑造的重點放在吉姆・史達西飾演的角色，強尼・藍瑟／強尼・馬德里身上。就那個時代所有的西部電視劇來說（而且《藍瑟》其實代表了那個時代開始走向終點），強尼・藍瑟絕對是這整個類型裡，最接近反英雄的角色。

就是這樣具備陰暗面的特質，讓史達西和沃納梅克很興奮。而為了好好利用這個角色特質，兩人都想到要給強尼・藍瑟加個鬍子。吉姆・史達西想讓強尼・藍瑟有鬍子，不只是為了人物塑造的完整性而已。六〇年代西部影集其中一個套路是，如果有兩個主演，基本上都是深色頭髮配淺色頭髮。和史達西一起主演的韋恩・蒙德，他演的是同父異母的哥哥史考特・藍瑟，就是淺色頭髮的主演。史達西則是深色頭髮的那位。但史達西也知道，如果他有鬍子，就更能讓觀眾將注意力從另一位主演身上轉移到自己身上，並開啟新的表現可能。

但電視台告訴史達西和沃納梅克：「想得美。他媽的絕對不行。想加鬍子，就加在反派身上。」

好啦，結果開拍第一天在現場，瑞克・達爾頓穿著棕色生皮流蘇夾克、嘴唇上方貼著死不讓史達西加的好看鬍子，看起來帥得要命。**那些該死的混蛋**。史達西心想。

過不了多久，他們就會讓某個蠢蛋主演在他的電視劇裡以鬍子造型亮相，然後大家都會開

始加鬍子。而那個蠢蛋原本可以是我！

史達西的比較心態不只是針對瑞克的鬍子。他昨晚在順台詞，準備兩人對峙的大戲時，赫然發現最好的台詞都被達爾頓搶去講了。電視台拒絕鬍子的點子時，沃納梅克對史達西表現出一副懊惱的樣子，但得知要找瑞克．達爾頓演迦勒時，這位導演的興奮之情完全掩藏不住。沃納梅克興奮到讓史達西覺得，比起帶出強尼．藍瑟這個角色，他的導演更熱衷於顛覆瑞克．達爾頓的形象。這個想法，在史達西坐在**他的**拍攝現場，在**他的**影集開拍第一天，看著瑞克．達爾頓和**他的**導演坐在導演椅上，好像這是他們第五次合作一樣地有說有笑時，忍不住出現在他腦海裡。**這兩人之間到底是怎樣？**他邊喝汽水邊想。

此時，演他妹妹瑪拉貝拉．藍瑟的小演員楚蒂．費雪，一蹦一跳地上前，率性地坐到他腿上。

「怎麼啦？」她問。小女孩注意到史達西正盯著演迦勒的演員和導演山姆，他們坐在導演椅上，開心地閒聊。

「掂量你的競爭對手嗎？」她肆無忌憚地問。

他轉移視線，看向腿上的小女孩說：「小鬼，妳是怎樣？」

她說：「嗯……我看那一頭的迦勒搞得你都炸毛了。所以想說來這裡給你拍拍，順順毛。」

他並沒有否認自己被戲裡的對手惹毛。他反而跟她說：「我沒辦法相信，他們竟然把那該死的鬍子加在他臉上。」史達西就直說了，「我希望強尼．馬德里有鬍子。電視台那些什麼都不知道的混帳卻不同意。」

小女孩問史達西：「你和演迦勒的演員打過招呼了嗎？」

「還沒。」他回答。

「既然如此，」她伸出手指了指滿臉是毛的演員，「他就在那裡。你在等什麼？」她質問，「這是你的節目。他是你的客串演員。快去介紹一下你自己，然後歡迎他來演。」

「小甜心，我會去啦。」他說，「他正在跟山姆講話。」

小女孩一邊搖頭，一副「最好是」的臉，一邊小聲地碎念：「藉口、藉口、藉口。」

「欸，小鬼，我會去啦。」他惱火地說，「別再數落我了。」

楚蒂舉起雙手。「好好好。」她說，「這是你的節目，你知道你在幹嘛。慢慢來。」

史達西怒氣沖沖地喝了一大口七喜汽水。

楚蒂坐在他大腿上，搖晃著身子，開口問：「你認識身為演員的迦勒嗎？」

「身為演員？」他重複。「當然——」

她快速打斷他。「別告訴我他真實的名字。」她鄭重地說，「我希望他對我來說就是迦勒！」

「好吧，既然這樣，」他開始介紹，「**迦勒**六年前左右主演了一齣西部電視劇。」

小女孩認真地問史達西：「他在裡面演得好嗎？」

史達西瞥了一眼瑞克．達爾頓，那身迦勒裝扮讓他看起來超帥又與眾不同，還加了自己超想加的鬍子，而且正和導演一見如故地閒聊。他開口時，更像是對自己而不是對小女孩說：「還不錯。」

穿著迦勒戲服的瑞克・達爾頓坐在導演椅上，待在陰涼處讀他的平裝小說《馴馬師》，為了等拍第一場大戲消磨時間（第一副導跟他說，大概再一個半小時後就能拍了）。這時讀小說的他，比在小女孩面前情緒失控之前，更認真地思考這本書。小女孩說得對，這本小說太精彩了。湯姆・「不稀奇」這個角色實在太精彩了。或許值得買版權來拍部電影，由瑞克來演不稀奇。或許他能說服保羅・溫德科斯來導演。

他今天的第一場戲也是他在故事裡的初登場。那是一場很精彩的出場戲。觀眾真的見到迦勒之前，其他好幾個角色在言談之中都提到他了。這樣在角色終於露面時，能讓場面更刺激。如果這是部電影，瑞克會要求這場戲不要在該死的第一天拍攝！但這是電視劇，拍電視劇不會按劇本內容拍攝，而是照行程走。如果你的大戲在第一天拍很合理——就算是早上第一場——那就第一天拍。這場戲裡，他要和兩位演員對戲：飾演強尼・藍瑟的主演詹姆斯・史達西，以及飾演迦勒爪牙「生意人」鮑伯・吉伯特的布魯斯・鄧恩[377]。瑞克認識布魯斯好幾年了（大家都認識他媽的布魯斯・鄧恩）。

瑞克也認識另一位主演韋恩・蒙德。他們認識時，韋恩在演那部關於考斯特的電視劇。瑞

377 布魯斯・鄧恩（Bruce Dern, 1936~），美國演員，憑《內布拉斯加》（*Nebraska*, 2013）提名奧斯卡最佳男主角。

克沒演出那部，但他的好兄弟雷夫．米克有演。有天晚上，瑞克和米克在伯班克片場（Burbank Studios）對面的燒烤店吃飯時，韋恩上門，和他們一起喝了點酒。從那天晚上起，瑞克就沒再見過韋恩了，所以兩人今天在片場時互相打了招呼，韋恩也對他演出這齣劇表示歡迎和感謝。飾演大家長莫道．藍瑟的安德魯．杜根也和瑞克打過招呼了（安德魯在《賞金律法》裡出現過兩次）。瑞克一從化妝車出來後，就和安德魯一起抽根菸、聊聊近況。瑞克恭喜安德魯主演了這部看起來會很成功的新影集。然而，瑞克．達爾頓還沒正式見過主演詹姆斯．史達西。

他稍早看到他在拍攝現場的另一頭。但一般來說，如果一位知名演員——特別是曾主演過熱門電視劇的演員——客串主演你的電視劇，那麼身為主演的你，必須主動向客串演員打招呼，感謝對方來演自己的電視劇。這是禮貌。

就像達倫．麥克加文、愛德華．羅賓森、霍華．德夫（Howard Duff, 1913-1990）、羅利．卡漢（Rory Calhoun, 1922-1999）、路易士．海華（Louis Hayward, 1909-1985），甚至小范朋克（Douglas Fairbanks Jr., 1909-2000）來客串《賞金律法》時，瑞克都有主動去打招呼。這是瑞克該做的事，歡迎他們來演，並感謝他們的付出。但現在已經下午兩點了，詹姆斯．史達西還沒來自我介紹，還沒來歡迎瑞克。范．威廉斯演《青蜂俠》時有這麼做。羅恩．伊利演《泰山》時有這麼做。蓋瑞．康威（Gary Conway, 1936-）演《巨人家園》時有這麼做。小艾佛倫．辛巴里斯特演《聯邦調查局》時也有這麼做。但那個小混蛋史考特．布朗演《英雄馬丁》時沒這麼做。如果你是個咖，然後在你站在攝影機之前，影集主演都還沒來跟你打招呼，那只代表，當著所有人面前，你被罵了句：**去你媽的！**

兩人今天在片場都待得夠久了，史達西早該來打聲招呼。但瑞克打算體諒一下史達西。這是他第一部主演的影集開拍的第一天，他會緊張很合理，但如果他不快點把自己收拾好，他這輩子就會多個敵人。

瑞克接下來也沒等很久。瑞克讀著小說，注意到書本前方走來哥倫比亞廣播公司最新力捧的小鮮肉，他穿著紅色上衣、褲腿綴有銀釦飾的黑色牛仔褲，正穿過塵土飛揚的西部外景場地，朝他靠近。

好噢，終於。瑞克心想。瑞克裝得像他沒看到吉姆走過來，繼續看他的小說。

這位超帥的主演走到瑞克的椅子旁邊時，開口叫了瑞克的名字，尾音上揚帶著問號。

「瑞克・達爾頓？」

瑞克的視線從平裝小說上移開，往上看，他拿小說的手也順勢放低到大腿上。「沒錯。」

吉姆・史達西邊伸出手，邊說：「我是吉姆・史達西。歡迎來演我的戲。」

這是他的回答。

瑞克面帶微笑，握了握小鮮肉的手。

史達西說：「我們真的很高興，有你這樣專業的演員來演試播集的反派。我想跟你說，我是《賞金律法》的粉絲。那真的是個好節目，你應該感到驕傲。」

「嗯，吉姆，謝謝你。」這是瑞克對史達西的回答。「對，那是個好節目，我也很自豪。」

「我跟你說，」吉姆・史達西繼續講，「我差點就拿到《麥克拉斯基的十四拳》的角色。」

「真的假的？」瑞克說。

「真的。」史達西回答。「我原本想演卡茲．蓋拉斯[378]的角色。我是說，對上他我根本沒機會。他那時已經主演了一部亨利．哈撒韋導演的電影[379]，但我超想要演那個角色。」

「友善的」瑞克回話：「我跟你說，我完全是靠運氣拿到我的角色。到開拍前兩週，都還是由費彬演我的角色。但他後來拍《維吉尼亞人》時肩膀受傷了——所以我才能演。導演是保羅．溫德科斯，我們早些年合作過，他也拍了幾集《賞金律法》，所以他建議我去哥倫比亞影業。」

吉姆．史達西坐進原本山姆坐的導演椅，身體傾向旁邊這位《賞金律法》的主演，以講悄悄話的方式問：「瑞克，我要問問我聽說的事。你真的差點就能演《第三集中營》裡麥昆的角色嗎？」

天啊，瑞克心想，**又來了。同樣蠢的小鮮肉，問同樣自以為不冒犯人的蠢問題。**瑞克想起他在《青蜂俠》拍片現場時，影集主演范．威廉斯穿著那身青蜂俠裝扮，問他一樣的問題。還有那位幾乎全裸，只圍了一小條纏腰布的羅恩．伊利，也問了一樣的問題。而且不管問的是哪位，他們的演技都不夠好，無法掩飾眼裡的同情。

針對這個馬文．施沃茲昨天也問他的問題，瑞克給了吉姆．史達西簡單版的答案。

「從沒試鏡過，從沒開過會，從沒見過約翰．史達區。所以我想你不能說我差點得到那個角色——」

瑞克頓了頓，一個沒說出來的轉折詞「但是」由史達西說了出來。「……但是？」

瑞克不情願地繼續說：「**但是**……聽說……曾有一度，麥昆差點推掉那部片。就在那瞬間，我——好像——在一個四人名單裡。」

史達西挑眉，身體更往瑞克的方向傾。「你和誰？」

「我和另外三個叫喬治的：派伯、馬哈里斯和卻克里斯。」

史達西皺眉，不自覺地拍了瑞克的肩膀說：「天啊，那也太慘了。對上那三個娘炮，你絕對能拿下角色。我是說，保羅·紐曼的話——可能沒辦法——但他媽的那三個喬治？」

受夠了的瑞克迅速回話：「反正我沒拿到。麥昆接了。而且坦白說……我從來沒有機會。」

史達西笑出聲，點點頭，但接著說：「即使是這樣……」邊說邊做了個刀子插入自己心臟、轉動刀子的動作。

瑞克看著身旁笑嘻嘻的混蛋一兩秒，接著問他：

「嘿，吉姆，我很好奇……你對我的鬍子有什麼想法？」

378 卡茲·蓋拉斯（Kaz Garas, 1940~），也譯作庫茲·加拉斯，立陶宛裔美國演員，代表作為英國犯罪影集《怪案奇探》（*Strange Report*, 1969~1971）。

379 亨利·哈撒韋（Henry Hathaway，1898~1985），美國導演，以拍黑色電影及西部片聞名，例如《大地驚雷》。他執導的《非洲大狩獵》（*The Last Safari*, 1967）就是由卡茲·蓋拉斯及史都華·格蘭傑主演。

第十七章　英勇勳章

二戰打完，克里夫退伍後，口袋裡有一筆錢和兩枚英勇勳章。這時，他也要決定自己接下來這輩子要做什麼。坦白說，過去這幾年，他真沒想過自己要做這樣的決定。在西西里打仗時，他覺得自己很有可能會死在那裡。然而，等他被調到菲律賓，和當地游擊隊一起對抗占領的日軍時，他非常肯定自己不可能再次看到故土。之後，等他被日本人俘虜，被丟進菲律賓叢林裡臨時搭建的戰俘營裡時，他覺得自己是個活死人。如果克里夫不是打從心底覺得自己沒有活命的機會，他就不可能有膽子想逃離戰俘營，進而讓他帶領菲律賓俘虜一起推翻俘虜營的日軍，殺了俘虜營所有的軍事人員，逃進叢林裡，重新加入反抗軍。

這場大逃亡實在夠大膽、夠刺激，使得哥倫比亞影業為此拍了一部出色的戰爭電影，由保羅．溫德科斯導演，片名叫《珊瑚海殲滅戰》。這部以逃亡為主題的電影充滿娛樂性，但也虛構、更動了不少事發經過。片中，帶領大家成功逃出俘虜營的並不是克里夫和一票菲律賓人，而是一組美國潛艇小隊，由克里夫．勞勃遜飾演的艇長帶頭，展開這場英勇的冒險。這巧合說也奇怪，早在克里夫．布茲認識瑞克．達爾頓之前，瑞克就在這部片中飾演勞勃遜手下的一員。

這部電影捨棄了很多實際情況的細節。省去了克里夫．布茲，省去了菲律賓人，而且片中的日本人並沒有像現實中那樣，砍了大部分俘虜的人頭。在情勢翻轉時，也沒有拍出那些活下來的俘虜，如何斬首俘虜營的日本兵。現實裡俘虜營的野蠻指揮官，也不像電影刻畫得那樣世故老練、風度翩翩、足智多謀又品德高尚。

屁啦，克里夫看這部片時心想，**如果那施虐成性的蠢混蛋有這麼酷，我就會乖乖待在那裡等戰爭結束**。事實上，克里夫．布茲覺得克里夫．勞勃遜才是電影裡的混蛋。他後來向（超愛這部片的）瑞克坦承，「這部該死的電影幾乎讓我改支持那些該死的日本人了。」

儘管如此，逃亡本身的細節大致準確。然而，因為克里夫幾乎覺得自己不可能活著離開叢林，現在他真的活著離開了，反而有些棘手。說到要拿下半輩子怎麼辦，克里夫毫無頭緒。

不過首先，他並不急著回美國。所以一退伍時，他想說去巴黎轉轉。也就是這幾個月在巴黎閒晃，吃起司與長棍麵包、像喝可樂一樣喝紅酒時，他認識了一個戰前他完全不知道的職業：「悠閒的紳士」。

這個職業通常叫做「皮條客」。和克里夫同時代的很多美國人，對拉皮條的概念非常陌生。他們可以理解老鴇經營妓院。但在巴黎，克里夫認識了這些法文叫 le maquereau 或 Maqs（唸作「麥克斯」）的法國小伙子。他們穿著時髦，整天在酒吧鬼混，帶女人上街賣身賺錢，然後這些女人再把錢給他們。對當時的美國男性來說，女人出賣肉體，還要把錢拿給男人，這個概念實在太衝擊了。但這些法國小伙子把這件事做得順理成章，有聲有色。克里夫因為長得帥，他這輩子都有辦法讓女人做出有損她們利益的事。讓她們開張腿獻身，這很簡單。但要讓她們去**賣**，然後再給**他**錢？老兄，那完全是另一個層次的操控。如果他能搞清楚這些法國小伙子到底怎麼做的，他回家以後就能做這件事。所以克里夫想辦法認識了幾個皮條客。

「對這些女孩來說，這樣的安排有什麼好處？」克里夫問。這個法國小伙子解釋給他聽：

「這些女人付錢給你，讓你照顧她們。你**的確**要照顧她們。你要保護她們不受顧客、警察、流氓和其他女人的傷害。你帶她們出去，把她們秀出來。沒錯，她們付你錢，但你也花很多錢在她們身上。你可以從她們賺來的錢裡，分一些給她們，但這樣不浪漫。她們最後會看清這些，看清一切後，就會感到怨恨。但如果你拿**她們**賺的錢，然後花一大筆在**她們**身上，買她們喜歡的東西給她們，洋裝、香水、珠寶、假髮、褲襪、雜誌、巧克力，帶她們去她們喜歡的地方，餐廳、酒吧、電影院、舞廳，她們就會忘記那是**她們**賺來的錢。只要她們乖乖照著爹地說的做，爹地就會照顧她們。」

「一定不只這樣吧？」克里夫問。

「不要小看女人想要爹地照顧的渴望。」這個皮條客說。

「不過，你說的沒錯。」他承認。「不只這樣。有件最重要的事。舉例來說，找到對的女孩很重要。但儘管這很重要，還有一件事更重要。

「有很多男人能讓女人出去賣，但要持續讓她們出去賣？那是真正的**皮條客**才有的本事。而讓很多女人出去賣，並且持續讓她們出去賣？那就他媽的是超厲害的**皮條客**。要做到這樣，你得做到一件事。」

「祕訣是什麼？」克里夫問。

「很簡單。」皮條客說：「好好幹她們。把她們幹得超爽。要常常把她們幹得超爽。」

克里夫淡淡一笑，但這個法國小伙子向他保證：「喂，這比聽起來的還要難做到。你不能像幹你女友那樣幹她們。你不能像幹你好兄弟的女友那樣幹她們。你不能像幹你老爸的情婦一樣幹她們。那些是幹好玩的。但這是**工作**。她們為了賺錢幹客人，這是工作。你為了賺錢幹**她們**，這是工作。相信我，**她們**很難取悅。如果你要讓她們繼續聽話，最好把她們幹得很爽，最好常常幹她們。這表示，不想幹她們時，你也得幹。就算你不想幹她們，你還是得幹，而且還得好好幹。你手中有越多婊子，你就得幹越多次。**婊子**越多代表**幹**得越多。不能偷懶。你他媽的偷懶個四天，那婊子他媽的就會清醒。魔咒就失效了。魔咒解除時，不是說**好噢，我覺得就這樣了，再見**。魔咒解除時，那婊子他媽的會恨死你。而且那婊子不只是恨死你，還想讓你死得很難看。她**可能**會想殺你。她**可能**會偷你的東西。她**可能**會打電話給她爸、**可能**會打給她哥，或**可能**會打給她小時候的男朋友，叫他來救她。好啦，他會拿著刀來找你，或她哥拿把手槍來找你，或她爸拿把他媽的獵槍來找你。

「或者，她用你**教**她的床上絕活，找個討厭鬼把你揍爆。

「也就是說，**皮條客**天天要工作。對真正的皮條客來說，沒有不幹活的休假。

「你要幹她，要持續幹她，絕不能停，也絕不能不好好幹她。

「你不能覺得無聊、不能覺得厭煩，沒人在乎你想不想幹她。你是她的**男人**，每次幹她都要讓她爽到。

「訣竅就是：不同姿勢。你不需要幹她幹得比別人**好**，你需要幹她幹得跟別人**不一樣**。

「你想知道她有什麼好處？**那個**就是她得到的好處。你知道嗎，這筆交易對她來說他媽的很划算。她照顧你，你最好他媽的也要照顧她。對，她給你錢，但，**老兄**，你得好好幹才能賺到錢。」

克里夫懂了。他清楚明白了。他也明白，自己不想那麼辛苦。他寧願以時速九十六公里的速度駕車衝向一面磚牆（就像之後劇組花錢請他做的那樣），也不願意幹一個他不想幹的妞。就像俗話說的，唯一不喜歡騎馬的人就是牛仔。

克里夫一明白自己天生不適合當皮條客以後，就回到美國，好幾年無所事事到處走，最後到了俄亥俄州的克里夫蘭。他拜訪了一個高中好友艾碧嘉．潘德葛斯。艾碧嘉長得漂亮，有頭刻意染成銀白色的長髮，是和黑手黨有牽扯的流氓魯道夫．吉諾維斯的情婦之一。

克里夫和艾碧嘉坐在披薩餐館裡，地板上鋪著鋸屑[380]，桌面鋪著方格桌布，音樂從自動鋼琴裡流瀉出來，牆上投影著一部十六釐米的卓別林電影。

艾碧嘉咬了一口披薩，黏稠的莫札瑞拉起司沿著她的下巴流下來，她轉身跟服務員要紙巾。就是在此刻，艾碧嘉看到他們了：帕特．卡德拉和麥克．齊托坐在吧檯喝啤酒，對她這桌使眼色。

噢，糟了，這名銀白色頭髮的性感美女心想。

她轉向克里夫，這時的他，因為不吃披薩邊，才剛用兩口半迅速解決自己的披薩。

她將身子往前傾，靠近坐在對面的克里夫說：「我們有伴了。」

滿嘴披薩的克里夫問：「什麼？」

她的眼神瞥向吧檯。「吧檯的那兩個。」

克里夫正要轉身看向吧檯，艾碧嘉馬上伸出手抓住他的手腕，低聲說：「別看。」

克里夫挑眉，滿臉困惑。

艾碧嘉低聲說：「那是帕特和麥克。他們是魯迪的手下。」

接著，克里夫不顧她的制止，依舊轉身好好看了坐在吧凳上、喝著啤酒、看上去粗野的兩位顧客。他們明白地給了克里夫這位退伍軍人一個「去你媽」的眼神。

克里夫轉回來，再拿了一片披薩，艾碧嘉跟他說：「他們到時候會過來趕你走。」

克里夫的視線從手中的披薩，移到臉色蒼白、髮色呈不自然銀白色的女孩身上。「是噢，他們會來？」

艾碧嘉一臉歉疚向他道歉。「克里夫，抱歉，我沒想到魯迪反應這麼大。我的意思是，我他媽的又不是他太太，他也不是沒有其他八個女朋友。」

「對，」克里夫說，「但妳可能是他最喜歡的一個。我看得出來。」

這讓艾碧嘉一陣臉紅。

接著，克里夫叫她先離開座位去洗手間。她開口反對，但克里夫只重複了他的指示：「離開座位，去洗手間。鎖上門，等到我說好了妳才能開門。」

她不懂。

「照著做。」克里夫語氣強硬。

380　有些餐館、酒吧會在地板撒上鋸木材時落下的細末（鋸屑），用來吸附濺出來的液體、調味料等，方便清理。

於是，她照著指示，起身離座到洗手間，然後鎖上門。

一等艾碧嘉離開用餐區，兩個義大利流氓就來到克里夫這桌。

麥克．齊托坐到艾碧嘉的位子，帕特．卡德拉從空桌那裡拉了把椅子過來。

克里夫的視線從牆上的卓別林移開，看向兩名身材像美式足球後衛的男子加入他這桌，然後咬了一口披薩。

帕特將他的啤酒放在桌上，對克里夫說：「好了，怪胎，我要告訴你接下來會發生的事。你起身離開，從那扇門滾出去，」他用拇指往後指了指店門，「然後如果我或他，」他的拇指在他和麥克之間擺動，「再看到你在艾碧嘉小姐身邊轉，你就要去醫院待上很長一段時間了。」

克里夫繼續嚼他的披薩。

「聽懂了嗎，披薩小子？」麥克問。

克里夫吞下嘴巴裡的食物，然後將手裡的披薩放回盤子裡。他抓了張紙巾，一邊擦拭手指上的油膩，一邊問這兩個傢伙：「兩位先生不會剛好有**義大利血統**吧？」

兩名黑頭髮的男子本能地對視了一眼，接著看回眼前這名金髮男子。「沒錯。」帕特回答。

克里夫左右擺動食指，指著他們倆。「你們都有？」

麥克挺胸說：「對，我們都是義大利人，那又怎樣？」

克里夫咧嘴一笑，傾身向前，開口：「你們知道我殺了多少**義大利人**嗎？」

帕特往前傾，低聲問：「你說什麼？」

克里夫說：「噢，你沒聽到啊？我再重複一次。」接著他再問一次，「**你們知不知道我殺過多少義大利人？**」

帕特和麥克看著他從口袋拿出英勇勳章，丟在桌上。勳章用力摔在木桌上，發出砰的一聲。

克里夫一邊把手伸進夾克口袋，一邊說：「讓我給你們一點概念。」

「讓我得到這個的那一天，」克里夫指著英勇勳章，「我至少殺了七個。或許有九個這麼多。但至少有七個。」克里夫繼續說，「那只有他媽一天的時間。我在西西里時，我每天都在殺義大利人。」

他一邊往後靠，一邊說：「然後我在西西里待了很久很久。」

兩個義大利裔的混混因為憤怒而漲紅了臉。

「其實呢，」克里夫繼續說，「因為我殺了太多義大利人了，他們說我是戰爭英雄。結果呢，因為我是戰爭英雄，我能帶這個在身上。」

克里夫從夾克另一個口袋裡，拿出一把短槍管的點三八手槍，重重地放在英勇勳章旁邊。

帕特和麥克看著他掏出手槍放桌上，從椅子上跳起來。

克里夫往前傾，低聲對兩個混混說：「你們知道嗎？我敢肯定，我可以拿這把手槍，在這間破爛小店裡——馬上——把你們斃了。當著老闆、服務生、顧客和卓別林面前。而且你們知道嗎？

「我敢打賭，我敢說我一點事也不會有。因為我是戰爭英雄。然後你們只是兩個自甘墮落的義大利豬。」

麥克・齊托受夠了，現在換他說話了。他氣憤地指著這名自以為是的金髮男。「聽好了，你這個打過仗的死娘炮——」

克里夫抄起桌上的點三八手槍，打斷他說話，朝帕特和麥克的頭各開一槍。紅色鮮血從他們頭骨上剛打出的洞噴了出來，濺到桌上、克里夫的上衣和臉上，幾乎灑得到處都是。

店裡的女性顧客放聲尖叫。兩個混混從椅子上摔下來，癱在鋪滿鋸屑的地板上。他們倒地後，克里夫又再各補了兩槍。

之後，克里夫蘭警方偵訊克里夫時，他告訴警方：「他們打算綁架我和潘德葛斯小姐。比較胖的那個跟我說，他要開槍把我斃了，然後往潘德葛斯小姐臉上潑硫酸，給她一點教訓。」然後他又加了句：「我不知道該怎麼辦。我嚇得要死。」

克里夫的假設是對的。克里夫蘭警方知道帕特・卡德拉和麥克・齊托到底是幹嘛的。如果一位二戰英雄想在披薩店裡開槍斃了他們，警方很樂意幫忙付披薩錢。克里夫的說法甚至不需要很有說服力，只要聽起來合理就好。

這就是克里夫・布茲殺了人卻逃過法律制裁的經過……這是第一次。

第十八章　我的名字不叫蠢蛋

迦勒．迪卡杜。

莫道．藍瑟提到那幫偷牛陸盜的頭頭叫迦勒．迪卡杜時，強尼用上所有表情管控技巧，才一臉沒任何反應的樣子。這個驕傲、憤恨的老混蛋莫道．藍瑟，也就是他的父親，非常絕望。而讓他如此絕望的人是迦勒．迪卡杜。強尼和同父異母的哥哥史考特之所以千里迢迢回到小時候的家，是為了聽父親的提議，好賺那一千元。兩人都沒想過，自己會對自幼就再沒見過的父親所提的任何事感興趣。

兩人都錯了。

方圓三百二十公里內，他們的父親莫道．藍瑟，是加州─墨西哥邊界靠美國這一側最有錢的人。在加州蒙特利山谷裡，他坐擁最大的牧場、最大的房子、最多的牛隻。但現在這位富有、驕傲的男人很絕望，而絕望並不是他習慣的情緒。這沒讓他看起來很脆弱。莫道．藍瑟有底氣、有自尊，他那張馬臉不太有表情，但這的確讓他看上去憂心忡忡。情況絕對很糟，但他臉上的憂慮代表事情可能變得更糟。

打從迦勒．迪卡杜和他那票無賴來到羅優德奧羅鎮這一帶後，他們就完全針對莫道的牛，好像迦勒和莫道曾有什麼過節一樣。但其實完全沒這回事。實際情況其實很單純，莫道．藍瑟是罌粟花田裡那株長得比較高的罌粟花，比較高的罌粟花就得被修剪、被整治。

他們從每天晚上偷一點牛開始。起初，莫道派了幾個工人晚上睡鋪蓋捲，在牧場駐守，阻止那些過分盼望吃牛排的傢伙。這麼做一開始好像有效。但接著，八名迦勒的野蠻手下突然找上牧場工人佩德羅。他們把佩德羅痛毆了一頓，然後把他綁在樹上，用馬鞭抽打，差點抽死他。那天晚上，這群混蛋偷了二十頭閹牛，然後另外惡意槍殺了六頭牛。

身為當地最有錢的地主有個問題。那就是，除非你養了一班凶惡的持槍份子，不然要處理這樣凶殘的攻擊近乎不可能。距離最近的執法人員是兩百四十公里外的法警。（現實的真相是，對每個月薪水只有五十塊的警察來說，他們對保護有錢人的財產意興闌珊。）那天晚上，迦勒不僅偷走很多牛，還在一百公里外公然販售這些牛隻（藍瑟牧場的標記都還印在上面）。接著，迦勒和他的手下搬到離藍瑟牧場最近的羅優德奧羅鎮上。一開始，他們占據小鎮的酒吧，酒吧老闆佩比成了自家店裡深受恐嚇威脅的僕人。

認為為民服務是義務的鎮長，試著和迦勒溝通。結果在大街上被鞭子抽了一頓。這群陸盜告訴羅優德奧羅鎮上的商人，除非他們希望鎮上那棟紅色校舍被燒毀、自家女人每天被騷擾，不然就他媽的管好自己的事，別管佩比和他的酒吧、別管莫道和他的牛。

然後，迦勒搬進蘭卡斯特旅社的總統套房。沒過多久，這群陸盜開始向鎮上所有商家收取保護費。

迦勒的計畫很簡單，就是緩慢、穩定但持續不懈地實驗，看看莫道和羅優德奧羅鎮上的居民，願意吞下多少爛事。一次又一次的實驗下來，證明這群人似乎再多都吃得下。迦勒也沒有耽溺在權勢裡，覺得這樣威逼恐嚇能永遠持續下去。到時候，軍隊會找上門來。但抵達這裡要花三天。軍隊抵達時，迦勒和他的人早就跑了。迦勒眼前只有一個阻礙：莫道·藍瑟的錢。有節操有原則的人和無賴交手時，無賴一開始總是占上風。因為有些事情有節操有原則的人不會做，但無賴會不擇手段。更確切地說，除非有節操有原則的人被逼到極限，不然有些事他們不會做。大部分的希臘悲劇、一半以上的英國戲劇，還有四分之三的美國電影，都依照這個前提運作。

除了離開小鎮，羅優德奧羅鎮的居民沒有其他辦法。但莫道的錢讓他有很多辦法。他可以花錢買一票聽命於他的無賴。而迦勒的最後一次進犯——狙擊手殺了備受莫道信任的工頭喬治·戈梅茲——終於碰到了這老頭的底線。

莫道·藍瑟給兒子的提議很簡單。和他們均分整個帝國。這意味著牛隻、土地擁有權、牧場住宅、銀行帳戶都分三等份。要拿到這些，他們得答應兩件事：幫莫道把迦勒和那票可惡的小偷趕出這個地區，然後花十年經營牧場、處理營運牛隻帝國的生意。十年後，如果他們想離開、想把自己那一份財產換成現金，都隨他們的意。兩名年輕人過去這幾年的生活都僅能糊口——身為賭徒的史考特，靠撲克牌過活；強尼則出售自己用槍的好身手，價高者得。兩種情況下，兄弟倆承擔的風險都比可能的獲利要來得大。兄弟倆不喜歡他們的父親，但兩人都要好好考慮父親的提議，因為這世界上沒有其他情況，能讓他們賺到莫道承諾的那些錢。不管靠合法或非法手段都賺不了這麼多。莫道・藍瑟不只是有錢。莫道・藍瑟擁有**巨額財富**。莫道・藍瑟不只擁有一堆土地、不只生意成功而已——他掌握一個帝國。一個他願意分成三等份的帝國。

對強尼來說，只有一個問題。他**恨透了**這混蛋。就是這混蛋，在大雨天裡把他和他母親轟走。就是這混蛋，讓他母親變成財迷心竅的妓女。就是這混蛋，最後讓他母親在那間旅館房間裡，遇上另一個有錢的混蛋，被對方割喉殺害。強尼十二歲時，**那個**混蛋因為殺了他母親而受審，被判無罪。他十四歲時，殺了那個混蛋。之後，他花了十年，殺了所有判那混蛋無罪的陪審團成員。強尼劃破所有人的喉嚨，好讓他們知道他媽媽是怎麼死的。他們看著行凶的強尼，身上鮮血直冒、不能說話、生命緩慢流失、極度驚恐。強尼笑看他們的痛苦，跟他們說：「瑪塔・康琪塔・路易莎・蓋伯頓・藍瑟和你**問好**。」

他花了十年殺了這十三個人，終於替瑪塔・蓋伯頓・藍瑟報仇了。但還剩下一個人沒為媽媽的死付出代價，那就是送她走上墮落之途的男人。他的父親。莫道・藍瑟。

但話說回來，牛真的很多、土地真的很多、牧場真的很大、錢真的很多。強尼十輩子都賺不到這些。要得到這些，他只要忍住不宰了他老爸，然後不要被那票凶殘的偷牛賊殺掉就好。但強尼有個祕密。莫道、史考特或其他藍瑟牧場的人都不知道的事。

強尼・馬德里和迦勒・迪卡杜是朋友。

強尼・馬德里騎著馬到羅優德奧羅鎮的大街上。他兩天前搭驛馬車來到鎮上時，這裡看起來就像他見過的其他一百個小鎮。但這是在莫道跟他與他哥說明事情的來龍去脈之前。現在，強尼明白羅優德奧羅鎮和其他小鎮的差別了：這個小鎮充滿恐懼。他剛抵達時就注意到小鎮那家大酒吧，以及聚集在酒吧門口那群絕非善類的傢伙。很多小鎮的酒吧門口都聚集著這類不法之徒。但強尼明白，這些人不只是**一般**的罪犯。這些人是強尼被找來鎮上要趕走或殺掉的對象。這些人要對莫道的痛苦負責。這些人是替迦勒賣命的陸盜。

他騎馬經過鍍金百合酒吧時，感覺有人盯著他。他的眼角餘光瞥見四個惡徒。其中一個是黑人，一身墨西哥土匪的打扮。另外兩個則是穿得像墨西哥土匪的墨西哥土匪。不過，是第四個傢伙引起強尼的注意。那是名個頭高大的白人，看上去比其他人都老。其他三位都一身墨西哥土匪的裝扮，但他卻一身剪裁合身的黑色西部套裝，腳踏時髦的黑色皮革牛仔靴。他頭戴一頂挺括的黑色大牛仔帽，嘴唇上方留著一撮鬍子，鬍子抹了大把鬍蠟。這個大塊頭坐在鍍金百合前廊的搖椅上，用小刀刻著一個木頭的馬雕像。細碎的木屑在他光滑的靴子旁聚集成一小堆。除了他的年紀和穿著，他和前廊另外三名惡徒也不一樣。他們是走狗，他則是厲害的牛仔。強尼想不起他是誰。但就算強尼不知道他是**誰**，也知道他是**幹什麼**的。這名身穿黑套裝、黑靴子，留著大鬍子的大塊頭是個名人，名聲響叮噹。其他這幾個靠製造混亂與騷動，從中分一點好處。而這個大塊頭在任何事情辦成前，就先拿到迦勒親手給的一袋金幣。

如果在幫派匪徒為主題的故事裡，他就是所謂「外面找來的殺手」。關於大塊頭的前幾章故事中，他可能是個英雄，他也曾經是。但翻到這一頁——現在——他將自己的好身手賣給出價最高的人。而在**這個**故事裡，**那位**出價最高的就是迦勒．迪卡杜。

強尼下了馬，將馬拴在蘭卡斯特旅社門口的拴馬柱上。一身黑的大塊頭折起他的小刀，收進口袋裡。強尼穿過大街，朝酒吧走去。大塊頭將小小的木馬雕像放在他前方的小木桶上，接著從搖椅裡站起身，走向酒吧前廊的台階處。強尼走到離前廊台階大概有九步的距離時，他聽見大塊頭大喊：「夠了，蠢蛋。」

強尼停下腳步。「我的名字不叫蠢蛋。」強尼糾正他。

「小子，你在這裡做什麼？」大塊頭問。

「我口渴。」強尼回答，指了指酒吧。「那是間酒吧，不是嗎？」

全身黑的大塊頭轉過身，看了看寫著酒吧的大招牌，在酒吧門口轉了轉，接著轉身面對強尼說：「是啊，是酒吧，但你不能進來。」

「為什麼？」強尼問：「打烊了？」

大塊頭微微一笑，輕輕拍了拍放在腰帶裡的手槍槍把。「噢不，我們營業中。」

強尼懂了，也微微一笑，開口問：「所以只有**我**不能進去？」

大塊頭的笑容更深了，露出了牙齒，他說：「沒錯。」

強尼問：「為什麼？」

黑衣大塊頭解釋：「你知道的，我們只在**女士之夜**招待**女士**。」

前廊其他三名走狗聽了都大笑。

強尼也稍微笑了一下，接著說：「這個好笑。我可要好好記得這個笑話。」

大塊頭警告：「你再往前踏一步，就什麼也記不得了。」這名全身黑的高個兒雙手叉腰，向酒紅色上衣的年輕男子警告他輕舉妄動的下場。

「現在，聽好了，蠢蛋，騎上你那匹老馬，趕緊滾出這裡——聽到沒，小子？」

強尼瞇起雙眼，開口說：「噢，我聽得很清楚，但沒在聽的是你。我早就跟你說，我的名字——不叫——蠢蛋。」

強尼一邊說，一邊把手放低，覆在掛於腰間皮套裡的手槍上，然後解開套在手槍擊錘上的皮環[381]。

大塊頭見狀，手也覆於腰際，那裡有他放在腰帶裡的手槍。

正當兩名男子作勢要拔槍一決勝負，前廊、大街、小鎮等一切也都陷入一片寂靜時——**突然**——酒吧吱吱作響的牛仔門猛然被推開，走出來的是罪魁禍首，迦勒．迪卡杜。

這名犯罪集團的頭頭身穿深棕色生皮夾克，袖子上滿是皮流蘇，他正啃著一隻雞腿。強尼感覺到迦勒走到前廊，但他依舊死盯著惹事的大塊頭，所以他沒有看向老友打招呼。

「吉伯特先生，」迦勒在大塊頭背後跟他說話，「我不想打擾你賺我的錢——我知道你沒有**墨西哥粽**吃的時候，有多無聊多煩躁。」迦勒咬了一大口雞腿，他一邊嚼著嘴巴裡油膩的雞肉，一邊說：「但如果我是你，我會查出那蠢蛋的名字。」

吉伯特問他的老闆：「迦勒，他是誰？」

381　皮環是手槍皮套上的零件，用來協助固定槍枝，以免騎馬或走路時晃動導致手槍移位、脫落。要把槍拿出來時，要先把套環從擊錘上拿開。

迦勒靠在酒吧門口，吞下嘴巴裡的肉，接著說：「容我介紹兩位。」

他用雞腿指了指全身黑的大塊頭，說：「這位是鮑伯．吉伯特。」

所以他是那個「生意人」。強尼心想。

「那個『生意人』？」強尼問。

「沒錯。」鮑伯回答。「『生意人』鮑伯．吉伯特。你是哪位？」

強尼回答之前，迦勒又咬了一大塊肉，把骨頭上的皮啃光，然後說：「那傢伙叫馬德里。**強尼．馬德里**。」

「**強尼．馬德里**是哪根蔥啊？」鮑伯挖苦地問，以充滿諷刺的口吻重複強尼的名字。前廊上其他三名走狗笑出聲，直到迦勒給了他們一個「大人在講話小孩給我閉嘴」的眼神，他們便安靜下來。

生意人鮑伯既困惑又惱怒，並開始有點擔心。他被迦勒找來，是要趕走或殺掉像紅上衣蠢蛋這類的傢伙。而且迦勒以金幣支付他一大筆錢做這件事。所以為什麼突然間，這位付錢的老大會有這種反應？

「迦勒，我說真的，這討厭鬼到底是誰？」

迦勒將吃剩的骨頭丟到街上，骨頭落在鮑伯和強尼的中間，然後對他僱來的槍手說：「**生意人**，你很快就知道了。」

迦勒說完，消失在牛仔門後面。強尼．馬德里側身面對鮑伯，那是他一決勝負的姿勢，明白向「生意人」表示，他是認真的。強尼像雕像一樣靜止不動，開口說：「我等著你呢，**吉伯**

特。」這時，鮑伯．吉伯特覺得喉嚨一陣乾澀。

他的手緩慢靠近自己的手槍皮套。

強尼眨了眨眼睛。

鮑伯快速握住手槍搶把時，身體猛然往左偏，但等到強尼的子彈打中他的心臟時，他的身體猛然往右傾。

手槍從他手裡掉落，從木地板的前廊彈到塵土飛揚的街上。全身黑的大塊頭搖搖晃晃站了一下子，然後臉朝下往前廊的階梯倒，一半的身子倒在街上。過程中翻倒了一桶醃菜，灑了一地的醃菜和醃菜汁。

「**生意人**」鮑伯．**吉伯特出色的職業生涯就此結束**。強尼心想。接著，這位站在街上，腳邊有一地醃菜的紅上衣男子，將還在冒煙的槍管對準前廊上三名走狗，用西班牙文問：「有其他人要上嗎？」

強尼走進酒吧時，迦勒的七名手下，不管是原本在桌上玩牌的、抽菸的，還是在吧檯喝酒的，都看向這位讓鮑伯失業的紅衣男子。看上去沒有人對事情的變化感到憤怒。看來鮑伯沒把交朋友當成像**做生意**一樣，好好經營。接著，他上方傳來一聲大喊：「強尼．馬德里！」

他抬眼，看到老友迦勒．迪卡杜站在二樓走廊，靠在雕琢精緻的木欄杆上，往下看著自己，而且迦勒那張毛茸茸的臉上，掛著大大的笑容。

「多久沒見了？」身穿棕色上衣的惡棍這麼問身穿紅上衣的惡棍。

強尼想都不用想就知道。「在華雷斯之後就沒見過了。大概三年前。」

迦勒吐出雪茄的煙，開口：「進來喝一杯。」

強尼邊朝樓梯走去，邊問：「所以我不用等到**女士之夜**？」

兩位硬漢開著硬漢的玩笑。「規則就是訂來打破的。」

呵呵，強尼心想。「既然如此，」強尼表示，「迦勒，我請你喝一杯吧？」

「強尼，當然好。」迦勒邊說邊慢慢走下樓梯。「來杯**梅茲卡爾**[382]如何？像在華雷斯那時一樣。」

強尼輕聲笑了笑，想起往事而搖搖頭說：「那天死了很多人。」

「是啊。」迦勒說完，樓梯也走到底了。「但我們打得很爽，對吧？」

「是啊。」他回答。對這段殘忍但痛快的往事，他臉上浮現一抹心照不宣的微笑。接著，強尼伸出手朝另一頭的吧檯示意，「迪卡杜，你先請。」

兩人走向吧檯時，迦勒大聲喊可憐的老闆：「佩比，給我滾去顧吧檯——我有客人！」

強尼邊走邊環視了一下鍍金百合。這間酒吧其實很不錯，和這個靠牧牛繁榮的小鎮很相稱。他也在盤算下一步要怎麼做。如果他原本有計劃的話，這時就會開始思考。在他得知自己可以因為殺了一個老友，獲得巨額財富的三分之一時，重新定位一下自己似乎比較恰當。但究竟為了什麼而做呢？好喔，**說實在**，他還沒想清楚。因為他認識迦勒，所以**如果**他要幫莫道，那麼替迪卡杜工作似乎是個明智之舉。那樣他可以從內部行動。如果那**依然**是要執行的計畫，那便是個好計畫，只要迦勒不知道強尼是莫道的兒子就好。如果他知道了，強尼就死定了。所以說，**如果**計畫是要阻止迦勒，然後從他父親那裡得到好處，那麼目前為止都很順利。然而，自從十二歲的強尼親手埋葬了他母親，他就有另一個計畫：讓莫道．藍瑟對他和他媽媽所做的事付出代價。坦白講，就這方面來說，迦勒做得比強尼能做的，還要來得好。這老傢伙已經束手無策了。他很絕望。所以真正的問題是，強尼比較想要什麼？錢還是血？他父親的牧場還是他母親的復仇？生活保障還是心靈的滿足？

佩比來到吧檯，接了兩位男士的單。「梅茲卡爾。」強尼說。接著，這位牛仔以西班牙語問：「有任何吃的嗎？」

佩比回答：「只有豆子和墨西哥薄餅。」

強尼轉向迦勒。「豆子好吃嗎？」

「我吃過更難吃的。」他回答。

強尼轉向佩比，以西班牙文說：「來一盤豆子。」

「一塊錢。」佩比語氣充滿敵意，以英文回答。

強尼再次轉向迦勒說：「豆子一塊錢有點離譜，還是我腦子壞了？」

迦勒一邊用拳頭敲碎吧檯上的花生殼，一邊替老闆說話：「嘿，佩比也有權賺錢謀生。」

接著從敲碎的花生殼裡挑出花生，放到嘴巴裡。

強尼不以為然地說：「什麼？你們這些傢伙難道不是這裡的散財童子嗎？」馬德里往吧檯

382　梅茲卡爾（Mescal），以龍舌蘭蒸餾而成的烈酒。

上甩了一枚硬幣。佩比一張臭臉對著強尼，將硬幣滑到吧檯邊邊，用另一隻手接起來，過程中發出刺耳的聲響。接著，他轉身拿裝了梅茲卡爾的酒瓶，將酒倒進兩個陶杯裡。

「乾杯！」迦勒邊說邊將杯子舉起。強尼也做同樣的動作。「敬我太太和我所有的情人——願她們永遠不碰面。」強尼和迦勒碰杯，喝下這杯烈酒。接著，迦勒指了指單獨放在後方的棕色桌子。「馬德里先生，你願意到我專門招待客人的那張桌子嗎？」強尼點點頭說：「我很樂意，迪卡杜先生。」迦勒朝桌子走去，邊走邊喊：「酒瓶帶著。」強尼聽了，便轉身拿了吧檯上那瓶梅茲卡爾。

這個陸盜的頭頭從桌子下拉出一張木椅，坐了上去。「強尼，你來羅優德奧羅幹嘛？」

「噢，迦勒，你懂我的，」他邊說邊替自己和東道主倒了點梅茲卡爾。「為了錢。」

迦勒痛快喝下杯子裡的烈酒，然後問：「誰付你錢？」

強尼喝了口酒說：「我希望是你。」

迦勒盯著強尼，問出這個很重要的問題：「你聽說了我什麼事？」

「我聽說藍瑟牧場的事了。」強尼坦白講。「那些你偷的牛。很多土地、很多牛、很多錢，沒有法律可管。除了一個老頭和一些墨西哥牧場工人想趕你走以外，什麼也沒有。」

佩比端來了一大盤浸著湯汁的豆子和一大支木匙，放在強尼面前。

迦勒再給自己倒了點酒，問：「說說你做什麼買賣？」

「和『生意人』鮑伯一樣的買賣。我想要一份工作。」強尼直接了當地回答，接著說：「而且知道你剛有個空缺，我想補上。」

「補上以後做什麼？」迦勒問。

強尼喝了一口酒，稍作停頓後說：「殺了莫道．藍瑟。」

這讓他的老友驚訝地挑眉。

強尼拿起一塊和梅茲卡爾一起附上的萊姆角，將萊姆汁擠在那盤豆子上。「你把那老頭逼得很緊。但那老傢伙有錢。藍瑟的財富對你來說是個大麻煩，迦勒老弟。可以肯定的是，過不了多久，他會僱一票槍手**反擊**。而且那可不會是你們兩方人馬對決，誰比較厲害誰贏。這場比賽的名字會叫做**殺了迦勒．迪卡杜**。」

這段話讓迦勒臉色一變。

強尼拿起裝有辣醬的小罐子，將辣醬加到豆子上，繼續說：「你死了的話，這些幫你做事的走狗會找到新主人。你死了的話，生活回到原本的樣子。如果你是他媽的莫道．藍瑟，過得可他媽挺好的。當然，」強尼邊說，邊用那支大木匙舀起調味好的豆子，「莫道．藍瑟願意為此花上好大一筆錢。」強尼將湯匙放到嘴裡後，開始嚼。

迦勒瞇起眼睛，開口：「或許他已經花了。」

「或許吧，」嘴裡滿是食物的強尼這麼說，接著把食物吞下去後繼續說：「但或許我不喜歡藍瑟，或許我不喜歡他的靴子。」

「莫道．藍瑟的靴子有什麼好不喜歡的？」迦勒問。

「他用靴子的方式。」強尼回答。

「他用靴子的方式？」迦勒問。

「用來踐踏別人。」強尼回答。

接著，他伸出手，指著面前的東道主，加了句：「但你，迦勒，我喜歡你。我情願替你賣命，痛宰那老頭，也不要保護莫道．藍瑟的牛，和你**作對**。」稍作停頓後，強尼最後說：「只要你出得起我的價碼。」大聲說完這句後，他發現，**這麼說和事實也相差不遠**。

迦勒微微一笑，問他：「強尼，你最近的價碼是多少？」

強尼將舀滿豆子的湯匙塞入嘴裡，邊嚼邊想，接著說：「嗯，我覺得我**現在**比『生意人』鮑伯還值錢。」他把嘴巴裡的食物吞下去，對著迦勒咧嘴笑。

迦勒也報以一抹微笑，指示他：「把你的馬牽到我們的馬廄裡。」然後指了指樓梯上方其中一扇門。「你今晚睡這裡。我們明早去藍瑟牧場。我付高手十四K金幣。」

「那是多少？」強尼問。

迦勒用手比了一下一袋中等大小的金幣。「噢，大概這麼多。」

強尼一直心心念念要殺了莫道．藍瑟，但沒想過靠這件事賺錢。不過，他現在肯定在思考這件事了，因為他衝著迦勒微笑，開口說：「要我殺莫道．藍瑟——」他用手比了一個更大的布袋，「我要這麼多。」

迦勒舉起陶杯，和強尼碰杯。然後兩人都灌下杯子裡的烈酒。

但他**到底**在為什麼事乾杯？臥底行動執行得很成功，順利混入父親敵人的內部？還是和老朋友建立了新的合作關係，一起對付一個憤恨的敵人？對他來說，什麼比較重要？他的未來還是他的過去？他是強尼．藍瑟還是強尼．馬德里？看來，到明天早上以前，強尼得好好想清楚。

第十九章 「朋友都叫我咪咪」

克里夫注意到愛欲電影院播放的卡露・貝克電影是X級時，他覺得或許很有可能看到卡露・貝克真的和誰做愛。可惜沒那種好運。不像《好奇的是我（黃色）》裡，萊娜・尼曼看上去真的在做愛，這部卡露・貝克主演的義大利電影不是來真的。

歐洲電影的床戲比較香豔刺激，但沒有人真的在現場做愛。太可惜了。

但不管怎麼說，這是部很不錯的懸疑片，結尾的轉折也很棒。總之，不是消磨午後時光最糟的方式。不過，如果知道卡露・貝克沒有真的在電影裡做愛，他可能會去圓頂劇院[383]看驚悚間諜片《大北極》（*Ice Station Zebra*, 1968）。

克里夫在福樂大道上奔馳，右轉上好萊塢大道，然後駛入左轉車道。此時，93KHJ頻道裡，「正牌」唐・斯蒂爾正在播放勇氣合唱團（唱〈黑就是黑〉的傢伙[384]）的新歌〈給一點愛〉

383 圓頂劇院（Cinerama Dome），好萊塢歷史悠久的電影院，建築物有圓頂構造，以寬銀幕電影（Cinerama）規格放映影片（同時以三台放映機，在一面寬闊的弧形銀幕上播放電影）。

384 勇氣合唱團（Los Bravos），西班牙搖滾樂團，一九六六年推出的〈黑就是黑〉（Black Is Black）成為國際暢銷金曲。

（Bring a Little Lovin'）。克里夫坐著沒事，正在等號誌轉綠燈，要左轉到河畔大道上。

他喜歡這首充滿能量的歌帶有的衝勁，他的手指便隨著歌曲的節奏在方向盤上敲打。

接著，他在河畔大道和好萊塢大道的交叉口看到她了。她站在公車站前，公車站張貼著宣傳地方第九頻道的新聞主播喬治・普特南（George Putnam, 1914-2008）。就和上次在水瓶座劇院前看到她的情況一樣，她正在招車，希望有人能順路載她一程。

不過現在她是獨自一人。

天啊，克里夫心想，**同一天裡，在洛杉磯三個不同地方，看到同一個想搭便車的人三次，這機率有多高？**他心想，**誰知道呢，現在這麼多小毛頭都在街上搭便車，或許沒什麼。**這看起來的確非比尋常。不過這次這位性感小妞和克里夫是同個方向。事實上，當左轉的綠色箭頭燈亮起，他便會直接往她那裡去。載人一程很容易賺來一頓移動的吹簫享受（克里夫最喜歡這種了），或至少能舌吻個二十分鐘。他稍稍挺起身，對這趟搭便車可能發生的事滿懷期待。

克里夫沉浸在思緒裡時，這名深色頭髮的嬉皮少女看到了坐在凱迪拉克裡的他。

少女一看到他，就激動地跳起來、熱烈地揮手。克里夫向她打招呼。她手臂伸直，搖了搖豎起的大拇指，意思是**載我一程？**

克里夫用手示意**我載妳一程**。

看到他的手勢，她開心地尖叫，當場跳了個笨拙的舞。這支舞可說是趾尖旋轉加開合跳的混搭。

看看這隻轉角上的小蚱蜢。克里夫心想。

「蚱蜢」是克里夫替那些穿著合身、性感高䠷、舉止笨拙的少女取的稱呼。會這麼叫她們，是因為她們的長腿和纖細的手臂纏著你時，就像在幹一隻蚱蜢。

但克里夫覺得，幹一隻蚱蜢這樣的概念滿性感的。所以對他來說，那是一種親暱的稱呼。

這時，還在等號誌的克里夫看到一輛藍色的別克雲雀。這輛車也在好萊塢大道，但是和他反方向。這輛車往右轉駛入河畔大道，直直停在深色頭髮的嬉皮少女面前。

克里夫往前傾，大聲喊：「搞什麼？」隔著車潮，他看到嬉皮少女彎下腰，透過副駕駛座的窗戶和駕駛說話。

兩人一來一往說了幾句後，她點點頭說好。

她挺起身，看向另一頭在奶油黃凱迪拉克裡的金髮男子，對他聳了聳肩之後，鑽進那輛別克雲雀裡。

少女的車駛離後，克里夫等的綠色箭頭燈才亮起。克里夫左轉駛入河畔大道，跟在那輛別克雲雀後面。「正牌」唐．斯蒂爾再次出現在廣播裡，提醒聽眾：「蒂娜．黛加多還活著！」

從那輛別克雲雀的後擋風玻璃，克里夫能清楚看到男駕駛和女乘客的輪廓。駕駛似乎也是個嬉皮，留著一頭紅色的爆炸頭。他或許就是那個長相滑稽，在《二二二教室》裡飾演伯尼[385]的傢伙。他看著頭髮蓬亂濃密的兩人，興高采烈地聊天。蓬亂紅髮的雲雀男說了些什麼，讓嬉皮少女用手拍著膝蓋大笑。

385　《二二二教室》（*Room 222*, 1969~1974），美國影集。劇情以某高中在二二二教室上的歷史課為中心，發展相關的校園和校外生活故事。伯尼（Bernie）是劇裡的高中學生，留著一頭紅色爆炸頭。

克里夫自言自語：「好噢，她就是在耍我。」

他用力將方向盤向左打，凱迪拉克馬上駛離河畔大道，轉進福曼大道。他開進一個路邊的停車位，車位對面是一大間賣地毯的店面。克里夫轉動車鑰匙，車子熄火時也切了「正牌」唐・斯蒂爾的廣播節目。他下了車，然後穿越繁忙的河畔大道。經過搖錢樹這家燒烤酒吧[386]，他走在人行道上，要去位在托盧卡湖區的唱片行「勁爆唱片」[387]。

克里夫一推開唱片行的大門時，頑童合唱團好記的金曲〈到克拉克斯維爾的末班車〉馬上竄入他耳裡。這家店的味道，聞起來就像現在大部分迎合年輕人的店一樣。有種薰香混合體味的氣息。其他四位顧客都小於二十五歲，他們正在翻看唱片。

一名穿著非洲民族服飾的黑人男性正在端詳李奇・海芬斯[388]的同名專輯。

一個女孩正拿著賽門與葛芬柯的專輯《書夾》（*Bookends*）。她長得很像克里夫很迷戀的嬉皮歌手梅蘭妮[389]。

一個年輕小伙子正在電影原聲帶那一區瀏覽。如果克里夫某個軍中同袍生了兒子，大概就長那樣。

第四位顧客就和那個開別克雲雀的傢伙一樣，留著一頭蓬亂的捲髮，看上去像是耶穌基督和阿洛・蓋瑟瑞[390]的混合體。他留著一頭蓬鬆的捲髮，正在和消瘦、扁臉的二十二歲男店員討論林哥・史達離開披頭四後的演藝生涯發展。

自從三週前在廣播裡聽到湯姆・瓊斯那首〈狄萊拉〉[391]，克里夫就念念不忘。

他想把注意力放在這首歌的故事層面，但他記得起來的部分只有副歌。等廣播播出再留意的話也沒辦法掌握。克里夫自然偏愛那些歌詞描述男人殺了自己女人的歌。

他走到櫃檯前，問扁臉男八音軌匣式錄音帶放哪裡。

「蘇珊有鑰匙。」扁臉男說：「你要跟蘇珊說，請她把櫃子打開。」店家顯然認為八音軌匣式錄音帶很貴重，需要鎖起來。你不能直接動手翻找，找到你想要的那個，然後拿去櫃台結帳。你得請店員打開上鎖的玻璃櫃，而且他們會站在一旁看你挑選商品。你一路走到櫃檯時，他們也會格外盯著你，確保你真的有付錢買那他媽的匣式錄音帶。的確，比起一張黑膠唱片，把匣式錄音帶的披頭四專輯《橡皮靈魂》（*Rubber Soul*）偷偷塞入夾克口袋，容易得多。儘管如此，這讓人感覺好像在賣鑽石一樣。而且，把所有顧客都當賊看也有點奇怪。

還沒等克里夫開口問「蘇珊在哪？」，扁臉男就指向一個金髮女生，她看起來像是常去沙灘玩的那種俏妞，她身穿Levi's的鈕扣背心、白色緊身牛仔褲，牛仔褲後口袋有個刺繡布貼，上

---

386 搖錢樹（Money Tree），一九五〇、六〇年代好萊塢業界人士很常光顧的餐廳。昆汀．塔倫提諾小時候也和家人在此用餐。

387 勁爆唱片（Hot Waxx），昆汀．塔倫提諾虛構的唱片行。

388 李奇．海芬斯（Richie Havens, 1941~2013），也譯作瑞奇．海文斯，美國民謠搖滾創作型歌手。他在胡士托音樂節的演出非常出名。

389 梅蘭妮（Melanie Safka, 1947~），美國創作型歌手，一九六〇、七〇年代風靡國際樂壇。

390 阿洛．蓋瑟瑞（Arlo Guthrie, 1947~），美國民謠創作型歌手。父親是民謠創作歌手伍迪．蓋瑟瑞。

391 湯姆．瓊斯（Tom Jones, 1940~），一九六〇年代崛起的英國歌手，演唱的音樂類型極為廣泛。〈狄萊拉〉（Delilah）這首歌的歌詞在講一名男子受不了前任情人狄萊拉移情別戀而痛下殺手。

面有著大腳男子配上「挺住！」[392]的字樣。她正在收拾社區布告欄，克里夫走上前去問她：「妳是蘇珊？」

蘇珊轉身面向他，並馬上對著克里夫微笑。這抹微笑扁臉男等了六個月之久。蘇珊和克里夫都有頭金髮，兩人靠近時，那兩顆頭就像來自不同銀河系的兩顆太陽，繞著彼此運行。她向同是金髮的克里夫表示，她就是蘇珊。

「能麻煩妳幫忙把八音軌卡帶的櫃子打開嗎？」

她忍不住面露不悅，表明她覺得這些八音軌卡帶有夠煩。不過此時的克里夫想的是，這家店的老闆到底是誰，會付錢要她收拾社區布告欄。

蘇珊說：「噢……好，當然。我去拿鑰匙。」她的口氣平板單調，似乎是這類加州性感金髮海灘女郎慣有的說話語氣。她指了指八音軌卡帶的櫃子。「我們在櫃子那邊碰面。」

克里夫目送她去拿鑰匙，看著她那白色緊身牛仔褲包著的屁股，消失在珠簾後面。話說回來，鑰匙只有一把，而且是她負責保管，理當在她的口袋裡，而不是放在珠簾後面某個房間的桌子抽屜裡。

走向八音軌卡帶的櫃子時，克里夫感覺得到扁臉男對他的不滿。如果問克里夫的話，克里夫會告訴扁臉男，四、五個月前他和蘇珊可能有機會。但如果他到現在都沒出手，蘇珊可能會認定他是膽小鬼，沒在管他們下班後一起喝過多少啤酒、吃過多少披薩。在克里夫看來，扁臉男最好就是把目標放在好看的顧客身上。

克里夫掃視放八音軌卡帶的上鎖櫃子，在一堆歌手名字裡，尋找湯姆·瓊斯的〈狄萊拉〉。史蒂芬野狼合唱團[393]、第五次元合唱團[394]、伊恩·惠特科姆[395]、羅斯比、史提爾斯與納許、《毛髮》百老匯原聲帶、《希臘左巴》[396]電影聲帶、阿洛·蓋瑟瑞的專輯《愛麗絲的餐廳》（*Alice's Restaurant*）、媽媽凱絲的個人專輯[397]、兩張比爾·寇斯比的專輯，還有某個叫哈德森與蘭德里（Hudson and Landry）的喜劇組合錄製的喜劇段子，這個搭擋克里夫聽都沒聽過。

蘇珊蹦蹦跳跳地回來了，打開玻璃櫃的鎖。滑開玻璃門時，發出刺耳的聲響。克里夫俯身向前，好把卡帶上的標題看得更清楚。他感覺得到蘇珊一隻手放在她歪向一邊的屁股上，正盯著他。克里夫找到他要的了，把《湯姆·瓊斯超級金曲》抽了出來。蘇珊看了，用手掩著嘴竊笑，聲音很小但聽得到。

克里夫挑眉。「怎樣？我選湯姆·瓊斯很好笑嗎？」

---

392 這個刺繡布貼的圖案，來自美國知名漫畫家勞勃·克拉姆（Robert Crumb, 1943~）一九六八年畫的漫畫。漫畫畫了幾位頭小腳大的男子，趾高氣昂、邁開大步行走，並配上「挺住！」（keep on truckin'）的字樣及一九三〇年代一首藍調歌曲的歌詞。這個漫畫的人物形象配「挺住！」一詞，隨後在一九六〇年代末、七〇年代初的美國非常流行，到處都看得到，做成貼紙、印成海報、T恤等，當時的嬉皮文化也特別愛用「挺住！」這個詞。

393 史蒂芬野狼合唱團（Steppenwolf），活躍於一九六〇年代末至七〇年代初的美加重金屬搖滾樂團，招牌金曲〈天生狂野〉（Born To Be Wild）用於一九六九年的電影《逍遙騎士》。

394 第五次元合唱團（The Fifth Dimension），活躍於一九六〇年代中至七〇年代中期的流行樂團。

395 伊恩·惠特科姆（Ian Whitcomb, 1941~2020），英國歌手、演員、作家。一九六〇年代中期出過暢銷單曲，之後投入流行音樂史的研究，出過相關專書。

396 《希臘左巴》（*Zorba the Greek*, 1964），又叫《希臘人左巴》，同名小說改編成的電影，榮獲奧斯卡三項大獎。

397 媽媽與爸爸合唱團解散後，成員凱絲·艾略特就繼續以「媽媽凱絲」的名稱出個人專輯。

她點點頭，好像在說**對啊，有點**。

克里夫離開唱片行（依舊有點氣蘇珊），走上人行道，手裡拿著一個酒紅色的小袋子，上面印有勁爆唱片的標誌。他往河畔大道和福曼大道的轉角走去，要過馬路回到車上。接著，在車潮的另一頭，他又看到她了。那個身穿鉤織繞頸上衣、超短牛仔短褲、光著腳丫、頭髮濃密的嬉皮女孩，站在奶油黃的凱迪拉克旁，顯然在等他回來。女孩看到克里夫站在轉角，準備要過馬路走回車上時，激動地跳起來，熱烈向他揮手。綠燈亮起，克里夫穿過繁忙的街道，朝他的車以及那個嬉皮女孩走去。他走過來時，注意到一件事。比起之前從他那髒兮兮的擋風玻璃看到的樣子，女孩實際看上去要年輕得多。至於有多年輕，他抓不準。但只要他們開始講話，他會試著找出答案。

嬉皮女孩靠在他的凱迪拉克上說：「看來第三次就會成功。」

「我當妳在河畔大道和好萊塢大道轉角那次是**第三次**。」身穿黃色夏威夷襯衫的金髮男子說，「而那次絕對**沒有**成功。」

「有夠挑剔。」嬉皮少女取笑他。「好好好，愛挑剔先生，隨便你怎麼說。」然後她用非常強調發音咬字的方式，講出：「第四次就會成功。」

她到底幾歲？克里夫心想。

「醃黃瓜好吃嗎？」克里夫問。

「超讚。」打赤腳的嬉皮少女回答。「是高檔貨。」

克里夫挑眉，像在說**不錯嘛**。

「載我一程？」她以可愛少女的聲音懇求，然後咬咬下唇加強效果。

「伯尼怎麼了？」他問。

「誰？」

「開別克雲雀的傢伙。」他說。

她嘆了口氣。「看來他和我不同路。」

「那**妳**要去哪？」克里夫問。

克里夫推測，她絕對未成年，但是，是**幾歲**的未成年人？不是十四歲或十五歲。所以問題是，是十六歲還是十七歲？或者，誰知道，可能十八歲？這樣的話，她就**不是**官方認定的未成年了，至少就洛杉磯警察局來看的話。

「我要去查茨沃斯。」她說。

這讓他忍不住發笑：「查茨沃斯？」

她像玩偶一般點了點頭。

克里夫一臉壞笑，問她：「所以妳就這樣在河畔大道上攔車，等哪個時間和汽油都很多的傢伙，答應大老遠載妳去他媽的查茨沃斯？」

看著他一副難以置信的樣子，她提出反駁。「這就是你不懂了。遊客喜歡載我。我是他們洛杉磯旅遊最喜歡的一部分。」

她一邊說，一邊揮動她的手，克里夫注意到她的手很大。**天啊，她的手指好長**。克里夫心想。**如果她的手握住我的屌搓揉，那碩大的拇指擺弄龜頭，那感覺一定很爽。**

「……他們讓好萊塢嬉皮女……」

女孩繼續喋喋不休時，克里夫看向她的腳。**哇操，腳也很大。**

「……搭便車去片場，這個故事可以說一輩子。」

一秒。

兩秒。

三秒。

四秒。

「史潘片場？」克里夫終於問出口。

黛柏拉．喬眼睛一亮，滿臉笑意。「對！」

克里夫將身體重心從右腳轉移到左腳，而且不自覺地將勁爆唱片酒紅色的袋子從左手換到右手拿，同時再次確認：「所以妳要去史潘片場？」

她再次像玩偶一般點點頭，並說了聲：「嗯哼。」

克里夫純粹出於好奇，問她：「妳去那裡幹嘛？」

「我住那。」她回答。

「一個人？」他問。

「不是。」她說，「和我朋友一起。」

什麼？克里夫心想。起初，她說史潘片場時，克里夫以為她是喬治．史潘的嬉皮孫女或嬉皮看護。但嬉皮說「朋友」時，他們指的是「其他嬉皮」。

「所以，」他開口確認，「我確定一下——**妳**和一群**跟妳一樣**的朋友，都住在史潘片場？」

「對啊。」

這名特技演員消化了一下腦袋裡的資訊，然後替她打開副駕駛座的門。「上來吧，我載妳去。」

「太好了！」她開心地大叫，鑽進副駕駛座。

克里夫替她關上車門。走向凱迪拉克的駕駛座時，他想著嬉皮少女剛才跟他說的話。如果她說的是實話，聽起來史潘片場發生了一些怪事。他很肯定，到頭來可能一點事也沒有。儘管這樣，喬治．史潘年紀也大了，去那裡看一看也無妨。只是要開一趟車去查茨沃斯而已。反正他今天下午也沒什麼其他事好做。乾脆去看看老朋友。同時，他打算繼續和這名骨感少女調情，多打聽這些「朋友」的事和他們的來歷。

他們很快就奔馳在河畔大道上。廣播裡，「正牌」唐．斯蒂爾正拿譚雅助曬乳的廣告開玩笑。搭過很多次便車的黛柏拉．喬，開始解釋怎麼去史潘片場。「你要上好萊塢高速高路——」

克里夫打斷她。「我知道路。」

她亂蓬蓬的頭靠上椅背，好奇地看著身穿夏威夷衫的金髮男子。

「你是以前在那裡拍電影的老牛仔還是怎樣？」

「哇！」克里夫開口，激動的語氣讓黛柏拉．喬很意外。

「怎樣？」她問。

克里夫打著方向盤在車流中行駛，回答：「我只是很驚訝，妳對我的描述這麼精確。以前在史潘片場拍電影的老牛仔。」

黛柏拉．喬笑說：「所以你曾在史潘片場拍西部片？」

他點點頭。

「很多年以前？」她加了句。

「如果妳說的**很多年以前**，指的是八年前的電視節目……那沒錯。」他說。

黛柏拉．喬一邊將髒兮兮的大腳放在凱迪拉克的中控台上，髒兮兮的腳底抵在光滑冰冷的擋風玻璃上，一邊問：「你是演員嗎？」

「不，」他回答，「我是特技演員。」

「特技演員？」她興奮地重複。「那更好！」

「是喔？」他問：「為什麼『更好』？」

「演員都很假。」她理直氣壯地說：「他們只會唸別人寫的台詞。在愚蠢的電視劇裡假裝殺人，但在越南，每天有很多人真的被殺。」

這也是一種觀點。克里夫心想。

她繼續說：「但特技演員呢？你們不一樣。你們從超高的大樓往下跳。讓自己全身著火。你們擁抱恐懼。」然後，她開始解釋從查理那學到的哲學：「唯有擁抱恐懼，才能征服自我。

征服恐懼，是要讓自己變得無敵。」說著說著，她美麗的臉蛋浮現一抹心滿意足的微笑。

管他那到底是什麼鬼意思，克里夫雖然這麼想，但沒有說出來，並將車子開上好萊塢高速公路北上的匝道。

ＫＨＪ廣播裡，盒頂合唱團的新歌〈阻街女郎向前走〉（Sweet Cream Ladies, Forward March）從音響流瀉出來。

成功匯入高速公路的主線道後，克里夫決定開口問嬉皮少女：「妳叫什麼名字？」

「朋友都叫我咪咪。」

「妳的真名叫什麼？」

「你不想當我朋友嗎？」

「我當然想當妳朋友。」

「那我說了，朋友都叫我咪咪。」

「說的也是。咪咪，很高興認識妳。」

「阿囉哈。你知道『阿囉哈』在夏威夷語有哈囉**和**再見的意思嗎？」

「其實呢，我知道。」

咪咪碰了碰克里夫的肩膀：「你是夏威夷人嗎？」

「不是。」

「那你叫什麼名字，金髮先生？」

「克里夫。」

「克里夫？」

「對。」

「克里弗爾或就是克里夫？」

「就是克里夫。」

「克里弗頓？」

「就是克里夫。」

「你不喜歡克里弗頓？」

「那不是我的名字。」

她把腳從中控台上放下來，然後抄起勁爆唱片那酒紅色的袋子。「你買了什麼？」

克里夫抗議：「喂，等等，沒禮貌小姐。用嘴巴問。」

她直接把大手伸入那小袋子裡，拿出八音軌卡帶的《湯姆．瓊斯超級金曲》，接著大笑起來。

克里夫對咪咪的嘲笑，只是淡淡一笑，和看到蘇珊竊笑時的反應不同。「聽著，去妳的，自以為是的臭嬉皮。我喜歡〈狄萊拉〉那首歌。妳有意見嗎？」

她拿著印有湯姆．瓊斯照片的卡帶，挖苦地說：「怎麼？英格伯．漢普汀克[398]的專輯都賣完了嗎？」

克里夫靠向她說：「我也喜歡他，自作聰明的傢伙。」

她揮了揮她那兩隻大手，表示**好好好，我沒意見**。「嘿，馬克．吐溫說：『如果大家沒有不同的看法，就沒有賽馬這種事。』」

他問：「馬克．吐溫是這樣說的嗎？」

少女聳聳肩。「差不多那樣。」

她長長的手指撕開包著卡帶的玻璃紙，把玻璃紙扯掉。她拿掉固定塑膠卡帶的厚紙板，然後伸手將凱迪拉克的音響系統從廣播轉到錄音帶播放器。

盒頂合唱團的歌被關掉了。

克里夫一邊注意路況，一邊注意她的動靜，咪咪把卡帶推進車子裡的錄音帶播放器，發出來很大的**喀嚓**聲。接著，很快地，他們就聽到音響傳出磁帶的嘶嘶聲，然後是湯姆．瓊斯那首浮誇的〈小妞，妳好嗎？〉（What's New Pussycat?）響亮地傳出來。

「好啦，」咪咪坦承，「我的確喜歡這首歌。」

她坐在凱迪拉克的副駕駛座上，再次伸出手，轉動音量旋鈕把聲音調大，並隨著旋律擺動肩膀、性感地扭動身體，取悅克里夫。接著，她把腳抬起來，墊在屁股下，呈現跪姿。然後，她開始解開Levi's牛仔短褲的金屬鈕扣。

一旁一句話都沒說的克里夫挑了挑眉。

好噢，或許值了這趟去查茨沃斯的油錢了。他心想。

看到他的反應，嬉皮女孩也挑了挑她那雙濃密的眉毛，同時拉開牛仔短褲的拉鍊。接著脫

398　英格伯．漢普汀克（Engelbert Humperdinck, 1936~），英國流行歌手，於一九六〇年代中期揚名國際。

下短褲，拿在手上，露出髒兮兮的粉紅色內褲，內褲上印著一顆顆小櫻桃。她用一根手指套著這件超短的短褲，合著〈小妞，妳好嗎？〉裡的鋼琴節奏旋轉，然後把短褲扔到地上。

她一邊隨著湯姆的歌聲左右擺動屁股，一邊將拇指伸進內褲裡，慢慢把那條髒兮兮的內褲沿著大腿脫下來。然後她靠著副駕駛座的車門，開張雙腿，向克里夫展現雙腿間濃密茂盛的陰毛。她的陰毛和她頭髮一樣，濃密又雜亂。

「克里夫，看了喜歡嗎？」她問。

「當然。」克里夫老實說。

接著她躺了下來，背貼著副駕駛座坐墊，濃密的頭髮抵著副駕駛座車門。她抬起左腿，將左腳跟抵著駕駛座頭枕，然後抬起右腳，將右腳塞進克里夫那側儀表板和擋風玻璃之間的空間，大大張開自己的雙腿，面對被逗樂的駕駛。

然後，合著湯姆．瓊斯那首問候小妞的歌的節奏，她舔了舔兩根手指，開始上下擺弄她的陰蒂。

克里夫繼續開著車，一邊看路，一邊盯著咪咪陰毛濃密的私處。

咪咪閉著眼說：「把你的手指插進來。」她的嗓音因為性慾高漲稍有變化。

「妳幾歲？」克里夫問。

咪咪的眼睛猛然睜開。

太久沒有人在乎這件事了，她不確定有沒有聽錯。「啥？」

「妳幾歲？」克里夫重複。

她不可置信地笑出聲：「哇，老兄，好久沒有人問我這個問題了。」

「答案是什麼？」他再問了一次。

她用手肘將自己撐起來，但雙腿依舊大大張開，接著挖苦地對他說：「要玩猜一猜是吧？十八歲。放心了嗎？」

克里夫問她：「妳有什麼證件嗎？妳知道的，駕照或其他東西？」

「你在搞笑嗎？」一臉吃驚的她脫口而出。

「沒有。」他肯定地說：「我要看到證明妳十八歲的官方文件。但妳沒有，因為妳還沒十八歲。」

咪咪闔上腿，起身坐正，難以置信地搖搖頭。「真掃興啊，老兄，就是在說你。」

她依然沒將褲子穿上，再次抬腿，將雙腳重重地放在中控台上，兩隻手墊著頭，徹底呈現斜躺的姿勢。

「顯然，我沒有年紀小到不能幹你，但顯然你**老到**不敢幹我。」

克里夫是從另一個角度看這件事的，他向咪咪解釋了一下他的看法。

「我是老到不能因為未成年性愛去坐牢。我這輩子都在躲牢獄之災。還沒失敗過。真要坐牢，也絕不會是因為妳。別介意。」

既然沒辦法指交，咪咪便穿回褲子。接下來的路程，兩人聊了起來。過程中，克里夫都沒有向他的乘客透露，自己認識喬治·史潘，或是載她一程的目的。

他旁敲側擊地打探她那些「朋友」的資訊。

咪咪則是太高興了，講她那些朋友講個沒完。特別是那個叫查理的傢伙，她很肯定查理會喜歡克里夫。

「我看得出來，查理一定會很喜歡你。」這是她的原話。

起初，克里夫對這票二十幾歲、崇尚且實踐性愛自由的小妞們比較感興趣。但她說越多查理這個人的事、講越多他的教義，克里夫越不覺得查理是個提倡愛與和平的大師，反而越覺得他是個皮條客。

沒錯，看來查理這傢伙巧妙改寫了皮條客的教戰守則，用在那些厭惡自家父母的少女身上。看著咪咪真誠地大談特談這傢伙的鬼話，克里夫試著想像她的來歷。如果五〇年代時，克里夫堅持原本的打算，試著當當看皮條客，那他絕對不可能釣到像咪咪這樣漂亮、明顯教育程度還算高的女孩。但這整個**嬉皮鬼扯**讓世界亂了套。現在她雙手奉上她的私處，換一趟到查茨沃斯的便車。

以前或許願意在車上幫你打手槍的女生，現在會直接幹你**和**你朋友。

那些法國皮條客老兄給自家女人的是香檳、口紅、褲襪、蜜絲佛陀的化妝品；這位查理老兄給的則是迷幻藥、性愛自由的觀念、一套把所有事情兜起來的哲學。

滿有一套的。克里夫心想。**我有點期待見一見這位查理**。

「所以妳怎麼認識這傢伙的？」克里夫問。

「你說查理？」

「對，查理。」

「我十四歲時，第一次見到查理。」咪咪說，「我住在加州的洛思加圖斯，那時我爸讓他搭便車。」

「等等。」克里夫驚訝地說，「妳透過妳爸認識查理？」

「對啊。」咪咪說，「我爸在路邊讓他上車，載他一程，然後帶他回家吃晚餐。」

她接著說：「所以我們一起吃了晚餐。然後我們顯然互相吸引，所以那天晚上等大家都睡了以後，我就偷溜出家門。我們在我爸車子的後座做愛，然後把車子開走了。」

哇，克里夫心想，那混蛋真的很猛。偷了他的車，還拐了他性感貌美的十四歲女兒？不只是在那天晚上幹她而已。這就已經很過分了。還偷了他的車，和他女兒一起跑了？有多少傢伙沒搞出這堆爛事，都他媽的被那些女孩的爸爸給槍斃了。天啊，就算因為這樣殺了他也不會有事。沒有警察會逮捕你，沒有陪審團會判你有罪。

「所以，發生什麼事了？」克里夫問咪咪。

「我們開心地玩了兩天。但後來查理跟我說，我得回去。查理說，我父母可能已經報警找我了。如果我們再往下走，就會跨過州界，他不能開著偷來的車這麼做。」

這他媽的混蛋倒是很懂啊。克里夫心想。

這位洛思加圖斯來的少女繼續向身旁的好萊塢特技演員說明：「但查理說，如果我想跟他在一起，我要做的就是回家。回去上學。回到我房間裡。回去和我家人一起看電視。然後——和第一個遇到的蠢蛋結婚。因為一旦我和某個蠢蛋結婚，我就擺脫了父母的掌控。

「所以我嫁了某個蠢蛋，接著通知查理我自由了。他也跟我說到哪裡去找他。我就離開了那個蠢蛋，去找查理。」

克里夫從來不太同情那些被女孩子耍得團團轉的傢伙，但就連他，都替娶了這極品的可憐傻瓜感到難過。

「然後呢？」克里夫問。

「然後，」咪咪繼續說，「就是徹底的改頭換面，從原本只是活著，變得活得有意義。」

就在此刻，黛柏拉·喬的眼神變得空洞迷茫。這樣的神情，都會出現在所有查理的女孩身上，只要她們能喋喋不休地講得夠久。

「所以這一切會發生，都是因為妳爸載了個搭便車的傢伙？」克里夫跟她確認。

咪咪大笑。「應該是！我從來沒這麼想過，但我想是這樣沒錯。」

「那你父親對這一切的發展有什麼反應？」克里夫好奇地問。

「這件事有點好笑。我媽因為這件事離開我爸。」

這很好笑嗎？克里夫心想。

「然後我爸企圖用獵槍把查理的頭打爆。」

嗯，他媽的也該是時候了。瑞克心想。

「我猜他沒有成功？」克里夫說。

咪咪邊笑邊搖頭。

克里夫問：「發生什麼事了？」

「就是呢，」咪咪說，「查理**就是**愛。你沒辦法用獵槍殺了愛。」

「用大白話來說是什麼意思？」克里夫很想知道。

「意思是，查理將我爸的恨轉成愛。」咪咪接著描述，「查理跟我爸說，他早就準備好去死了，如果就是要在這天死，那就這樣吧。我爸就冷靜下來了。結果那天晚上，查理讓我爸嗨翻天。然後他讓其中一個女孩幫他吹喇叭——莎蒂或凱蒂吧，我不確定是哪個，我不在場。第二天早上他們道別時，已經是朋友了。」

「嗨翻天？」克里夫問，「什麼意思？」

「他們嗑了迷幻藥。」

「你爸和毀了他一生的傢伙一起嗑藥？」

「我爸和讓他明白生命能有多美妙的人一起嗑藥。」她回說，「之後我爸問查理，他能不能加入『家族』。」

「我的天啊，妳他媽一定在開玩笑！」克里夫驚叫。

咪咪搖頭，她沒在開玩笑。不過接著說：「但查理也覺得那樣太詭異了。他說，『天啊，我們不能這麼做，他該死的是咪咪的爸爸啊。』所以我爸不是『家族』的一份子，但他是『家族』的好朋友。」

聽完咪咪荒唐的故事，克里夫忍不住有點敬佩這位叫查理的傢伙。是說，操控一票逃家的嬉皮少女，這是一回事。克里夫大概也做得到。但要影響那些持槍的憤怒父親，克里夫可從來沒那種能耐。

最後，克里夫以問句的方式，總結這段離奇的故事。「好，讓我搞清楚一下：某個老兄讓一個嬉皮搭便車？他帶嬉皮回家，一起和他太太、他十四歲的女兒吃晚餐？嬉皮睡了他十四歲的女兒，並和女兒一起開著他的車跑了？而且是載嬉皮一程的同一輛車？因為這個嬉皮，他女兒十五歲結了婚，然後跟這個嬉皮跑了？因為他讓那該死的嬉皮搭便車，造成這一切的混亂，所以那位老兄的太太離他而去？這位老兄拿著獵槍逮住嬉皮，不過不但沒轟爆他的頭，反而還和嬉皮嗑藥開趴？然後還問能不能成為嬉皮的追隨者？」

咪咪點點頭。「克里夫，我跟你說，查理很奇特。你會喜歡他的，而且我知道他肯定也會喜歡你。」

克里夫一邊注意交通路況，一邊承認：「我得說，我也想見一見查理這傢伙。」

第二十章　性感邪惡的哈姆雷特

瑞克．達爾頓正用盤式錄音機順下一場戲的台詞時，聽到有人敲他拖車的門。他按下暫停鍵，盤帶停止轉動。

「怎麼了？」他對著門說。

「你好，達爾頓先生，」助導說，「如果你準備好了，山姆想在拍攝現場跟你講幾句話。」

「我馬上去。」瑞克表示。

瑞克掃視了一下他的拖車。**該死，今天走之前我得把這裡收拾好**。他心想。**窗戶為什麼會破，也得想個好藉口**。窗戶會破，是因為他上一場戲演完進來時，實在太氣自己了，用力扔了他的牛仔帽，力道太大打破了窗戶玻璃。他之所以這麼氣自己，是因為上一場戲演到一半時，他突然頻頻忘詞，場面很尷尬。演員都會忘詞。但讓瑞克痛苦的原因，在於忘詞時他的反應讓他覺得很難堪。昨天晚上，瑞克花了三個小時努力背台詞。他知道今天的戲有很多台詞要講。專業演員都會記好台詞，而瑞克是個專業演員。

但專業演員通常不會一次喝八杯威士忌酸酒喝到斷片，然後不記得自己是怎麼爬上床的。確實，**有些**專業演員真的這麼幹。但長年下來，他們已經學會如何處理。那些演員（李察．波頓[399]和李察・哈里斯）是專業的酒鬼，但瑞克還是個生手。

毒品和大麻還沒成為演員工會成員的問題之前，讓老一輩演員頭痛的是酒精。很多人之所以開始酗酒，和他們的小孩之所以吸毒，有著相同的原因。他們就這樣陷在裡面當作逃避，直到一切徹底失控。但有些人酗酒，真的有理由。

要記得，很多五〇年代的主演都打過二戰。而很多在五〇年代末、六〇年代初成為演員的男性，都打過韓戰。很多這樣的男性，在戰場上看到很多難以忘懷的事情。他們的同輩人能理解，所以頗能包容他們的酗酒問題。

二戰英雄內維爾・布蘭德[400]和優秀的二戰大兵李・馬文，在拍片現場醉醺醺都沒關係，保險公司也不會要求停拍。隨著馬文年紀越來越大，他在戰場上殺敵的往事，似乎也越來越困擾他。在一九七四年由他主演的電影《大賊王與小煞星》（*The Spikes Gang*）裡，劇情推向高潮時，馬文的角色要槍殺和他聯袂主演的年輕演員蓋瑞・格萊姆斯（Gary Grimes, 1955-）（《往事如煙》〔The Summer of '42, 1971〕裡的年輕小伙子）飾演的角色。看來，格萊姆斯的長相或年紀，或兩項因素都有，讓馬文想起戰爭時他殺的一個年輕士兵。這位獲得奧斯卡影帝的硬漢，得先在他的拖車裡把自己喝個爛醉，才有勇氣面對他曾經做過的事，以及他即將必須假裝做的事。這場戲的表現看電影就知道了。《大賊王與小煞星》其他橋段，就七〇年代西部片而言，都還算不錯，會讓人看得很開心，但沒有什麼令人難忘的亮點，除了電影高潮那激烈的槍戰，以及馬文那時凶狠的表情。

喬治・史考特主演的合約裡明確規定，拍攝時會有三天因為他的酗酒問題而耽擱。甚至連亞杜・雷[401]在七〇年代事業走下坡，且酗酒問題更嚴重之前，電影製片公司多少都會容忍他的酒癮。

瑞克・達爾頓沒有這樣的藉口。他之所以酗酒，混合了三個因素：自厭、自憐和無聊。

瑞克抓起迦勒的帽子，套上迦勒的生皮流蘇夾克，然後走出拖車。他走出去時，也確保助導沒看清楚他在拖車內幹得好事。拍攝現場上，劇裡人員忙進忙出，場面喧鬧，馬蹄在泥土地上發出嘚嘚聲。工作人員帶著瑞克回到羅優德奧羅鎮的大街，把他送到迦勒・迪卡杜的指揮總部，鍍金百合酒吧。瑞克推開牛仔門走進去時，看到劇組人員正在現場一側架設攝影機。三十五釐米的攝影機對面，山姆・沃納梅克獨自一人站在一張大器的高背紅木椅旁。導演用手示意他過去。「嘿，瑞克，來這邊一下，我給你看個東西。」

「好的，山姆。」瑞克回答，快步走向山姆。

山姆站在這張堅硬的木椅後面，手放在椅背上說：「瑞克，你就是要坐在這張椅子上要求

399　李察・波頓（Richard Burton, 1925~1984），英國演員，代表作包括《埃及豔后》（*Cleopatra*, 1963）等。

400　內維爾・布蘭德（Neville Brand, 1920~1992），美國演員。代表作包括《戰地軍魂》（*Stalag 17*, 1953）、《終身犯》（*Birdman of Alcatraz*, 1962）等。他從軍時，獲頒紫心勳章、銀星勳章等榮譽獎章。

401　亞杜・雷（Aldo Ray, 1926~1991），也譯作亞道・雷，美國演員，代表作包括《不是冤家不聚頭》（*Pat and Mike*, 1952）、《戰地吼聲》（*Battle Cry*, 1955）。

贖金。」

「噢，真不錯，山姆，」瑞克慢吞吞地說，「這張椅子真好看。」

「但我不希望你把它當成一張椅子。」山姆表示。

「你不希望我把它當成一張椅子？」瑞克困惑地重複他的話。

「對，我不希望。」山姆說。

「你希望我把它當成什麼？」瑞克問。

「我希望你把它當成王位。丹麥王位！」他說。

瑞克沒讀過《哈姆雷特》，不知道哈姆雷特是丹麥人，所以不理解「丹麥王位」的典故。他有些難以置信地重複導演的話：「丹麥王位？」

「而你是性感邪惡的哈姆雷特。」山姆邊說邊做了個誇張的動作。

噢老天，又是那該死的哈姆雷特鬼扯。瑞克心想。但他沒說出口，只重複了山姆說的話。「性感邪惡的哈姆雷特。」

山姆以食指用力地指著他說：「沒、錯！」語氣像是挖到寶藏一般，興奮又激動。然後他繼續說明自己的莎士比亞小劇場。「小瑪拉貝拉是縮小版的奧菲莉亞。」

瑞克不確定奧菲莉亞是誰，但他猜是《哈姆雷特》裡的角色，所以他就只是一路點頭，聽山姆繼續說他的**哈姆雷特**構想。「迦勒和哈姆雷特，兩人都有權有勢。」

「都有權有勢。」瑞克重複。

「都很瘋狂。」山姆說。

「都很瘋狂？」瑞克問。

山姆點點頭。「哈姆雷特的話，是因為他叔父殺了他爸爸。」然後山姆又悄悄加一句：「還睡了他媽媽。」

「我其實都不知道。」瑞克小聲地嘀咕。

「迦勒的話——是因為梅毒。」山姆說。

「**梅毒**？」瑞克驚訝地說：「我得了梅毒。我瘋了？」

針對每個問題，山姆都點頭表示肯定。

「山姆，」瑞克提醒他，「我說過，我沒有讀很多莎士比亞。」

山姆不以為意地揮揮手，向瑞克保證：「那不重要。你要做的就是**奪取王位**。」

「奪取王位？」瑞克重複。

「你要**統治**丹麥。」山姆表示。

我猜哈姆雷特是丹麥人。瑞克心想。

山姆最後這麼結束丹麥王子的類比：「然後你會**凶暴地**統治、**殘忍地**統治，你會像牛仔版的薩德侯爵[402]一樣統治，你將會**稱霸**！」

薩德侯爵？他是誰？瑞克疑惑，**另一個《哈姆雷特》的角色嗎？**

山姆繼續激動地說明。「對藍瑟父子來說，瑪拉貝拉是世界上最寶貴的東西。」

402 薩德侯爵（Marquis de Sade, 1740~1814），法國十八世紀的情色文學巨匠。性虐待一詞（Sadism）的詞源便出自薩德的名字。

「她是個漂亮的小女孩。」瑞克插話。

「她是純潔的化身。」山姆肯定地說，「而這些日子過得不容易的硬漢，把這小女孩捧在手心上。現在，有可能發生的最糟情況已經發生了。你這個無恥的流氓，奪走了他們生命中最寶貝、最耀眼的鑽石！現在，你必須讓他們確實知道，你能像**這樣**——」山姆打了個響指，瑞克也照做，「把她給殺了，除非他們好好聽話。懂嗎？」導演詢問演員。

「懂！」演員回答。

然後，山姆最後以誇張的手勢指著那張木椅。「迦勒，去奪下丹麥的王位。」

瑞克經過導演身旁，坐進椅子裡。他坐穩以後，抓緊椅子的扶手，挺起脊椎，盡最大的努力模仿國王坐在王位上的姿勢。

山姆臉上展露笑意，向現場的工作人員說：「看啊，哈姆雷特王子！」

山姆剛剛說的話，瑞克有一大半都聽不懂，但他很欣賞山姆的熱忱。而且山姆似乎忘了瑞克稍早忘詞的事。導演轉身和工作人員處理事情，瑞克則坐在他的王位上，心裡複習著台詞，並試著把自己想成丹麥王子。

飾演瑪拉貝拉的八歲演員走進酒吧，她正在吃一塊抹著厚厚鮮奶油乳酪的洋蔥貝果。每咬一口，鮮奶油乳酪就沾得她滿臉都是。

「妳不是說妳在拍片現場不吃東西？」瑞克問她。

「我說的是，如果午餐之後有一場戲，我就不吃午餐，因為那會讓我變得遲鈍。」她糾正。「但到三、四點時，我得吃點東西，不然我會沒電。」

「好噢，但沒吃完那可怕的東西、沒擦乾淨妳的手，不准坐我腿上。」瑞克告訴她。「我可不想讓那白白的鬼東西沾到我的鬍子。」

「你只是嫉妒你吃不到而已。」她取笑地說。

「才不是。」他回答。「這一臉膽小獅子的打扮，搞得我他媽的一整天都沒辦法吃東西。剛剛拍的那場戲，我每咬一口雞腿都吃得滿嘴毛。」

這番話讓小女孩咯咯笑了起來。

「但我得承認——不吃午餐的做法，特別是接下來有場要吃東西的戲時，真是個不錯的選擇。」

「看吧，我就說。」

第一副導諾曼走向兩位演員，指示瑪拉貝拉坐在瑞克的腿上。她拿開手中的貝果，然後爬上去。髮型和服裝組的工作人員走了過來，開始調整兩位演員的妝髮，替下場戲做準備。他們處理完離開以後，兩位演員就在那裡等山姆和工作人員講完話後，給他們開拍的提示。然而，從酒吧大窗戶照進來的陽光太亮，所以導演延後開拍，場務人員在窗戶上貼了一片棕褐色的燈紙，讓午後的陽光不再那麼刺眼。

小女孩坐在瑞克腿上、等著演出兩人的第一場戲時，她問了身後的搭檔：「迦勒……我能問個問題嗎？」

「當然。」他回答。

「如果莫道．藍瑟不付贖金，或者如果錢出了狀況，你真的會殺了我嗎？」她問。

「但他確實付了錢。」瑞克直接回答。

「天啊，」她翻了個白眼，氣惱地說，「我沒在跟讀過劇本的瑞克說話，我在跟事情發生前，不知道什麼事會發生的迦勒說話。再問一次，**迦勒**，如果莫道．藍瑟沒付贖金，你會殺了我嗎？」

「絕對會。」他馬上回答。

他毫不猶豫的回答讓小女孩有點驚訝。「真的？絕對？不遲疑、不猶豫？」

「絕不。」他回答。「我演反派都這樣。我把他們演成沒在唬人、貨真價實的壞蛋。就像我之前和羅恩．伊利演那部垃圾劇《泰山》，雖然是垃圾劇，但我演的傢伙是個徹頭徹尾的混蛋。我演盜獵者——妳知道盜獵者是什麼嗎？」他問小女孩。

她搖搖頭。

「那種人會獵殺不該獵殺的動物。」他解釋。「好啦，我出場時，拿著噴火器放火燒叢林，好讓動物逃到我可以獵殺的地方。就像我剛說的，那部劇是垃圾，但我喜歡演那個他媽的混蛋。這部片也一樣。我會貫徹迦勒的殘酷。我覺得這麼做很大膽。」

小女孩聽著他的解釋，點點頭。等瑞克說完後，換她說出自己的解讀。

「嗯，我自然懂你在說什麼。我是說，你是這部片的反派，所以你的角色有故事情節方面的顧慮，這是我的角色沒有的。但撇開『反派』的標籤，」她說到反派一詞時，在空中比出引號的手勢，然後說，「你依然是個角色，而角色會受到很多東西影響，導致他們**不符合**角色原本的設定。」

這想法挺有趣的。瑞克心想。然後他將上半身稍稍靠近小女孩一點點，表示他正專心聽她說話。

她舉了一個例子說明她的想法。「我是說，在我們兩個明天的大戲裡，你說話的方式聽起來好像有點喜歡我。這場戲沒有，」她快速補充，「這場戲你還不認識我。我還只是莫道・藍瑟的女兒。但我們最後一場大戲裡，我們似乎對彼此更了解了。」

「嗯，對，」瑞克解釋，「我們去墨西哥的路上，在馬背上相處了幾天。」

「這就是我要講的。」小女孩說，「而且……看樣子……你喜歡我？」

「看樣子是。」他不太情願地承認。

小女孩盯著他看，這時，傳來**喀嚓**一聲。可能只是某個飾演陸盜的臨時演員正在把玩手槍的擊錘，但時間點抓得剛剛好。

「你喜歡我什麼？」她問。

瑞克因為得要想得這麼清楚而不爽，於是說：「噢，我不知道，楚──」

在他講出她的真名之前，小女孩打斷他。「是瑪拉貝拉！」她插話。

瑞克改口，語帶懊悔地再說一次說：「噢，我不知道，瑪拉貝拉。」

「不行，那是藉口，老兄。你知道的。如果迦勒喜歡我，他知道原因。」然後她理直氣壯地說，「而你**應該要**知道為什麼。」

瑞克回答：「他喜歡──」

「是**你**喜歡。」她再次打斷。

他翻了個白眼，但依舊照著小女孩訂的規則走，畢竟她老早就決定好要這麼玩。「抱歉，」他改口，「**我喜歡**我不用把妳當小孩看這一點。」

「哇，不錯。」她輕輕拍了拍手。「我喜歡這個答案。」

他得意地笑了笑。「就知道妳喜歡。」

「所以回到我原本的問題：你**會**殺了我……但你不**想**？」她邊說，手指邊在空中點劃，用來加強說的話。

「對。」他不太情願地承認。

「對**什麼**？」她繼續逼問。

瑞克認輸，慢慢講出她想聽的話：「對，我不想殺了妳——」

接著她迅速反應：「但你會動手？」

「對，我會。」他堅定地說。

她停頓了一下，然後挑了挑眉問：「你確定？」

小女孩的問題讓他眨了眨眼。「對……我滿確定的。」

她眼睛一亮，一臉愉悅。「噢，你現在只是**滿**確定的，所以可能不會動手？」

「可能不會。」他承認。

接著，她一副講悄悄話的樣子，低聲說：「你想知道我覺得發生了什麼事嗎？」

瑞克打趣地說：「我知道妳想告訴我，所以為什麼不直說呢。」

她繼續用講悄悄話的口吻說，但她確實沉浸在自己構思的情境裡。「我認為，你**覺得**你能殺了我。你也跟其他陸盜說你能殺了我。你也跟自己說你能殺了我。但到了緊要關頭，你必須做你說你做得到的事情時——你其實做不到。」

「好噢，小聰明鬼，」瑞克說，「為什麼無法？」

「因為，」她回答，「你發現你愛上我了。你把我抱到懷裡，帶到你的馬背上。然後騎著馬奮力地往前衝——像小馬快遞[403]那樣快——去找離我們最近的牧師。你用槍抵著他，逼他幫我們完婚。」

瑞克聽了，淡淡一笑，不過是嘲諷地笑。「噢，是喔？」他語帶懷疑地說。

「對，沒錯。」她回答得很肯定。

「我不可能會娶妳。」他不屑地說。

「你不會娶我，還是**迦勒**不會娶我？」她向他確認。

「我們兩人都不會娶妳。」他回答。

「為什麼？」她問。

「妳知道原因，妳還太小。」他說。

「嗯，現在——對，我還太小。但這是舊時代的西部。那時候大家一天到晚都找小新娘。」她向他解釋。「我是說——那時候——娶一個十三歲的女孩根本沒什麼。」

403　小馬快遞（Pony Express），一八六〇至六一年間營運，以快馬接力的快遞服務。快遞路線橫跨美國中部的密蘇里州至西岸加州沙加緬度。雖然之後因為第一條橫貫東西兩岸的電報系統建立完成而被取代，但小馬快遞的傳奇騎手、快遞過程中的軼事，成為美國西部開拓故事的一部分，也出現在電視、電影等流行文化的創作裡。

「妳還沒十三歲，妳才八歲。」他糾正她。

「那對迦勒．迪卡杜來說有差嗎？」她一臉不相信地問。她提醒瑞克：「五分鐘前，你才談到你會怎麼殺了我，就像**這樣**。」講到「這樣」兩個字時，她打了個響指強調。「你跟史考特說，你會把我丟到該死的井裡。所以殺一個八歲的小孩沒問題，但娶一個八歲小孩不行，迦勒．迪卡杜是這樣分的？」

瑞克有點不知道怎麼回嘴。她看到瑞克的表情後，得意地笑說：「我不覺得你真的想通了這件事。」

「我當然還沒想通這件事。」他以戒備的口吻說，「這是妳不切實際的想法。」

「這沒有不切實際。或許有些**挑釁**，」她承認，「但沒有不切實際。」

瑞克被惹惱了，開口跟她說，這整個對話讓他很不舒服。「楚蒂，這讓我很不舒——」

但他還沒說完就被打斷。「天啊，瑞克，我們沒有真的要這樣做！這只是個關於角色想法的簡單實驗。演員工作室一天到晚都這麼做。劇本是劇本，我們都照劇本演。劇本裡，藍瑟**確實**付了贖金。所以你從來不用做這個決定。劇本裡，強尼會把你殺了，所以這一切都不會發生。但在演員工作室裡，他們會問：如果劇本沒那樣寫呢？你的角色會怎麼做？你的角色會做出什麼樣的決定？這純粹只是要了解，如果你的角色沒被文本綁住時，是什麼樣的人而已。」

「好噢，也許，只是也許，我就是不想結婚。」瑞克回嘴。

「現在懂了吧，」她邊說，邊用手指比劃，「那也行。」她繼續深究，「所以，和我的年紀無關。而且也不是因為你不愛我——」

瑞克打斷她的話：「我沒說我愛妳。」

她完全否定這句話。「別鬧了，你當然愛我。所以，無關我的年紀，無關你不愛我，就只是迦勒是個不婚族，對吧？」

瑞克聳聳肩。「對，可能吧。」

「所以我們只是同居？」

「我可不是這麼說。」

「這只是合理推論啊。」她很有邏輯地回話。「我們在一起，我們相愛，我們沒有結婚，所以我們在同居。這我可以。」接著澄清，「一小段時間可以，但到某個時候，我會**逼**你娶我。」

瑞克懷疑地重複：「妳會**逼我**？」

「對，」她解釋，「那是我們關係裡很重要的一部分。」

「什麼很重要？」他問。

她解釋：「你管那票混混，你是老大。不管你說什麼，他們都會照著做。但是，沒有其他人在的時候呢？**我是老大！**不管我說什麼，你都會照著做。」

這小矮子真他媽的很扯！瑞克心想。

「噢，對啦！是嗎？」

「對，你會這麼做。」

「那**為什麼**我會什麼都聽妳的？」

「因為我有本事讓你聽話。如果我沒有這個本事，你會像你說的，早把我扔到井裡了。但好在你**喜歡**我這本事。我是說，我是**老大**，但我是個好**老大**，然後我絕不會用這個本事傷害你。因為我愛你。雖然沒像你那樣愛我，但我依然愛你。」

「好，」他問，「如果我不會呢？」

「如果你不會什麼？」

瑞克挑戰她的假設，「如果我不聽妳的話呢？」

「要記得，」她提醒，「我從來不會在你那幫人面前，或其他人面前，展現我能讓你聽話的本事。對外面的人來說，你作主。」

「好，這我懂。」他回答。「但妳說，我會照妳說的任何話去做，對吧？」

「對。」她回答。「像隻狗一樣聽話。我說的話是命令，你必須服從。」

「是喔？」他邊說邊得意地笑了笑。「如果我不聽呢？」

小女孩強調：「但你就是會。」

「好啦，現在誰是文本的奴隸啦。」他回嘴。「妳不是想玩假設的遊戲？如果我不聽呢？」

「這個嘛……」她想了一下。「顯然，會有幾次你不聽話——在一開始的時候。那時候我就得處罰你。」

「妳處罰我？」他問。

她點點頭，接著總結：「我處罰完你以後，你都會聽我的。」

就在瑞克試圖說些什麼的時候，山姆・沃納梅克對著演員大喊：「開拍！」

於是，迦勒和瑪拉貝拉開始搬演這場戲。

第二十一章 女主人

史潘片場的所有女孩子中，吱吱享有令人羨慕的地位。女性在「家族」裡是次等成員，他們的地位絕對比男性差。查理也擺明讓她們知道，她們連片場的狗還不如。每當「家族」裡的女性想吃東西時，她得先餵狗吃。幾乎沒有任何女性有任何發號施令的權力（瑪麗·布魯納更沒有，她是「家族」的第一位成員，也是查理的小孩維尼熊的生母）。

這裡說「幾乎」，因為有兩位女性在「家族」裡，確實有特殊地位。其中一位是「吉普賽」，三十四歲的她是目前年紀最大的「家族」女性。吉普賽的地位相當於負責招募新血的長官。每當有年輕男女被帶到片場時，第一站就要去見吉普賽。

但唯有古靈精怪的吱吱，才是在「家族」的社會結構裡，最稱得上掌握實權的女性。「家族」之所以能待在史潘片場，是因為查理和片場的主人喬治·史潘做了交易。是吱吱負責照顧喬治。

喬治·史潘是個八十歲的老頭，他的片場有個西部小鎮大街的外景。幾十年來，他把片場租給好萊塢拍電影和電視節目。曾幾何時，獨行俠[404]、蘇洛、傑克·卡希爾都騎著馬，走過史潘片場的西部小鎮大街。但這幾年以來，好萊塢早就去了別的地方，片場已經殘破不堪。這裡依舊時不時出租給雜誌、專輯封面拍照（詹姆斯幫樂團有張專輯封面在這裡拍）。片場目前還養著幾匹馬，提供騎馬服務，由嚮導帶領遊客騎著馬穿越聖蘇珊娜峽谷。

但現在會在這裡拍片的，只有西部主題的色情片，或是艾爾．亞當森[405]那些比B級片成本更低、品質更差的剝削電影[406]。此外，喬治．史潘幾乎完全瞎了。這個被影視產業遺忘的老頭，在查理．曼森的「家族」裡找到友誼與陪伴。大部分的時間，他都待在自己的小屋裡。他的小屋座落在片場的小山丘上，俯瞰整個西部小鎮的外景場地。屋子裡堆滿了喬治再也看不到的老西部片紀念物，這些東西描繪了片場過去最風光的日子：曾在史潘片場拍攝的老西部片的裝框海報，以及因陽光照射而褪色的老照片，照片裡是曾在史潘片場拍戲的老一輩演員，還有一套西部馬鞍的蒐藏品，甚至還有幾個喬治．蒙哥馬利[407]做的牛仔和印地安人雕像。

而負責管理這屋子的家務、照顧喬治的人就是吱吱。說到照顧喬治，吱吱做得游刃有餘、無可取代。

這讓她在「家族」裡擁有其他女性夢寐以求的自主權。例如，她能待在喬治的屋子裡。她也把自己當成這個家的「女主人」，這個地位連喬治都不質疑。這裡或許是喬治的片場，但

404 獨行俠（Lone Ranger），美國文化中很重要的故事人物。他原本是個騎警，後成為戴著面罩在西部行俠仗義的遊俠。他首次出現於一九三〇年代的廣播節目裡，之後也出現在電影、電視、漫畫、小說等多種創作媒介中。

405 艾爾．亞當森（Al Adamson, 1929~1995），美國導演，一九六〇至七〇年代拍了多部B級恐怖片及剝削電影。

406 剝削電影（exploitation film），以促銷為目的的低成本電影類型，以性愛、血腥、暴力等聳動、敏感、禁忌的題材吸引觀眾，達到盈利目的。

407 喬治．蒙哥馬利（George Montgomery, 1916~2000），美國演員，以西部電影和電視劇最為出名。他也是為雕刻家，以騎馬的牛仔等西部題材創作雕塑。

在某個時刻，這裡已經成為她當家作主的地方。其他女孩得做片場的粗活，還要去翻垃圾尋寶。吱吱則要煮飯給喬治吃，幫他穿衣打扮，打理他的屋子，還有陪伴他。其他女孩吃變味的垃圾、不新鮮的麵包、賣相極差的蔬菜、碰傷爛掉的水果，有時候還得和超商員工睡或幫他們吹，才能享有翻找他們垃圾的特權。吱吱則能烹煮、享用喬治買的新鮮食物，真正的食物。當然，她有時得和喬治上床，或偶爾幫他打手槍，但她其實不太介意。而且，她寧願和喬治胡搞，也不想和在片場鬼混的卑鄙摩托車混蛋上床。另外，由於喬治整天都放鄉村音樂的廣播來聽，吱吱是「家族」成員裡，唯一和外界有聯繫的人。不過，除了吃冰箱裡的新鮮食物而不是垃圾堆裡的剩飯剩菜，能和喬治待在屋子裡的吱吱，她最讓人羨慕的地方在於看電視的特權。

查理不讓「家族」的小毛頭看電視。小時候，他們的父母禁止或限制他們看電視，是跟他們說，電視會讓腦子變爛。而查理說，電視會偷走他們的靈魂。

事實的真相是，查理要能持續控制這些小毛頭，唯一的方式就是掌控他們的生活環境、他們能接觸到的現實條件。查理並不怕他們看電視節目。《豪門新人類》、《海軍陸戰隊的戈瑪·派爾》（*Gomer Pyle, U.S.M.C.*, 1964–1969）、《糊塗情報員》（*Get Smart*, 1965–1970）和《夢幻島》（*Gilligan's Island*, 1964–1967）這些喜劇的魅力不會挑戰他的權威。查理擔心的是電視廣告（民眾真正的精神鴉片）。電視廣告充滿誘惑力，鼓動著他們再次觸碰禁果，那個他們曾經享用但如今拋棄的禁果。查理不需要廣告商巧手打造的短片，那些純粹為了誘惑、激起渴望的短片，來提醒他的小毛頭那些他們捨棄的生活。和他們不信任、厭惡的父母正面對決，查理能贏。和他們鄙視的體制機構正面對決，查理能贏。和查理相反的哲學正面對決，查理能贏。然而，和記憶中的同笑樂太妃糖、家樂氏水果圈、克拉克巧克力棒、海爾斯根汁啤酒、肯德基炸雞、露華濃口紅、封面女郎彩妝，還有摩登原始人可嚼式維他命[408]帶來的美好正面對決，到一定程度時，查理會輸。

但吱吱可以看所有她想看的電視節目。

曼森「家族」原本之所以能和喬治．史潘達成協議，或許是因為吱吱願意提供性服務，但實際上，是吱吱對史潘的照顧，讓他們能安心待在片場。吱吱陪伴喬治．史潘這個老人，幫他著裝打扮，帶他出去散步，煮飯給他吃，陪他一起看電視，看《牧野風雲》時，把卡萊特一家的舉動描述給瞎了眼的老頭聽。

但今天查理和一大群孩子都去聖塔巴巴拉了。就像俗話說的，貓不在，老鼠就作怪。吱吱找了一票人來屋裡看電視。因為這天是星期六下午，他們在看美國廣播公司頻道播出的迪克．克拉克[409]音樂節目。先看了迪克自己主持的《美國舞臺》，然後是他製作的《好戲上

408 同笑樂太妃糖（Tootsie Rolls）、家樂氏水果圈（Froot Loops）、克拉克巧克力棒（Clark Bars）、海爾斯根汁啤酒（Hires root beer）、摩登原始人可嚼式維他命（Flintstones chewable vitamins）皆是美國日常生活中常見的知名品牌食品、糖果、飲料、營養品。露華濃（Revlon）、封面女郎（CoverGirl）則是美國彩妝品牌。

409 迪克．克拉克（Dick Clark, 1929~2012），美國廣播和電視的名人。他主持電視、廣播節目，也擔任電視節目製作人，以主持音樂節目《美國舞臺》（*American Bandstand*, 1952~1989）最為出名。

場》，由保羅瑞佛和奇襲者樂團主持。今天的來賓是加熱罐樂團[410]。

滿臉雀斑的吱吱，符合她在這間屋子裡的地位，正躺在喬治舒適的躺椅上，眼前是她那雙從Levi's牛仔短褲裡伸出來的慘白雙腿，她的視線穿過髒兮兮的腳丫，看著電視螢幕。其他五位「家族」成員躺在沙發或地上，輪流抽著一根大麻菸卷。

電視上，保羅瑞佛和奇襲者樂團演唱的《好戲上場》主題歌，從電視音響中傳出來，螢幕上出現的是節目的開場短片。這段黑白畫面的開場裡，保羅瑞佛和主唱馬克．林賽各坐在一輛沙灘車裡，在沙丘上橫衝直撞（拍這部短片時，他們非常莽撞，搞到馬克．林賽差點送命）。

大家都隨著時髦的歌搖頭晃腦、用腳打節拍時，吱吱聽到車子停在片場入口的聲音。這位女主人立刻坐起身，赤腳踩在地板上。

「有車來了。」她大聲說。她抓起沉甸甸的遙控器，按了兩次音量鍵，專注地聆聽。她聽到遠處傳來引擎的噪音，以及輪胎摩擦泥土地的聲音。「是輛沒聽過的車。」她推斷。

這位年輕女孩口氣嚴厲地發出命令：「小蛇，去看看是誰在外頭。」

「家族」裡年紀最小的女孩「小蛇」，從沙發上起身，離開客廳進入廚房，走到紗門邊眺望。她費力地透過髒兮兮的紗門往外看，搜尋那輛車。喬治的屋子座落在片場盡頭的小丘陵上。從這個高處，小蛇可以看到整個片場。她俯瞰這座老舊的西部小鎮片場，以及小鎮大街的入口處，那裡是大家停車的地方。在那裡，她看到一輛款式經典的奶油黃凱迪拉克大車。

「看到什麼了嗎？」吱吱從客廳大聲問。

「有，」小蛇喊回去，「一輛酷炫的黃色雙門轎跑。一個穿著夏威夷衫的大叔載咪咪回來。」小蛇向吱吱報告。

客廳傳來一句：「只是載她回來嗎？」

「沒有，」小蛇說，「她帶他來片場見見大家。吉普賽剛走出來和他打招呼。」吱吱躺回椅子上，按了按方形塑膠遙控器的按鈕，把電視的聲音調大。「守在門邊，他過來的話跟我說。」

小蛇看著咪咪、夏威夷佬和吉普賽說話，慢慢地，其他女性成員也加入他們。在小蛇看來，他們看起來都一臉友好，時不時也聽得到笑聲傳來。就連「泰斯」．華生和露露也騎著馬過來，和夏威夷佬講了幾句，然後騎著馬離開。

「怎樣了？」吱吱問。

「夏威夷佬似乎不賴。」小蛇回報。「大家聊得滿愉快的。泰斯過來看了看他，然後和露露騎馬離開了。」

「繼續觀察。」吱吱命令。「他過來的話，跟我說。」

接著，泰斯和露露離開後大概十分鐘，小蛇發現「家族」的女孩和這位陌生的夏威夷佬之間的氛圍有點變化。笑聲好像停止了。那群「家族」女孩放鬆、不受拘束的肢體語言也沒了。她們站著不動、體態僵硬、充滿戒心。然後小蛇看到夏威夷佬看向屋子這邊，甚至用手指了指。

410　加熱罐樂團（Canned Heat），成立於一九六〇年代中期的美國藍調搖滾樂團。

「有狀況。」小蛇說，「那些女生反應有點怪，夏威夷佬正指著這裡。」

「混蛋，我就知道。」吱吱說。

缺牙的「家族」男孩克連問吱吱：「要我去收拾他嗎？」

吱吱給了克連一個慈母般的微笑，然後說：「甜心，還不用。我能應付。」

「糟了。」小蛇說。

儘管吱吱已經知道答案，她還是開口問：「怎麼了？」

「那夏威夷佬過來了。」小蛇語帶警戒地回答。

吱吱在躺椅上挺起身，從這張寶座上站起來，走到廚房，去看小蛇到底從紗門那看到什麼。她看到穿著夏威夷衫的傢伙獨自往小屋的階梯走來，而階梯通往她們觀看的這扇紗門。

吱吱咬了咬嘴唇，心想，**這老兄到底是誰？**

然後，她對其他孩子說：「好了，你們都滾吧。我來對付這蠢蛋。」

吱吱站在紗門旁，其他孩子依序走出屋子，走下階梯，經過迎面而來的夏威夷佬。

他們都憤恨地瞪了他一眼。最後一位「家族」成員一離開屋子，吱吱便把紗門的門勾掛回門框上的洞口，將門鎖上。

夏威夷佬走上階梯，隔著髒兮兮的紗門，站在吱吱面前。

「妳是媽媽桑嗎？」他口氣和善地說。

吱吱本來想以挖苦的語氣跟他說「阿囉哈」，但覺得那樣會讓對方更進一步。所以她乾脆冷淡地說了句：「有事嗎？」

夏威夷佬將雙手插在褲子後口袋，盡可能開朗大方地回答：「有。我是喬治的老朋友，想來打個招呼。」

吱吱將本來就又大又亮的雙眼，更用力睜大，突出的眼球眨也不眨地盯著這名穿著夏威夷衫的闖入者。

「你人真好，但可惜挑錯時間了。喬治現在在午睡。」

夏威夷佬摘下太陽眼鏡，開口：「噢，那**真不巧**。」

「你叫什麼名字？」

「克里夫．布茲。」

「你怎麼認識喬治的？」

「我是特技演員。我曾在這裡拍《賞金律法》。」

「那是什麼？」

這讓夏威夷佬輕聲笑了出來。

「那是我們曾在這裡拍的西部電視劇。」他回答。

「真的嗎？」吱吱說。

「真的。」他用大拇指往背後的西部小鎮比了比，跟吱吱說：「我曾在那條大街上，從馬背上中槍摔下來。我曾從每一棟屋子的屋頂上摔下來，跌進大綑大綑的乾草裡。而且好幾次頭朝前，穿過岩城咖啡店的窗戶。」

「是噢？真有趣。」她瞪大雙眼質疑眼前的闖入者，逼迫人的姿態把雷夫．米克瞪人的演技都比了下去。

「我可沒在吹牛，」夏威夷佬向她保證，「只是想讓妳知道我對這地方很熟。」

吱吱以公路巡警盤查的口吻，冷漠又充滿威嚴地問夏威夷佬：「你最後一次見到喬治是什麼時候？」

這位不速之客一時答不上來，得思考一下。「嗯，讓我想想，嗯……我想大概是……八年前左右吧。」

吱吱的嘴角微微往上一勾。「噢，抱歉。我不知道你們倆這麼親近。」

夏威夷佬愛死當面挖苦人了，聽了笑出聲來。

「他醒來時，」吱吱說，「我會跟他說你來過。」

夏威夷佬低頭看向地板，為了強化自身形象，重新把太陽眼鏡戴上，然後抬頭透過紗門直視吱吱滿是雀斑的臉。「我真的很想打聲招呼——我是說現在，既然人都來了。我大老遠跑來，不知道什麼時候會再經過。」

吱吱假裝一臉同情地說：「噢，我懂。但恐怕不可能。」

「**不可能**？」克里夫難以置信地重複，「為什麼**不可能**？」

吱吱連珠炮地說：「因為喬治和我喜歡在星期六晚上看電視——《傑基．葛里森秀》、《勞倫斯．維爾克秀》、《強尼．凱許秀》[411]。但喬治沒辦法撐這麼晚。所以我現在讓他睡午覺，才不會毀了我和喬治的電視時光。」

夏威夷佬淡淡一笑，再次摘下眼鏡，隔著紗門說：「聽著，雀斑女，我要進去了。用我兩隻眼睛，好好看看喬治。妳這樣——」他彈了一下紗門，彈的位置正是吱吱臉的高度，「也擋不住我。」

吱吱和夏威夷佬隔著髒兮兮的紗門，互瞪著對方，直到吱吱突然果斷地眨眼。「隨你便。」

接著，她用力把紗門的門勾甩開，轉身背對夏威夷佬，走進客廳，重重地再次坐進躺椅，恢復斜躺的狀態，並拿起遙控器，將電視的音量調大。

她將注意力放在喬治那一小台黑白電視螢幕上，這台小電視放在一台壞掉的大電視上。螢幕上，保羅瑞佛和奇襲者樂團跳上跳下，演唱他們的歌〈太陽先生，月亮先生〉（Mr. Sun, Mr. Moon）。

說到說服喬治做事情，吱吱通常都很有一套。但說到說服一個吝嗇的瞎老頭買台彩色電視，那麼吱吱說服人的功力就有點不太夠用了。

夏威夷佬拉開紗門走進屋時，她聽到紗門生鏽的鉸鏈吱吱作響。她沒有把頭轉向夏威夷佬那邊，但聽到他走到客廳。

「他的房間在哪？」他問。

411 《傑基・葛里森秀》（*The Jackie Gleason Show*, 1952~1955, 1957~1959, 1961, 1964~1970），美國喜劇綜藝節目，曾是美國收視率第二高的電視節目。《勞倫斯・維爾克秀》（*The Lawrence Welk Show*, 1955~1971），美國音樂綜藝節目。《強尼・凱許秀》（*The Johnny Cash Show*, 1969~1971），美國音樂綜藝節目。

吱吱抬起一隻腳，指著走廊。「走到底最後一扇門。」她大吼。「你可能得搖醒他。我早上把他操得半死。」然後她轉頭對著穿著夏威夷衫的闖入者，得意地笑說：「他可能累了。」

夏威夷佬沒有露出她期待看到的驚訝之情，而且什麼反應都沒有。他就只是經過她身旁，往走廊去。他快消失在吱吱的視線時，她又說：「對了，八年前先生，喬治瞎了。所以你大概得跟他說你是誰。」

這句話讓夏威夷佬稍作停頓，接著他繼續往前走，消失在吱吱的視線裡。

電視機裡，保羅瑞佛和奇襲者樂團唱完歌，然後馬克．林賽叫電視機前的觀眾持續關注《好戲上場》，接著出現的是美國廣播公司出品的電視劇《聯邦調查局》的宣傳短片。吱吱聽到夏威夷佬輕輕敲了敲喬治臥室的門，問說：「喬治，你醒著嗎？」

她從躺椅上大吼：「他當然沒醒著，我他媽的早跟你說了！他也聽不到你那虛弱的敲門聲。如果你鐵了心要叫醒他，那就打開門、走進去、他媽的把他搖醒！」

吱吱聽到老頭臥房的門打開了。她抓起遙控器，按了兩下，把小艾佛倫．辛巴里斯特旁白的《聯邦調查局》宣傳短片的聲音調小。

她聽到夏威夷佬搖晃喬治、叫著他的名字，接著，她聽到困惑的老人驚醒。「等等！怎麼了？你是誰？你想怎樣？」

她聽到夏威夷佬解釋：「沒事，喬治。沒事。抱歉打擾你。我是克里夫．布茲。我只是路過打聲招呼，看你過得如何。」

喬治困惑地問：「誰啊？」

夏威夷佬進一步解釋：「我曾在這裡拍《賞金律法》。我是瑞克．達爾頓的特技替身。」

「誰？」喬治不耐煩地問。

「瑞克．達爾頓。」夏威夷佬重複。

喬治含糊地說了些什麼，吱吱聽不清楚。接著她聽到夏威夷佬又再重複一次，特別強調那個名字：「瑞克——達爾頓。」

「誰啊？」喬治問。

「他是《賞金律法》的主演。」夏威夷佬回答。

喬治更糊塗了，他問：「你是誰？」

夏威夷佬回答：「我是瑞克的特技替身。」

吱吱聽到喬治說「哪個瑞克？」時，放聲大笑。

「不重要了，喬治。」她聽見夏威夷佬這麼跟喬治說，「我們以前是同事，我只是想確認你過得好。」

「我過得不好。」喬治回答。

「怎麼回事？」夏威夷佬問。

「我他媽什麼鬼都看不到！」喬治的回答讓吱吱再次笑出聲。

夏威夷佬說了些話，接著喬治也說了些話，她都聽不清楚，然後夏威夷佬再說了點什麼，她也幾乎無法辨識，但聽到「紅髮小女生」這幾個字。

接著喬治的回答吱吱聽得很清楚：「就跟你說我什麼屁也看不到！我怎麼會知道一直陪著

我的那個女孩頭髮是什麼鬼顏色？」

接著，她聽到夏威夷佬低聲說了什麼，喬治回他：「聽著，我不記得你是誰，但謝謝你過來看我……」接著不管這瞎老頭說了什麼，吱吱都聽不清楚。接下來的對話聽起來都很含糊，只聽得到音調的變化，接著夏威夷佬提高嗓門，想讓喬治聽懂他在說什麼。「所以你允許這些嬉皮待在這裡？」

針對這個問題，喬治生氣地回嗆：「你到底是誰啊？」

她聽到夏威夷仔試著再解釋一遍，他為什麼會出現在這裡。「我是克里夫・布茲，是個特技演員。喬治，我們以前一起工作。我只是想確認你過得好，希望這些嬉皮沒有占你便宜。」

「吱吱嗎？」喬治問。接著他回答：「先生，她愛我。」

這番話讓紅髮女孩臉上浮現一抹微笑。她抓起遙控器，按了三次，然後看著加熱罐樂團在《好戲上場》裡演唱〈到鄉下去〉（Going Up the Country）。

大約六分鐘後，夏威夷佬走出臥室，走到客廳站著，俯視躺椅上的吱吱。吱吱看也沒看他，只問：「滿意了嗎？」

他雙手插入口袋裡，回答：「我不會用這個詞來形容。」

她把頭轉向夏威夷佬，眼睛發亮、面帶微笑地說：「我想這是喬治今天早上會用的字。」

聽了她露骨的回嘴，克里夫笑了笑，然後坐在躺椅旁的雙人沙發上。

「所以妳常和那老頭做愛，是吧？」

「對。」她回答。「喬治很棒。他肯定比你硬又比你持久，馴馬師。」

「聽著，」夏威夷佬說，「喬治是我的老朋友——」

她直接打斷：「他根本不知道你到底是誰！」

「就算是這樣，」他繼續說，「我只想確定他過得開心，過得**明白**。」

「他**明白**我一星期會和他做愛五次，然後他**很開心**能這樣。」吱吱指著臥室說，「如果你想讓他難堪，你可以直接去問他。」

夏威夷佬摘下太陽眼鏡，往前傾，問說：「妳一星期和喬治做愛五次，是因為妳愛他？」

吱吱眼睛眨也不眨地瞪著這個夏威夷蠢蛋，跟他說：「當然。我全心全意、付出我所有一切來愛喬治。不管你相不相信我對喬治的愛，對我來說，」她將聲音壓得很低很低，「都沒有意義。」

夏威夷蠢蛋看著她眨也不眨的雙眼，問了一個尖刻的問題：「所以妳沒跟他談**更改遺囑**，或任何類似的法律行為？對吧？」

這個問題讓吱吱眨了一下眼睛，但這個眨眼沒讓她失去原本的鎮定，或減損她合理的憤怒。

「沒，我沒跟他談什麼**更改遺囑**。我跟他談的是結婚。」

我是不是很厲害，自作聰明的傢伙？

吱吱最後說：「讓我搞清楚一下——你上次見到喬治是在他媽的**五〇年代**，然後你現在突然出現，打算把他……從婚姻裡解救出來？打算將他從一星期五次的做愛裡拯救出來？你確定你認識喬治時，你們是朋友嗎？難道你就這樣開車到處轉，把**所有人**從婚姻裡解救出來，還是**喬治**他有什麼特別的？」

夏威夷佬坐在雙人沙發上聽著，開口說：「妳知道嗎……妳說得有道理。」於是他從雙人沙發裡起身，穿過屋子，推開紗門出去，走下階梯。心滿意足的吱吱雙腿交疊，將注意力轉回迪克．克拉克製作的音樂節目上。

第二十二章 亞杜・雷

西班牙阿爾梅里亞

一九六九年六月

在通風不良的西班牙旅館房間內，五〇年代的電影明星亞杜・雷坐在床沿，汗水從他體毛濃密的肩膀和背部流下。他這個時候不是在思考自己淪落到要待在這悶熱房間裡的原因，不是在想那些一路上拐錯的彎、走錯的路。他也沒在折磨自己，回想**從前在好萊塢的風光歲月**，回想他和喬治・庫克、麥可・寇蒂斯[412]、拉烏爾・華爾許[413]、賈克・圖爾納[414]和安東尼・曼[415]等知名大導合作的時光。他也沒在想那間早就沒了的奢華公寓，或是那輛速度雖快，但對他這體格壯

412 麥可・寇蒂斯（Michael Curtiz, 1886~1962），也譯作米高・寇蒂斯，匈牙利出生的美國導演，憑《北非諜影》（*Casablanca*, 1942）獲奧斯卡最佳導演獎。

413 拉烏爾・華爾許（Raoul Walsh, 1887~1980），美國演員、導演，著名作品包括約翰・韋恩首次擔任主演的電影《大追蹤》（*The Big Trail*, 1930）及亨佛萊・鮑嘉主演的電影《夜困摩天嶺》（*High Sierra*, 1941）等。

414 賈克・圖爾納（Jacques Tourneur, 1904~1977），也譯作雅克・圖爾納，法國出生的美國導演，以黑色電影《漩渦之外》（*Out of the Past*, 1947）聞名。

415 安東尼・曼（Anthony Mann, 1906~1967），美國導演，一九四〇年代以拍黑色電影聞名，一九五〇年代以拍西部片見長，知名作品包括《不公平的遭遇》（*Raw Deal*, 1948）、《長槍萬里追》（*Winchester '73*, 1950）等。

碩的人來說太小的保時捷。這些都不是他在想的。此刻，在西班牙拍新片的第一天晚上，坐在沒有空調的悶熱旅館房間裡，亞杜想的是每天晚上這個時候他都會想的事。一瓶酒。

❁❁❁

每次亞杜・雷拍片出外景時，劇組人員、全體演員、飯店員工，還有坦白說其他能幫忙的任何人，都會好好盯著他。亞杜一回到外景地的飯店或汽車旅館，基本上就處於被軟禁的狀態。他不能離開飯店，怕他會弄到酒。他不能踏進飯店酒吧。他身上不能帶錢。他或者飯店出入口會受到密切監控。劇組所有人都被嚴厲要求，不管亞杜怎麼乞求、懇求、誘騙，都不能給他酒。大衛・卡拉定在自傳《無盡的公路》（*Endless Highway*, 1995）裡，提到和亞杜一起拍費南多・拉瑪斯[416]執導的低成本電影《罪魁禍首》（*The Violent Ones*, 1967）那段時光。卡拉定寫道，如果有任何年輕演員和亞杜・雷一起拍片，而且知道他早年的事蹟並敬重他的話，他們拍片時都有個任務：**照顧好亞杜**。

五〇年代的亞杜，事業如日中天，能和亨佛萊・鮑嘉、銀幕情侶史賓塞・屈賽與凱薩琳・赫本[417]、麗泰・海華絲[418]、安妮・班克勞馥[419]和茱蒂・哈樂黛[420]一起主演電影。但到一九六九年的夏天時，亞杜已從明星地位跌了下來，大不如前。這時候還不知道的是，他還能跌得多深。到一九七五年時，任何拍戲時間超過兩天的角色（這是他能保持清醒的最長時間），他都無法接演。

到八〇年代時，這位被喬治・庫克挖掘的演員——亞杜在一次試鏡裡，要將撲克牌扔到帽子裡——只能替艾爾・亞當森和佛瑞德・歐勒・雷[421]（和亞杜・雷沒有親戚關係）這類拍爛片的導演演戲。

他是第一位出現在七〇年代色情片的前好萊塢明星，憑一九七九年《甜蜜的野蠻》（*Sweet Savage*），獲得情色電影獎的最佳演員（八〇年代時，卡麥隆・米契爾[422]也會參演一部色情片）。和他一起演這部的，還有演色情片《深喉嚨》（*Deep Throat*, 1972）的卡蘿・康納（Carol Connors, 1952~）。

---

416 費南多・拉瑪斯（Fernando Lamas, 1915~1982），舊譯作弗蘭度・拉馬，阿根廷裔的美國演員、導演。他早期以演員身分在阿根廷發展，一九五〇年代才到好萊塢，知名作品如《玉女雲裳》（*The Girl Who Had Everything*, 1953），一九六〇年代開始執導電影、電視劇。

417 史賓塞・屈賽（Spencer Tracy, 1900~1967），美國演員，好萊塢黃金時代重要的演員，憑《怒海餘生》（*Captains Courageous*, 1937）和《孤兒樂園》（*Boys Town*, 1938）連續兩年獲得奧斯卡最佳男主角獎。他和凱薩琳・赫本兩人是知名的銀幕情侶，一起演出多部片，如愛情喜劇《小姑居處》（*Woman of the Year*, 1942）、《金屋藏嬌》（*Adam's Rib*, 1949）。

418 麗泰・海華絲（Rita Hayworth, 1918~1987），美國演員，代表作為《巧婦姬黛》（*Gilda*, 1946）。

419 安妮・班克勞馥（Anne Bancroft, 1931~2005），美國演員，憑《熱淚心聲》（*The Miracle Worker*, 1962）榮獲奧斯卡最佳女主角獎。《畢業生》（*The Graduate*, 1967）也是她的代表作。

420 茱蒂・哈樂黛（Judy Holliday, 1921~1965），美國演員，憑《絳帳海棠春》（*Born Yesterday*, 1950）獲奧斯卡最佳女主角獎。

421 佛瑞德・歐勒・雷（Fred Olen Ray, 1954~），美國導演、製片，專拍中低成本電影。

422 卡麥隆・米契爾（Cameron Mitchell, 1918~1994），美國演員，因舞台劇版及電影版《推銷員之死》（*Death of a Salesman*）的演出聞名。

亞杜．雷也是第一位被演員工會提告的前好萊塢明星，因為他演出了幾部不符工會標準[423]的低成本電影。

好萊塢影業自創立以來，已經看了很多紅極一時的大明星變得落魄潦倒。比較一下他們之前接演的電影，和他們後來接拍的片，就一清二楚了（例如雷蒙．諾瓦羅[424]、費絲．多茉[425]、塔．亨特[426]，甚至還包括可憐的雷夫．米克）。不過，說到落魄潦倒，沒人比得上亞杜．雷。所以，儘管一九六九年夏天在西班牙的那天晚上，他絕望無比，二十年後看來，那天晚上就像「美好的舊日時光」。

但對雷先生來說，當然不像美好的舊日時光。那天晚上就和每一個沒酒可喝的該死夜晚一樣，是一個他媽該死的夜晚。

同一天晚上、同一個國家、同一家旅館、不同間沒空調的客房裡，克里夫．布茲往旅館的塑膠杯裡，倒了兩根手指寬的常溫琴酒。這天稍早拍戲時，他被溫徹斯特步槍的槍托弄傷，現在右邊眉毛上方那道深深的傷口又開始流血，血順著臉往下流，滴到被汗浸濕的無袖汗衫上。還不只這樣，他的眉毛似乎越來越腫，沒消停的跡象。如果沒有稍微消腫，明天拍戲他就派不上用場了。克里夫盯著廁所鏡子裡的自己。他碰了碰腫脹的眉毛，看看還會不會痛。還會。他該做的是冰敷，而且要趕快。

他冰敷時，拿幾塊冰塊加到琴酒裡也不壞。並不是說比起常溫琴酒，他更喜歡冰琴酒的味道。對克里夫來說，琴酒喝起來像打火機油，加冰塊的琴酒喝起來就像冰涼的打火機油。不過加幾塊冰給人在喝雞尾酒的感覺，讓遠在家鄉幾千公里外，以便宜旅館的塑膠杯喝常溫琴酒，看起來沒那麼慘。他走向放有塑膠冰桶的小桌時，瞥了瞥用鏈子拴在暖氣管上的小電視。螢幕上播的是五〇年代初的墨西哥黑白通俗片，主演的阿圖羅・德・寇多瓦[427]和瑪莉亞・菲利克斯[428]講著西班牙話，誇張強烈地表現情感。克里夫完全不知道他們是誰。

克里夫和他老闆瑞克・達爾頓去了歐洲，這趟旅程讓他隔了很久以後，終於能再次當瑞克的特技替身。他們在短時間內連續拍了四部歐洲片，這時在拍第四部。頭兩部（《內布拉斯加的吉姆》和《死白人說，快幹掉我，林哥》）是西部片，在義大利拍。第三部是仿效龐德電影的特務諜報片《爆炸行動》，在希臘雅典拍。而現在這部和泰利・沙瓦拉、卡露・貝克連袂主演的《紅血，紅皮膚》，則在西班牙拍攝。等這部片拍完，克里夫和瑞克就要回洛杉磯了。

---

423 好萊塢演員加入演員工會後，只能接演符合工會標準的片。符合工會標準的製作基本上有一定財力，能提供演員工作相關保障，例如拍片時供餐，保障最低休息時間、基本片酬、工作環境等等，避免演員受到剝削。

424 雷蒙・諾瓦羅（Ramon Novarro, 1899~1968），墨西哥出生的美國演員。默片時代的巨星，一九二〇、三〇年代的票房保證，代表作為默片版《賓漢：基督的故事》（*Ben-Hur: A Tale of the Christ*, 1925）。

425 費絲・多茉（Faith Domergue, 1924~1999），美國演員，一九五〇年代滿受歡迎，演出多部科幻片、恐怖片、西部片和西部影集，一九六〇年代後多演B級片。

426 塔・亨特（Tab Hunter, 1931~2018），美國演員、歌手，一九五〇、六〇年代的好萊塢萬人迷。他演出的知名作品包括《戰地吼聲》、《父子梟雄》（*Gunman's Walk*, 1958）等。

427 阿圖羅・德・寇多瓦（Arturo de Córdova, 1908~1973），墨西哥演員，主要在墨西哥發展，也到好萊塢演出了幾部片，例如《戰地鐘聲》（*For Whom the Bell Tolls*, 1943）。

428 瑪莉亞・菲利克斯（María Félix, 1914~2002），墨西哥演員、歌手，一九四〇、五〇年代拉美電影裡知名的演員。

❀❀❀

這兩位非常享受短短五個月在歐洲的時光。瑞克愛死了狗仔隊對他的關注，而克里夫愛死了能再次成為特技演員。他們住在羅馬一間奢華的公寓裡，公寓窗外的視野很好，能一覽羅馬競技場。瑞克很愛去義大利餐廳用餐、去夜總會暢飲雞尾酒，大致上在羅馬過著美國電影明星的生活，並有克里夫在一旁當他可靠的夥伴。這段期間，克里夫睡了一堆義大利妞，比瑞克還要多，不過瑞克一直都比較挑剔。對克里夫來說，妞就是妞，但他的確很喜歡義大利妞。比起床上沒有女人相伴獨自入眠，他比較喜歡有全裸的義大利妞在床上含他的屌，但他更喜歡的是，那些全裸的義大利妞都是不同的人。克里夫從來沒那麼講究女人的長相。只要這些女人讓他把臉埋在她們的屁股裡，而且也喜歡吹喇叭，那麼對克里夫來說，她們就很美。

不過，回家的航程和來歐洲時的航程會有點不一樣。

在希臘拍諜報片時，瑞克認識了一位深色頭髮的義大利女星法蘭切絲卡．卡布奇。然後，就像克里夫回家後跟朋友說的：「他就他媽莫名其妙地娶了那女人。」克里夫一明白事情會怎麼發展後，他就知道，不管和瑞克之間有什麼協議，都將不算數了。瑞克之後不會需要他跟在身邊，法蘭切絲卡不會想要他跟在身邊，瑞克也不會有錢僱他待在身邊。

克里夫不是個自私的人。如果他覺得瑞克和法蘭切絲卡對彼此都好，他會優雅地退出，不用擔心。並不是說他覺得法蘭切絲卡是個邪惡的蛇蠍美人，要坑害他那毫無防備的朋友。他覺得，他們就是一對小白痴，沒想清楚就冒然擁抱生命中的一大改變。克里夫覺得他們的婚姻最多就維持兩年。這對法蘭切絲卡來說也很夠了，但這可是會花上瑞克好大一筆贍養費。費用之多，多到他可能得賣掉他在好萊塢山莊的房子。而克里夫知道這棟房子對瑞克的意義。在**那棟**房子裡，瑞克的脾氣就已經很壞了。要他住在托盧卡湖的公寓，一切只會更糟。

克里夫從小桌子上抄起旅館的塑膠冰桶，並從浴室的毛巾架上拿了條擦手毛巾。接著，他打開房間門，走到走廊上，往製冰機的方向去。他行走時，腳下的地板嘎吱作響。走廊髒兮兮的地毯踩起來有「變形傻蛋」[429]這種玩具的黏稠感。這間旅館是離外景地最近的汽車旅館，外景地的岩石景觀看起來像蠻荒西部的風景，讓西班牙的阿爾梅里亞能冒充美國的亞利桑那。此時此刻，旅館裡每個房間的門都打開了。因為這間旅館沒有空調，每個房間都提供了一台運轉聲極大的電風扇。

克里夫經過一〇四號房時，匆匆往裡面瞥，瞥見一位看起來非常沮喪的老先生。他體格健壯，身上的白色亞麻襯衫黏在大汗淋漓的背上。他坐在床尾，旁邊放著電風扇，視線往下盯著腳邊髒兮兮的地毯。

那是亞杜·雷。克里夫經過房門口時心想。**製冰機在那**。他看向走廊盡頭時心想。他鏟了一堆冰塊到看上去更像垃圾桶的塑膠桶裡。接著，他直接用手抓起四塊冰塊，放在他帶來的白色毛巾上。他一邊將裹了冰塊的毛巾抵著腫脹的眉毛，一邊快步走回自己的房間。

他再次經過亞杜·雷的房間時，又匆匆往裡面看，確定那位滿身汗的大塊頭真的是**亞杜**·

429 變形傻蛋（Silly Putty），裝在蛋形容器裡，類似黏土的玩具，具彈性和延展性，可拉長、壓扁等，玩法多樣。一九五〇、六〇年代非常受美國小孩歡迎。

雷。但這次，這位主演戰爭片《最前線》（*Men in War*, 1957）的大明星沒看向地毯，而是直直看著他。克里夫走過房門口時，聽到這位大明星以虛弱沙啞的聲音叫住他：「嗨？」

克里夫走回這位演員的房門口。

「你是美國人嗎？」那道知名的沙啞嗓音說了這句話。

「是。」克里夫回答時，依然將裹了冰塊的毛巾抵著他右臉。

亞杜問：「你是這個西部片的工作人員嗎？」

「雷先生，沒錯。」克里夫說。

這個回答讓雷先生微微一笑，他伸出五根粗壯的手指打個招呼，並說：「叫我亞杜就好。我也有演這部片。」

克里夫走進這位演員的房間，走到床邊，和這位五〇年代華納兄弟的當家小生握手。

「我叫克里夫．布茲。」克里夫說，「我是瑞克．達爾頓的特技替身。」

「達爾頓在這部片嗎？我知道有泰利和卡露．貝克，但我不知道達爾頓也在。他演哪個角色？」亞杜問。

「他演泰利的哥哥。」特技演員回答。

亞杜大笑：「他們真的有點像。我和曼坦．莫蘭[430]也可以演兄弟。」

此話一出，兩人都笑出聲來。

這兩位都打過二戰（亞杜是海軍蛙人）。亞杜和克里夫年紀差不多。但看到那天晚上的兩人，你絕對不會這麼覺得。克里夫依然保持著中量級拳擊手的體態，但亞杜．雷曾經結實的胸肌，都變成啤酒肚了。他在《軍中紅粉》[431]裡那健美的身材已經變得鬆軟，寬大的肩膀也變圓了，讓他有著大猩猩般的身形。克里夫看起來比實際年齡年輕十歲，反觀亞杜看起來比實際年齡老二十歲。如大猩猩般的亞杜盯著克里夫的臉，終於注意到他腫脹的眉毛。

「天啊，小子。」亞杜驚呼。「你的臉怎麼回事？」

「我今天被步槍槍托打中眼睛。」克里夫說。

「發生什麼事了？」

克里夫解釋：「我們在陡峭的山崖拍戲，有顆鏡頭要拍其中一個強盜用溫徹斯特步槍揍我的臉。」

他繼續說：「但那個演墨西哥強盜的義大利仔從來沒做過這個動作，所以他一直遲疑，一直做不到位。拍了五次都沒拍好。但每次我都得背朝下摔在該死的岩石上。所以最後我叫第一副導——他是西班牙工作人員裡唯一英文勉強還行的人——跟那傢伙說，就直接他媽的往我臉上揍，因為我沒辦法繼續在這樣的岩地上摔。」克里夫這麼說。

「嗯，直直往你臉上揍。」亞杜說這話時，更多的是陳述而不是發問的語氣。

克里夫聳聳肩。「這是工作。我就是瑞克的**沙包**。」

「你和他合作很久了嗎？」亞杜問。

「瑞克？」

430 曼坦·莫蘭（Mantan Moreland, 1902~1973），美國非裔喜劇演員，一九三〇、四〇年代很受歡迎。

431 《軍中紅粉》（*Miss Sadie Thompson*, 1953），麗泰·海華絲主演的歌舞片。

「對，達爾頓。」

「快十年了。」

「噢，你們一定很要好吧？」

「對，很要好。」克里夫淡淡一笑。

亞杜也報以微笑。「這樣很好。拍攝現場有好兄弟在很不錯。」亞杜問這位瑞克的替身，「他拍喬治．庫克的那部電影時，你認識他了嗎？」

「認識了，」克里夫說，「但那部片我沒參與。那是唯一沒有任何特技動作的片。」

「嗯，那好像是根據當時很紅的小說改編的。華納兄弟把自家所有簽約演員都丟進去。有些演員很不錯，珍．方達就在裡面——你見過亨利．方達嗎？」亞杜問。

克里夫回答：「沒有。」

「總之，」亞杜繼續說，「達爾頓是其中一位。是喬治．庫克讓我在電影圈大有突破，讓我和茱蒂．哈樂黛主演《婚姻趣事》[432]。然後他找我演屈賽與赫本的《不是冤家不聚頭》[433]。」

他突然轉換話題：「你知道誰在這兩部片都演小角色嗎？」

克里夫搖頭。

「他媽的查理士．布朗遜。」亞杜說，「而且他長得比現在還醜，如果這種事還有可能的話。」

亞杜陷入自己的思緒中，好像在回想之前和布朗遜拍片是什麼樣字，那時**亞杜**是個大明星，而布朗遜只是個小配角。

停頓一會兒後，亞杜聲音沙啞地說：「我聽說查理士現在混得很不錯。他真行。」

亞杜突然猛然抬頭，望向克里夫。「我剛剛講到哪？」

「瑞克和喬治・庫克。」克里夫提醒他。

「對對對，當然——見過喬治・庫克嗎？」亞杜問，「他是個厲害的傢伙，」他表示，「我擁有的一切都要歸功於他。」

「我聽說他是好萊塢最出名的同性戀。」克里夫說。

「對，喬治是同性戀。」亞杜回答。「但我不覺得他因為這樣有做些什麼。他有點胖。」

接著，亞杜抬頭看向克里夫時，變得深沉又坦然。照大衛・卡拉定在自傳裡的描述，這位大塊頭常常會這樣。

「你知道嗎，大家以前一天到晚問我，既然庫克發掘了我，他有沒有試圖對我做什麼？令人遺憾的答案是沒有，但我希望他有。」

亞杜若有所思地說：「喬治身上有股悲傷的情緒，如果我能消除，我會去做。」

「可是，」亞杜嘆氣，「恐怕我遇到他的時候，他已經沒救了。就我所知，他在好萊塢一直都很禁慾。我覺得我在海軍服役時做愛的次數，都比他待在好萊塢這四十年還要多。」

亞杜頓了頓，接著說：「我覺得那他媽的實在太浪費了。」

大塊頭再次停頓，然後再次開口問：「我剛剛講到哪？」

432《婚姻趣事》（*The Marrying Kind*, 1952），愛情喜劇片。這是亞杜・雷首次擔任主角的電影，之前只有演小角色。

433《不是冤家不聚頭》（*Pat and Mike*, 1952），愛情喜劇片。亞杜・雷是重要配角，並因此提名金球獎最佳男新人。

「瑞克和喬治・庫克。」克里夫再次提醒他。

「噢對。所以庫克導的這部片裡有瑞克・達爾頓。達爾頓在拍一場戲。然後突然間，達爾頓喊卡，**卡卡卡卡卡**。相信我，在場所有人倒抽一口氣。除了他自己，沒人敢在庫克的場子喊卡。超大咖的凱瑟琳・赫本也他媽的不會喊卡。但瑞克・達爾頓他媽的喊卡。

「坐在導演椅上的庫克看向他，問說：『達爾頓先生，有什麼問題嗎？』然後達爾頓說：『喬治，我在想，這裡很適合稍作停頓，會更有戲劇效果。你覺得怎樣？』惡毒的庫克也很乾脆地說——」亞杜試著以他那沙啞的嗓音，模仿庫克滿腹學問、故弄玄虛的說話方式，「『達爾頓先生……我強烈認為，到目前為止，你整個演藝生涯已經停頓很久了。』」

亞杜一說完，這兩位健壯的男性就在這悶熱的旅館房間裡狂笑不止。瑞克是克里夫最好的朋友，克里夫比大多數人都更清楚，瑞克很擅長讓自己鬧笑話——特別是那個時候。

克里夫還沒笑完，亞杜突然抬頭看他，嚴肅又真誠地說：「嘿，老兄，我現在狀況很糟。你能幫我弄到一瓶酒嗎？」

「噢哇。」克里夫說，「亞杜，很抱歉，你知道你不應該喝酒。他們給劇組所有人發了通知，說絕對不能給你一瓶酒。不管你說什麼，我們都不能拿酒給你。」

亞杜嘆了口氣，絕望地搖搖頭說：「他們不讓我帶錢在身上。他們叫旅館不要服務我。他們找了個傢伙看門。我在這裡被軟禁。」

亞杜看向克里夫，雙眼緊盯著克里夫，開口懇求：「拜託……拜託，小子，我現在糟透了。求求你，行行好。拜託……拜託……別讓我求你……但我還是會求。」

克里夫走回自己的房間，抄起他那瓶琴酒，踏上走廊那黏糊糊、髒兮兮的地毯，然後把那瓶酒遞給一〇四號房的男子。亞杜·雷從這位貴人手中接下琴酒，粗壯的大手握著酒瓶，熱切地盯著這瓶酒看。

他有酒了。

他今晚沒事了。

他要把這整瓶喝光。

這一切馬上就要開始了。

亞杜的視線從酒瓶移到克里夫身上。然後再次看向那瓶琴酒。然後再看向克里夫。他瞇起眼睛問：「你戴著假髮嗎？」

這時，克里夫才想起來，自己還戴著瑞克的假髮。「噢對，我忘記我還戴著。」他拿掉假髮，首次在亞杜面前展現他那頭金髮。克里夫·布茲向大塊頭揮揮手，離開時說了句：「亞杜，祝你有個美好的夜晚。」

亞杜·雷的視線回到手中那瓶英人牌琴酒，他對著瓶身標籤上的倫敦塔衛士人像說：「我會的。」

灌完克里夫那瓶琴酒後，亞杜隔天就無法工作了，被安排搭第一班飛機回家。那群西班牙製片拚命想找出拿酒給亞杜的罪魁禍首，但好險他們從未抓到人。克里夫超緊張，甚至也沒跟瑞克說這件事。至少等了兩年才說。

「你做了什麼鬼？

「克里夫，」瑞克說，「你在他媽的演員工會辦公室拿到會員卡時，就有三個規定要遵守：第一，劇組必須要給你最低休息時間。第二，不能拍任何不符合工會標準的片。第三，如果你和亞杜·雷拍片，不管怎樣都不能給他一瓶酒。」

如果克里夫重來一次……他還是會做一樣該死的事。

第二十三章 酒鬼名人堂

《藍瑟》拍攝現場的拖車裡，瑞克盯著化妝鏡裡的自己，用沾了黃膠去除劑的棉球，在臉上有假鬍子覆蓋的地方搓揉。他已經拿掉及肩的長假髮，原本巧克力色的短髮因為汗水亂糟糟地塌在頭上。他徹底沾濕上唇和鼻子之間的部位，讓鼻孔充滿酒精味後，用兩根手指緩慢地撕掉臉上的假鬍子，過程中有點痛，然後小心翼翼地將假鬍子放在化妝台上。

拖車裡的小電視上，前美式足球明星羅西．格瑞爾[434]在他的綜藝節目《羅西．格瑞爾秀》裡，演唱保羅．麥卡尼的歌〈昨日〉（Yesterday）。瑞克邊聽歌，邊拿起一罐卸妝冷霜，挖了一大團，厚厚地抹滿全臉。接著，他聽到小小兩聲的敲門聲。坐在椅子上的他傾過身，轉動拖車門的把手，把門推開，出現在眼前的是嬌小的楚蒂．費雪。她抬著頭看向瑞克。這是瑞克第一次看到她穿便服的樣子。她穿著一件領口挺括的白色扣領襯衫，外面罩著燈芯絨吊帶褲。這身裝扮讓她看起來更接近實際年齡的八歲，而不是假裝的十二歲。

「我要走了，」她表示，「只是想跟你說，我覺得今天我們那場戲你演得超好。」

「哇噢，謝謝，親愛的。」瑞克謙虛地說。

434 羅西．格瑞爾（Rosey Grier, 1932~），美國演員、歌手、美式足球運動員。他自運動場上退休後，成功轉戰影視界，出演多部電影、影集，也主持綜藝節目《羅西．格瑞爾秀》（*The Rosey Grier Show*, 1968~1970）。

「這不是客套話，」她向瑞克保證，「這是我這輩子看過超級厲害的演出。」

哇，瑞克心想，這句話給他的衝擊比想像中來的大。「嗯……謝謝妳，瑪拉貝拉。」這次的謙虛不是假裝出來的。

「現在下戲了，」她提醒瑞克，「你可以叫我楚蒂。」

「好，非常謝謝妳，楚蒂。」滿臉冷霜的瑞克說，「妳是我遇過非常優秀的女演——」

「是演員。」她很堅持。

「抱歉，妳是我遇過非常優秀的**演員**，不分年紀大小，沒幾個能跟妳比。」瑞克真誠地表示。

「哇，瑞克，謝謝你。」她坦然道謝，毫不矯情。

「說實在的，」瑞克繼續表達他的讚賞，「我一點都不懷疑，有天我會向大家炫耀，我和妳拍過戲。」

「等我贏了第一座奧斯卡獎時，你就能炫耀說，你在我只有八歲時就和我合作過。」楚蒂自信地表示。「然後你會跟大家說，我**那時候**和**現在**一樣專業。」接著，她低聲加了一句話說明：「我說的『現在』指的是將來我拿奧斯卡的時候。」

這小矮子的膽識讓瑞克忍不住淡淡一笑。「我確定我會這麼說，我也確定妳做得到。只要趁我還活著的時候，趕快做到就好。」

她也向瑞克報以微笑。「我會盡全力的。」

「像妳平常那樣。」瑞克說。

她點點頭。接著，她媽媽從一旁等候的車子裡大喊：「楚蒂，快回來，別再打擾達爾頓先生了。妳明天還會見到他！」

楚蒂惱火地轉向媽媽的方向，大聲喊回去：「**媽！**我沒打擾他。」她用手誇張地指了指瑞克說，「我只是跟他說，他的**演技**很棒！」

「好啦，反正妳快點！」她媽媽催促。

楚蒂翻了個白眼，注意力回到瑞克身上。「抱歉。我說到哪了？噢，我記得……瑞克，幹得好。你真的做到我要的。那場戲你嚇到我了。」

「噢天啊，抱歉，我不是故意的。」瑞克脫口而出。

「別道歉，那就是你演技厲害的地方，」她強調，「這也是連帶讓**我**演得那麼好的原因。你沒讓我**演得**很害怕。你讓我真的**反應出**很害怕的樣子。這就是我要你做的。」她表示。「你沒把我當成某個八歲的女演員。你把我當作演戲的同事。你沒把我當小孩子哄。你試著**主導**這場戲。」她語帶崇拜地說。

「楚蒂，謝謝妳。」瑞克再次裝得很謙虛，「但我不覺得我**主導**了整場戲。」

「你當然有。」楚蒂反駁。「台詞都在你那裡。不過，」她警告瑞克，「明天我們倆的大戲是另一回事，你可要小心了！」

「妳才要小心。」瑞克回以警告。

她咧嘴一笑說：「就是這種氣勢！掰掰啦，瑞克，明天見。」她向瑞克揮手。

瑞克也向她致意，開口道別：「掰掰，親愛的。」

瑞克轉身面對化妝鏡時，楚蒂替他關上門，但在門完全關上之際，她輕聲說了句：「記好你明天的台詞。」

這讓瑞克再轉回來，不太相信他剛剛聽到的話。「什麼鬼？」

在拖車門的縫隙之間，楚蒂盯著瑞克。「我說，記好你明天的台詞。很多大人都不把台詞背好，讓我很驚訝，那明明是他們拿錢要做好的事，」然後有點討人厭地加上一句，「我**都會**把台詞背好。」

瑞克回嘴：「噢，是喔？」

「當、然。」楚蒂回答時，刻意強調每個字。接著她快速加了一句：「如果你沒記好台詞，我會讓你在大家面前很難看。」

哇，這臭小鬼。瑞克心想。

他問：「妳在威脅我嗎，妳這小流氓？」

「沒，我在鬧你。達斯汀．霍夫曼都這樣。不過，這可不是口頭上的威脅而已，我說到做到。掰掰。」在瑞克能回嘴之前，她關上門。

楚蒂．費雪從來沒**贏得**一座小金人。

但她被提名三次。第一次提名是在一九八〇年，她十九歲的時候。她在勞勃．瑞福執導的《凡夫俗子》裡，飾演了多少稱得上是提摩西．赫頓[435]女友的角色，因此提名最佳女配角。她輸給《天外橫財》（*Melvin and Howard*, 1980）的瑪麗．史汀柏格（Mary Steenburgen, 1953-）。

第二次提名最佳女配角是在一九八五年，當時她二十四歲。她在諾曼．傑維森[436]執導的《上帝的女兒》（*Agnes of God*, 1985）裡，飾演愛格妮絲修女。她輸給《現代教父》（*Prizzi's Honor*, 1985）的安潔莉卡・休斯頓（Anjelica Huston, 1951-），但拿下金球獎最佳女配角獎。她唯一提名最佳女主角的那次，是昆汀・塔倫提諾一九九九年的《紅衣女郎》（*The Lady in Red*）。這部片重拍一九七九年約翰・塞爾斯[437]編劇的幫派史詩片。她在片中飾演波莉・富蘭克林，原本是個妓女，後來成為一幫銀行搶匪的頭頭。故事背景設定在三〇年代，她和麥可・麥德森[438]對戲，麥德森飾演頭號通緝犯約翰・迪林傑[439]。她這個最後一次提名，輸給《男孩別哭》（*Boys Don't Cry*, 1999）的希拉蕊・史旺（Hilary Swank, 1974-）。

瑞克每次都挺她。

四十分鐘後，瑞克將臉上的卸妝冷霜擦拭乾淨，勉強把頭髮梳回平常的後梳油頭，換上便服，並把之前暴怒的殘局收拾好。他點了根紅蘋果香菸，正要去找第一副導諾曼，跟他鬼扯自

435 提摩西・赫頓（Timothy Hutton, 1960~），美國演員、導演。他憑《凡夫俗子》（*Ordinary People*, 1980）榮獲奧斯卡最佳男配角獎。

436 諾曼・傑維森（Norman Jewison, 1926~），加拿大導演，憑《惡夜追緝令》（*In the Heat of the Night*, 1967）、《屋頂上的提琴手》（*Fiddler on the Roof*, 1971）、《發暈》（*Moonstruck*, 1987）提名奧斯卡最佳導演。

437 約翰・塞爾斯（John Sayles, 1950~），美國導演、編劇、演員，憑《激情魚》（*Passion Fish*, 1992）、《致命警徽》（*Lone Star*, 1996）提名奧斯卡最佳原創劇本獎。

438 麥可・麥德森（Michael Madsen, 1957~），美國演員，常和昆汀・塔倫提諾合作，著名的作品如《霸道橫行》（*Reservoir Dogs*, 1992）。

439 約翰・迪林傑（John Dillinger, 1903~1934），美國經濟大蕭條時期最著名的江洋大盜，搶劫多家銀行，可說是美國最知名的銀行搶匪。

己如何不小心打破窗戶。這時，敲門聲又再次響起。他以為是第二副導拿通告單來，跟他說明天幾點要到。所以當他轉了門把，看到吉姆．史達西站在拖車外時，他有點驚訝。

「噢，嗨。」瑞克說。

「嘿，瑞克，最後一場戲演得真好。」吉姆．史達西說。

「噢，你也是，吉姆。」瑞克回答，並接著說，「恭喜你的新戲今天開工。」

「是試播集。」他糾正。

瑞克反駁。「聽你鬼扯，你明知道哥倫比亞廣播公司會繼續拍。他們如果沒要繼續，不會花這麼多錢。」

「那可不一定。」史達西提醒他。

「**而且**……這是齣好劇。」瑞克加了句。

「有了你那兩場戲，肯定變得更好。」史達西說，「嘿，瑞克，今晚想一起去喝一杯嗎？」

「哇靠！」瑞克大喊，「當然想。」

史達西淡淡一笑。

「你想去哪？」瑞克問。

「我家附近有個小地方，在聖蓋博那。」史達西說，「他們好像希望我去一趟，慶祝我第一天開拍。希望對你來說不會太遠？」

「我沒差。」瑞克表示。「我的車送修，我的特技替身要載我。」

「他會介意嗎？」史達西問。

「老兄，怎麼可能。」瑞克向他保證。「他超酷，你該認識認識。」

「好，讓我先換衣服，把妝卸掉，才不會讓大家認為我是哪個堪薩斯城來的死娘炮。之後你就跟在我摩托車後面去酒吧好吧？」

瑞克坐在副駕駛座，克里夫操著方向盤，兩人跟在騎著摩托車的吉姆．史達西後面，直到史達西把車騎進一間酒吧的停車場裡。這間酒吧外觀漆成棕紅色，有個有趣的店名「酒鬼名人堂」。棕紅色的牆上畫著好萊塢知名酒鬼的卡通人像，有W．C．菲爾茲[440]、亨弗萊．鮑嘉、巴斯特．基頓[441]，還有《狼城脂粉俠》裡的李．馬文。

吉姆．史達西將摩托車停在鋪滿礫石的車道上，然後熄火。克里夫把瑞克的凱迪拉克停在他旁邊。這裡顯然是吉姆．史達西常來的酒吧。

三個大男人走進酒吧裡。晚上八點，幽暗的酒吧裡沒有人擠人，但來了很多常客。對聖蓋博當地人、演員和樂手來說，酒鬼名人堂是個充滿懷舊風的舒適酒吧。牆上充滿知名好萊塢明星的海報與照片，那些都是被酒精毀了一生的好萊塢明星。四張尺寸最大的裝框海報是最高榮

440 W．C．菲爾茲（W. C. Fields, 1880~1946），美國喜劇演員。他在銀幕裡扮演的角色形象，以及在真實的生活中都喜歡喝酒。

441 巴斯特．基頓（Buster Keaton, 1895~1966），美國喜劇演員、導演，默片時代的冷面笑匠，以不苟言笑的肢體喜劇表演風格著稱。著名作品如《將軍號》（*The General*, 1926）。

譽，保留給這間酒吧的四位守護神。

W・C・菲爾茲頭戴灰色高頂禮帽，看著手中的撲克牌。亨弗萊・鮑嘉身穿風衣、頭戴紳士帽，看上去性感十足。約翰・巴里摩[442]的海報，則是他默片時代帥氣的知名側臉肖像。面無表情的巴斯特・基頓頭戴淺底紳士帽、身穿黑色西裝背心，是他默片時期最風光的樣子。

其他有名的酒鬼則是以裝框的黑白照片展示，沿著酒架上方的牆面排列，尺寸都是八乘十[443]的大小。這些泛黃的照片裡，有些是形象宣傳照，有些是電影劇照，有些附上給這間酒吧的簽名。李・馬文穿著《雙虎屠龍》[444]裡白色襯衫和黑色背心的戲服，不懷好意地對著鏡頭咧嘴而笑（照片上有李・馬文給酒鬼名人堂的簽名）。山姆・畢京柏頭上綁著紅色印花頭巾，站在攝影機旁，指著某個東西（照片上有山姆給酒鬼名人堂的簽名）。健美男亞杜・雷的照片則是電影《上帝小園地》[445]的劇照，他穿著無袖汗衫，大汗淋漓（照片上有亞杜給酒保梅納德的簽名）。至於下顎寬厚的小朗・錢尼[446]，他的照片還滿近期的（照片上有小朗・錢尼給酒鬼名人堂的簽名）。此外也有李察・哈里斯在電影《鄧迪少校》[447]的劇照（沒有簽名）。「大嘴巴」瑪莎・雷伊[448]盯著相機鏡頭，睜大雙眼，嘴巴大大張開，這是她三〇年代充滿喜感的形象宣傳照（沒有簽名）。李察・波頓的照片則是電影《巫山風雨夜》[449]的劇照（沒有簽名）。

吧檯左邊的角落，圍繞著一台老式打字機擺放的，是四張知名酗酒作家的裝框相片：史考特・費茲傑羅、海明威、威廉・福克納和桃樂絲・帕克[450]（全部都沒有簽名）。

其他主題小擺飾放在吧檯後方的櫃子上，包括一盞以W・C・菲爾茲為主題的檯燈，卡通版的菲爾茲醉醺醺地斜靠著燈桿。

吧檯上的小費罐旁坐著一個小朗・錢尼版的狼人組裝模型。

男廁門上貼著伊萊恩・哈維洛克（Elaine Havelock）繪製的約翰・巴里摩側臉海報，充滿迷幻風格，色彩鮮豔繽紛。女廁門上貼的則是哈維洛克另一張迷幻風格的海報，畫的是珍・哈露。

鋼琴後方的牆上有一張《日落黃沙》的直式大海報[451]，這部片由這家酒吧的常客、酒鬼名人堂一員的山姆・畢京柏執導（海報上有山姆、威廉・荷頓、歐尼斯・鮑寧給酒吧的簽名）。

撞球檯旁的牆面則貼了三張海報，一張哈維洛克的迷幻風海報，上面畫了W・C・菲爾茲

---

442 約翰・巴里摩（John Barrymore, 1882~1942），美國演員，最初從舞台劇起家，演莎士比亞的悲劇聞名，一九一三年開始拍電影，不管在默片或有聲片時期都有精彩的表現。他被視為當時最帥、最有才華的演員。不過他因為酗酒問題嚴重，一九三〇年代後事業開始走下坡。

443 八乘十英吋的相片長約二十五點四、寬約二十點三公分。

444 《雙虎屠龍》（*The Man Who Shot Liberty Valance*, 1962），約翰・福特導演，詹姆斯・史都華、約翰・韋恩主演的經典西部片。李・馬文在片中飾演反派。

445 《上帝小園地》（*God's Little Acre*, 1958），改編自同名小說的電影，由安東尼・曼導演。

446 小朗・錢尼（Lon Chaney Jr., 1906~1973），以恐怖片聞名的美國演員，最知名的作品為《狼人》（*The Wolf Man*, 1941）。他父親是默片時代的明星朗・錢尼（Lon Chaney, 1883~1930）。

447 《鄧迪少校》（*Major Dundee*, 1965），山姆・畢京柏導演，以美國南北戰爭為背景的西部片。

448 瑪莎・雷伊（Martha Raye, 1916~1994），美國喜劇演員，因為嘴巴很大而有了「大嘴巴」的綽號。

449 《巫山風雨夜》（*Night of the Iguana*, 1964），改編自田納西・威廉斯的同名劇作。

450 桃樂絲・帕克（Dorothy Parker, 1893~1967），美國詩人、作家、編劇。她是電影《星夢淚痕》（*A Star Is Born*, 1937）的編劇之一。

451 直式大海報（three sheet poster）的尺寸為四十一英吋（約一公尺）乘以八十一英吋（約兩公尺）。

和梅．衛斯特[452]；一張李．馬文主演的新片海報，片名叫《雷克軍曹》（*Sergeant Ryker*, 1968）；還有一張海報是鮑嘉主演的老片《渡過黑暗》（*All Through the Night*, 1942）。

除了菲爾茲、鮑嘉、巴里摩、基頓那四大張海報，其他海報都沒裝框，只用圖釘釘在牆上。

三個老兄一進門，就聽到鋼琴手邊彈邊唱 O．C．史密斯的〈小綠蘋果〉[453]。

上帝沒有創造小綠蘋果
夏天時印第安納波利斯也不下雨
不存在蘇斯博士、迪士尼樂園、
鵝媽媽、童謠這種東西

吉姆．史達西向彈鋼琴的人揮揮手，鋼琴手也點頭示意。史達西帶瑞克和克里夫走向吧檯區，他隔著吧檯和酒保熱情地握了握手，問候彼此。

「梅納德，你好嗎？」

親切的酒吧老闆問：「你第一天開拍怎麼樣？」

兩人握著的手還沒分開，吉姆回答：「他們還希望我明天回去拍，所以我想沒有太糟。」

說完，他轉向兩位新朋友，把他們介紹給酒保認識。

「兄弟們，這是梅納德。梅納德——」吉姆朝瑞克和克里夫比了比，「這是我的好哥兒們，瑞克．達爾頓和他的特技替身克里夫。」

梅納德先和克里夫握手。「克里夫。」

克里夫重複了酒保的名字。「梅納德。」

接著，梅納德一臉開心地和瑞克握手。「天啊，**傑克．卡希爾**本人。很高興認識你，賞金獵人。」

握完手後，瑞克表示：「我也是，梅納德。醫生看診了嗎？」

梅納德大笑說：「醫生絕對看診了。要喝什麼？」

瑞克答：「威士忌酸酒。」

「特技演員，你呢？」酒保問。

「有什麼啤酒？」克里夫問。

「罐裝有藍帶、施麗茲、哈姆、酷爾斯。瓶裝有百威、嘉士伯、美樂好生活。桶裝有雪山、福斯塔夫、老查塔努加和鄉村俱樂部。」

「老查塔努加。」克里夫回答。

---

452 梅．衛斯特（Mae West, 1893~1980），美國演員、編劇。她和 W．C．菲爾茲主演、編劇了西部喜劇片《我的小山雀》（*My Little Chickadee*, 1940），此片又名《小公雞》。

453 O．C．史密斯（O. C. Smith, 1936~2001），美國歌手，一九六八年推出的〈小綠蘋果〉（Little Green Apples）是他最紅的歌曲，一度登上《告示牌》百大熱門榜第二名。

梅納德指著常客吉姆，背出他要喝的酒：「『白蘭地亞歷山大』給這邊的藍瑟。」接著，這位醫生便轉身替病人張羅了。

吉姆朝著他的背大喊：「要叫就叫**強尼．馬德里**，混蛋！」

三個夥伴都低聲笑了笑。

另一位住在聖蓋博的演員漫步到三人這邊——他是那種一臉粗獷、醜到很性感的類型，頂著一頭蓬亂的淺棕髮，穿著黑色皮夾克。這位名叫華倫．范德斯（Warren Vanders, 1930-2009）的演員拿著一罐藍帶啤酒，加入這三個人的行列。

吉姆和華倫熱情地打招呼，接著，吉姆看向瑞克，用大拇指指了指華倫。「瑞克，你認識這傢伙？」

瑞克會心一笑。「靠，你知道我認識。」

瑞克和華倫心照不宣地握了握手，瑞克也解釋了一下：「范德斯拍了三集的《賞金律法》。」

「是四集，你這不知感恩的混蛋。有一季裡，我在史潘片場被瑞克．達爾頓痛宰。」華倫說：「那四年的《賞金律法》讓我很不開心。」

鋼琴手開始彈奏〈巷貓〉[454]。

梅納德將這幾位客人的酒放到吧檯上時，這四個老兄坐上吧檯椅。酒保和他們聊了一下，直到有位口渴的客人叫他。

克里夫和華倫的啤酒還沒喝完，一旁的瑞克很快就用吸管喝光他的威士忌酸酒，吉姆也迅速灌完他的「白蘭地亞歷山大」。

酒保走回他們這邊，問吉姆和瑞克：「再來一杯？」

「好。」吉姆說。

「威士忌酸酒。」瑞克重複。

鋼琴手科特．查斯托皮爾演奏完〈巷貓〉後，吉姆和三位朋友拿著酒，漫步到他的鋼琴旁。

「嗨，科特，最近過得怎樣？」

科特邊啜了口「哈維撞牆」，邊回答：「還不錯，吉姆，最近好嗎？」

「挺好的。」吉姆跟他說，「今天是我的試播集開拍第一天。」

「哇，老兄，那可真棒。」科特接著開始彈奏〈快樂的日子又來了〉（Happy Days Are Here Again）。

「冷靜冷靜，大鋼琴家。」吉姆提醒他。「讓我們先拍完試播集。看看成果好不好。看看能不能成為哥倫比亞廣播公司秋季檔的節目。才會『快樂的日子又來了』。那時才有幾週好日子過。」

吉姆向兩位新朋友介紹這位酒吧樂手。華倫早就認識科特了。事實上，華倫還送了一隻狗給科特的兒子，取名做男爵，那是他兒子的第一隻狗。瑞克和克里夫分別和科特握手。吉姆大

---

454 〈巷貓〉（Alley Cat）是丹麥鋼琴家本特．法布里克（Bent Fabric, 1924~2020）於一九六一年發表的鋼琴曲，推出之後大受歡迎，也因為這首歌獲得一座葛萊美獎。

肆誇耀他的音樂家好友：「科特能用鋼琴和吉他演奏任何當代曲目，而且彈得很好，特別擅長那首〈我和鮑比．麥基〉。他把那首歌演得像鄉村樂——」

「那首歌就是鄉村樂。」科特解釋。

「我知道，但其他人不是這麼演的。」吉姆說。

「那是因為他們都只演奏珍妮絲．賈普林[455]的版本。但如果你仔細聽這首歌，會發現把它當成鄉村樂，用民謠吉他演奏的效果最好。」接著他馬上澄清，「不是歐尼斯特．塔伯[456]的鄉村，而是當代鄉村。」

吉姆繼續向瑞克和克里夫誇耀他的音樂家朋友：「跟你們說，如果科特演唱〈我和鮑比．麥基〉，一定會造成轟動。演唱清水合唱團[457]的歌也是，尤其是那首『嘟嘟嘟』的歌。」

科特一臉困惑。「什麼『嘟嘟嘟』的歌？」

吉姆提醒他：「你知道那首啊。」他唱了起來，「嘟嘟嘟，看向我的後門。」

科特開始用鋼琴彈起〈看向我的後門〉這首歌的開頭，邊彈邊唱：

剛從伊利諾回到家
鎖上前門，天啊
看著這些快樂的生物
在草坪上跳舞
用黑膠唱片機聽巴克．歐文斯

唱著嘟嘟嘟，看向我的後門

他唱完，旁邊四位鼓掌叫好。「好厲害。」瑞克說。

「稱不上厲害，只是不差。」科特謙虛地說，然後加了句：「我兒子很喜歡那首歌，所以每次在家練習時，我都會彈給他聽。」

「你兒子多大？」克里夫問。

「下個月要六歲了。」科特說。

吉姆慫恿這位樂手：「離開鋼琴，秀兩手吉他給他們看。」

「好。」科特說，然後拿起吉他放在腿上。他一邊調音，一邊跟瑞克說：「我一定要講一下，瑞克，我是你的大粉絲，超愛《賞金律法》。《賞金律法》和《來福槍神射手》[458]是我當時最喜歡的兩部影集。電視重播時我還會看。我也很喜歡你演的一部西部片。」

「哪部？」瑞克問，「《譚納》？大部分人喜歡那部。」

---

455 〈我和鮑比．麥基〉（Me and Bobby McGee）最初由鄉村歌手羅傑．米勒（Roger Miller, 1936~1992）演唱、錄製，之後由一九六〇年代知名搖滾歌手珍妮絲．賈普林（Janis Joplin, 1943~1970）翻唱，在她過世後的一九七一年發表，翻唱版本比原唱版更紅、更為人所知。

456 歐尼斯特．塔伯（Ernest Tubb, 1914~1984），一九四〇年代崛起的美國鄉村音樂傳奇歌手。

457 清水合唱團（Creedence Clearwater Revival），活躍於一九六〇年代末期至七〇年代初期的美國搖滾樂團，是美國搖滾音樂史上的經典樂團。〈看向我的後門〉（Lookin' Out My Back Door）是他們的熱門金曲。

458 《來福槍神射手》（*The Rifleman*, 1958~1963），美國西部電視劇，卻克．康諾斯（Chuck Connors, 1921~1992）主演。

還在調音的科特問：「那部還有誰有演？」

「《譚納》是我和雷夫．米克。」瑞克回答。

「不是這部，不是米克──我喜歡米克，但那部不是他演的。」科特想了一下，然後說：「葛倫．福特！」

「噢，葛倫．福特。」瑞克說，「那部是《地獄之火，德州》。對，那部沒那麼糟。我和葛倫有點合不來。他沒像我那樣投入這部片。我是說，拍太多電影也不是好事，這就是葛倫的問題。不過，整體來說，不是部爛片。」

科特調好音，準備好時，吉姆對他說：「彈一些能展現你功力的東西。」

科特回說：「噢，原來我要把自己推銷出去。我現在才知道。多謝你指出來。」

「這樣才公平。」瑞克開玩笑地說，「你說你喜歡我的片。我得要看看我喜不喜歡你的音樂，這才公平。」

科特開始彈奏強尼．瑞佛斯〈無敵情報員〉[459]開頭那段很好辨認的吉他旋律。其他人滿臉是笑，表示佩服與讚賞。接著科特開始唱第一段：

有個男人過著危險的生活

他對任何人都冷淡疏離

說話要謹慎，你會不小心說溜嘴

你可能活不到明天

無敵情報員
無敵情報員
他們給你一個編號，奪走你的名字

科特停了下來，等著眾人的歡呼。「這是我兒子喜歡的另一首。」接著，他看著瑞克，問說：「所以我們是互相欣賞的嗎？」

「廢話，當然。」瑞克舉起手中的威士忌酸酒。「敬這位吟遊詩人！」他們都舉起玻璃杯和酒瓶，向科特乾杯。

「說到我兒子跟你，我們都超愛《麥克拉斯基的十四拳》。」科特跟瑞克說。

「那部是還不錯的。」瑞克表示。

科特解釋，「看那種一群人一起做什麼事的電影，你多少會有個最喜歡的傢伙，整部片看下來都會全力支持他，希望他撐到最後。」

所有人都不自覺地點頭附和。

「對我兒子來說，你是他最喜歡的傢伙。」

「哇，很高興知道這件事。」瑞克說。

459 強尼·瑞佛斯（Johnny Rivers, 1942~），美國歌手，一九六〇、七〇年代很受歡迎。〈無敵情報員〉（The Secret Agent Man）是英國影集《無敵情報員》（*Danger Man*, 1960~1962）的主題曲，此片在美國播放時稱Secret Agent。這首歌是強尼·瑞佛斯演藝生涯中的金曲。

「有天我和他一起看《賞金律法》，」科特說，「電視在演，我指著你說『嘿，小昆』——他的名字叫昆汀——『嘿，小昆，你知道那傢伙是誰嗎？』他說不知道。然後我說：『你記得《麥克拉斯基的十四拳》裡，那個戴眼罩、拿噴火器燒死納粹的傢伙嗎？』他說記得，我就說：『就是同一個人。』」科特接著問大家，「知道他說什麼嗎？他說：『所以這是他還有兩隻眼睛的時候？』」

大家都笑了。

「可以麻煩你幫他簽個名嗎？」科特問。

「當然。」瑞克回答。「你有筆嗎？」科特沒有，但華倫．范德斯有。

瑞克在酒鬼名人堂的紙巾上給科特的兒子昆汀簽名，稱呼他兒子為「昆汀二等兵」，確認名字沒有寫錯字後，寫了一句：「麥克拉斯基少校和路易斯中士向你敬禮。」然後簽下他的大名「瑞克．達爾頓」，下面寫著「麥克．路易斯中士」。接著畫了戴著眼罩的麥克．路易斯中士，他穿的襯衫上寫著「昆汀超酷」的字樣，下面還有個附註：「燒死納粹！」

吉姆．史達西嘆息：「呃……他媽的《麥克拉斯基的十四拳》。心痛啊。他媽的卡茲．蓋拉斯。**去他的**——抱歉，他可能是你的朋友。」他對瑞克說，「但還是一句——**去他的**。」

他向科特、克里夫、華倫．范德斯解釋，自己怎麼差點拿到卡茲．蓋拉斯在《麥克拉斯基》裡的角色。「最後剩下三位。蓋拉斯、克林．瑞奇[460]和我。但蓋拉斯當時已經主演了一部亨利．哈撒韋的電影。所以哈撒韋打給哥倫比亞影業的高層，推薦那小子，然後我和瑞奇就沒戲啦。」吉姆說完嘆了口氣。

華倫・范德斯問：「蓋拉斯演的哈撒韋電影是哪部？」

「某部和史都華・格蘭傑演的非洲爛片。」吉姆說。

瑞克開口：「我也和史都華・格蘭傑演過一部非洲爛片。」然後加了句：「我合作過最大的混蛋。」

「說到他媽的混蛋，」吉姆插嘴，「亨利・哈撒韋也是他媽的混蛋！」接著迅速表示：「我是說，他是個好導演，拍好電影，但他媽的超愛**大吼大叫**！他大吼大叫起來，真的超恐怖。

「我太太演了他最新的一部片。她超甜美，像小鳥一樣溫順。哈撒韋整天對她吼，每天吼。拍完戲後，那可憐的傢伙幾乎都有**創傷後壓力症候群**了。最近最好不要給我在酒吧遇到那混蛋⋯⋯」史達西邊說邊喝了一大口酒。

「你太太是誰？」瑞克問。

「金・達比。」吉姆回答。

「哇靠！」瑞克驚呼。「你娶了金・達比？你說的是《大地驚雷》？」

「對，我去年拍《鐵腕明鎗》時認識她的。」吉姆解釋。「我們結婚兩個月時，她拿到《大地驚雷》的主演。」

「我的天啊，你娶了一位大明星。」瑞克興奮地說。

460　克林・瑞奇（Clint Ritchie, 1938~2009），美國演員，知名作品為肥皂劇《只此一生》（*One Life to Live*, 1968~2012）。

「你有機會試《大地驚雷》裡葛倫．坎貝爾[461]的角色嗎？」科特問吉姆。

「沒——有。」吉姆說，語氣很誇張。「哈撒韋一知道她結婚了，而且還和一個年輕帥氣的小鮮肉結婚，我甚至連拍攝現場都去不了。他根本不希望我出現在那附近。」

他們大笑。

「我不認為他有找任何人試鏡，」吉姆猜測，「他們就直接找葛倫．坎貝爾來演。」

瑞克洩氣地把手甩在鋼琴上。「約翰．韋恩[462]到底哪裡有毛病？他有超好的牛仔角色給年輕人演，但他都找這些不會演戲的娘炮歌手。瑞奇．尼爾森、法蘭基．阿瓦隆、葛倫．坎貝爾、他媽的費彬、狄恩．馬汀。」

吉姆插嘴：「狄恩．馬汀和其他人有點不同。」

「他和其他人一樣都是該死的歌手。」瑞克強調。

「對啦，」吉姆承認，「但他會演戲。」

「是啦，」瑞克回嘴，「他能演得像個**他媽的義大利佬！**」

大家聽了這話都笑了。瑞克繼續說：「講到他媽的法蘭基．阿瓦隆在《邊城英烈傳》裡沒死成，就讓我一肚子火。」

笑聲再次響起。華倫．范德斯看著瑞克，但指著吉姆說：「你知道他之前娶了誰嗎？」

瑞克和克里夫搖頭。

「康妮．史蒂芬。」華倫回答。

瑞克不自覺地跳起來。「你娶過他媽的康妮．史蒂芬？」

「我娶過還睡過康妮・史蒂芬。」

瑞克難過地搖搖頭。「你這貪心的混蛋。我以前很迷她。」

「老兄，你和所有美國人都迷她。」吉姆說。

「我一直要求找她來演一集《賞金律法》，但美國廣播公司不讓她演國家廣播公司的節目，所以從來沒成功。如果成功了，」瑞克繼續說，「那和她走紅毯的很可能就是**我**。」

這話吉姆倒是不敢肯定，但他也沒有任何表示。他很習慣其他男人嫉妒他的情史，所以便將話題帶回自己沒演成《麥克拉斯基》的遺憾：「你有了《麥克拉斯基》，我娶了史蒂芬。不過我現在沒了史蒂芬，但你一直都有《麥克拉斯基》。」吉姆接著抱怨，「我原本可以是硬漢電影裡的一員，痛宰納粹。搞到最後，反而在《兄妹拓荒記》裡被小麥可・安德森[463]那臭小子痛宰。」

大夥因為小麥可・安德森這段話放聲大笑。

「不過，我算哪根蔥能在這抱怨，」吉姆說，「對啦，我原本可以是《麥克拉斯基的十四拳》第四個主演，但你——」他用手中的「白蘭地亞歷山大」指著瑞克，「原本可以是**單獨監**

461 葛倫・坎貝爾（Glen Campbell, 1936~2017），美國歌手、演員，一九六〇、七〇年代很受歡迎，以歌手身分最為人所知，走紅後陸續主持電視節目、參與電影演出。

462 葛倫・坎貝爾在訪談中表示，約翰・韋恩去他表演的後台找他，問他要不要演《大地驚雷》。

463 《兄妹拓荒記》（*The Monroes*, 1966~1967），美國西部影集。小麥可・安德森（Michael Anderson Jr., 1943~），舊譯作米契・安德遜，是這部電視劇的主演，除了這部影集，他也主演了電影《流浪天涯》（*In Search of the Castaways*, 1962）、《一門四虎》（*The Sons of Katie Elder*, 1965）等電影。

禁王。」

噢，別再提麥昆那屁事。瑞克心想。

克里夫皺眉，他知道瑞克有多痛恨這件事。瑞克試圖輕巧帶過，跟吉姆說：「老兄，得了吧，我們已經講過那屁事了。」

華倫．范德斯問吉姆他在說什麼。

吉姆喝了口「白蘭地亞歷山大」，用酒杯再次指著瑞克，跟大家解釋。「這該死的傢伙……**差這麼一點**，」他捏起另一隻手的拇指和食指，兩指之間留了一點小縫隙，「就拿到麥昆在《第三集中營》裡的角色。」

科特和華倫．范德斯一聽，反應都很大。

瑞克邊捏起兩指邊說：「我不是差**這麼一點**。」然後張開雙臂伸得老長，繼續說，「**是差這麼一點**。」

其他人都笑了，雖然以為瑞克這麼說只是謙虛，但還是開口嗆他。「對我來說，你那一點他媽差超多。」華倫．范德斯說。

科特．查斯托皮爾聳聳肩。「噢，他**差點**拿到麥昆最具代表性的角色。這真的『沒什麼大不了』。」

吉姆指了指科特說：「沒、錯。」然後轉向瑞克，並用手比了比其他人，「跟他們說一下。」

讓我死吧，瑞克心想，我才不要在該死的一天之內講這該死的故事兩次，還跟同一個該死

的人講。

「說實在，」瑞克跟他們說，「沒什麼好講的啦，只是茶餘飯後的八卦。」

吉姆．史達西看瑞克沒打算說，就插嘴自顧自地說起來。「好像呢，麥昆差點沒接那個角色，所以導演列了一張候補名單。四個人選。第一順位是誰？」他指著瑞克：「**這厲害的傢伙！**」

「第一順位是他亂說的。」瑞克澄清。

華倫．范德斯問：「其他三位是誰？」

吉姆替瑞克回答：「其他三位——聽好囉——三位喬治。」

「哪三個喬治？」科特問。

「派伯、馬哈里斯和卻克里斯。」吉姆說。

科特和華倫都皺眉，科特加了句：「靠，跟這三個娘炮比，你絕對會拿到角色。」

吉姆對著瑞克說：「我怎麼跟你說的？」然後對科特說，「我就是這樣跟他說的。」

這時，梅納德在吧檯後方大吼：「科特，希望你充分享受了你的休息時間。現在好好去讓屋子裡的其他人樂一樂！」

吉姆、瑞克、克里夫和華倫離開鋼琴那邊，科特坐回鋼琴椅上，開始工作。

這雙眼睛每晚為你哭泣[464]
這雙臂渴望再次擁抱你

其他四個人回到吧檯，梅納德又給他們上了一輪酒（瑞克和吉姆是第三輪，克里夫是第二輪桶裝啤酒）。克里夫付了這一輪的錢。華倫・范德斯付了他自己的錢，向其他人告別，在他還能開車之前離開。

在這樣的晚上，克里夫通常不太說話。不是說他硬是不講話，他時不時會插上幾句，但他明白這樣的夜晚重點不在他身上。重點在兩位男演員同事在雙方身上打探消息，建立藝術與工作方面的關係。這是屬於**他們**的夜晚。

剩下這兩位電視劇演員繼續聊、繼續喝，做同輩演員都會做的事。交流訊息和看法。通常是聊他們都合作過的導演和演員。結果發現史達西也認識湯姆・勞克林，因為他演了湯姆第一部執導的電影《年輕的罪人》（*The Young Sinner*, 1965）。

史達西也和《譚納》的導演傑瑞・霍珀[465]合作過，拍了一集《有槍闖天下》。兩人都和維克・莫羅共事過。維克演了一集《賞金律法》，而吉姆演了一集維克主演的《勇士們》。他們也聊自己喜歡的導演，這通常指的是喜歡**他們**而且找**他們**拍戲的導演。瑞克盛讚保羅・溫德科斯和威廉・惠特尼，吉姆則力挺電視劇導演勞勃・巴特勒（Robert Butler, 1927-）。

「所以哥倫比亞廣播公司怎麼找上你的？」瑞克問吉姆。

「這個嘛，你知道都那樣啊，」吉姆說，「你和不同電視劇導演拍戲，然後遇到非常喜歡你的導演。接著就變成**他的人**。如果他一年在不同電視劇裡拍四集，他有辦法的話，可能就會找你演一兩集。」

「對，我和保羅．溫德科斯和威廉．惠特尼就是這樣。」瑞克插了句。

「總之，覺得我是**他的人**的那位，」吉姆說，「就是勞勃．巴特勒。他找我去演他的幾齣劇，甚至連我沒拿到主要角色的戲都幫我牽線，那些戲想找名氣更大的人來演——安德魯．普萊恩[466]或約翰．薩克遜之類的——而我讓選角指導和製作人印象深刻。」吉姆繼續說，「我的名聲在哥倫比亞廣播公司傳了開來，接著就出現很重要的那集《鐵腕明鎗》。他們沒有直接把角色給我，我得自己爭取。要能驚豔電視台高層、《鐵腕明鎗》製作人，還有那集的導演理查．薩拉費安。」

「我主演的第一部電影，劇本是薩拉費安寫的。」瑞克插嘴。

「是喔？」吉姆說，「是哪部？」

「共和國影業拍的改裝車電影，叫《尬車風雲》。威廉．惠特尼導的。卡司很不錯，有

464 這是一九六〇、七〇年代紅極一時的加拿大樂團猜是誰合唱團（The Guess Who）的金曲〈這雙眼睛〉（These Eyes）。

465 傑瑞．霍珀（Jerry Hopper, 1907~1988），美國導演，一九四〇年中至七〇年代初很活躍，知名作品包括電影《疑雲血影》（*Naked Alibi*, 1954）、《乳虎猛將》（*The Private War of Major Benson*, 1955）等。

466 安德魯．普萊恩（Andrew Prine, 1936~2022），美國演員，在多部電視劇和電影都參與演出，如西部片《畢氏二虎》（*Bandolero!*, 1968）、《白谷太陽》（*Chisum*, 1970）等。他也主演西部影集《寬廣之國》（*Wide Country*, 1962~1963）。

金・伊凡斯[467]、約翰・艾希利[468]、理查・巴卡利安[469]。我打敗羅伯特・康拉德拿下主角。」瑞克打趣地說：「惠特尼可不想每天挖洞讓其他演員站進去，好讓羅伯特能平視他們。」

取笑羅伯特・康拉德的話惹得大家笑出聲來。

然後瑞克問起《鐵腕明鎗》那集。「所以電視台高層也插手單元劇的選角？」

「就是說啊，」吉姆解釋，「他們大可以走大明星路線，讓克里斯托弗・喬治演。但他們不想找大明星。哥倫比亞廣播公司希望找個年輕演員來演，用那集《鐵腕明鎗》讓西部片觀眾認識這個演員，並在下一季推出這個演員主演的電視劇。」

「哇，」瑞克用空酒杯向吉姆致意，並說，「你真是個走運的傢伙，希望你心懷感激。」

吉姆・史達西聽了有點不爽。「我不會說我是**走運**。這好運是我掙來的。我的意思是，我不是剛進城什麼都不懂，好傻好天真那樣。我在該死的《奧茲與哈莉特歷險記》裡待了七年，天天在說：**嘿瑞奇，要吃漢堡嗎？**」

瑞克澄清：「呦呦呦，我不是說你不配。我也沒有這個意思。今天看你拍戲，就知道你完全值得這一切。我只是在說——我曾經是現在的你。我因為客串《莽野遊龍》而有知名度，讓我直接演了《賞金律法》。總之，我的意思是——這是屬於你的時刻。希望你比我更珍惜這個時刻，更心懷感激。」

「你當時沒有珍惜？」吉姆問。

「我有。」瑞克肯定地說，但他接著手拿著空酒杯，戳了戳吉姆的肩膀，繼續說，「但不像我現在這麼感激。」

梅納德給瑞克上了第四杯威士忌酸酒、給吉姆上了第四杯「白蘭地亞歷山大」、給克里夫上了第三杯啤酒後，他們開始聊性感男演員最愛的話題，女人。

吉姆想知道瑞克有沒有睡過維納・莉絲[470]，而瑞克想知道吉姆有沒有睡過海麗・蜜爾絲[471]。

吉姆沒有，不然就是他沒打算講實話。瑞克也沒有，但他試過。瑞克跟吉姆說，他如何趁葉鳳・黛・卡洛[472]和費絲・多茉客串《賞金律法》時睡了他們。他睡了黛・卡洛，基本上是因為他從十二歲起，就一直很想睡伊莉莎白・泰勒。而他覺得葉鳳・黛・卡洛是他能到手的女人中，最接近的了。

「要搞上葉鳳・黛・卡洛很難嗎？」吉姆問。

467 金・伊凡斯（Gene Evans, 1922~1998），美國演員，演出多部知名西部電視劇與電影，如影集《鐵腕明鎗》、《大峽谷》、電影《鐵甲驛馬車》（*The War Wagon*, 1967）等。

468 約翰・艾希利（John Ashley, 1934~1997），美國演員、製片、歌手。他被約翰・韋恩發掘，演藝生涯初期被安排飾演不良少年的角色。他後來也監製一九八〇年代當紅影集《天龍特攻隊》。

469 理查・巴卡利安（Richard Bakalyan, 1931 ~2015），美國演員，事業初期多飾演迷途的青少年角色，之後多飾演警察、幫派份子、反派爪牙等角色。他在《唐人街》（*Chinatown*, 1974）飾演偵探一角。

470 維納・莉絲（Virna Lisi, 1936~2014），義大利演員，一九六〇年代進軍好萊塢，知名作品如《失妻記》（*How to Murder Your Wife*, 1965）。她晚年憑《瑪歌皇后》（*Queen Margot*, 1994）獲坎城影展最佳女演員獎。

471 海麗・蜜爾絲（Hayley Mills, 1946~），英國演員，童星起家，知名作品包括《媽媽愛爸爸》（*The Parent Trap*, 1961），此片又稱《小紅娘》。

472 葉鳳・黛・卡洛（Yvonne De Carlo, 1922~2007），加拿大出生的美國演員，一九四〇、五〇年代紅極一時，知名作品包括《六宮粉黛》（*Song of Scheherazade*, 1947）、《銀城尤物》（*Silver City*, 1951）等。她在一九六〇年代主演情劇喜劇影集《怪胎一族》（*The Munsters*, 1964~1966）。

瑞克舉起空酒杯說：「和再點一杯威士忌酸酒一樣難。」瑞克的話和說話的時機讓三人大笑。吉姆又再點了一輪，但克里夫沒再要第四杯啤酒。兩位演員等著梅納德上他們最後一輪的調酒。

瑞克知道他還得回家準備明天拍戲的台詞。和那死小鬼對戲，瑞克最好要把台詞背得滾瓜爛熟。

而且她可能會熟記自己**和**瑞克的台詞。

那代表著這是瑞克最後一杯酒。今晚睡一覺後，第二天早上他還會記得**自己當時是怎麼爬上床的**。

但瑞克和他的聯合主演道別之前，開口說：「吉姆？」

「怎麼了？」

「說到你問我那《第三集中營》的屁事……」

「嗯？」

「我不像其他人那麼喜歡那個故事。」瑞克直說，「我是說，如果我是切薩雷．達諾瓦[473]——那就算了，但我的情況和他不一樣。」

「等等，」吉姆困惑地說，「這和切薩雷．達諾瓦到底有什麼關係，然後他的**情況**是怎樣？」

「曾有一度——長達兩分鐘吧——威廉．惠勒認真考慮讓切薩雷．達諾瓦演賓漢[474]這個角色。」瑞克解釋。

「是噢?該死，這我不知道。」

「你不知道是因為兩分鐘後，惠勒腦子清醒了，決定找卻爾登・希斯頓來演。」瑞克繼續解釋。「不過你可以說切薩雷・達諾瓦**差點**就是賓漢，因為他真的**差點**就是。但我和他的情況不能**相提並論**。」

吉姆盯著瑞克，很好奇他到底要說什麼。

瑞克繼續說：「聽著，我很認真演《賞金律法》。如果我因為這齣劇很有名，很合理。但大家最感興趣的卻**不是**我演過的片。是一個我他媽從沒演過的角色。一個我從來沒有任何一丁點機會拿到的角色。」

「你在名單上。」吉姆開口。

「名單，那該死的名單！」瑞克提高了音量，語氣十分沮喪。梅納德和其他幾位顧客轉頭看向他們這裡。吉姆拍了拍瑞克放在吧檯上的手，輕聲說：「沒事的，冷靜一下。喝口酒。」

瑞克用吸管吸了幾口威士忌酸酒，一旁的吉姆睜大眼睛看著他。

「那份**名單**，」瑞克語帶諷刺地重複，「那份讓所有人印象深刻的名單，根本他媽的很有問題。我是說，我從來沒看過。不過我們就說真有這份名單吧，然後我在上面，三個喬治也在。」瑞克問，「你知道要有多少不可能的瘋狂事發生，才能讓我拿到那個角色嗎？」

473 切薩雷・達諾瓦（Cesare Danova, 1926~1992），義大利演員，先在義大利發展，一九五〇年代中期後到好萊塢發展。他在《殘酷大街》（*Mean Streets*, 1973）中有精湛的演出。

474 賓漢是美國宗教史詩鉅片《賓漢》（*Ben-Hur*, 1959）的主角。本片由威廉・惠勒導演，獲多項奧斯卡獎。

吉姆開口：「我不懂。」

「首先，」瑞克開始解釋，「麥昆得先做出這輩子最蠢的決定——拒絕《第三集中營》的角色，去演《勝利者》。你也知道，他**沒有**這麼做，因為他不是該死的白痴。」

接著瑞克停頓了一下，才再開口：「但為了方便討論，就說麥昆是個**該死的白痴**，推了他的導師約翰．史達區為他寫的這個拉風角色。那表示我拿到單獨監禁王希特的角色了嗎？」瑞克問吉姆。

在吉姆開口前，瑞克搶著說：「當然沒有。

「如果真有那份名單，那個時候喬治．派伯會排在第一位。」瑞克肯定地說，「我是說，根本不用懷疑。如果麥昆不接，他們就轉身找派伯。而且因為派伯在《勝利者》裡**演**的角色，就是麥昆**推掉**的角色，所以如果找派伯演《第三集中營》，他就**不會**白痴到拒絕，會馬上答應要演。史達西先生，結果就會是**這樣**。」瑞克總結。

有道理。吉姆邊想，邊佩服瑞克的口條。

吉姆不知道的是，瑞克還沒說完。「但……」瑞克再次開口，「**為了方便討論**，就說開拍前，派伯開著他那輛奧斯頓馬丁在穆荷蘭大道上——不，等等，那樣太老套。派伯在馬里布衝浪，然後被鯊魚吃了。所以他沒辦法演。」

瑞克再替吉姆順了一次情況，確保吉姆跟上了他的思路。「所以麥昆做了這輩子做蠢的決定，然後派伯被鯊魚吃了。

「現在我拿到角色了嗎？」瑞克問吉姆。

吉姆點點頭。

但瑞克卻搖頭。接著，好像吉姆・史達西是個三歲小孩一樣，瑞克跟他說：「不，不會是我。是喬治・馬哈里斯。」

吉姆・史達西想要爭論，但瑞克抬起一隻手，阻止他開口。「為什麼我會這麼說？我解釋給你聽。」

瑞克開始說明：「聽著，因為他主演的那部電視劇，在六二年的時候，他很紅。不只這樣，兩年後，史達區找了馬哈里斯主演驚悚片《最機密第三站》[475]——這表示他還挺喜歡馬哈里斯的。我是說，他就沒找我演他媽的《最機密第三站》。

「所以，」瑞克繼續解釋，「如果麥昆做了這輩子最蠢的決定，然後派伯被鯊魚吃了，**然後**……喬治・馬哈里斯就會是單獨監禁王希特。」

瑞克舉起他的調酒，用吸管喝了幾口，為馬哈里斯舉杯。「但，為了方便討論，就說在開拍前，馬哈里斯被抓到在公廁和男人做愛。」

吉姆・史達西爆笑。

瑞克繼續說：「所以現在馬哈里斯出局了，史達區回去看名單。所以，輪到我了嗎？」

「打敗喬治・卻克里斯，靠，當然！」吉姆肯定地說。

瑞克搖搖頭，跟吉姆說：「沒沒沒，吉姆，他們**當然**會把角色給喬治・卻克里斯。」

475 《最機密第三站》（*The Satan Bug*, 1965），美國科幻犯罪懸疑片。

吉姆表情變了變，一副不同意的樣子。瑞克開始說明他的論點，抬起手來，用手指比數字，講出幾個原因：

他手比一，「第一，他有那座莫名其妙拿下的奧斯卡[476]。」

吉姆點點頭，承認**對，這確實是回事**。

瑞克手比二，「第二，《第三集中營》是米瑞契兄弟**為**米瑞契製片公司監製的片。」

瑞克手比三，「喬治．卻克里斯和米瑞契製片公司**有合約**。他演了他們的《六三三轟炸大隊》[477]。他演了他們的《春夢了無痕》[478]。他拍了他們那部蠢爆了的阿茲特克電影[479]。所以，他們不僅**喜歡他**——他也和他們有該死的簽約關係！」

吉姆．史達西理解了瑞克一連串假設背後的邏輯，點了點頭。

瑞克總結：「所以喬治．卻克里斯拿到角色，就這樣。」

吉姆點點頭，表示同意，接著開口想說點什麼，但瑞克伸出食指阻止他發言。「但……就說——為了方便討論——麥昆做了這輩子最蠢的決定，派伯在馬里布被鯊魚吃了，馬哈里斯被抓到在公廁幹男人……然後，發現馬哈里斯幹的那位……是卻克里斯！」

這讓吉姆嘖了一口酒。

「所以掰啦，卻克里斯。」瑞克邊說，邊大大地揮手。然後，他拱起肩膀，問吉姆．史達西：「那現在輪到我了嗎？」

吉姆放下他的調酒。「當然是你了，你是那份名單上的最後一人！」

「這就是我要說的，吉姆。」瑞克解釋。「他們到底什麼時候會找名單上的**最後一位**來演？等輪到名單上的最後一位時，就會把這該死的名單扔了，重新擬一份**該死的新名單**！」

靠，史達西心想，**他們真的就是這麼做的**。

「所以現在不是他媽的三個喬治，是他媽的兩個勞勃。勞勃・瑞福和勞勃・庫普。然後他們又決定讓主角是個英國人，所以突然間，米高・肯恩拿到這該死的角色。又或者，」瑞克最後說，「他們決定，管他的，直接答應保羅・紐曼提出的所有條件。或者湯尼・寇蒂斯的人打電話來，開出不錯的條件讓湯尼演。**不管怎樣**，我他媽的從來沒有機會。」

說完，瑞克看向克里夫，向他示意我們該走了，然後動作浮誇地將空酒杯往吧檯上一擺，表示到此為止。

「好啦，藍瑟先生，在此跟你道別。我今晚還有一堆台詞要背，我最好乖乖背熟，不然明天會被那自大的小鬼頭修理得很慘。」

476 卻克里斯一九六二年憑《西城故事》獲奧斯卡最佳男配角獎。
477 《六三三轟炸大隊》（*633 Squadron*, 1964），小說改編的二戰電影。
478 《春夢了無痕》（*Diamond Head*, 1963），小說改編的浪漫愛情片。
479 這裡指的是《太陽王》（*Kings of the Sun*, 1963），尤・伯連納和喬治・卻克里斯主演，以中美洲古代文明為背景的電影。

第二十四章　內布拉斯加的吉姆

克里夫和吉姆．史達西以及酒鬼名人堂的其他常客道別後，在十點半左右載瑞克回到家。時間還夠讓瑞克背明天的台詞，並在十二點或十二點半上床睡覺。瑞克進門後，做了所有演員都會做的事，按慣例檢查答錄機，看看有沒有重要的訊息。果然，有一則經紀人馬文．施沃茲的留言。

哇，真快。瑞克心想。

他迅速撥打經紀人留下的電話號碼，響到第三聲時，馬文接了電話。

馬文．施沃茲對著話筒說：「我是馬文．施沃茲。」

「你好，施沃茲先生，」瑞克對著話筒表示，「我是瑞克．達爾頓。」

「瑞克老弟，」這位善於交際的經紀人回話，「很高興你打來。我要跟你說兩個關鍵字：內布拉斯加的吉姆，還有塞吉奧．考布西。」

「**內布拉斯加**的什麼？**塞吉奧**什麼的是誰？」瑞克問。

「是塞吉奧．考布西。」馬文重複。

「誰啊？」

「這世界上第二好的義式西部片導演。」馬文告訴他。「他正要拍一部西部片，叫做《內布拉斯加的吉姆》。然後，因為**我**的原因，他在考慮**你**。」

「內布拉斯加的吉姆。我是內布拉斯加的吉姆嗎？」

「對，就是你。」

「所以他要找我演了？」

「沒有。」

「所以我沒拿到角色？」

「你**拿到**的是一頓晚餐的機會。他只見三位年輕演員。因為我，他現在要見四位。下下星期四，你，塞吉奧和他太太諾麗，在洛杉磯他最喜歡的日本料理店吃飯。」

「其他三人是哪三位？」瑞克問。

馬文快速唸出一串名字：「勞勃・佛勒[480]、蓋瑞・洛克伍德[481]、瑞奇・尼爾森和泰・哈丁[482]。」

「這樣是四個人。」瑞克表示。

「噢，對耶，」馬文也發現了，「抱歉，你是第五個。」

「瑞奇・尼爾森？」瑞克不太相信地問。「他在考慮他媽的瑞奇・尼爾森？」

---

480 勞勃・佛勒（Robert Fuller, 1933~），美國演員，一九六〇年代主演《篷車英雄傳》（*Wagon Train*, 1957~1965）等西部電視劇而廣為人知。他也主演了《七鏢客》（*Return of the Seven*, 1966）等知名電影。

481 蓋瑞・洛克伍德（Gary Lockwood, 1937~），也譯作卡萊・洛華特，美國演員，以飾演《2001太空漫遊》（*2001: A Space Odyssey*, 1968）的太空人最為人所知。

482 泰・哈丁（Ty Hardin, 1930~2017），美國演員，代表作為西部電視劇《布朗柯》（*Bronco*, 1958~1962）。

「呃，老弟，」馬文提醒他，「瑞奇・尼爾森可是《赤膽屠龍》的主演之一。這比你演的任何一部片都好太多。」

「施、施、施沃茲先生，」瑞克結結巴巴地說，「願意考慮我真的很棒，但我能跟你說句實話嗎？」

「當然。」馬文表示。

「說到**義式西部片**這玩意……」瑞克開口。

「怎樣？」

「我很不喜歡。」

「你不喜歡？」

「對，不喜歡。我其實覺得那些片都很爛。」

「很爛？」

「對。」

「你看過幾部？」

「三、五部吧。」

「所以這就是你的**專業**意見？」

「施沃茲先生，我是看哈普隆・卡西迪和胡特・吉勃遜長大的。義大利牛仔不是我的菜。」

「因為那些片**很爛**？」這位經紀人把話挑明。

「對。」

「相較於高品質、令人懷念的哈普隆．卡西迪和胡特．吉勃遜？」

「得了吧，你知道我的意思。」

「聽著，瑞克，」這位經紀人說，「不是我不給你面子，但你的電影資歷實在沒有出色到能讓你瞧不起那些想找你演主要角色的片。」

「施沃茲先生，謝謝你跟我說實話。」瑞克不情願地表示。「但是，比起去羅馬，待在這裡，在下個試映季[483]時好好表現，或許是更明智的做法。我是說，有人可能會比較幸運，或許那個人就是我。」

「聽好了，小子，」馬文開口，「我跟你說一個我客戶的故事。送牛仔去奇尼奇塔片場騎馬之前，我們是把他們送到柏林。在他媽的義大利佬想到拍西部片之前，是德國人在搞這一套。」馬文接著解釋，「你知道嗎，有位德國小說家叫卡爾．邁[484]。他寫了一系列以拓荒時代為背景的美國西北部故事。卡爾．邁其實從未踏上美國一步，但這不影響他的作品受德國讀者歡迎。

「他的小說講的是兩個男人的奇遇。一個是名叫威尼圖的阿帕契族酋長。另一個是威尼圖

483 一月至四月左右為好萊塢電視圈的試映季（pilot season），這段期間，製片公司會拍攝大量電視劇的試播集，讓電視台審核，決定是否發展成影集。這段期間演員會很忙，參加不同試播集角色的試鏡。

484 卡爾．邁（Karl May, 1842~1912），以創作旅行、冒險故事聞名，代表作是以美國蠻荒西部時期的印地安人威尼圖（Winnetou）、白人探險家老殘手（Old Shatterhand）為主角的小說。

的拜把兄弟，小名老殘手的白人冒險家。總之，五〇年代時，德國電影公司開始將這些小說拍成德國電影。他們找了一位叫皮耶・布萊斯[485]的法國演員來演那個印地安人。至於老殘手，我讓他們找了我經手的美國客戶，猛男萊克斯・巴克[486]。好啦，萊克斯去德國之前，他演了一些美國片。他甚至演了泰山這個角色——而且我認為他是個很出色的泰山。但因為他娶了大明星拉娜・透納[487]，不管他到底做了什麼事，他都是**拉娜・透娜的先生**。

「所以我讓他去演德國電影。他不想去。一部德國西部片？那是什麼鬼東西？德國西部片裡有個法國人演的印地安人？

「他跟我說：『馬文，你到底要對我做什麼？演員就算為了錢做事，還是有底線的。』然後和我現在要問你的一樣，我問他：『你到底他媽的有什麼毛病？

「『第一，現在在美國，並沒有一大堆人想找你主演他們的電影。

「『第二，你又不是該死的去從軍。你去一趟德國，拍一部電影——花五、六個星期——賺一大筆錢就回來。簡單得很。快進快出。』

「總之我讓他去了。剩下的，就像他們說的，是德國電影史上波瀾壯闊的一頁。

「那部片超賣座！不只在德國，而是整個歐洲。萊克斯最後演了六次老殘手！成為德國電影史上紅透半邊天的演員！不過他的電影在全歐洲放映。他在義大利超受歡迎，費里尼找他演《生活的甜蜜》[488]。你知道他演誰嗎……演**萊克斯・巴克**！他就是這麼紅。

「演了六部電影後，他就不再演那個角色了。電影公司找了史都華・格蘭傑、羅德・卡麥隆[489]等美國大明星頂替他。但他們演的角色都不叫老殘手，叫什麼老狠手、老巧手、老火手之類的鬼。為什麼？因為所有德國人都知道萊克斯・巴克——而且只有萊克斯・巴克——才是老殘手！」

這位經紀人接著和瑞克談最基本的問題：「老弟，聽著，你問能不能跟我說實話。現在我來跟你說實話。你試著從電視轉戰電影沒成功。說真的，很少人會成功，你他媽的並不孤單。」他接著舉了幾個不包括瑞克的成功例子：「沒錯，麥昆成功了，詹姆斯・葛納成功了，還有最讓人不敢相信的是，連克林・伊斯威特也成功了。但像你、艾德・伯恩斯[490]、文生・愛德華[491]、喬治・馬哈里斯這種，整個演藝生涯都在用扁梳梳油頭的人，你們現在都面臨相同的困境。

「在你沒注意的時候，大環境早變了。

485 皮耶・布萊斯（Pierre Brice, 1929~2015），法國演員，以飾演威尼圖這個角色最為人所知。

486 萊克斯・巴克（Lex Barker, 1919~1973），以前香港、台灣譯作力士・柏加。

487 拉娜・透納（Lana Turner, 1921~1995），美國演員，一九四〇、五〇年代很受歡迎，代表作包括《蕩婦怨》（*The Postman Always Rings Twice*, 1946）、《冷暖人間》（*Peyton Place*, 1957）、《玉女奇男》（*The Bad and the Beautiful*, 1952）等。

488 《生活的甜蜜》（*La Dolce Vita*, 1960），義大利導演費里尼的經典之作，獲一九六〇年的坎城影展金棕櫚獎。

489 羅德・卡麥隆（Rod Cameron, 1910~1983），也譯作洛・金馬倫，加拿大出生的美國演員，演了多部西部片。著名作品如《猛虎制黑龍》（*Brimstone*, 1949）。

490 艾德・伯恩斯（Edd Byrnes, 1932~2020），美國演員，代表作為電視劇《影城疑雲》（*77 Sunset Strip*, 1958~1964）。

491 文生・愛德華（Vince Edwards, 1928~1996），美國演員、導演、歌手，以主演醫療電視劇《醫林寶鑑》（*Ben Casey*, 1961~1966）、黑色電影《殺手》（*The Killing*, 1956）最為人所知。

「你現在得是某人的嬉皮兒子才能主演電影。彼得・方達、麥克・道格拉斯、唐・席格的兒子克里斯多・塔波瑞，還有他媽的阿洛・蓋瑟瑞！一頭亂髮、不男不女的樣子，才是現在的主角會有的裝扮。」

為了加強說話的效果，馬文稍微停頓了一下才繼續說：「你還在梳那該死的油頭。他媽的艾維斯都不梳油頭了！他媽的瑞奇・尼爾森也不梳那該死的油頭了！他媽的艾德・「庫基」[492]・伯恩斯都上電視替定型噴霧打廣告，說什麼『濕潤油頭已死，乾燥蓬鬆髮型萬歲。』去他的庫基！但你呢，瑞克——你還死抱著他媽的油頭不放！」

瑞克興奮地跟他說：「我今天拍的這個，沒有梳油頭。」

「他媽的也該是時候了！」馬文說，「我認為你幾年前就該用定型噴霧和電熱梳了。」

馬文說完這句話就轉換話題。「不過那不是重點。重點是，在義大利，你做你想做的。你想像湯尼・寇蒂斯那樣，突然打扮得很浮誇，儘管去做。你想繼續維持二十年來的髮型，他媽的沒問題。義大利佬不在乎。鬧得滿城都是、全美國都是的嬉皮你知道吧？同樣的屁事羅馬也有。差別在哪？義大利人把這些蠢蛋轟走。結果就是，那裡的青年文化並沒有支配流行文化，不像這裡的嬉皮娘炮。」

「嬉皮娘炮。」瑞克憤恨地低聲重複。

馬文・施沃茲最後說：「總之，瑞克，最重要的問題是，明年這時候你想在哪裡？在加州柏本克，被《少年偵騎》[493]裡的死黑鬼痛宰？或在羅馬……主演幾部西部片？」

492 庫基（Kookie）是艾德·伯恩斯在《影城疑雲》裡的角色名，他也和康妮·史蒂芬演唱了一首名叫〈庫基，庫基（借我你的梳子）〉（Kookie, Kookie〔Lend Me Your Comb〕）的歌。

493 《少年偵騎》（*Mod Squad*, 1968~1973），美國犯罪影集，以三人一組的年輕臥底警察為主角發展故事。這個小組由一位黑人男性、一位金髮女性和一位白人男性組成。

第二十五章 最終章

羅曼和莎朗．波蘭斯基坐在英式雙座敞篷車裡，在日落大道上奔馳。莎朗痛恨這輛車。她痛恨這輛車的老舊。

她痛恨羅曼換檔時這輛車發出的噪音。

她痛恨這輛車糟糕的廣播收音效果。

但她最痛恨的是，這是輛敞篷車，羅曼每次開車時，都堅持要把頂棚收起來。

羅曼曾打趣地和華倫．比提說：「人生太短，短到非開敞篷車不可。」

他頂著那頭微捲的蓬鬆短髮，說這話倒輕鬆。但莎朗可是花很大力氣做頭髮的。好不容易頭髮做好了，看起來超美，卻得用頭巾綁起來？

這是對美的褻瀆。

這對好萊塢金童玉女錄完了休．海夫納的電視節目《天黑後的花花公子》。十點時，他們駛離錄影大樓，行經班．法蘭克咖啡店和蒂芙尼劇院[494]，劇院門口的看板寫著安迪．沃荷導演的《孤獨牛仔》（*Lonesome Cowboys*, 1968）。

羅曼知道，他就不應該在花花公子別墅的派對上，答應出席派對隔天的活動。他感覺得到莎朗充滿敵意的沉默。他清楚，莎朗原本打算待在家，躺在床上讀整晚的小說。他也知道，為了要上電視節目，她得花比他更多的時間和精力梳妝打扮。

儘管如此，她確實好好打扮、確實離開家門、確實為了他熬過這一切。

但現在冷戰的怨念襲來。莎朗性格非常陽光開朗，也因此一旦板起臉孔，會讓人冷得發毛。

93ＫＨＪ電台上，晚間ＤＪ亨伯．哈夫的聲音斷斷續續從音響裡傳出來，黛安娜．羅絲與至上女子合唱團[495]也斷斷續續地演唱有著荒唐歌詞的歌：**不管你是什麼星座，你都會是我的**。是時候輪到羅曼打破沉默，主動表示一下懊悔和感激。

「聽著，親愛的，」他開口，「我知道妳今晚不想做這些。」

莎朗一邊看向他，一邊點頭同意他的話時，從跑車的擋風玻璃清楚看到賴瑞比街上知名熱狗連鎖店的紅色屋頂。

他繼續說：「我也知道因為我沒有替妳著想，沒先問過妳，妳很不開心。」

她再次點頭，同意他的說法。

「我也知道，」他話沒停，「就算這樣，妳人也很好，很配合。」

其實，她向傑抱怨了整個下午，但羅曼不知道。

494　蒂芙尼劇院（Tiffany Theater）和班．法蘭克咖啡店（Ben Frank's Coffee Shop）都位於日落大道上，前者於一九六六年開張。後者於一九五二年開業，是個二十四小時營業的餐館，是當地年輕人在附近夜店關門後聚會的場所，明星也常來。

495　黛安娜．羅絲與至上女子合唱團（Diana Ross the Supremes），以黛安娜．羅絲（Diana Ross, 1944~）為首的流行靈魂樂團，一九六〇年代非常紅。這裡唱的歌為〈不管你是什麼星座〉（No Matter What Sign You Are）。

最後，這位金髮的冰山美人開口：「對，你說的都對。」

「在這件事上面，妳像個天使一樣。」羅曼對她說，「因為這樣我好愛妳。」

呵，所以這就是你愛我的原因？她邊想邊翻白眼。

這記白眼讓羅曼明白，這或許不是他能說的話裡，最該說的一句。

車子開在日落大道上，陸續經過位於大道兩側的「倫敦濃霧」和「威士忌阿哥哥」。羅曼試著和她談談。「總之，妳只要知道，我明白我欠妳一次。」

她迅速回問了一句：「**欠**我什麼？」

「我是說，這次這樣做，我**欠**妳一次。」

「我知道。我同意。所以你打算做什麼回報我？」

坦白說，對自己說的這句話，羅曼沒像莎朗看得這麼認真，所以他一時間有點不知所措。

「我想，我是說，」他急中生智，「妳可以突然叫我做某件**我**不想做的事。」

對，就是這樣。他心想。就是一報還一報。

接著他舉例說明她可以怎麼做：「像是，妳注意到某個妳真的很在意的公益活動——」

莎朗用四個字打斷他：「泳池、派對。」

「啥？」

「泳池、派對。」

「泳池派對？好啊。想什麼時候辦？」

「今天晚上。」

「今天晚上？」

「對，**今天晚上**。」

「噢寶貝，我現在超累。我明天要去倫敦。我想回家然後——」

「喂喂喂！你昨晚答應別人做這件爛事的時候，我就是這麼說的。但我現在在哪？我在這裡。用心打扮好，為了休．海夫納、為了電視台攝影機、為了一群好萊塢蠢蛋，展現出『性感小可愛』的樣子。」

接著她語帶控訴地說：「你知道我現在在讀一本小說對吧？」

他點點頭。

「你知道我現在想躺在床上讀小說對吧？」他點點頭。

「你知道如果沒必要，我不喜歡連續兩個晚上這樣裝模作樣對吧？」

他點點頭。

「但我都做了，不是嗎？」

羅曼不滿地嘆了口氣。

「小子，別對我哀哀叫。」她訓斥。

羅曼試圖扭轉局勢。「妳頭髮才做好沒多久。」

老兄，想得美。莎朗心想。「有什麼我不知道的原因，讓我明天也得頂著這顆上花花公子節目的髮型？」

「沒有。」他聳聳肩，徹底被打敗。

「沒有我不知道的約吧？沒有私下會面的行程？」

「沒有。」

「所以我能讀我的小說？」

他嘆口氣回答：「能。」

「好，那麼，今晚辦泳池派對就代表債都還清了。」接著為了加強效果，她多加了句：「如果你想兩清的話？」

「好吧。」羅曼說，挫敗地嘆了口氣。

「好，現在帶著微笑好好把話說出來。」

他擠出微笑說：「我們可以辦個泳池派對。」

莎朗接著要求：「求我辦。」

這讓他翻白眼。「是喔？妳要這麼超過？」

「求我。」莎朗堅持。

羅曼吞下他的惱火，換上一副隨和的臉，滿足莎朗的要求：「莎朗，妳今晚想辦個泳池派對嗎？」

莎朗開心的大叫，兩手一拍說：「羅曼，這主意真棒！」她靠過去親他，說：「我們回家。我要打幾通電話。」

瑞克注意到車子一輛接一輛抵達波蘭斯基家。**他們一定在辦派對**。他心想。瑞克．達爾頓身穿他某次去日本買的紅色絲質和服，站在車道上，一邊用水管替花園裡的玫瑰澆水，一邊用盤式錄音機順明天的台詞。有個日本園丁曾跟他說，晚上替玫瑰澆水，玫瑰就能徹底吸收養分，不會因為陽光讓大部分養分流失。他正在準備明天和小女孩對戲的台詞。他絕不會讓那個小怪物覺得他毫無準備。

克里夫從聖蓋博的酒吧載他回來時，大概十點半左右。他和馬文．施沃茲講了二十分鐘左右的電話。他調了一杯德國帶蓋啤酒杯大小的威士忌酸酒，然後開始順台詞。他順了快一小時了——現在十一點五十五分，他覺得自己將台詞掌握得很好。在他動念想調另一杯威士忌酸酒之前，他就要去睡覺。

波蘭斯基家派對的聲響傳到車道這裡。他聽得到音樂、笑聲、喧鬧聲，水的潑濺聲也時不時傳來。瑞克還沒正式見過羅曼和他太太，只有昨天下午碰巧看到他們。羅曼看上去像個小混蛋，但莎朗看起來很甜美。或許哪天他去拿信件時會遇上她。

一輛保時捷敞篷車飆上天堂大道，然後停在波蘭斯基家的大門口外。瑞克惱火地瞪了一眼那輛車，但等他認出車上的駕駛時，馬上停止怒視。**我的天啊，那是史提夫．麥昆！**

瑞克大喊：「史提夫！」

保時捷的駕駛往聲音來源望去，看到一位穿著紅色絲質和服的男子，手拿啤酒杯、盤式錄音機和水管。他瞇起眼，接著認出這位紅色和服男是誰。他試探地回話：「瑞克嗎？」

瑞克走向那輛車。「嗨，老兄，好久不見。」

麥昆回答：「對啊，真的。過得如何？」

瑞克往前傾，和麥昆握了握手。

「噢，沒什麼好抱怨的。」

事實上，瑞克對他的事業、他的生活以及這個世界，有的只有抱怨，但他不會跟麥昆抱怨。

這位電影明星視線掠過瑞克，看向他身後的房子。「那是你家嗎？」

「對啊。」瑞克淡淡地笑了笑。「那是《賞金律法》蓋的房子。」

麥昆挑眉。「你蓋的？」

「不是，」瑞克回答，「這只是個比喻。」**你這個蠢蛋。**

麥昆對著瑞克，露出他那嘴巴微開的招牌微笑。「做得好。很會用你的錢。我聽說威爾．哈欽斯和泰．哈丁過得不太好。」

意思是，瑞克心想，這位主演《警網勇金剛》[496]的電影明星在說，我過得比其他過氣的傢伙還要好。我有房子。

「我沒主演《聖保羅砲艇》[497]，」瑞克提到麥昆唯一提名奧斯卡的片，「但在賺錢養活自己。」

「那樣你就贏過百分之八十的人了。」麥昆微笑著說，一邊用手指著他。

全世界片酬最高的電影明星，正開口恭喜我以演員的身分賺錢謀生。多謝啊。

「對了，」瑞克說，「那次奧斯卡提名，我是挺你的。」他再次提及《聖保羅砲艇》。

麥昆什麼話也沒說，只是微笑。

瑞克知道這代表什麼意思。這一小段對話到此為止。

但在大門打開之前，在麥昆和他的保時捷駛離他的生活之前，瑞克想多跟他聊聊。不聊他們現在活的兩個世界、不聊他們天差地遠的處境，而是回到兩人平起平坐的時候，有件事瑞克能主動提起，還不會聽起來太可悲。

「嘿，史提夫，我在想，」瑞克說，「你還記不記得那時候——我電視劇的第一季、你電視劇的第二季那時候——我們在巴尼餐館[498]打撞球？」

麥昆的確還記得這件事。「嗯，」他說，「我記得。」他邊回想邊說：「我們比三局，對吧？」

「沒錯。」瑞克回答，很高興麥昆還記得這件事。「那時候多少稱得上一件大事。你也知道，喬許[499]和傑克一起打撞球。」

麥昆也順著他的話講：「那的確曾是件大事。**喬許和傑克**打撞球？都可以賣票了。」

聽了麥昆的玩笑話，瑞克笑出聲來。

麥昆邊回想邊說：「其實，我好像記得酒吧裡所有人都在看我們打第一局。」史提夫指了

496 《警網勇金剛》（*Bullitt*, 1968），美國動作驚悚片，是當年的賣座大片。
497 《聖保羅砲艇》（*The Sand Pebbles*, 1966），美國戰爭片，票房很好，也獲多項奧斯卡獎及金球獎提名。
498 巴尼餐館（Barney's Beanery），洛杉磯連鎖餐酒館。創始老店於一九二七年開業以來，一直是好萊塢名人聚集之地。
499 喬許（Josh）是史提夫·麥昆在西部電視劇《通緝令：不論死活》（*Wanted Dead or Alive*, 1958~1961）飾演的賞金獵人。

指他。「你贏了。然後酒吧只剩一半的人看我們比第二局，」他用大拇指指了指自己，「那局我贏了。」接著他邊回想邊笑說：「然後，就沒人在乎第三局了。」

瑞克感動地點了點頭。**他真的記得**。

「但我不記得是誰贏了第三局？」麥昆問。

「沒人贏。」瑞克回答。「我們沒比完。你得先走。」

麥昆知道，那大概表示他快輸了。

接著，另一輛要來參加派對的車停在麥昆的保時捷後面，讓這場相聚劃下句點。兩人看向那輛車，接著看向彼此。

「所以你住這裡？」麥昆邊問，邊指著瑞克的房子。

「對。」瑞克說。

「好，或許哪天我來敲你家的門，我們一起去巴尼餐館比完那一局。」

瑞克知道這件事永遠不會發生，但這話說起來很好聽。「那就太好了。」接著，瑞克發自內心地說：「史提夫，很高興遇到你。」

「我也是。多保重。」麥昆接著轉向波蘭斯基家的門鈴對講機，按下按鈕。

莎朗的聲音從對講機裡傳出來。「哈囉？」

麥昆對著對講機說：「寶貝，是我，開門。」

波蘭斯基家的大門打開。麥昆的車以及他身後的車，開上車道，消失在視線裡。瑞克站在那，拿著啤酒杯、盤式錄音機和水管，看著波蘭斯基家的大門關上。他喝了一大口威士忌酸酒。接著，他聽到屋子裡的電話響了。

到底是誰大半夜打電話來？

他小跑步地進屋，拿起固定在廚房牆壁上的電話。

「哈囉？」他開口。

電話另一頭，一名女性的聲音傳來：「瑞克嗎？」

「我是？」他回答。

「你在背台詞嗎？」這道聲音問。

什麼鬼？

他問：「妳哪位？」

「我是楚蒂。就是拍戲的瑪拉貝拉。」

瑞克著實大吃一驚，問：「楚蒂？楚蒂，妳知道現在幾點了嗎？」

她在電話另一頭不耐煩地哼了一聲。「這是個蠢問題。我當然知道現在幾點。沒把台詞背到超熟我不會去睡覺。我才不相信什麼拍戲時再背台詞這種鬼話，拍電視劇特別不能這樣。你聽起來不像被我的電話吵醒。」她問：「我有吵醒你嗎？」

「沒有。」瑞克坦承。

「所以，」她逼問，「哪裡有問題？」

「妳知道問題出在哪。」他的口氣帶著一絲惱怒。「妳媽知道妳打電話過來嗎？」楚蒂在電話另一頭大笑，跟瑞克說：「到十點四十五分時，我媽已經灌了三到四杯夏多內，現在通常躺在沙發上，張著嘴睡死了，電視還開著，等收播時放國歌剛好把她叫起來，讓她回房間睡。」

「楚蒂，妳不能在這時候打給我。」瑞克很堅持。

「你是說這樣不恰當？」

「這樣不恰當。」

「別想轉移話題，快回答問題。」

「什麼問題？」

「你在背台詞嗎？」

「噢，嗯——說實在話，這位自作聰明的小姐——我是在背台詞。」

「是喔。」她語帶挖苦地說。

「我真的在背！」他語氣強硬。

「你在看強尼．卡森的節目。」她口氣輕蔑地說。

「我沒在看。我在背他媽的台詞，妳這死小孩！」

暴怒地罵她死小孩後，瑞克聽到她在電話另一頭咯咯笑。她的笑聲也讓瑞克失聲笑了出來。

笑到一半，她問：「你在準備我們的戲嗎？」

「沒錯。」瑞克回答。

「我也是。」她說，接著問，「要一起對台詞嗎？」

好，他心想，**這太超過了**。他不能讓這個搗蛋鬼再搞下去。

「聽著，楚蒂，我真的認為，在妳媽不知情的狀況下，大半夜和妳講電話並不恰當。」他坦白說。

楚蒂非常有耐心地回答：「看你的反應，好像我明天早上起床後要去上學似的。我是要和你一起**工作**。我們要演**這場**戲。你還醒著，我也還醒著。你在準備這場戲，我也在準備這場戲。所以，」她建議，「我們就一起準備。然後明天拍戲時，沒人知道我們一起排練過，我們就能殺得他們措手不及！」接著她加了一句，幾乎算得上是挑釁了，「瑞克，我們不只是拿錢辦事，我們還得把事情辦得好。」

這小毛頭說得有道理。我是說，她就只是個同事。從山姆對我們今天最後一場戲的反應看來，如果我和她明天一出場就架勢十足，肯定能殺得他們措手不及。

「妳不用看劇本？」他問小女孩。

「我覺得不用。」她回答。

「嗯，我也是。好了，小鬼，從妳開始。」

話筒另一端，楚蒂突然改變她的口氣，表現出瑪拉貝拉這位精神受創的人質說話時會有的激動。「你打算對我做什麼？」

身穿紅色絲質和服的瑞克在廚房裡踱步，喝了一大口威士忌酸酒後，換上迦勒・迪卡杜這名牛仔的口吻。「小姑娘，我還沒想好。我可以和妳一起做很多事。我可以對妳做很多事。但我也可以放妳走，妳爸是個明白人。」

飾演瑪拉貝拉的楚蒂問：「他要做什麼才能讓你放我走？」

飾演迦勒的瑞克瘋狂地說：「他可以讓我變成有錢人，這是他可以做的事！他能給我一籃子的錢，然後就能忘了我。不然我就會給他一籃子女兒的屍體，然後他會永遠記得我。」

這個無辜的小孩問這名墮落的罪犯：「所以你要殺了我？不是因為你很氣我，或甚至不是因為你很氣我爸。」楚蒂稍作停頓後接著說：「就只是因為貪心？」

迦勒輕浮地回答：「小姑娘，世界得以運轉，靠的就是貪婪。」

這位小姑娘大聲說出自己的名字：「瑪拉貝拉。」

「啥？」迦勒問。

這個八歲小孩對犯罪頭頭重複了自己的名字。「我叫瑪拉貝拉。如果你要殘忍地殺了我，我不希望你只是把我當作莫道．藍瑟的小女兒。」

她說話的方式裡有些什麼，引起了這位不法之徒的注意。突然間，讓她明白自己在這件事情上很講信用，對迦勒來說變得很重要。

「聽好，妳沒什麼好擔心的。顯然妳爸會乖乖交出我的錢。妳值那筆錢，他也付得起。所以他真的交出我的錢以後，我就會毫髮無傷地放妳走。」

電話另一端稍微停頓了一下。然後她再次開口，只是沒了那份激動的情緒，反而意外地說出她的分析。

「用詞很有趣。」

「啥？」迦勒困惑地問。

接著，瑪拉貝拉．藍瑟向陸盜頭頭解釋了她的觀察，口氣聽起來特別像楚蒂．費雪。「你說『我的錢』。那是**我父親的**錢。那是他養牛、載去市場賣以後賺來的錢，不是偷來的錢。但你說『我的錢』。你真的認為你有資格拿我爸的錢？」

說了這番話，瑪拉貝拉與楚蒂徹底激怒了這名不法之徒和演員。於是，在廚房裡，穿著紅色和服、飾演迦勒．迪卡杜的瑞克．達爾頓，變回他一直以來的樣子，變回齜牙咧嘴、妄自尊大、凶殘暴虐的強盜，惡狠狠地一口氣吼回去。

「沒錯，瑪拉貝拉，我有資格！我有資格拿任何我**拿得到**的東西！拿到以後，我也有資格擁有那些我留得住的東西！妳爸不想讓我轟爆妳的蠢頭？他就照我開的價付錢！」

也就是說，他變回**騎著摩托車的響尾蛇**。

小女孩問了個簡單的問題：「我的價碼是一萬元？」

上氣不接下氣的歹徒及演員回答：「對。」

小人質說：「對小小的我來說，這價碼似乎有點太高了。」

迦勒認真地回答：「瑪拉貝拉，那妳可就錯了。」接著，瑞克受強烈的情緒影響，脫稿演出：「如果我是妳爸——」沒講完便打住。

「什麼？」電話另一頭的聲音要求他繼續說下去。

瑞克張嘴，但說不出話。

電話另一頭的小孩逼問：「如果我是妳爸然後呢？」

瑞克脫口而出：「我花再大代價都要把妳找回來！」

整個空間和這場戲陷入沉默，但瑞克感覺得到電話另一頭的楚蒂，臉上掛著自滿的微笑。

雙方陷入一段很長的沉默後，身為瑪拉貝拉的楚蒂再次開口，問了句：「迦勒，那算是稱讚嗎？」

然後楚蒂脫離角色，開始描述場景指示。她唸說：「接著強尼來到門外。叩叩。」

「誰？」迦勒問。

楚蒂換上牛仔低沉的嗓音回答：「馬德里。」

「進來。」迦勒命令。

楚蒂跟瑞克說：「你剩下的台詞是跟強尼說的，所以我來唸強尼的台詞。」楚蒂用強尼・馬德里低沉的嗓音問：「計畫是什麼？」

迦勒回答：「計畫是，五天後藍瑟帶著一萬元在墨西哥和我們碰面。」

她慢條斯理地說：「這麼遠的路途，那可是一大筆錢。」

迦勒不以為意地回嘴：「那是藍瑟的問題。」

扮演強尼的楚蒂把話挑明：「萬一那筆錢出事了，我們沒拿到，那就是**我們的**問題了。」

迦勒轉向強尼，惡狠狠地說：「那筆錢出問題，那就是**她的**問題了！」他雙眼冒火，告訴強尼・藍瑟：「聽好了，小子！五天後，莫道・藍瑟要奉上我那一萬元！如果碰面前，我那一萬元出了任何事，我們也不會體諒人。重點不在於『我盡力了。』

「莫道・藍瑟就是要把一萬元分毫不差地交到我手裡——不然我就用石頭砸爆她的頭！」

爆發完後，瑞克和迦勒大口大口地喘氣。接著，為了加強戲劇效果，他刻意稍作停頓，那個喬治．庫克很嫌棄，但此時恰到好處的停頓，然後才開口：「現在，你還有任何問題嗎……馬德里？」

扮演強尼的楚蒂回答：「迦勒，我唯一的問題是，你一直叫我『馬德里』。」

迦勒哼了一聲說：「那是你的名字，不是嗎？」

接著她說：「不再是了。現在……我的名字叫藍瑟。強尼．藍瑟。」

瑞克手伸向掛在腰間的那把假想的手槍時，電話另一頭的楚蒂大喊：「砰砰砰！」

瑞克倒在廚房的油氈地板上時，發出痛苦的尖叫，抓著自己的臉，好像那是強尼開槍射中的地方。

電話另一頭的楚蒂問：「怎麼了？」

躺在廚房地上的瑞克回答：「我演得好像我臉部中彈的樣子。」

她熱情地表示：「噢，好主意。」她頓了頓，接著興奮地表示：「嘿，老兄，那真是場他媽的好戲！」

瑞克從地板上坐起，靠著冰箱。「對啊。」他也同意。

他的夥伴說：「我們明天一定會把這場戲**演得超好！**」

她說得沒錯。

「對啊，」他說，「我也這麼覺得。」

兩位演員陷入一陣沉默。

接著，小演員開口：「哇，瑞克，你不覺得我們的工作很棒嗎？我們很幸運，對吧？」

十年來第一次，瑞克發現他過去和現在有多幸運。那些這幾年來合作過的優秀演員——米克、布朗遜、柯本、莫羅、麥克加文、羅伯特·布萊克、葛倫·福特、愛德華·羅賓森。那些他得以一親芳澤的女演員。那些他有過的風流韻事。那些他得以共事的有趣人們。那些他得以遊歷的不同地方。那些他得以用演技展現的精彩故事。那些他看到自己的名字和照片出現在報章雜誌的時刻。那些他待過的豪華飯店。那些大家給他的過分關注。那些他從來沒讀過的粉絲信。那些身為守法好公民，開車在好萊塢兜轉的日子。他環視了這棟屬於他的好房子。能買下這棟房子，靠的是他小時候免費做的事：**假裝成牛仔**。

然後，他跟楚蒂說：「對，楚蒂，我們很幸運。我們真的很幸運。」

和他對戲的小演員向他道晚安。「迦勒，晚安，明天見。」

充滿感激之情的瑞克·達爾頓說：「瑪拉貝拉，晚安，明天見。」

第二天，在二十世紀福斯影業的《藍瑟》拍攝現場，兩位演員的演出，殺得他們措手不及。

從前從前，有個好萊塢

作者	昆汀・塔倫提諾
譯者	汪冠岐
封面設計	高偉哲
內頁排版	高巧怡
行銷企劃	蕭浩仰、江紫涓
行銷統籌	駱漢琦
業務發行	邱紹溢
營運顧問	郭其彬
責任編輯	吳佳珍
總編輯	李亞南
出版	漫遊者文化事業股份有限公司
地址	台北市松山區復興北路331號4樓
電話	(02) 2715-2022
傳真	(02) 2715-2021
服務信箱	service@azothbooks.com
網路書店	www.azothbooks.com
臉書	www.facebook.com/azothbooks.read
營運統籌	大雁文化事業股份有限公司
地址	台北市松山區復興北路333號11樓之4
劃撥帳號	50022001
戶名	漫遊者文化事業股份有限公司
初版一刷	2023年10月
定價	新台幣560元

ISBN 978-986-489-857-2

國家圖書館出版品預行編目 (CIP) 資料

從前從前，有個好萊塢/昆汀・塔倫提諾 (Quentin Tarantino) 著：汪冠岐譯. -- 初版. -- 臺北市：漫遊者文化事業股份有限公司, 2023.10
432 面；14.8 × 21 公分
譯自：Once Upon a Time in Hollywood
ISBN 978-986-489-857-2(平裝)

874.57 112015668